ENTRE VAMPIROS

ENTRE VAMPIROS

María José Tirado

Título: Entre vampiros
Autora: María José Tirado
Diseño de cubierta: Vicente Carbona
Maquetación: Communico C. B.

Primera edición: octubre 2011

C/ Moratín 11, 4.º, 27B.
46002 Valencia
www.edicionesi.com
info@edicionesi.com

Edita: Ediciones i
Imprime: Gráficos, S. L.

ISBN: 978-84-96851-65-8
Depósito legal: V-3305-2011
Impreso en España

Para Hugo y Eric,
mi epicentro

La Alcoba del Edén

Era Lilith la esposa de Adán
(la Alcoba del Edén está en flor)
ni una gota de sangre en sus venas era humana,
pero ella era como una suave y dulce mujer.

Lilith estaba en los confines del Paraíso;
(y ¡Oh, la alcoba de la hora!)
Ella fue la primera allí conducida,
con Ella estaba el infierno y con Eva el cielo.

(Extracto) Dante Gabriel Rossetti

Índice de capítulos

Prefacio 13
1. Lastheaven 15
2. Louise y Martin 35
3. Hacer las cosas bien 47
4. Un corazón silente 55
5. ¿Por qué? 61
6. Telarañas 65
7. Cuando el león se enamoró de la gacela 75
8. La sangre del guerrero 87
9. El rey vampiro de Gran Bretaña 97
10. El día de mi funeral 121
11. El castillo de East Meadows 135
12. Sólo dormir 143
13. Dos puñaladas en un cartón 151
14. Aixa, reina de Centroamérica 161
15. Shapur, hijo del rey 173
16. Demonio de la noche 187
17. Bruja 199
18. Dínorah Dhampira 211
19. Al alba 225
20. El regreso 239
21. La coronación 265
22. El nuevo rey vampiro de Gran Bretaña 281
23. No es un adiós 287
Notas 295

Prefacio

No soy una damisela en apuros. Nunca me consideré como tal, a pesar de que apuros he sufrido muchos en mi vida, sobre todo últimamente. Tampoco una heroína, soy demasiado *humana* para eso.

No creo en los príncipes azules, esos que acuden a socorrer a la dama virginal, boba y torpe a lomos de su inmaculado caballo blanco, y que unas veces se convierten en rana antes incluso de bajar del caballo y otras necesitan más ayuda que la propia damisela.

Por eso, cuando aquel ser me mordió, desgarrando mi piel con su dentellada brutal, supe que sólo contaba con una persona para intentar zafarme de su abrazo mortal: yo. Pero incluso las proféticas no-heroínas necesitan algo de ayuda en un determinado momento.

Capítulo 1

Lastheaven

La puerta del avión se abrió para mí, respiré hondo y sentí que un gran peso desaparecía. Era como si aquel paisaje lluvioso y gris me liberase de todo lo que arrastraba a mis espaldas; todo el dolor, toda la rabia quedaban atrás. Sonreí, ni yo misma había creído tener las suficientes agallas para marcharme a Gran Bretaña completamente sola; en realidad, cuando respondí a la oferta de trabajo lo hice presa de la ira que sentía en aquel momento, sin reflexionarlo demasiado. Pero allí estaba yo, con mi *trolley* roja cargada de ilusiones, en el aeropuerto de Stansted, Londres, de camino a mi nueva vida sin saber hasta qué punto era así.

Descendí la escalerilla y subí al autobús agusanado cuyas ventanillas se empañaron de vaho rápidamente. Hacía frío, dos horas antes había dejado a mis padres en mangas de camisa en el aeropuerto de Jerez y ahora agradecía haber traído conmigo el plumífero.

Mamá había llorado como una Magdalena, probablemente nunca pasó por su imaginación que llegaría el día en el que me apartase de su lado, ni siquiera por un tiempo. Pero no me iba a la guerra y en aquel momento necesitaba algo de libertad, nuevas ilusiones, nuevas expectativas, una vida nueva al fin y al cabo.

Papá, que aunque no comprendía mis motivos los respetaba, algo habitual en él, me había despedido con un tibio beso en la frente, tan pendiente como siempre de no exteriorizar sus verdaderos sentimientos. Y mi hermano menor, Jaime, trató de disuadirme de realizar aquel viaje. "Estás loca, ¿te vas a largar sólo por no ver la cara al desgraciado ese?", me había dicho, sin poder evitar que sus palabras transluciesen el inevitable malestar por todo el dolor que había visto en mí. Pero yo sentía que hacía lo correcto; en mi interior, en cada célula de mi cuerpo, percibía que alejarme, dejar todo atrás, era lo más importante.

Cuando salí por las puertas de cristal del aeropuerto británico distinguí entre la multitud un folio con mi nombre impreso: "Miss Anna Rodríguez"; un caballero sexagenario lo asía entre sus manos regordetas. Estaba bastante calvo y tenía los mofletes rojos como si acabase de beberse media Escocia. Decidida, caminé hasta él.

–Mister Robinson, I suppose[1] –dudé con un ligero hormigueo en la boca del estómago.

–No, soy Mel Atkins, el chófer de los señores Robinson –dijo en su lengua nativa–. Bienvenida a Londres.

–Gracias –respondí en aquel idioma nuevo para mí. Aunque en realidad no lo era del todo, pues llevaba practicando inglés desde el colegio y ya entonces se me daba bastante bien; pero una cosa es decir the car is red[2] y otra preguntar por una terminal en el aeropuerto o solicitar un cambio de asiento en el avión. Aun así me había sorprendido la facilidad con la que había logrado desenvolverme, que me entendieran y, lo que era mejor, que yo les entendiese a ellos perfectamente.

Mel subió mi maleta a un antiguo Rolls Royce negro y durante la hora de trayecto hasta la residencia de los señores Robinson no cruzó palabra conmigo, lo que me hizo dudar de si temía que no lo entendiese o simplemente era un hombre poco hablador. Conducía por la izquierda –como el resto de británicos– y era cuando menos curioso ver los coches pasar por mi derecha a toda velocidad. Sonreí por dentro, sintiéndome orgullosa de mí misma por seguir adelante con mi determinación de marcharme; nadie me creyó capaz, pero entonces ya estaba absolutamente convencida de que había tomado la decisión correcta.

Observaba el paisaje verde de la campiña inglesa; la inminente primavera comenzaba a obrar su magia sobre los campos que resplandecían como esmeraldas. Nos alejábamos de Londres en dirección al sureste por carreteras comarcales; las nubes volvían a cerrarse sobre nuestras cabezas y lloviznaba de nuevo moteando el parabrisas.

Accedimos a un camino forestal de ambarina tierra compactada entre la apretada arboleda y nos paramos en una especie de control de seguridad. Un guardia, refugiado dentro de una garita por temor a la lluvia, saludó a Mel con un gesto de la mano. Continuamos por el sendero ascendiendo hasta la cima de la colina, donde nos detuvimos frente a una enorme cancela negra de hierro que proporcionaba acceso al interior de la propiedad, que se encontraba circundada por un alto muro de piedra. El chófer apretó un pequeño mando a distancia que guardaba en la guantera y la verja se abrió para nosotros.

Estábamos en Lastheaven. Al fin. La colosal mansión de los señores Robinson me dejó perpleja, no daba crédito a lo que veían mis ojos. Era una antigua edificación del siglo XVIII de dos plantas, rectangular, con fachada de piedra gris adornada con frisos del mismo material, con grandes ventanales blancos y gruesas columnas redondas en el porche de la entrada principal; un auténtico palacio.

El auto paró frente a una amplia escalera con forma de abanico invertido. Yo no podía dejar de contemplar el edificio, era incapaz de creer que aquel fuese a ser mi hogar durante los siguientes seis meses. Salí apresuradamente del coche, cogí mi maleta y subí veloz las escaleras huyendo de la llovizna, mientras Mel aparcaba en el garaje, que estaba en la parte trasera. Tomé aire, carraspeé y llamé a un timbre que sonó demasiado convencional para aquel majestuoso palacio.

La puerta se abrió y me topé de frente con la faz arrugada de una señora mayor, de alrededor de setenta años, con el rostro muy pálido y extremadamente serio, casi hostil. Sus diminutos ojos azules me observaban tras unas redondas gafas metálicas. Llevaba el pelo recogido en un moño cubierto por una pequeña cofia blanca.

–Buenos días –la saludé con mi mejor sonrisa. Ella se limitó a apartarse permitiéndome el paso.

–Anna, ¿verdad? –preguntó, observándome desde lo alto de sus anteojos plateados. Tenía el moño tan estirado que temí que las raíces de su cabello cano saltasen sobre mí en cualquier momento.

–Sí, Anna Rodríguez, la nueva institutriz.

–Está bien, señorita *Rodrigues*. –En realidad pronunciaba algo así como Routrigues; culpa mía: demasiadas erres en mi apellido. –Soy la señora Merlon, el ama de llaves –dijo con voz áspera y cortante. Aunque yo ya sospechaba algo, por su cofia blanca y el uniforme azul marino que vestía hasta las pantorrillas. –Acompáñeme, le mostraré su habitación.

Una faz arisca no iba a minar mi voluntad, había sentido buenas vibraciones al cruzar el umbral de la casa y estaba decidida a disfrutar al máximo mi experiencia en Lastheaven; lo necesitaba, lo merecía.

El ama de llaves giró en mitad de aquel inmenso hall de doble altura –en cuyo techo me deslumbró, por lo llamativa, una gigantesca lámpara de araña de brillantes cristales ambarinos– y apareció frente a mí una amplísima escalera de mármol bifurcada hacia las estancias superiores de la propiedad, con un bonito pasamanos de hierro labrado.

De las paredes empapeladas en tonos ocres colgaban varias pinturas al óleo, soleados paisajes campestres de bullicioso colorido, similares a los frondosos bosques y prados que había distinguido en mi camino hasta allí.

Seguí a la señora Merlon por una puerta lateral, bajo el ala derecha de la escalera, hacia un laberinto de pasillos que observé con ojos estupefactos: contenían frisos de madera grabada a mano, estatuas de blanco mármol, argénteas lámparas de metal y vidrio soplado; los suelos eran de parqué y el mobiliario barroco, antiquísimo; había pinturas, grabados, gruesos candelabros de plata... Todo me resultaba portentoso, espectacular. Si el exterior de la mansión me había impresionado, el interior, sin duda, no desmerecía lo más mínimo.

Accedimos a un corredor cuya decoración era mucho más austera, con paredes lisas, aunque pulcramente encaladas, y suelo de terrazo. Obviamente nos dirigíamos a las dependencias del servicio.

Llegamos hasta la que sería mi habitación, en el ala este de la mansión, junto a las del resto de empleados. Era un pequeño cuarto en el que se apretaban una cama, un armario empotrado, un escritorio, una mesita de noche y un espejo de pie; al menos tenía mi propio aseo con ducha, ¿qué más podía pedir?

El ama de llaves entró en el dormitorio tras de mí y cerró la puerta.

–Señorita *Rodrigues,* Lastheaven es una residencia muy especial, como le habrán explicado en la agencia. –Hice un gesto afirmativo sin demasiada convicción, pues había hablado en dos ocasiones con la empresa de trabajo en el exterior, una tras llevar el currículum y otra cuando firmé el contrato, y en ninguna me habían mencionado nada especial–. Somos muy estrictos con las normas, cuyo cumplimiento es fundamental para su permanencia en esta casa. Sé que maneja correctamente mi idioma, pero si no entiende algo de lo que le expongo le ruego que me lo indique para explicarlo con mayor claridad –decía con pulcritud exagerada, sin obviar una *i* o una *s,* como un profesor de fonética o un logopeda en plena clase. Asentí–. Lo primero y lo más importante que ha de saber es que los señores Robinson tienen una enfermedad llamada fotodermatosis o intolerancia al sol. Los pequeños Louise y Martin también padecen dicha enfermedad, por lo que nunca, bajo ningún concepto, debe alcanzarles la luz solar, ¿entendido?

–Sí –respondí, controlando mi mueca de sorpresa. ¿Iba en serio?, ¿alérgicos al sol? ¿Era eso posible? Al parecer sí.

–Por lo tanto, usted deberá darles clases en horario nocturno, como también le habrán advertido en la agencia. Normalmente, aquí a las siete ya es de noche; de modo que las clases comenzarán a las ocho y durarán hasta las doce, después tendrá dos horas de descanso mientras la señora Robinson imparte más lecciones a los pequeños; posteriormente, si sus servicios son requeridos, los acompañará durante otras dos horas, según las indicaciones de los señores.

–En realidad no me lo habían advertido –me atreví a revelar, provocando una enorme expresión de asombro en el rostro de mi seria interlocutora–. Pero no tengo ningún inconveniente en trabajar de noche.

–¿No la habían informado? ¡Ineptos! –exclamó molesta, arrugando el entrecejo en un mohín de disgusto.

–No, pero ya le digo que no tengo problema con eso –me apresuré a apuntar.

–Realmente no me extraña; tampoco esperaba que fuese usted tan joven.

–Tengo veinticuatro años, no soy tan joven.

El ama de llaves me observó con recelo por mi réplica, pero prosiguió.

–Durante la noche el único personal de servicio somos usted y yo. La doncella realiza su trabajo durante el día, así como Charlotte, la cocinera. Mel sólo es requerido por el señor en contadas ocasiones, para llevarlo al hospital y recogerlo por la mañana; normalmente conduce él mismo. Está completamente prohibido salir al exterior de la propiedad durante la noche, excepto al jardín con los pequeños, si ellos lo requieren y los señores dan permiso. –Continuaba con sus indicaciones sin emoción, sin que el tono de su voz se mudase un ápice, como si estuviese recitándome una cantinela cien veces repetida.

–¿El señor está enfermo? –pregunté, y su frente se arrugó en un gesto de incomprensión–. Como tiene que ir cada noche al hospital...

–El señor Robinson es doctor. ¿Eso tampoco lo sabe? Es un prestigioso catedrático de hematología y cirugía vascular del hospital Saint Mary; trabaja en horario nocturno y por eso va cada noche al hospital –explicó con desgana, entornando los minúsculos ojos azules tras los anteojos–. En fin, su trabajo consiste en dar lecciones a los pequeños de lunes a viernes, las noches del sábado y el domingo las tendrá libres, a no ser que también sean requeridos sus servicios. Impartirá las clases en una pequeña sala acondicionada para ello. Diríjase a los pequeños como señorita Louis y señorito Martin, sin confianzas, y no los toque, su piel es extremadamente delicada. Entre las normas de esta casa, el respeto es la más importante...

Y bla-bla-bla. En lugar de en una residencia particular como profesora interna parecía como si hubiese aterrizado en un campamento militar: vestir uniforme, nada de confianzas, hablarles de usted a los pequeños, no tocarlos, prohibido el sol...

Mientras el ama de llaves se repetía en sus indicaciones como un loro, no pude evitar reconocer la imagen reflejada en el amplio espejo de pie, a su espalda. Era mi imagen. El largo flequillo lacio ocultaba parcialmente uno de mis ojos, y cuando lo retiré, acomodándolo tras la oreja, mi iris verde claro brillo con intensidad. Observé con detenimiento mi fisonomía, mi nariz recta, mis labios finos y delineados. El cabello castaño avellana, algo revuelto por el viaje, casi alcanzaba la mitad de mi menudo brazo, haciéndome tomar conciencia entonces de cuánto había crecido durante los últimos meses. Nada o poco quedaba ya en aquel rostro de piel clara de las violáceas ojeras, de los párpados hinchados que lo habían maltratado durante demasiado tiempo; parecían entonces haberse esfumado. La que se reflejaba en aquel espejo era yo, mi anterior yo, como si todo el dolor y el malestar que me habían conducido hasta allí fuesen simplemente producto de un mal sueño del que acabase de despertar.

–Puede dar una vuelta por la casa si lo desea, para ir conociéndola –proclamó el ama de llaves devolviéndome a la realidad, a la realidad de sus minúsculos ojos azules circundados por multitud de pequeñas arrugas–. Los señores descansan durante el día en las dependencias de la planta superior del palacio, donde está terminantemente prohibido acceder, ¿me escucha? –Se aseguró, y yo asentí–. Completamente prohibido. Permanecen cerradas con llave, pues bajo ningún concepto se les debe molestar durante el día, su descanso es sagrado. Si tiene algún problema o necesita algo, diríjase a mí en su lugar –especificó.

Mientras oía el aburrido monólogo interminable de pie, frente a ella, no pude evitar imaginar lo difícil que debía de resultar la vida alejada de la luz solar a toda una familia, cada día, y más aún a unos niños que nunca podían disfrutar de un baño de sol en el jardín o ir a jugar con otros pequeños a un parque. Sentí lástima por ellos y curiosidad al mismo tiempo, por su aspecto, por su personalidad, ¿serían sociables o retraídos? Cuando la señora Rottenmeyer abandonó mi nueva habitación al fin aproveché para telefonear a casa e informar a mis padres de que había llegado sana y salva.

Marqué los números en el móvil y mamá descolgó el auricular antes de que terminase de sonar el primer tono.

–Hola, estabas pegada al teléfono, ¿verdad? –pregunté sin poder contener la risa.

–¿Cómo quieres que esté? Mi niña se ha ido al fin del mundo, sola –exclamaba mi madre, Adela, con voz apesadumbrada y molesta a partes iguales. Sin duda aún no lo había digerido.

–Mamá, ya estoy aquí, he llegado bien y este sitio es genial, deberías verlo. Y el ama de llaves es una señora encantadora que me va a ayudar mucho –mentí como una descosida, porque lo importante era tranquilizar a mi madre y eso es lo que intentaba.

–Sigo pensando que estás loca, ¿lo sabes, no? –apuntó con mucha más calma.

–Pues claro, me lo llevas diciendo desde la guardería –dije, y oí una ligera risa al otro lado del aparato, lo cual resultó alentador para mí, pues me disgustaba que mi madre sufriese por mi ausencia–. Anda, gordita, no te preocupes. Esto es lo que quiero. Y además sabes que si me va mal estoy ahí en dos horas mal contadas.

–Eso es lo único que me tranquiliza.

–Adiós, mamá, manda besos para todos. Os quiero mucho –concluí, porque si no lo hacía, ella jamás se despediría.

–Muy bien, tesoro –admitió conformada–. Te quiero mucho, cuídate.

Tras saldar mis obligaciones como hija decidí dar un paseo para investigar un poco. Ni siquiera sabía el nivel de los pequeños, ni su edad, ¿quinto, sexto curso? Podría haberlo preguntado a Merlon, pero prefería mantener la incógnita a arriesgarme a uno de sus discursos inacabables. En fin, me restaban tan sólo unas horas para salir de dudas, pronto los tendría ante mí.

Al abandonar el dormitorio tropecé con una muchacha morena vestida con el uniforme azul marino de doncella que se dirigía a la habitación contigua cargando en sus brazos con unas sábanas dobladas.

–Lo siento –exclamó la joven de tez sonrosada y rostro plagado de minúsculas pecas.

–No, perdona, ha sido culpa mía. Soy Anna, la nueva institutriz.

Le ofrecí mi mano, que estrechó amigablemente, apretando la ropa de cama contra su cuerpo.

–Ah, encantada, soy Sophie. –Sonrió con sus enormes ojos castaños. Llevaba el cabello recogido en un moño bajo que la hacía parecer mayor, pero era bastante guapa–. Espero que la vieja bruja no te haya asustado con sus reglas, reglas, reglas.

–¿Merlon? No soy fácil de asustar –advertí divertida.

–Me alegro, porque ya necesitaba alguien de mi edad con quien poder hablar, ya verás que bien vas a estar aquí –dijo mientras abría la puerta de la habitación contigua–. Los señores son un poco raros por lo de su enfermedad y bastante estirados, pero parecen buenas personas.

–¿Y los niños?

–A los niños apenas los he visto, cambian de institutriz cada seis meses; ya ha habido cuatro desde que estoy aquí, y siempre es igual, seis meses y luego cambian. ¿De dónde eres, Anna? –preguntó curiosa.

–Soy española, de Cádiz.

–Yo soy de Rolvenden, un pueblecito cerca de aquí. Bueno, tengo que dejar esto en la habitación de la señora Merlon y regresar al trabajo o comenzará a buscarme. Encantada, Anna, ya verás qué bien nos llevaremos.

La doncella se metió en la habitación. Me sentí reconfortada; después de la conversación con la señora Merlon conocer a Sophie había resultado cuando menos esperanzador. Entonces sabía que al menos podría hablar con alguien, me refiero con una persona nacida con posterioridad al Jurásico.

Caminé por el estrecho pasillo de austeras paredes encaladas hasta alcanzar la puerta que conectaba con las estancias de la vivienda principal. Recorrí el camino aprendido a la inversa hasta llegar al hall de la casa, abrí la puerta de entrada y pude contemplar que las nubes que me habían acompañado desde Stansted habían desaparecido. El sol del atardecer regaba el inmenso jardín anterior y relucía como una alfombra sembrada de rosas; había miles de flores coloreándolo.

A escasos metros frente a mí, distinguí a un muchacho rubio que podaba uno de los setos. Vestía un mono verde, botas de agua y una boina de tela a cuadros que me resultó divertida; ningún veinteañero gaditano se atrevería a usar aquella gorra de abuelo.

Inspiré profundamente y decidida a presentarme caminé hasta él.

–Buenas tardes –saludé en mi inglés aún vacilante. El chico, que no me había oído llegar, dio un respingo sobresaltado.

–Buenas, qué susto me has dado –dijo recuperando el aliento y llevándose una mano al corazón.

–Lo siento. Soy Anna, la nueva institutriz –advertí detenida a su lado, con los zapatos a salvo del fango sobre la gravilla.

–¿Dónde te has dejado el moño y las arrugas? –preguntó deteniendo su quehacer, muy serio, desconcertándome.

–¿Qué?

El joven se echó a reír divertido y alargó su brazo hacia mí, ofreciéndome su mano que estreché con fuerza.

–Soy Ian, el jardinero, y quiero decir que eres muy joven en comparación con las anteriores institutrices de los mocosos, que eran unas momias –aclaró estirando los labios en una sonrisa. Tenía una dentadura perfecta, sí señor.

–No eres el primero que me lo dice –apunté apartándome y dispuesta a marcharme para no molestarlo. El joven recogió las enormes tijeras y tras colgárselas del hombro se apartó del arbusto.

–Se acabó por hoy, que ya son las cinco –indicó buscando con sus ojos el sol, como si pretendiese confirmar con él la hora, y secándose con el antebrazo la frente perlada de sudor–. ¿Te apetece tomar un té?

–En realidad soy más de café.

–Bueno, estoy convencido de que a la señora Charlotte no le importará preparar café para ti –aseguró caminando en dirección a la casa, cuya fachada era bañada por los últimos rayos del día que se extinguía. Observé entonces que en la planta superior, la que según me había indicado el ama de llaves ocupaba la familia Robinson, todas y cada una de las ventanas permanecían cerradas, con opacas contraventanas, a cal y canto. Algo lógico, pensé, si el sol resultaba tan extremadamente perjudicial para sus propietarios. Alérgicos al sol; no podía parar de darle vueltas a aquello...

Ian, en lugar de acceder por la entrada principal, rodeó el edificio. Lo seguí, descubriendo el magnífico jardín trasero. Tenía una extensión superior a dos campos de fútbol, sembrado de flores entre senderos de losetas de barro cocido y adornado por multitud de arbustos modelados con las más diversas formas: perro, ciervo, pájaro, pelotas..., y con un rellano central de grava en el que había una fuente de mármol con bancos de piedra a su alrededor. En la parte posterior se extendía una planicie de lustroso césped en la que incluso había una pequeña laguna de sosegadas aguas que reflejaban, como un lienzo frente al espejo, las nubes que marchaban empujadas por el viento más allá de las montañas, teñidas de rojo por los rayos del sol del atardecer.

–Vaya, es realmente precioso –exclamé emocionada ante la contemplación de semejante belleza, sintiéndome inmersa en mitad de un cuadro de Monet.

–Gracias, mi trabajo me cuesta mantenerlo así –afirmó Ian halagado, mientras ascendía por la estrecha escalera de servicio que daba directamente a la cocina desde la parte trasera de la mansión.

La cocina era una habitación muy amplia que aún conservaba su horno original y un fogón de leña, junto a los cuales había un novísimo microondas y un horno industrial, así como una nevera americana. La señora Charlotte era una anciana regordeta, con la cara sonrosada y el cabello cano recogido en un rodete; vestía también el uniforme de la casa y me saludó amablemente al entrar. Ian nos presentó y tomó asiento en una larga mesa de madera maciza. La cocinera le sirvió una taza de té hirviendo que también me ofreció a mí.

–Anna toma café –le advirtió Ian mientras soplaba ligeramente el vapor de su infusión.

–Pero no se moleste –rogué.

–No, está bien, tengo café. Aunque sólo lo toma el señor Smith, un amigo del señor Robinson, cuando viene de visita. Y es una lástima que se estropee, así que ahora mismo te lo preparo –dijo amablemente, poniéndose manos a la obra–. ¿De dónde eres, Anna? No eres inglesa, ¿verdad?

–No, soy española.

–Se nota a la legua que no es inglesa, Charlotte, su acento la delata –interrumpió el jardinero–. Aunque hablas muy bien mi idioma –señaló dirigiéndose a mí, antes de dar un nuevo sorbo a su taza.

–Gracias, me alegra comprobar que tanto estudiar ha servido para algo –revelé complacida, sin disimular lo feliz que me hacía que fuese así.

Minutos después la cocinera vertió el ardiente café sobre mi taza y su aroma ascendió por mi nariz como una bendición para los sentidos. Adoro el café, el café solo y sin azúcar; el sabor amargo de un buen café es un auténtico placer para mí. Mi padre me enseñó a apreciarlo desde la adolescencia y ahora lo disfrutaba tanto como él. Papá, qué lejos estaba, pensé al recordarle en aquel preciso momento.

Ian y Charlotte esperaban a Sophie para que el chófer los llevase a casa. Acababan su jornada a las cinco y media y los cuatro vivían en el cercano pueblo de Rolvenden, así que tal y como el ama de llaves me había informado durante la noche tan sólo ella y una servidora permanecíamos en el edificio. Junto a los señores, claro. Ah, y un guardia de seguridad, Isaac, que llegaba al anochecer.

Me despedí de ellos hasta el día siguiente, apurando el último sorbo de café, y me marché a mi habitación, donde decidí invertir mi tiempo en deshacer la maleta. Coloqué la ropa en el viejo armario empotrado, temiendo que la usaría poco, pues debía vestir un sobrio uniforme: blusa blanca y pantalón negro de pinzas –por fin algo que sí me habían advertido en la agencia–. Al menos no era el largo traje azul marino de las doncellas. Recogí mi cabello en una coleta baja –ni muerta me haría un rodete– y me dispuse a buscar a la señora Merlon para que me condujese a la sala de estudio.

La encontré a punto de llamar a mi puerta, con la mano en el aire, y aunque me sobresaltó la recibí con una sonrisa que quedó perdida en el arisco rostro de ella. Acompáñeme, pidió, y la seguí por el corredor hasta alcanzar la estancia principal del palacete, un amplio salón de paredes decoradas con frisos blancos de remates dorados y techo alto adornado del mismo modo, con una chimenea de mármol que ardía en el extremo de la habitación reflejando sus llamas en una gran lámpara de bronce con tulipas de cristal.

–Tome asiento. –Me ofreció una de las sillas que acompañaban la mesa principal–. Cuando lleguen los señores debe levantase para saludarlos –indicó, como si yo no tuviese modales; yo, que me había criado frente a un colegio de pago.

Minutos después de que la señora Merlon acudiese en mi busca, el doctor Robinson y su esposa entraron en la sala. Él era un caballero alto, corpulento, con ojos negros y el cabello castaño repeinado hacia un lado, terriblemente pálido, de una insospechada juventud: no aparentaba más de treinta y cinco años. La señora Robinson caminaba lentamente tras su esposo. Era una mujer delgada en extremo y su piel casi transparentaba los huesos; mostraba un aspecto frágil, su cabello era rubio y caía ondulado sobre los hombros. Tenía unos brillantes labios pintados con carmín rojo. Vestía un traje plateado largo hasta el tobillo y aparentaba ser aún más joven que su esposo. Ambos se acercaron a mí y me incorporé de inmediato para recibirlos.

–Buenas noches, señorita *Rodrigues* –me saludó el doctor y a continuación estrechó mi mano con fuerza. Su mano estaba fría, helada como el mismísimo Polo Norte; por suerte pude controlar el respingo que me produjo el gélido contacto. La señora tan sólo hizo un leve gesto con la cabeza como saludo.

–Buenas noches. Llámenme Anna –pedí, frotándome sutilmente las manos, tratando de recuperar la temperatura habitual de éstas.

–De acuerdo, Anna; siéntese, por favor –rogó el señor, tomando asiento ambos en un amplio sofá próximo a mi silla. Su currículum me impresionó bastante, y ahora que la tengo ante mis ojos me pregunto si habré acertado al contratarla, es usted tan joven...

–Espero que no por tener menos edad, o por aparentarla, sea mejor o peor profesora; eso lo demostraré por méritos propios, no tiene por qué preocuparse al respecto –indiqué, concentrada en mirarle fijamente a los ojos, pues había leído meses atrás en un reportaje que evitar los ojos del interlocutor indicaba que se mentía, y yo decía la verdad.

–Nuestros hijos, en realidad nosotros mismos, somos muy particulares.

–Estoy al corriente, y como ha podido leer en mi currículum he trabajado durante un año como maestra en el hospital Puerta del Mar, de Cádiz, así que tengo experiencia en la enseñanza a niños con necesidades especiales –si había que sacar la artillería pesada estaba dispuesta, no había viajado hasta allí para nada.

–No imagina cuán especiales son nuestros hijos. Ojalá no me arrepienta de mi decisión –deseó arqueando una de sus delineadas cejas castañas–. Verá, su labor de enseñanza para con ellos no será la habitual, no deseamos que imparta clases de historia, lengua o cualquier otra materia; mi esposa Marie se encarga de ello, como hicieron las institutrices anteriores. Lo que deseamos de usted es algo distinto, deseamos que les dé clases sobre la actualidad.

–¿Disculpe? –¿De actualidad?; ¿qué era yo, un periódico?

–Sí, verá, deseo que les prepare para el mundo real. Martin y Louise, por su enfermedad, no tienen posibilidad de aprender al mismo ritmo que lo hacen otros chicos, y lo que pretendemos es que usted los prepare para la vida fuera de estas paredes. Por eso elegimos a una profesora joven y con conocimientos de informática e Internet; ellos no manejan el ordenador, no han subido nunca a un avión, no saben tomar el metro... –explicaba sentado muy recto, casi en el filo del asiento, con la elegancia de un artista de cine, como si no necesitase el apoyo del respaldo del sofá para sentirse cómodo y manteniendo el contacto con mis ojos en todo momento–. Por mi trabajo, yo no dispongo del tiempo necesario para enseñarles y Marie realmente lo desconoce tanto como ellos. Quiero que aprendan a desenvolverse por sí mismos y que estén al día en las últimas tecnologías. Ello es para nosotros tan importante como que sepan latín o matemáticas.

–Entiendo –contesté.

–Bien, pues entonces voy a presentarle a sus nuevos alumnos. Marie, por favor –pidió a su esposa. La señora Robinson abandonó entonces la habitación. El doctor se incorporó caballerosamente y yo hice lo mismo. La señora Robinson regresó pocos segundos después acompañada de los dos chicos, que se detuvieron ante mí.

Louise era la imagen de un auténtico ángel, una niña rubia con el cabello largo en tirabuzones y bucles. Su níveo rostro de muñeca de porcelana contrastaba con unos ojos profundamente azules rodeados de pestañas doradas. Vestía un uniforme escolar de cuadros escoceses verdes y rojos. En cambio, Martin ya no era ningún niño, era un adolescente alto y espigado, moreno, con el cabello lacio algo largo. Su piel era tan clara como la de su hermana, pero el color de sus ojos era de un profundo color café. Al contrario de lo que me había llevado a imaginar la advertencia del ama de llaves, sus pieles parecían saludables y su aspecto era tranquilizadoramente normal, siempre, eso sí, que obviara el hecho de que eran tan pálidas como la más pura nieve, algo por otra parte lógico, si no les había alcanzado ni un solo rayo de sol en sus cortas vidas.

Louise me observaba con ojos curiosos y Martin, muy metido en su papel de adolescente, pasaba de mí.

–Chicos, saludad a la nueva profesora –ordenó su progenitor.

–Buenas noches, señorita *Rodrigues* –dijo amablemente Louise, con voz de duendecilla de cuento.

–¡Hey! –espetó Martin como un disparo.

–Martin Robinson, muestra más respeto... –le exigió irritado el doctor.

–Está bien –indiqué. No deseaba que mi primera clase se iniciase tras una reprimenda paterna, no era un buen comienzo–. Bueno, ¿empezamos?

–Muy bien, pasad a la sala de estudio –rogó el señor Robinson, abriendo una de las puertas laterales del salón.

Los alumnos entraron primero y yo los seguí. La habitación no era demasiado grande pero estaba bien acondicionada para las clases; poseía una amplia pizarra, pupitres para la profesora y los alumnos, e incluso un videoproyector. Por otra parte, carecía de ventanas y todas las paredes estaban cubiertas por estanterías repletas de libros.

–Bueno, les dejo solos para que puedan comenzar. Como ya sabrá –me indicó el doctor–, dentro de cuatro horas mi esposa la reemplazará. Le agradecería que me redactase una lista con todo el material que considere necesario y me la entregue lo antes posible para proporcionárselo –me pidió, aún asido al pomo de la puerta.

–De acuerdo.

–Hasta luego entonces –se despidió cerrando tras de sí.

Quedé a solas con mis nuevos alumnos. Louise se acomodó en su pequeño pupitre y Martin se sentó sobre él, observándome desafiante con sus hermosos ojos color café. También yo tomé asiento sobre mi mesa frente a ellos.

–Bueno, lo primero es que nos conozcamos un poco, ¿verdad? –dije, tratando de romper el hielo–. Me llamo Anna, tengo veinticuatro años y soy de Cádiz, España. Lo que más me gusta en el mundo es bailar y lo que menos, el ajo. Ahora tú, Louise.

–Yo también odio el ajo –aseguró la pequeña con voz cantarina–. Tengo ocho años y lo que más me gusta es jugar al ajedrez y practicar las conjugaciones verbales de francés con mamá –reveló con una sonrisa, como quien dice jugar en el parque con mi muñeca, dejándome atónita.

–Bien, eso está muy bien –reaccioné, o lo intenté al menos–. ¿Y tú, Martin?

–Qué importa –respondió arisco, observándome fijamente con un atisbo de recelo en el fondo de sus ojos oscuros.

–Sí importa –rebatí con calma, a pesar de lo desafiante de su actitud–. Me interesa saber cosas de vosotros, necesito conoceros a ambos para poder enseñaros.

–No me interesa nada lo que tenga que enseñarme una... –temí que fuese a insultarme– mujer.

–Ah, es que eres machista, ¿es eso? Bueno, podemos tratarlo, es una enfermedad común por desgracia –respondí serena, manteniendo su retadora mirada.

–Martin, por favor, ella me gusta –pidió Louise con voz triste.

–Si pudieses elegir, ¿qué estarías haciendo ahora, Martin?

–Estaría recibiendo clases de Isaac –contestó sin dudar un segundo.

–¿Isaac, el guardia de seguridad? –pregunté a Louise.

–Es su profesor de lucha, es lo único que quiere hacer todo el tiempo, no le interesa nada más –explicó la pequeña haciendo un mohín de reprobación mientras apretaba sus finos labios de ángel.

–Todo lo demás son bobadas –aseveró Martin–. No necesito saber nada que tengas que enseñarme –concluyó de nuevo desafiante, sentado en su pupitre e inmóvil como una estatua.

–Pues, en vista de las circunstancias, te propongo algo; si eres capaz de vencerme en un pulso permitiré que pases las cuatro horas ahí sentado haciendo lo que te apetezca, ignorándome si así lo deseas. Pero si gano yo, me contestarás de buen humor y con una sonrisa a todo lo que te pregunte –le ofrecí, incorporándome dispuesta a ello.

Mi alumno no daba crédito a lo que estaba proponiéndole, no me creía, así que me senté en mi silla y remangué mi camisa blanca hasta el codo, colocando el brazo derecho sobre la mesa. El chico, dubitativo, caminó hasta mí, con la incredulidad reflejada en el rostro. Louise, que nos observaba divertida, se acercó para hacer las veces de juez. Aquello podía parecer surrealista, de hecho, realmente lo era, pero era lo que pretendía, descolocarle de su actitud rebelde, y lo estaba consiguiendo.

–Te advierto que soy muy fuerte –dijo, y cogió mi mano con la suya, tan fría, gélida, como la de su padre; un rasgo de su enfermedad, supuse.

–También yo; nunca nadie me ha ganado un pulso, ni mi hermano, ni mi padre... –Y era cierto, tenía mucha fuerza en los brazos, lo cual me había traído algún problema en el colegio, como cuando tenía cinco años y por no saber controlar mi fuerza le arranqué un mechón de pelo a mi prima al tratar de cogerle una coleta; le hice un repelón sobre la oreja que le duró meses. Fue todo un drama familiar–. Louise, tú das la salida.

–Ya –exclamó la pequeña inmediatamente.

Martin apretó su mano contra la mía. Era fuerte, tremendamente fuerte, en realidad nunca antes alguien había logrado ponerme en apuros, pero el muchacho lo estaba consiguiendo, hacía oscilar mi mano hacia su lado. Empujé con fuerza, y aunque me parecía increíble notaba que podía vencerme, en realidad estaba a punto de hacerlo. Mantenía mi pulso firmemente, con su rostro muy cerca frente a mí, concentrado en nuestras manos. Supe que iba a ganarme –no daba crédito– y no podía permitirlo. Debía hacer algo, pensar rápido, o pasaría los siguientes seis meses con un alumno rebelado (si es que no me despedían ipso facto por ser incapaz de impartirles clase). De pronto le di un beso en la nariz, y ello le sorprendió de tal forma que su mano cedió bajo la mía y pude vencerle.

–Gané –proclamé. Y Martin, que aún permanecía desconcertado por mi actitud, se frotó suavemente la nariz.

–Eso es trampa –dijo finalmente, frunciendo la frente, pero sin poder evitar que una ligera sonrisa aflorara en sus labios.

–No lo es, nadie dijo que no podía darte un beso en la nariz, ¿lo hicimos? No, ¿verdad? Ahora vamos a comenzar la clase.

Después de aquella peripecia la actitud de Martin se transformó paulatinamente; poco a poco se mostró más comunicativo, educado al menos. Al parecer cumpliría su parte del trato.

Les dicté unas preguntas de cultura general y les dejé el tiempo suficiente para que realizasen el examen. Necesitaba saber de qué base partía con ambos. Mientras lo hacían me dediqué a escribir la relación de material que el señor Robinson me había solicitado. La lista fue larga; necesitaban un ordenador, preferentemente portátil, varios libros, un mapamundi actual, un mp4, una televisión para la clase... A las doce, con puntualidad inglesa, la señora Robinson llamó suavemente a la puerta para relevarme.

–No es necesario que permanezca despierta, es suficiente por hoy –me indicó Marie Robinson. Me despedí entonces de mis alumnos y salí de la habitación.

Valoré positivamente aquella primera clase, a pesar de que había desobedecido todas las órdenes impartidas por la señora Merlon: no tutear, no tocar... Y desconocía si ello traería consecuencias. En cualquier caso, había actuado según mi instinto y el resultado había sido óptimo, al menos para mí. Martin incluso había aceptado practicar con mi mp3 como tarea para el día siguiente, a regañadientes, pero lo había aceptado. Era sorprendente cómo lo manejaba con una simple explicación, cuando a mí me había costado meses entender su funcionamiento.

El doctor se encontraba en el salón acompañado de otro caballero con el que conversaba animadamente junto a la chimenea. Era un tipo alto, de aproximadamente treinta años, con el cabello rubio ligeramente ondulado sobre los hombros. Sus ojos, de un azul intenso, me observaron al salir del aula.

–Lamento interrumpir –dije, dispuesta a cruzar por su lado.

–No, acérquese –pidió el señor Robinson, y le obedecí, deteniéndome frente a ambos–. William, ella es la señorita Anna *Rodrigues*, la nueva profesora de mis hijos. Anna, éste es Sir William Smith, un amigo de la familia al que verás a menudo por aquí.

El caballero extendió su mano hacia mí, y la estreché con suavidad. Era fría como el hielo, y comencé a dudar si es que mi temperatura corporal era anormalmente alta o acaso los británicos tenían horchata granizada corriendo por las venas en lugar de sangre.

Durante unos segundos me sentí rigurosamente analizada por aquellos inmensos ojos. Era un hombre sin duda atractivo, de una belleza nórdica; sus labios eran finos, su nariz recta y sus rasgos delicados. Vestía un pantalón gris espigado y una camisa celeste muy claro, con el primer botón desabrochado. El fuego de la chimenea se reflejaba en su piel marfileña. Tenía una expresión seria en el rostro, incómodo quizá por mi interrupción.

–Encantada –dije. Él respondió desplegando una sonrisa y sencillamente me olvidé de respirar en aquel instante.

–Igualmente.

Salí de la sala con el corazón acelerado. Me había puesto nerviosa. ¿Acaso estaba tonta? Era un tipo guapo –guapísimo–, pero ¿y qué?, ¿qué más daba? Llevaba demasiado tiempo con el radar amoroso apagado y, por primera vez desde hacía mucho, me había fijado en un hombre que no fuese mi ex; eso debió de hacer saltar unas alarmas que creía fundidas por la falta de uso. Algo dentro de mí se había removido, y esto me asustaba.

Una vez en la cocina, recuperado el aliento, puse a calentar en el microondas la cena que Charlotte había dejado preparada para la señora Merlon y para mí. Tendría que comenzar a acostumbrarme a la comida inglesa –cosa difícil–. El ama de llaves ya había cenado, sus cacharros estaban en el fregadero como prueba de ello, así que conecté la pequeña radio que la cocinera guardaba sobre la campana extractora, para sentirme menos sola, y la música comenzó a sonar con el volumen casi al mínimo. Terminé de cenar y puse la cafetera al fuego. Entonces oí un ruido fuera; miré a través de la cristalera de la puerta de la cocina hacia el exterior y vi a un hombre en el jardín, de espaldas, observando los alrededores. Supuse que se trataría de Isaac, el segurata.

La luna en cuarto creciente reflejaba su semicircular silueta en la distante laguna. Tras unos instantes distraída por su oscilante imagen plateada danzando sobre el agua, reparé en que el supuesto Isaac había desaparecido. Esto me dejó aturdida: un segundo antes estaba y al siguiente no.

El café subía en la cafetera exprés.

–Buenas noches –dijo una voz a mi espalda, dándome un susto de muerte. Sobresaltada me giré y observé al caballero rubio que me habían presentado minutos antes, apoyado en el quicio de la puerta de la cocina que conectaba con las estancias interiores–. Lamento haberla asustado.

–No se preocupe –le pedí, recuperándome y apagando el fuego. El café estaba listo.

–El aroma del café me ha traído hasta aquí –confesó él. Su cabello, incluso bajo el resplandor azulado del neón de la cocina, brillaba como en el mejor anuncio de champú; parecía que en cualquier momento comenzaría a agitar la melena y a sacar el frasco por detrás de su espalda.

–¿Le sirvo una taza, señor Smith? –le ofrecí educada, con el corazón latiendo a mil revoluciones en mitad del pecho, repitiéndome: tonta, tonta, tonta...

–Sólo William; tutéame, por favor.

–Está bien, ¿cómo te gusta el café, William? –requerí tomando dos tazas de la alacena. E inspiré profundamente, tratando de calmarme, y celebrando que él no pudiese oír las aceleradas palpitaciones de mi músculo cardíaco. Resultaría vergonzoso admitir que su sola presencia me producía aquella reacción.

–Solo y sin azúcar –pidió sentándose a la mesa, frente a mi sitio.

–¿En serio?

–¿Tiene ello algo de particular? –preguntó extrañado. Su voz era cálida, sosegada y limpia, la envidia de cualquier tenor de bel canto.

–No sé. Yo también lo tomo así, pero no es habitual; casi todo el mundo prefiere añadirle azúcar o algún tipo de edulcorante. Para mí su amargor es una delicia –le explicaba, mientras vertía el café humeando en su taza y el Sir inglés, que aparentaba entusiasmo en lo que estaba contándole, me miraba fijamente, atravesándome con sus turbadores ojos de mar. Permaneció en silencio unos segundos, concentrado en mí como si pretendiese adivinar mi pensamiento, y luego pareció sorprendido, arrugando el entrecejo. Su actitud me desconcertó–. ¿Qué? ¿Tengo algo en la cara? ¿Me he manchado de comida o algo así? –sugerí, paseando mi mano por la boca por si acaso.

–No, no –respondió observándome con interés desmedido–. Es sólo que... ¿de dónde eres?

–Soy española, ¿por qué?

–Sólo curiosidad.

–Ah, bueno... –continuaba aturdida por su actitud, pero intenté mostrar naturalidad–. Y tú, ¿de dónde eres?

–Soy de Belfast, pero poseo una vivienda en Londres y suelo venir a menudo a visitar a mi amigo Charles Robinson. Ahora tengo una razón más para venir –añadió cortés.

–¿Sí?, ¿cuál? –pregunté ingenua, soplando el vapor del ardiente café y dando un sorbo. William Smith entornó los ojos a la vez que esbozaba una deslumbrante sonrisa y supe que se refería a mí; me atraganté y tosí disimuladamente, abochornada, incrédula.

–¿Sabes cuál es el mejor café del mundo? –preguntó de improviso.

–Sí –respondí convencida y recuperada del ataque de tos; ¿con quién creía que hablaba? Pero si entre mi padre y yo habíamos hecho rico a Juan Valdés–. El de... los bichos esos... Ay, ¿cómo se llaman los bichos esos que se lo comen y luego hacen caca...? –Fue muy gráfico, prometedor.

–Los luwak –indicó conteniendo una risa entre dientes.

–Eso, el kopi luwak –concluí, orgullosa de mis conocimientos cafeteros–. Me encantaría probarlo, pero a mil euros el kilo creo que moriré con la duda –sonreí, y el caballero rubio respondió a mi sonrisa; era realmente encantador.

En la pequeña radio comenzó a sonar mi canción favorita: "She loves you", de los chicos de Liverpool. Corrí a subir levemente el volumen. El Sir inglés me observó en silencio; aún sostenía la taza de café entre las manos, intacta.

–No me lo puedo creer, es mi canción –apunté feliz.

–¿Te gustan los Beatles?

–¿Bromeas? Me encantan los Beatles, y con esta canción me dieron mi primer beso –confesé con cierta melancolía, apurando mi bebida de pie, apoyada sobre el borde de la encimera. Él tuvo que girarse en su silla para poder mirarme a los ojos.

–¿Con los Beatles? Yo creía que los jóvenes de tu edad no oíais esa música, que había pasado de moda –sugirió enarcando una de sus delineadas cejas rubias, sorprendido.

–¿Los Beatles pasados de moda? ¿Estás loco? Ellos nunca pasarán de moda –rebatí, observándole directamente, ya vencido el pudor inicial.

–Estoy completamente de acuerdo contigo, creo que *Help* es el mejor álbum de la historia. –Él continuaba mirándome con ojos curiosos y una expresión de complacencia en el rostro que me confundía.

–Bueno, tengo que marcharme; encantada de conocerte –me despedí curvando los labios en una sonrisa que pretendía ser coqueta desde la puerta; lo pretendía, aunque no podía estar segura de que lo consiguiera, pues el caballero inglés me turbaba demasiado–. Se te va a enfriar el café.

–Lo mismo digo, Anna, un placer –dijo alzando la taza levemente, para mostrarme que acataría mi recomendación–. Hasta mañana.

¿Qué había sido aquello?, me preguntaba de regreso a mi habitación. Un flirteo en toda regla, no había duda.

Él me había puesto ojitos, me había dicho que yo era un motivo para venir a menudo –momento ataque de tos– y yo... yo había sonreído más en nuestro encuentro que en los últimos seis meses.

Mi radar podía estar defectuoso pero no estaba muerto.

Aquello había sido un tonteo mutuo. Y me reprendí por ello, ¿acaso mi estancia en Londres no tenía como objetivo descansar el corazón y la mente?, ¿es que quería volver a sobrecargarlos? Pero a la vez, quién se resiste a un mix Pitt-DiCaprio que además es un encanto. La que sea capaz que levante la mano.

Decidí disfrutar de una apacible ducha caliente, al fin y al cabo tan sólo era la una de la madrugada y me había mentalizado a acostarme mucho más tarde. Cuando salía del baño en pijama oí ruidos en el exterior de la casa y subiéndome a la silla del escritorio alcancé la alta ventana rectangular con vistas al jardín trasero de mi habitación.

Observé entonces a mis alumnos fuera, bajo la tenue luz del porche. Louise jugaba con una muñeca, a la que paseaba en su cochecito rosa, y Martin oía música con mi mp3. Me enterneció verlos en su solitario recreo entre penumbras. La pequeña corría de un lado a otro bajo el distraído cuidado de su padre, que conversaba animadamente, en un lateral de la imagen que alcanzaba a ver, con el señor Smith, a quien veía de espaldas. Parecían discutir por algo que ni por asomo alcanzaba a oír. A Isaac lo suponía de pie, al lado del señor Robinson, inmóvil, vigilante y alerta.

Volví a contemplar a los chicos. De pronto, Louise miró en mi dirección; sus ojos destellaron como los de los gatos y un terrible escalofrío recorrió mi cuerpo. Me agaché, entre asustada y avergonzada ante la posibilidad de que pudiese haberme descubierto espiando, pero era imposible, estaban demasiado lejos. Decidí irme rápidamente a la cama, y pasado un buen rato, cuando mi corazón retomó su frecuencia habitual, me quedé dormida al fin. Había sido un día demasiado largo.

Capítulo 2

Louise y Martin

A la mañana siguiente me levanté temprano, no estaba acostumbrada a remolonear en la cama, menos aún si las sábanas picaban un poco. No les habría hecho daño algo más de suavizante en el lavado. Me vestí con unos vaqueros y un jersey blanco, recogí mi cabello en una coleta y tomé rumbo a la cocina en busca de mi desayuno. Sentía un ligero temor a encontrarme con el ama de llaves. Si Martin había contado que le di un beso en la nariz mientras le echaba un pulso camionero, probablemente me vería obligada a coger un vuelo de vuelta a Jerez esa misma tarde. Deseaba con toda mi alma que no fuese así.

La señora Charlotte había preparado huevos revueltos con beicon, podía olerlos desde el pasillo. Sophie apuraba un té con prisas vestida con su uniforme de doncella. Las dos se giraron a saludarme.

–Buenos días –dije, pero sentí que no era suficiente. Ellas continuaban mirándome fijamente, mudas. Tomé un tazón del mueble y me serví el café recién hecho. Distinguí entonces las dos tazas vacías de la noche anterior en la pileta y me acordé de William, sintiendo un secreto placer al recordarlo–. ¿Qué pasa?

–¿Qué tal te fue anoche? –se decidió a preguntar Sophie.

–Bien –afirmé tomando asiento a su lado–. ¿Por qué?

–¿No te han dado miedo los pequeños monstruitos? –susurró la doncella, recibiendo una mirada de reprobación de Charlotte.

–No –respondí sorprendida y molesta a partes iguales por su modo de referirse a mis alumnos–. ¿Por qué tendrían que haberme dado miedo? Son sólo unos críos. Y te agradecería que en el futuro, Sophie, al menos en mi presencia, no hables de ellos de ese modo –proclamé incómoda. ¿Monstruitos? Suficiente tenían con padecer aquella extraña enfermedad como para que además los ofendiesen por ello.

Abandoné la mesa y me dirigí a la puerta del jardín. Desde la cristalera distinguí a Ian, el jardinero, que podaba unos rosales cerca del lugar donde jugaban los hermanos la noche anterior, y recordé que realmente hubo un momento en el que sentí miedo. Aquella mirada...

–Perdona a Sophie, es muy impresionable –rogó la cocinera, tratando de quitar hierro al asunto–. Siéntate y desayuna.

–No, gracias; sólo tomaré café –señalé mientras salía al jardín.

El sol se había dignado a aparecer. Tratando quizá de demostrar su hegemonía en aquel entorno tan lluvioso, se permitía el lujo de revelarse de vez en cuando y despuntar con sus cálidos rayos sobre las níveas pieles de los británicos. El fango comenzaba a secarse entre las losetas de barro cocido y podía incluso caminar sobre la tierra sin ensuciarme los zapatos. Di un pequeño paseo, taza de café en mano, hasta alcanzar el lugar en el que Ian se encontraba ataviado con su mono verde, recortando las espinosas ramas de un rosal rojo como la sangre. Sudaba atareado con las potentes tijeras de podar.

Me vio llegar y se detuvo.

–Buenos días, señorita institutriz –saludó con ironía.

–Buenos días, señor jardinero.

–¿Qué tal anoche? –preguntó. Parecía que el tema de conversación del día era mi experiencia con los pequeños.

–Mejor de lo esperado –confesé, y era completamente cierto–. Los Robinson me parecieron muy educados y los chicos, como todos los de su edad. Louise es encantadora y Martin algo rebelde, pero bueno, tendrías que haberme visto a mí con sus años.

–Me habría gustado hacerlo –aseguró el jardinero, ladeando sus labios en una media sonrisa, con el rostro ligeramente sonrosado por la actividad física–. Aunque no creo que hayas cambiado demasiado.

–Créeme que sí –reí para mí–. Fui una adolescente enclenque y desgarbada, sin duda los años me han sentado bien. ¿Y tú? Tienes pinta de haber sido el cachas al que todas se quieren ligar. Si nos hubiésemos conocido entonces ni siquiera te hubieses dignado a mirarme dos veces –sugerí haciéndole reír. Estaba segura de que no me había equivocado lo más mínimo.

–Suerte que nos hayamos conocido ahora, ¿no? –apuntó sonriendo. Ian era agradable y parecía buen chico, pero si me detenía a comparar su sonrisa con la de William Smith la noche anterior debía buscar su puntuación en el fondo de la fosa de Las Marianas. No había conocido a nadie con una sonrisa tan seductora como la del Sir inglés en toda mi vida.

–Bueno, tengo que marcharme, o la señora Merlon te regañará –apunté cómplice, dando un nuevo sorbo de mi café, que comenzaba a enfriarse.

–Está bien. Nos vemos, señorita institutriz.

–Adiós, jardinero. –Volví a la cocina, apurando mi bebida para dejar la taza.

De camino a mi habitación me encontré de frente en el pasillo con el ama de llaves. Acababa de levantarse. Sus ojos estaban aún algo hinchados; su rostro era serio y su moño perfecto. Intenté averiguar en su inexpresiva faz alguna muestra de hostilidad o de "te-vas-a-enterar-por-desobedecerme", pero no fue así, su cara de perro era la habitual. Disparó un "buenos días" y pasó a mi lado sin más. Uff, qué alivio.

Corregí los exámenes de mis alumnos –excelentes ambos– y comencé a preparar la materia para la clase de aquella noche. La centraría en el uso del ordenador. Conecté mi portátil, que captó la señal WiFi de la propiedad, y me ayudé buscando lecciones en Internet. Aproveché para escribir un correo a mi hermano para saludarlo. Después del almuerzo puse la alarma de mi reloj a las siete y media y me acosté.

Cuando desperté, tras una reparadora ducha, repasé mis apuntes para la lección y me encaminé temprano a la sala de estudio. Marie Robinson se encontraba en el salón, sentada en uno de los sillones, frente a la chimenea, completamente absorta en sus pensamientos. Era una mujer realmente guapa, y sin duda sus hijos habían heredado sus genes. Su rostro inmaculado y su cabello rubio platino, peinado con ondas, me recordaban a los de las actrices americanas de los años treinta. Pasé por su lado captando su atención.

–Buenas noches, señorita *Rodrigues* –saludó arqueando los labios pintados de carmín.

–Buenas noches, señora Robinson –respondí deteniéndome a su lado un instante.

–Sobre su mesa ha dejado mi esposo todo el material que solicitó, una gran cantidad de cosas –apuntó, y yo dudé si aquello era una crítica sutil indicando que me había excedido al pedir.

–Sí, la verdad es que sí, ahora tan sólo queda que sus hijos les saquen el partido necesario –comenté, completamente convencida de que así sería.

–Lo harán, son unos excelentes estudiantes –dijo orgullosa, girando su rostro de nuevo hacia el fuego, sin que una posible respuesta por mi parte pudiese tener alguna importancia.

–¡Anna! –gritó Louise a mi espalda. Estaba tan hermosa como la noche anterior. Martin caminaba tras ella y me miraba de soslayo, cauteloso pero ya no hostil, algo nuevo y tremendamente positivo–. Mira, te he hecho un dibujo. Eres tú.

–¡Oh, qué maravilla! –exclamé ante la caricatura en la que aparecía con una cabeza desmesuradamente grande. Al menos mi boca era una curva hacia arriba de oreja a oreja. Abrí la puerta de la sala de estudio y les hice pasar adentro–. Hey, estoy muy guapa.

–Lo eres –afirmó la pequeña sentándose en su sitio.

–Vaya, gracias. Bueno, ¿qué tal si empezamos? –propuse, realmente dispuesta e ilusionada.

Cuando me dirigí a mi mesa comprobé que había una gran cantidad de paquetes sobre ella. Había dos novísimos ordenadores portátiles, dos coloridos iPods de cuarta generación, dos cámaras digitales, varios *pendrive*... El señor Robinson había duplicado mi pedido, no había escatimado en gastos. Incluso había comprado dos pequeñas televisiones con DVD incorporado. Aquello era demasiado.

–Bueno, Martin, ¿qué tal te ha ido con mi mp3? –requerí, y el muchacho se acercó para devolvérmelo.

–Muy bien, es mucho más fácil de utilizar de lo que pensaba –señaló mientras me lo devolvía. Y en cuanto sus manos se hallaron libres, se apartó suavemente con los dedos el largo flequillo a lo Justin Bieber.

–¡Martin está enamorado de ti! –exclamó Louise de pronto, poniéndose de pie, con sonrisa angelical. Has sido la primera chica que le ha besado.

–¡Louise! ¿Eres tonta? –le increpó su hermano, ofuscado.

–A ver, a ver, tranquilos los dos –intenté apaciguar los ánimos, disimulando lo gracioso que me resultaba que la pequeña tratase de descubrir a su hermano, bastante ofendido al parecer por la acusación–. Lo primero, Louise, es que yo no le he besado, le he dado un beso en la nariz; así, mira. –Me acerqué a ella y repetí el mismo gesto en su fría naricilla respingona–. Soy muy cariñosa y suelo besar a las personas a las que aprecio. Si os molesta, no lo haré; pero es mi forma de ser. Y Martin no está enamorado de mí porque soy mucho mayor que él y además su profesora, ¿verdad, Martin?

–Sí –contestó apretando la mandíbula aún molesto, sin dejar de taladrar con los ojos a su hermana. Por su parte, Louis le sacó la lengua, provocadora. Sin duda era mucho más traviesa de lo que parecía en un principio.

–A mí no me molesta que me des besos –advirtió la pequeña recuperando la angelical expresión del rostro y abanicándome con sus pestañas doradas. Martin sencillamente no respondió.

Durante las dos primeras horas de clase de aquella noche les expliqué nociones básicas acerca del funcionamiento del ordenador: accesos USB, lector de compactos, discos duros... Aprendían extraordinariamente rápido, no era necesario repetir nada, ni un paso; ni siquiera había preguntas. Jamás había encontrado alumnos así.

En las siguientes horas extendí el mapamundi y comenzamos a colocar banderitas en las capitales mundiales actuales y a nombrarlas. A las doce volvió a golpear suavemente la puerta la señora Robinson, la lección había concluido. Me despedí de mis alumnos dejándoles como tarea pasar música y vídeo desde el ordenador al iPod y recitar de memoria las cincuenta y tres capitales de África –puede parecer exagerado, pero al ritmo al que aprendían era pan comido–.

De regreso a mi habitación me encontré con el señor Robinson en el hall. Estaba cogiendo su sombrero borsalino del perchero que había junto a la puerta para marcharse. Cuando me vio se dirigió a mí con gesto serio. "Ahora es cuando viene la regañina", pensé.

–¿Qué tal las clases? –preguntó interesado.

–Muy bien, sus hijos son realmente inteligentes y muy buenos chicos, es un placer darles clase. –Había que hacer un poco la pelota, ¿no? Aun así era completamente sincera.

–También usted les ha caído muy bien, a ambos –apostilló, y sin saber por qué entendí que se refería a Martin en particular, quien probablemente habría tenido problemas con las anteriores profesoras–. Me alegra que sea así –confesó colocándose el sombrero. Iba vestido con una larga gabardina beige, probablemente lloviznaba fuera–. Bueno, puede irse a la cama, tampoco la requeriremos esta noche.

–Hasta mañana entonces –le despedí cuando abría la puerta, distinguiendo fuera la particular silueta de Isaac; su robusta complexión era inconfundible. Vestía de negro como habitualmente. Y había otro hombre, ataviado con la misma indumentaria, del que sólo alcancé a ver el cogote moreno cortado a cepillo. Otro guardia de seguridad, supuse.

Y no es que a mí me interesase en absoluto la escolta del doctor, ni siquiera por qué tenía escolta. Debía de ser famoso en Inglaterra; desde luego que fuese tremendamente rico lo daba por hecho, a tenor de la residencia. En realidad, mi curiosidad se debía a otros motivos mucho más... terrenales.

Una vez en la cocina cené a solas nuevamente. Qué decepción, esperaba haber podido ver a William, aunque fuese de lejos, y alegrarme así la vista al menos. Pero el Sir inglés no había venido aquella noche. Mi gozo en un pozo.

Charlotte había preparado algo similar a una tortilla de patatas para mí, pero aquello era más parecido a unos huevos revueltos que a uno de los maravillosos tortillones de dos pisos que preparaba mi madre para almorzar en la playa. Lo importante era que la cocinera trataba de ser amable, en realidad todos lo eran, bueno, casi todos. Merlon entró en la cocina justo cuando me servía una taza de café.

–¿Gusta? –le pregunté. Ella rehusó mi ofrecimiento. Regresé entonces a mi sitio en la mesa y comencé a beber el oro negro.

–Pasado mañana los señores tienen que salir. El señorito Martin y la señorita Louise los acompañarán. Por lo tanto, la noche del viernes no habrá clases –me informó, tomando de la encimera una pequeña bandeja plateada en la que portaba su cena.

–Gracias por avisarme con tiempo.

–Eso no quiere decir que tenga la noche libre, no se equivoque, deberá permanecer en la casa por si regresasen temprano y la requirieran –advirtió como si temiese que planeara una loca noche de marcha a lo Lady Gaga. Su rostro estaba plagado de surcos y arrugas que se cerraban en abanico junto a los ojos, las mejillas y el labio superior, siempre con un rictus altivo.

–Está bien –contesté, fingiendo no haber percibido su particular tono cítrico.

Se marchó sin dar tan siquiera las buenas noches, ¿cuál sería su problema? ¿Por qué estaba tan amargada? Necesitaba un psicoterapeuta con urgencia o acabaría por convertirse en una mezcla de la bruja mala de Blancanieves y el Increíble Hulk –ya casi tenía el mismo tono de piel.

Al día siguiente, al entrar en la cocina en busca de mi desayuno, encontré sola a Sophie tomando té. Charlotte y Mel habían ido al mercado de Rolvenden a comprar provisiones para todo el mes, como acostumbraban a hacer según me contó la doncella al preguntar por ambos.

Me senté a su lado. Estaba hambrienta, así que me serví un bol de revoltillo de habitas blancas con salsa de tomate, desayuno inglés, sin demasiada convicción. Jamás había tomado *potaje* para desayunar, me decía en mi fuero interno, pero para todo hay una primera vez. Un par de cucharadas después hasta tenía buen sabor. Distinguí entonces que Sophie me observaba en silencio, con la mirada perdida más allá de mí, en cualquier otra parte menos en aquella cocina, embelesada. Me observaba como si yo fuese una pequeña pieza de escayola de Lladró, que está pero no está.

–¿Hola? –me hice notar, saludándola con los dedos de mi mano izquierda.

–Ian está fuera –dijo la doncella sin venir a cuento, como si vertiese el interior de su mente sobre aquella mesa.

–Muy bien. –¿Acaso pensaba que estaba ciega?, ¿que no me había percatado de que estábamos solas? Continué degustando mi desayuno particular, así como ella continuó mirándome fijamente. Dudaba de si ella nunca había visto a nadie comer–. ¿Y?

–Está fuera en el jardín posterior, junto a la laguna –añadió, dando vueltas a la cucharilla en la taza sobre la mesa.

–¿Y? ¿Qué pasa con Ian? –dudé realmente turbada.

–Eso me pregunto yo, ¿qué pasa con Ian? –requirió de improviso, con una voz mucho menos calma de lo habitual, casi retadora. ¿Aquello era una conversación? Era surrealismo puro.

–Sophie, ¿estás tratando de decirme algo? Habla claro, por favor, porque creo que no te estoy entendiendo nada –le pedí a punto de la exasperación. La muchacha me observaba indecisa con sus ojos castaños, en silencio, y a mí me estaba cansando el jueguecito.

–¿A ti te gusta Ian? –preguntó al fin, directa, clara.

–¿A mí? ¿Te ha pedido él que me preguntes eso? –requerí desconcertada.

–No, pero ¿te gusta?

–No, no me gusta. Sólo llevo aquí tres días, no me ha dado tiempo siquiera de conocerlo, ¿cómo iba a gustarme? –mentí, había alguien que había captado mi total interés desde el primer momento en que lo vi. Tres días habían sido más que suficientes. Pero no era Ian.

–Pues a mí sí –confesó acongojada, bajando la mirada, con las mejillas ligeramente encendidas.

–Y temías que yo...

–Le has caído muy bien y hablas mucho con él –balbuceó mientras su rostro alcanzaba paulatinamente el color de una langosta cocida.

–¿Mucho? Sophie, puedes estar tranquila. Ian no me interesa. He hablado un par de veces con él, me parece un chico simpático y con el que podría tener una buena amistad, pero no me interesa como hombre –aseguré, y la doncella liberó un largo suspiro sin molestarse en disimular su alivio–. Pero vamos, si te gusta más vale que te lances, porque si no puede que él conozca a alguien que sí tenga el valor de hacerlo –concluí.

Buena recomendación, me dije a mí misma, ojalá fuera capaz de seguir mis propios consejos. Igual mejoraba así mi vida amorosa, que llevaba ya demasiado tiempo siendo nula. También a Sophie le pareció una sabia reflexión y me aseguró que la tendría en cuenta.

El resto de la mañana la pasé ayudando a Charlotte a guardar las provisiones en el almacén cuando regresó del mercado y después echamos allí unas partidas de cartas escondidas del ama de llaves junto a Mel, sentados sobre cajas de fruta.

Ambos eran realmente tiernos, como una pareja de abuelitos jubilados. Charlotte era muy divertida y algo picarona, le encantaba escandalizar al chófer con sus ocurrencias, que yo le reía, aunque la mitad de sus chistes no lograba entenderlos porque para mí no significaban lo mismo que para ellos. Era cuestión de cultura británica, no de vocabulario. Mel era callado por naturaleza, no hablaba demasiado, y no sólo conmigo.

Después del almuerzo me acosté, en lo que comenzaba a ser mi rutina cada tarde. Cuando llegó la hora de las clases volví a embutirme en mi refinado uniforme monocromático. Tenía planeada una lección sobre el programa Windows y caminaba, cargada con mi portátil y mi bolso, media hora antes de tiempo en dirección al aula, pues deseaba preparar mi presentación con el videoproyector. Cuando alcancé el salón principal mi corazón se encogió ante la silueta de un alto caballero rubio, con el cabello ondulado sobre sus anchos hombros, que sostenía un libro en la mano y lo ojeaba junto a la chimenea.

–Buenas noches, William –dije caminando hacia él, en la misma dirección en la que se encontraba el acceso a la sala de estudio.

–Buenas noches, Anna, ¿cómo estás? –saludó mientras se daba la vuelta, mirándome con esos ojos de mar que brillaban como dos zafiros en su rostro céreo y cerrando a la vez el libro entre sus manos.

–Bien, voy a preparar mi clase. ¿Y tú? –pregunté con el ordenador abrazado al pecho, nerviosa como una colegiala.

–Estoy esperando a Charles –señaló dando un paso hacia mí. En la comisura de sus labios pareció dibujarse un proyecto de sonrisa, y su voz era tan serena que podría apaciguar cualquier humor–. Tendrás alguna noche libre, ¿no? –requirió cómplice, despertando en la boca de mi estómago un chisporroteo de mariposas.

–Sí, los fines de semana los tengo libres –respondí hecha una boba, atolondrada, deseando que lo siguiente que me preguntase fuese: ¿Te apetecería...?

–Buenas noches, señorita *Rodrigues* –saludó el señor Robinson, a mi espalda, interrumpiéndonos, a pesar de lo cual le dediqué una sonrisa coqueta a William antes de girarme para recibirlo.

–Buenas noches, señor Robinson. Si me disculpa, voy a preparar mi clase –concluí mientras abría la puerta del aula de estudio y pasaba al interior.

El corazón me latía tan rápido que temí que escapase de mi pecho y echase a correr por la campiña británica. Me senté en mi silla recuperando el pulso, ¿estaba tonta o qué? ¿Cómo podía ponerme así? No lo conocía, apenas habíamos cruzado cuatro palabras, pero sus ojos me inspiraban demasiadas cosas, transmitían misterio, deseo, pasión...

¿Iba a permitirme el lujo de fijar mi atención en un Sir inglés cuyas intenciones para conmigo desconocía? Porque aunque había *feeling* entre lo dos, lo sentía, ¿habría algo más en común que la pasión por el café? Qué más da, me dije, ¿es que no podía disfrutar del momento sin pensar? Suficientemente mal lo había pasado en los últimos meses.

Los alumnos entraron en la sala de estudio, apartándome de mis comecocos. Lo agradecí. Ambos habían cumplido la tarea encargada y además manipulaban con una soltura extraordinaria sus ordenadores portátiles. Los manejaban mejor que yo, sobre todo Martin, que apuntaba maneras de ser el próximo Bill Gates. A la porra mi clase sobre Windows.

–Bien, pues entonces tengo un regalo para vosotros –anuncié sacando de mi bolso una camiseta negra de los Rolling Stones con la característica lengua. Era mía, pero calculaba que el adolescente y yo tendríamos la misma talla–. Toma, es para ti, Martin. Me gustaría que la tuvieses. Es del grupo que estuviste escuchando en mi mp3 y te he grabado un concierto para que lo veas –le dije mostrándole un *pendrive*. El muchacho se acercó indeciso. Su cabello negro se balanceaba sutilmente a cada paso. Tomó la prenda entre sus manos y casi sonrió, demostrándome que le había agradado–. Y para ti, Louise, tengo esto. Saqué un pequeño oso de peluche. Me costaba la misma vida desprenderme de aquel muñeco que mi ex me había regalado un par de años atrás, ganado a los dardos en una feria. Desde entonces me había acompañado, pero sentía que era el momento de dejarlo atrás del todo y quién mejor para entregárselo que aquel ángel cuyos ojos se iluminaron al verlo.

Les había hecho felices con tan poca cosa que me sentí un Papa Noel pobretón, aunque trabajador, pues estábamos a mediados de marzo.

Me reconfortaba ver el respeto con el que me atendían, con el que respondían a mis preguntas, incluido Martin, a quien estaba ganándome poco a poco. Louise razonaba con una velocidad prodigiosa para su edad, y adoraba salir a la pizarra dando saltitos como una bailarina para escenificar sus respuestas o clavar banderitas en el mapa. Su hermano, en cambio, prefería no moverse de su asiento. Alzaba la mano, sí, cada vez en mayor número de ocasiones, y contestaba a mis preguntas, pero era mucho más comedido que la pequeña. Eran unos alumnos extraordinariamente inteligentes, y no debía acostumbrarme a ello, no todos los niños eran como esos dos hermanos que padecían *intolerancia solar*.

La señora Robinson me relevó y me fui. Crucé la amplia sala contigua a la habitación de las clases, que estaba vacía, lo cual me ofuscó un poco, y pensé que me hubiese encantado volver a cruzarme con los hermosos ojos de William, aunque fuese sólo un segundo, pero probablemente ya se habría marchado.

Cené y puse el café al fuego. Minutos después comenzó a hervir el agua y a subir con su característico silbido. Mientras, para ahorrarle trabajo a Charlotte, recogí los cubiertos, los míos y los de Merlon, y los puse en la pileta.

–Hola de nuevo –oí a mi espalda, y un cosquilleo nervioso recorrió todo mi cuerpo al reconocer su voz.

–Hola. –Lo recibí sonriendo ampliamente. Apagué el fuego y me senté mientras el agua terminaba de subir por completo en la cafetera–. El aroma del café, ¿no?

–No, tú –(¿?, ¿yo, qué?) proclamó de pie junto a la puerta, con un codo apoyado en el marco, observándome fijamente. Era realmente, sobrecogedoramente, atractivo–. Quería verte –añadió sin pudor. ¿Verme para qué?, pensé. Vamos, sigue hablando, pedía en mi interior–. ¿Por qué estás aquí, Anna? –concluyó serio, sin mover un solo músculo.

–He venido a cenar.

–Me refiero en Lastheaven, en Londres. ¿Vienes huyendo de algo?, ¿de alguien? –A eso sí que se le llama ir al grano. Y aunque obviamente no tenía por qué contestar, deseé hacerlo, y él parecía ansioso por oír mi respuesta. Caminó hasta mi lado y se sentó junto a mí en la amplia mesa de madera maciza, tan cerca que podía respirar el suave aroma de su perfume almizclado.

–En realidad sí vengo huyendo, de mí misma –confesé desviando la mirada de sus ojos por un instante. Tomé aire y fuerzas y los enfrenté para explicar–. Sólo he tenido un novio en mi vida, y se acabó hace seis meses; me engañó con mi mejor amiga. Yo me quedé en medio, sola, sin amiga y sin novio –aquello era un resumen bastante bueno, obviando multitud de dolorosos detalles, y aunque dudaba de si debía proseguir, me dije que ya que había empezado terminaría mi relato–. Para colmo vive demasiado cerca de la casa de mis padres y lo veía a diario. Pero lo peor es que no me dejaba ser yo. Por lo general soy una persona alegre y optimista, que siempre ve el vaso medio lleno, y con él me sentía ahogada, asfixiada. Así que necesitaba salir de allí. Entonces me apunté a una agencia de empleo en el extranjero y encontré este trabajo. Pensé que me vendría bien para mejorar mi inglés y sobre todo para alejarme una temporada.

–¿Todavía lo amas? –me preguntó. En su celeste iris se transparentaba un interés sincero. Yo sentía que acaba de meter la pata hasta el fondo al contarle todo aquello, ¿cómo había sido capaz? Acababa de conocerlo y además era un amigo de mi jefe.

–No lo amo. Aún le quiero, porque estuvimos juntos cinco años, pero amor no, no lo amo –repetí incorporándome nerviosa, tratando de alejarme de él, de lo turbadora que era su presencia para mí–. ¿Y tú? –me atreví a preguntarle. Él acababa de analizar mi anatomía sentimental con microscopio, así que yo también tenía derecho a preguntarle, ¿no?

–Si lo que deseas saber es si me gustas, Anna, la respuesta es sí –reveló de improviso, dejándome pasmada, descolocada, casi aturdida–. Mucho –añadió, para mi turbación total.

Me giré entonces, incapaz de enfrentar sus ojos, amedrentada, confundida por su inesperada declaración. A continuación abrí la alacena, buscando dos tazas para el café, tratando de disimular el azoramiento que me habían provocado sus palabras, pero al cogerlas pasé un dedo torpemente por el filo de un vaso roto y me corté el anular; apenas era un rasguño, pero comenzó a sangrar.

–¿Te has cortado? –se interesó el Sir inglés caminando hacia mí.

Incomprensiblemente supo que me había hecho daño, a pesar de que no hice gesto alguno. Yo buscaba una servilleta en la que envolver mi dedo, pero entonces William se detuvo frente a mí muy cerca, tanto que por un momento creí que iba a besarme. Su mirada azul hipnotizaba, detenía el girar del mundo.

Cogió entre sus gélidas manos mi dedo, del que brotaba sangre lentamente, y ante mi atónita mirada lo introdujo en su boca, apresándolo cuidadosamente entre sus dientes, lamiendo mi herida con delicadeza. Sentí su lengua recorrer mi anular arriba y abajo, tibia, suave, húmeda. Él cerró los ojos un instante, deleitándose con la caricia. Yo estaba perpleja, a punto de un ataque cardiaco, y seducida a la vez: un cosquilleo en el interior de mi estómago me hizo estremecer. Fue tan sensual, tan sexual, que tuve que reprimir un poderoso impulso de lanzarme a sus brazos y besarle en aquel preciso instante.

Oí pasos aproximándose por el pasillo y saqué rápidamente mi dedo de su boca.

El ama de llaves nos descubrió de pie, uno junto al otro, nada más (y nada menos). William permanecía en silencio, mirando mis ojos fijamente, con el semblante tintado de dulzura, contemplándome, sin importarle lo más mínimo que la señora Merlon a su espalda nos observase.

–Bueno, tengo que marcharme, hasta mañana –balbuceé, saliendo de la cocina como alma que lleva el diablo.

De camino a mi habitación, nerviosa, medio mareada por lo que acababa de ocurrir, tropecé con alguien al abrir la puerta que comunicaba el corredor de la cocina con el hall de la casa. Era Isaac, el guardia de seguridad del señor Robinson. Era la primera vez que me encontraba de frente con sus ojos, oscuros como la boca de un lobo. Me dedicó una mirada tan fría como el Polo Norte.

–Discúlpeme. Soy Anna, la nueva institutriz –me presenté, ofreciendo mi mano para que la estrechase cuando en realidad sólo quería huir para refugiarme en mi habitación. Él tan sólo la miró, y yo la retiré desconcertada.

Me observó encogiendo ligeramente la nariz, como si intentase definir la procedencia de algún olor.

–¿Sangras? –preguntó de improviso, como si le importase.

–Me he cortado en el dedo –respondí aturdida, más aún, y me marché sin despedirme siquiera.

Aquel tipo me dio escalofríos, de los de quedarse muda. Además era un maleducado por rechazar mi mano. No obstante, olvidé pronto aquello. En cuanto me tumbé en la cama William regresó a mi mente de un modo irremediable.

"Me gustas. Mucho", me había dicho.

¿Qué podía pretender Sir William Smith, todo un caballero inglés, de una simple profesora interna? No lo sabía, pero incluso las intenciones más deshonestas no me parecían una mala opción.

Por otro lado, estaba segura de que iba a descubrirlo. Sentía algo cada vez que estaba a su lado, algo fuerte, que me hacía temblar como una pazguata, algo que me sobrecogía y me atraía al mismo tiempo.

Besé mi dedo herido justo donde había posado sus labios, su lengua, y mi piel se erizó al recordar el momento. Probablemente, si el ama de llaves no nos hubiese interrumpido, habría acabado besándome, pensé. Cuánto lo deseaba. Estuve un buen rato dando vueltas en la cama antes de lograr quedarme dormida. Aquellos ojos azules, aquella sonrisa, eran capaces de tumbar mi voluntad.

Capítulo 3

Hacer las cosas bien

Cuando desperté por la mañana –en realidad me desperté sobre las doce del mediodía– me duché y acudí a la cocina a almorzar. La encantadora Charlotte, que se había convertido en una especie de abuelita adoptiva para mí, había cocinado pisto de verduras y tenía una pequeña cacerola de acero inoxidable humeando repleta sobre el fuego. El día anterior me pidió que le hiciese una lista de mis comidas preferidas y el pisto estaba en primer lugar.

Ian y Sophie tomaban pescado frito –dudé si la doncella ingeriría algo distinto a su enamorado alguna vez– y Mel degustaba con entusiasmo las verduras mientras la cocinera preparaba una bandeja para llevarla a la señora Merlon como cada día a su habitación. Charlotte me sirvió un plato y aguardó ansiosa a que lo probara con los brazos cruzados sobre el delantal en el pecho, esperando el veredicto.

–Uhmm, delicioso –aseguré, fingiendo, poniendo las comisuras de mis labios hacia detrás para esbozar una mueca de agrado. No estaba malo, pero tampoco bueno. A ella parecieron bastarle mis palabras y retomó su labor organizando la batea del ama de llaves.

–¿Cómo van tus clases, Anna? –se preocupó amablemente Ian, mientras terminaba de sacar toda la sustancia a una raspa de pescado.

–Bien, los chicos son muy inteligentes. ¿Y tus rosales? –devolví el interés educada.

–Ya me quedan pocos por podar. Luego comenzaré a dar un nuevo repaso al césped. Ha crecido bastante con las últimas lluvias –explicaba orgulloso de su trabajo. Sophie lo escuchaba embelesada, como si el recorte de la grama decorativa fuese un tema verdaderamente fascinante–. Tienes el fin de semana libre, ¿verdad?

–Sí, claro.

–Te lo pregunto porque me han regalado dos entradas para ir a un pequeño concierto en Rolvenden. Es un grupo local pero estará bien, y si te apetece venir... –me propuso. La respiración de la doncella se cortó en seco, y yo, sentada enfrente, los observé a ambos antes de responder, como en un partido de tenis.

–Muchísimas gracias, Ian, pero no puedo ir, tengo planes. He quedado con una amiga que estudia en Londres en ir a verla –menuda trola–, así que no va a poder ser. –El joven arrugó el entrecejo, parecía decepcionado–. Pero estoy segura de que a Sophie le encantaría ir.

–Sí, seguro –contestó rapídamente Sophie, con sus ojos castaños muy abiertos, aguardando ansiosa la respuesta del jardinero.

–Bueno... –dudaba Ian, probablemente deliberando cómo salir del compromiso en el que le había puesto–. Está bien, si te apetece vamos juntos –resolvió finalmente, haciéndola la doncella más feliz en kilómetros a la redonda.

Minutos después ambos se marchaban a continuar con sus labores y Mel se fue a revisar algo en el garaje, dejándonos solas a Charlotte y a mí.

–¿Es que ahora te vas a dedicar a casamentera? –bromeó la cocinera mientras colocaba una jarrita de cristal con agua hirviendo en la bandeja para Merlon, y yo sonreí descubierta.

–Se hará lo que se pueda –aseguré divertida llevando mi plato al fregadero–. No sé qué haré esta noche, ver la tele un rato en mi ordenador supongo.

–Ah, es verdad, que los señores salen fuera, por eso Mel está acondicionando el coche, conducirá el señor Robinson y le gusta que esté impecable cuando tiene que manejarlo –advirtió sacando un yogur de la nevera que depositó junto a los alimentos para el ama de llaves.

–Es muy serio, ¿verdad? El señor Robinson. No parece una persona que se preste a la confianza –apunté, apoyando las caderas en la encimera observándola en su quehacer.

–Ninguno lo es, ni el señor, ni la señora; llevo trabajando para ellos cinco años y casi no los conozco. Normalmente trato con la señora Merlon, que tampoco es un derroche de simpatía –señaló jocosa.

–¿Que no es simpática? ¿Estás segura de que no te confundes de persona? –bromeé, y ambas reímos divertidas–. Y al señor Smith, ¿lo conoces?

–Lo habré visto un par de veces cuando he tenido que quedarme hasta más tarde, porque normalmente cuando él viene de visita todos los del servicio nos hemos marchado a casa, también es distante pero es un caballero muy educado y cortés. ¿Por qué lo preguntas? –cuestionó con una sonrisa burlona en los labios, inflando los mofletes sonrosados.

–Por nada. –Traté de mostrar indiferencia.

–Ah, de acuerdo, entonces no te interesará saber que esta noche acompañará a los señores en su salida –añadió cómplice, dándome un nada sutil codazo, pretendiendo que abandonase mi pose.

–¿Sí?

–Por eso se llevan el Rolls Royce, porque es más amplio –aclaró sin borrar la expresión pícara de su rostro redondeado–. Bueno, voy a subirle esto a la señora Merlon.

–No es necesario –dijo el ama de llaves a nuestra espalda, sobresaltándonos a ambas. Desconocíamos cuánto tiempo llevaría ahí, callada como una tumba–. Como tardaba tanto he decidido bajar a recoger la bandeja yo misma. –Estaba tan seria y malhumorada como de costumbre–. Charlotte, ¿sería tan amable de dejarnos a la señorita *Rodrigues* y a mí a solas, por favor? –pidió. La cocinera, lanzándome una mirada que deseaba suerte, abandonó la habitación en dirección al jardín trasero.

Yo no sabía muy bien para qué debía prepararme, si íbamos a hablar de las clases de los chicos, de aquella noche que tenía medio libre o del tiempo que hacía en Londres. El ama de llaves frotaba sus manos sarmentosas lentamente, estructurando en su diminuta cabeza repeinada lo que iba a decirme.

Daba miedo.

Aterrorizaba.

–El primer día que llegó a esta casa le advertí que había una serie de normas de debido cumplimiento para permanecer aquí –decía clavándome sus minúsculos ojos celestes, con el rictus de una momia egipcia–. Una de ellas era que nada de confianzas.

–Verá, yo... –Quizá finalmente mis alumnos habían cantado como canarios y era el momento de hacer la maleta de regreso a casa, pero yo no quería eso, no.

–Espere –ordenó autoritaria–. Lo que pretendo decirle es que se aleje del señor Smith, por su bien –Paff, un disparo en mitad del pecho, aquello sí que no lo esperaba–. Él pertenece a un mundo distinto al suyo... un estrato social muy diferente, y no quiero que su actividad se vea perjudicada por andar relacionándose... –decía serenamente, sin mirarme a la cara, como quien recita de memoria un panfleto, mientras que a mí la sangre comenzaba a hervirme dentro de las venas, hasta el punto de que creí que echaría humo por las orejas en cualquier momento. Aquello no iba a consentirlo, respiré hondo antes de interrumpirla.

–Disculpe, señora Merlon –le dije, capturando su total y completa atención–. No pretendo resultar grosera pero creo que ese no es un tema de su incumbencia. Y si el señor Robinson le ha enviado a decirme esto le agradecería que le comunicase que prefiero tratarlo con él personalmente, si es tan amable. –No estaba dispuesta a consentir que se me acusase de nada, una cosa era mi labor como profesora, como institutriz o como quiera que me llamasen, y otra muy distinta inmiscuirse en mi vida privada.

–No, el señor Robinson no me envía –confesó soberbia, realmente convencida de que no necesitaba autorización alguna para intentar dirigir la vida de los empleados de Lastheaven.

–Entonces, discúlpeme pero creo que está excediéndose en sus funciones –le reproché, controlando la rabia que sentía por su intromisión–. Ahora, si me lo permite, me marcharé a mi habitación.

–Puede retirarse –dijo conteniendo entre dientes el malestar que le había producido mi respuesta, y abandoné la estancia apresurada.

¡Menuda clasista! No podía creer que intentara menoscabarme, además, ¿protegiendo los intereses de un acaudalado Sir inglés que ni si quiera era su jefe? Ya se encargaría él de cuidarlos personalmente, que era mayorcito –yo aún no imaginaba cuánto–. ¿Y que aquello podía afectar a mi labor como profesora? ¿Cómo? No podía encontrar lógica a sus palabras, quizá simplemente ella no soportaba que alguien de un "estrato social diferente" pusiese sus ojos en mí. Pues había pinchado en hueso.

El sol se alejaba por detrás de las colinas del este cuando me asomé a la ventana de mi habitación, más allá del bosque de robles, castaños y fresnos que se cerraba en torno a la propiedad. Estaba nerviosa, eran las siete y media de la tarde y pronto llegaría William Smith a reunirse con mis jefes para el viaje que realizarían juntos aquella misma noche.

Un chisporroteo de mariposas se agitaba en mi estómago al pensar en volver a ver a William, aunque sólo fuese un momento. Había dejado suelto mi cabello y elegido una camisa de raso celeste de corte oriental, abotonada en un lateral del pecho, y unos vaqueros ajustados para el posible encuentro. No estaba de servicio, por lo que no tenía por qué vestir mi uniforme y deseaba sentirme guapa, así que me maquillé un poco, como si tuviese una cita aquella noche, y en realidad en mi interior sentía que así era.

Pasadas las ocho fingí ir a la cocina a por una botella de agua y al pasar por el hall oí el timbre de la puerta. Debía de ser William. Merlon acudió presta a abrir, así que continué mi camino rumbo a la despensa, no tenía excusa alguna para presentarme en la sala, ante los señores, y poder verlo. Al menos no se me ocurría ninguna –qué rabia, debía pensar rápidamente algo–. Charlotte había dejado preparada la cena, huevos revueltos con setas. Acabaré con cara de pollo de comer tanto huevo, pensé mientras introducía en el microondas mi plato.

–Buenas noches, Anna –me saludó una voz familiar a la espalda y mi corazón sonrió feliz de oírla. Me giré incrédula y allí estaba él, William Smith, ataviado con un elegante traje azul oscuro que contrastaba con su cabello rubio y sus radiantes ojos de mar infinito.

–Buenas noches, ¿quieres cenar? –le ofrecí mi plato, pero él lo rechazó con un leve gesto de su mano–. Mejor, tus arterias te lo agradecerán...

–Estás especialmente bella esta noche –aseguró. Yo le miré, incapaz de contener la sonrisa que acudía a mis labios.

–Gracias, serán los ojos con los que me miras –aseguré coqueta, o al menos pretendía serlo. Sin embargo, su presencia me turbaba tanto que cada palabra que emitían mis labios me parecía una incoherencia tras otra–. Tengo un regalo para ti –advertí mostrándole un CD que había traído conmigo. Él lo tomó de mis manos, momento en el que nuestros dedos se rozaron un instante, avivando las mariposas en mi estómago, y leyó las letras escritas en rotulador negro: *Help*, The Beatles–. Dijiste que te gustaban.

–Y me gustan. Muchas gracias, eres muy amable –dijo guardándolo en el bolsillo de su chaqueta.

–En el espacio que sobraba te he grabado algo de música de mi tierra–. William se acercó a mí, mucho, tanto que podía oler el aroma frutal de su champú en el cabello ondulado. Decidido, cogió mi mano entre las suyas, frías como el mármol, acariciándola con ambos pulgares en un masaje ascendente hasta la muñeca. Mi garganta se quedó más seca que el desierto del Gobi.

–Anna –me interrumpió, extremadamente serio–. Me gustas, mucho, pero... no es tan sencillo, no para mí.

–Tampoco lo es para mí –admití, con más valor del que había contado en toda mi vida–. Pero la vida consiste en eso... en arriesgarse, ¿no?

–No lo sé –admitió con calma–. Hubo una vez una mujer –comenzó, y supe que prolongaba nuestra conversación de la noche anterior, cuando tras revelarle mis vivencias amorosas, mi desengaño, le pregunté por las suyas con un sencillo "¿y tú?", al que respondió de un modo inesperado–. Una mujer a la que mi amor sólo le ocasionó daño, aun sin proponérmelo, y no quiero que vuelva a suceder –confesó, enfrentando mis ojos con los intensísimos zafiros de sus iris. ¿Daño? ¡Pero si su mirada haría parecer amargo el algodón de azúcar!

–No tiene por qué ser así –me atreví a decir, apresando su mano helada entre las mías–. Cuando estoy contigo... tú me haces sentir cosas... –susurré. Tenía el alma en vilo, si me rechazaba en aquel preciso instante tardaría siglos en recomponerme. Pero William tiró de mí hacia su cuerpo. Alcé el rostro, buscando sus ojos, y sentí cómo sus manos lo atrapaban entre ellas.

Cuando sus labios helados se posaron sobre los míos fue como si una descarga eléctrica recorriese todo mi cuerpo, erizando mi piel, cortando mi respiración, paralizándome por completo. El hormigueo en mi estómago rebosó convertido en auténticos fuegos artificiales cuando sus labios, suaves, delicados, exquisitos, presionaron los míos. Primero con mesura, y apasionados tras mi respuesta. Su boca gélida se atemperó ante el contacto de la mía, su lengua húmeda se abrió paso urgido entre mis labios ansiosos de su sabor.

Deseé que el tiempo se detuviese, y sencillamente lo hizo, el mundo dejó de girar y tan sólo existían él y sus labios, él y sus fuertes manos que me atraían hacia su cuerpo.

Entonces distinguí pasos que provenían del exterior, del pasillo que comunicaba con las estancias interiores de la propiedad y me aparté de él, de su beso, de su hechizo, con cierta brusquedad.

Le miré a los ojos, con la respiración acelerada, prácticamente convertida en un jadeo, terriblemente excitada por aquel beso espectacular, temblando como una colegiala. Dividiendo mi atención entre su bello rostro y la puerta de la cocina.

–Viene alguien –advertí, con un hilo de voz, tratando de explicar mi reacción, pero a él parecía no importarle lo más mínimo que alguien se aproximase, a él sólo le importaba yo. Me miraba tan fijamente que podía leer un profundo deseo reflejado en el fondo de sus iris de mar.

–Quiero hacer las cosas bien –dijo al fin, con una solemnidad abrumadora, tomando mi mano de nuevo entre las suyas. Yo estaba tan sobrecogida y tan poco acostumbrada a aquello que dudaba sobre cuál debía ser mi respuesta. Finalmente hice un tímido gesto de afirmación con la cabeza–. Necesito hablar contigo, a solas, sin temor a ser interrumpidos en cualquier momento. Si me lo permites te buscaré –aseguró provocándome taquicardia. Asentí de nuevo, completamente turbada por sus palabras.

–Señor Smith, el coche ya está preparado –interrumpió el ama de llaves (estaba haciendo de aquello un hábito), notablemente incómoda al encontrarnos de nuevo tan cerca el uno del otro. William dejó mi mano lentamente, acariciando mi palma con sus finos dedos, regalándome una sonrisa de luz de luna.

–Hasta otro momento, señorita *Rodrigues* –dijo mientras se marchaba hacia el interior de la casa.

El ama quedó en silencio, observándome, y yo, que intentaba recomponerme después de lo que acababa de vivir, disimulaba tratando de sacar la comida del microondas sin atinar siquiera con el dichoso botón de apertura.

–Tenga cuidado, señorita –previno al fin.

–¿De qué? –fingí no entenderla, enfrentando sus ojos.

–Le repito que por su bien no debe acercarse demasiado al señor Smith –insistió en un tono casi amenazador, con las manos cruzadas sobre el vientre.

–No recuerdo haberle pedido consejo, ¿lo hice? –inquirí, molesta por su nueva intromisión, desafiándola con la mirada–. Voy a despedirme de los chicos –le dije antes de encaminarme al pasillo.

En el vestíbulo aguardaban todos para marcharse: Isaac –con su perpetuo semblante oscuro–, el señor y la señora Robinson, Louise –que estaba preciosa, con un vestido de gasa de color rosa y el cabello de tirabuzones dorados recogido en dos coletas–, Martin –vestido con un traje gris demasiado formal para su edad– y William, que esperaba de pie junto a la puerta. Nuestros ojos se encontraron de nuevo acelerando mi corazón.

La pequeña Louise corrió hacia mí y delante de todos me abrazó con fuerza. Yo respondí a su abrazo sin tener muy claro si aquella demostración pública me traería consecuencias. Desde luego distinguí una expresión de tremenda sorpresa en los ojos de Marie Robinson. Su marido en cambio no reaccionó ante el gesto de la pequeña. Martin me dedicó un proyecto de sonrisa desde la puerta y todos marcharon.

El ama de llaves a mi espalda también había sido testigo de la muestra de afecto de la pequeña pero no dijo nada. Aunque yo me había retirado antes de que tuviese oportunidad de hacerlo, estábamos solas en la casa, por lo que esperaba estar encerrada en mi cuarto si le daba un ataque de locura y se convertía en la vieja de psicosis.

Debido a la rabia que me produjo que la señora Merlon volviese a repetirme que no debía acercarme al caballero inglés decidí no regresar a la cocina a por mi cena, no quería encontrármela de nuevo. Además, no sentía hambre alguna, tenía el estómago lleno de mariposas. William me había besado. ¡Me había besado!

Y menudo beso, de haber llevado calcetines se me habrían caído.

Jamás me había sentido así, con ese tembleque por todo el cuerpo, a punto de una crisis epiléptica. Había acariciado mi rostro con sus fuertes y helados dedos, prendiendo mi pecho como una pira a su contacto, convirtiendo mi respiración en un auténtico jadeo. Menudo beso.

Era aún incapaz de asimilar que alguien como él, con su nariz perfecta, su sonrisa perfecta y su cuerpo perfecto –parecía un Adonis salido del taller del más inspirado escultor griego–, hubiese descendido sus ojos hasta posarlos en mí, pues aunque no me considero fea tampoco soy Elsa Pataky.

Pues al parecer así era y mi ego salió reforzado de todas aquellas cavilaciones. William había asegurado que yo le gustaba, que quería hacer las cosas bien.

¿Hacer las cosas bien? Sonaba un poco raro, antiguo. Un poco bastante antiguo. Pero bueno, qué sabía yo de cómo ligaban los británicos, qué palabras utilizaban para declararse, si era la primera vez que me relacionaba con uno. Lo que sí había dejado claro es que no quería hacerme daño y tampoco yo pretendía hacérselo a él.

Dijo que me buscaría a solas para hablar. El corazón me iba a estallar, la mera idea de pensar en ello aceleraba mi pulso, ¿qué pretendía decirme? Quizá proponerme una cita, o... en fin, barajaba cien opciones y no lograba decidirme por ninguna. Sólo deseaba que lo hiciese y cuanto antes.

El resto de la noche, hasta la hora de dormir, la pasé oyendo música y conversando con mi hermano Jaime por el Skype[3] un buen rato. Él me informó de que todo estaba bien por casa. Mamá también asomó su cabecita por la webcam y les pedí a ambos que le dieran muchos besos a papá, que se encontraba trabajando en la panadería, en el negocio familiar.

Me acosté temprano, sobre las once, sin poder evitar que William regresase a mi mente una vez más. Me repetía a mí misma que estaba loca. ¿No pretendía que mi estancia en Londres fuese un descanso para el corazón y la mente? Pues allí estaba, tendida en la cama con ambos funcionando a todo trapo. Una auténtica locura.

Capítulo 4

Un corazón silente

Era más de medianoche cuando llamaron a la puerta de mi habitación, despertándome, interrumpiendo un maravilloso sueño en el que revivía mi beso con William. ¿Quién podría ser a aquellas horas?

Tan sólo la señora Merlon estaba en casa, además de mí. ¿Y si realmente se había vuelto majara? La sola idea de enfrentarme con la imagen de su escuchimizado cuerpo en camisón recién salida de la cama me dio escalofríos.

Sentí miedo, me levanté, prendiendo la tenue luz de mi lamparita de noche y acerqué una oreja a la puerta, en silencio, esperando escuchar algo del otro lado.

–Anna abre, soy yo, soy William.

Abrí inmediatamente y lo hallé de pie ante mí, ataviado con la misma ropa con la que nos habíamos despedido horas antes en la cocina. Tenía el cabello dorado algo revuelto y la mirada celeste turbadoramente clavada en mis ojos. Lo hice pasar deprisa, no quería que el ama de llaves –en la habitación contigua– lo descubriese.

Yo estaba en pijama –un cómodo pijama de franela estampado de ositos–, despeinada y adormilada. No, sin duda aquella no era mi idea de una cita. El Sir inglés sacó una rosa roja que traía escondida en la espalda y me la entregó estirando los labios en una sonrisa que expuso su esplendente dentadura –también perfecta.

–Gracias. –Tomé la flor con cuidado de no herirme, aunque no era posible, le había arrancado todas las espinas. Intenté organizar en mi mente aún aletargada las palabras para construir con ellas una frase, una coherente–. William, ¿qué haces aquí? –pregunté al fin. Él enserió como si en aquel preciso instante comprendiese que no era el momento ni el lugar oportunos para un encuentro.

–Dije que te buscaría –argumentó arrugando el níveo entrecejo con un rescoldo de incomodidad en los ojos.

–Pero son las doce de la noche...

–Lo lamento. ¿Quieres que me vaya? –dudó girándose hacia la puerta. No, no quería que se fuese, en absoluto.

–No, por favor, quédate. –Y lo detuve asiendo su brazo por encima del codo. Él se acercó y sin mediar palabra me besó en los labios. Fue como si una mariposa ártica se posase en ellos.

Su boca era fresca y dulce, sus labios extraordinariamente suaves. Fue un beso lento, cargado de pasión, que me hizo estremecer de pies a cabeza de nuevo, como un títere en manos del titiritero.

No iba a detenerme a pensar si aquello era lo correcto, si estaba bien o mal, siempre lo había hecho y en aquel momento tan sólo deseaba dejarme llevar, no pensar en las consecuencias o en qué podría significar para él. Armándome de un arrojo desconocido en mí tomé asiento en la cama deshecha ofreciéndole que me acompañase; lo hizo, sentándose a mi lado.

Su mirada celeste permanecía fija en mis ojos, expectante. Retiré cuidadosamente el cabello rubio que cubría parcialmente su rostro, acariciando su mejilla con la palma de mi mano que él atrapó entre ésta y su mano y besó tiernamente. De nuevo se aproximó a mí, aún sin que nuestros cuerpos se tocasen y posó sus labios en mi pómulo, su tez tenía el tacto del terciopelo. Acarició lentamente mi rostro con su nariz helada, la línea de mi mentón, mis párpados, el cuello por detrás de la oreja, erizando toda mi piel, y regresó en busca de mi boca.

Yo le deseaba, anhelaba el contacto de su piel de porcelana, necesitaba mucho más de él que aquellos besos. Cuidadosamente le quité la chaqueta, acariciando sus fuertes hombros por encima de la camisa, cuyo primer botón desabroché, descubriendo el escaso vello dorado que cubría su pecho. Recorrí con mis cálidos labios su barba, su cuello, el lóbulo de su oreja, qué delicioso el perfume de su nívea piel.

Continué desabotonando su camisa, acariciando con mis manos el torso desnudo bajo ésta. William me besaba apasionado, sus dedos enredados en mi cabello asían mi cabeza firmemente contra su boca, no parecía atreverse a desnudarme, así que por segunda vez tomé la iniciativa y solté el primer botón de mi pijama.

Entonces el Sir inglés me impidió continuar, apartándose de mis labios, tomando con sus frías manos las mías que anidaron sobre su regazo. Lo miré desconcertada, parecía tan excitado como yo, ¿por qué me detenía? Quizá iba demasiado deprisa para él. Para una vez que me lanzo me frenan en seco, pensé.

–Anna, necesito contarte algo –dijo retomando el aliento. Alargó una de sus manos hasta alcanzar mi mejilla, acariciándola con el dorso suavemente.

–¿Qué pasa? –le pregunté. Pero él continuaba en silencio, observándome, como si tratase de grabar mi rostro en su mente para siempre–. No me digas que estás casado. –Era una duda tonta, de acuerdo, pero fue lo primero que se me ocurrió.

Sonrió fugazmente, con un aire de suficiencia que me desconcertó aún más, para enseriar de nuevo.

–No.

–¿Tienes novia?

–No.

–¿Entonces? ¿Qué sucede? –Comenzaba a impacientarme, sentía el suelo frío bajo los pies descalzos (a saber dónde habían acabado mis eróticas pantuflas de abuela después de aquel beso) y William no parecía dispuesto a hablar.

–Antes de continuar, tengo que contarte algo sobre mí –dijo al fin, con demasiada solemnidad en la voz. Miles de ideas absurdas cruzaron mi mente a toda velocidad, sin que ninguna justificase su expresión de temor a mi reacción por lo que iba a confesarme–. Hay algo en ti demasiado especial, que me atrae y a la vez me hace querer apartarme de tu lado, algo que nunca nadie me había hecho sentir, nunca, jamás, y créeme que es difícil.

–Eso es bueno, ¿no? También tú me gustas mucho –admití, deseando con todas mis fuerzas poder respirar aliviada tras oír aquello que tenía que contarme.

–No lo sé, no sé si es bueno o no –dudó. Parecía inmerso en una especie de lucha interior, en una guerra interna acerca de si debía sincerarse conmigo o no, una lucha que acabaría con mis nervios si no se decidía a hacerlo de una vez–. Tengo miedo a enamorarme de ti. Sólo he amado una vez antes y hace ya tanto que creí haberlo olvidado para siempre –reveló severamente afectado, incapaz de enfrentar mis ojos, preocupándome.

–Debes de haber sufrido mucho. –Acaricié suavemente su mejilla. Él acurrucó el rostro en mi mano y la besó.

–Anna, lo cierto es que... Dudo si realmente podrías amarme –dijo alcanzándome, atravesándome con el océano de sus iris, dibujando cada palabra con suavidad entre los finos labios. Yo le oía atenta aunque tremendamente desconcertada–. Hay algo en mí, algo que me hace distinto a todos los hombres que has conocido. –Y tanto, pensé; al observarle, al escucharle, al tocarle... no hacía falta jurar que era distinto–. Algo que me hace... diferente.

–¿También padeces fotodermatosis? –La temperatura de su piel, similar a la de mis alumnos, me había hecho sospecharlo desde días atrás, cuando estreché su mano por primera vez.

–¿Foto qué? –preguntó arqueando una de sus cejas rubias.

–Intolerancia a la luz solar –expliqué consciente de que era imposible que padeciese una enfermedad y no supiera su nombre.

Mordí mi labio inferior con ansiedad. Suéltalo ya de una vez, rogaba en mi interior.

–Bueno, podría decirse que sí –suspiró reflexivo, retomando energías para proseguir. Mis manos volvían a estar presas entre las suyas–. No tolero la luz solar.

–¿Y qué? ¿Tendría que apartarme de ti por eso?

–De hecho la luz solar podría matarme –apuntó, impresionándome. Ese sí que era un problema grave, pero no me importaba–. Y odio el ajo...

–Yo también. –¿Era aquello algún tipo de discapacidad?

–Nunca me has visto comer... porque no como, no como lo haces tú. –¿Realmente tenía aquello algún sentido?–. Soy extremadamente fuerte, demasiado. –Había palpado a conciencia sus bíceps por encima de la camisa, pero tampoco hacía falta alardear, reí en mi fuero interno–. He llegado hasta aquí desde Bedford en cinco minutos... –exponía con suavidad, casi con miedo, mientras yo asentía automáticamente, intentando encajar las piezas de aquel puzle que trataba de transmitirme William. De pronto una pequeña lucecita hizo clic en mi cabeza, prendiéndose, y entendí lo que intentaba insinuarme.

–No me jorobes que vas a decirme que eres un... un vampiro. –Él guardó silencio, escrutando mi reacción con el semblante muy serio, comenzaba a pensar que estaba completamente loco y aquello sí me dio miedo–. William, por favor, yo no creo en esas cosas de cultos vampíricos, soy una persona muy normal que...

–Sssh. Escucha –pidió paciente.

Entonces desabotonó su camisa por completo, turbándome con la espectacular panorámica de su atlético torso desnudo. Jamás imaginé tantos músculos bajo aquella camisa y tan bien puestos todos. ¿En serio pretendía que me concentrase?

Llevó mi mano hasta su pecho, deteniéndola sobre éste, en el lugar ocupado por su corazón. Yo guardé silencio, con mi mano inmóvil sobre su tersa piel de hielo. Y no sentí nada, absolutamente nada bajo la palma de mi mano.

–Mi corazón no late –advirtió, cuidadoso.

–Es normal que no lo note, mi palma no es un cacharro de esos de los médicos –apunté.

–No vas a ponérmelo fácil, ¿verdad? –suspiró apesadumbrado por mi obstinación. Como prueba irrefutable de que lo que me decía era cierto, abrió la boca lentamente y sus caninos descendieron a gran velocidad desde la encía, emergiendo como los verdaderos colmillos de un vampiro ante mis ojos.

No fue un gesto amenazador, en absoluto, pero sencillamente me desmayé. Caí redonda como el plomo de un modo inevitable.

Cuando recuperé el conocimiento me encontré tendida en la cama, todo había sido un mal sueño, una extraña pesadilla. Respiré aliviada, pero entonces vi la rosa delicadamente posada sobre la mesita de noche y supe que era verdad, William había estado allí, le había besado y me había mostrado sus caninos de vampiro.

Dios mío, ¿me habría mordido? Apresurada comprobé mi cuello intacto ante el espejo, sintiéndome estúpida por hacerlo. Si el vampiro hubiese querido dañarme lo hubiese hecho sin más en cuanto entró en la habitación. Cerré el pestillo de la puerta y regresé a la cama, estaba confundida y atemorizada, deseando la pronta llegada del alba.

Capítulo 5

¿Por qué?

A la mañana siguiente, mientras tomaba el desayuno en la cocina, con una conversación de Charlotte y Sophie de fondo a la que no prestaba atención, no podía dejar de pensar en él, al igual que durante el resto de la noche, que había pasado en vela.

¿Y si realmente todo había sido un mal sueño? Aún me sentía aletargada por las horas de desvelo. Había hablado con mi hermano por la webcam, me había acostado y sencillamente había soñado con él. Había tenido una pesadilla, nada más.

Pero entonces ¿cómo explicar la rosa? Yo no había cogido ninguna rosa del jardín, eso sí que lo recordaba claramente. No. No había modo de explicar aquella rosa sin espinas de mi cuarto si William no había venido a visitarme en mitad de la noche, mostrándome sus colmillos de vampiro.

Había sido real, como reales fueron sus besos, sus besos apasionados que no podía olvidar un instante, el satinado tacto de sus labios, el sabor de su piel que había explorado con mi lengua.

Resultaba increíble, inverosímil, una auténtica locura. Un auténtico horror. ¿Un horror? William Smith y la palabra horror jamás podrían encajar en la misma frase. Él era perfecto, demasiado perfecto quizá, me reprochaba a mí misma.

Pero qué sabía de él al fin y al cabo. ¿Quién era William Smith?

Y si era un vampiro, ¿por qué no me había mordido? Es lo que se supone que hacen los vampiros, comerse a la gente, bebérsela mejor dicho. ¿Por qué no lo había hecho? ¿Por qué no me había matado?

¿Por qué?

"Quiero hacer las cosas bien", me había dicho.

Hacer las cosas bien, ¿qué podía significar aquello para un vampiro? ¿Que no quería engañarme?

¿O que primero me lo cuenta y después me desangra, para que no me pille de sorpresa?

"Hubo una vez una mujer... a la que mi amor le causó mucho daño, aún sin proponérmelo, y no quiero que vuelva a suceder", repasaba en mi mente.

Una mujer a la que hizo mucho daño. Si era un vampiro supuestamente se alimentaría de la sangre de las personas, habría hecho daño a muchas mujeres y a muchos hombres, era de suponer, hasta ahí llegaban mis conocimientos vampíricos. ¿A qué se referiría con esa mujer en concreto? ¿Una mujer que se hubiese enamorado de él?

Y luego aquella frase, la confesión que entonces consideraba más importante de todas: "Tengo miedo a enamorarme de ti". ¿Por qué? ¿Porque yo no lo aceptaría? ¿Porque tendría que matarme? Podía haberlo hecho, aquella misma noche, cuando me tuvo inconsciente y a su merced, y sin embargo me hallaba ilesa.

¿Acaso los vampiros no mataban humanos? ¿Acaso no se alimentaban de su sangre?

La cabeza me iba a estallar.

William, tantas preguntas sin respuesta. Una auténtica locura. Y sin embargo sus besos se repetían en mi mente una y otra vez, de un modo irremediable.

No podía asimilar algo como aquello, sencillamente no podía.

"Tengo miedo a enamorarme de ti", repetía dentro de mi cabeza su dulce voz. Y yo sentía ganas de gritar, de llorar, de volverme histérica. Llegas tarde, me dije a mí misma con crueldad. ¿Cómo podía sentir aquello a pesar de saber lo que sabía? ¿Cómo podía sentir que le amaba?

Incluso llegué a encontrar lógica al hecho de que William no fuese humano, no podía serlo. La energía que irradiaba a cada paso, la atracción que me hizo sentir desde el primer momento, la magia que no podía ver pero sí percibir cuando estábamos a solas, eso lo explicaría todo.

Y cuando por fin fui capaz de apartar de mi mente al caballero inglés una luz se prendió en el interior de mi cabeza.

¿Y los chicos? ¿Y los señores Robinson? ¿Eran en realidad vampiros?

Claro que sí, esa era la razón de su *alergia* al sol.

Semejante revelación me paralizó por completo. La cuchara resonó al golpear el plato, llamando la atención de mis dos compañeras de un almuerzo intacto.

–Anna, ¿estás bien? –se preocupó Charlotte.

–Sí, sí –balbuceé, sin mirarla a los ojos–. No tengo hambre –comenté con un hilo de voz, retirándome a mi habitación con una intensa presión en mitad del pecho.

Louise y Martin eran vampiros.

Estaba prácticamente segura, al noventa y nueve por ciento. Sus palidísimas pieles, su intolerancia solar, la incomprensible fuerza de Martin cuando nos enfrentamos en aquel pulso, su inteligencia... Estaba tan claro... Me llevé las manos a la cabeza, sobrecogida por lo que acababa de descubrir.

Eran vampiros.

¿Se alimentarían ellos de personas?

¿Era esto lo que les enseñaba su madre? Probablemente a eso dedicaba sus horas de clase. ¿Cómo titularía su asignatura: *Como ser un perfecto vampiro del siglo XXI y permanecer en el anonimato*?

¿Quién los habría convertido, su propio padre? ¿Cuándo? ¿Serían niños para siempre? Mi propia adolescencia me había parecido demasiado larga, y una eternidad de quince años se me antojaba poco menos que una horrible maldición.

Traté de calmarme inspirando profundamente, a falta de una bolsa de papel. Necesitaba razonar, intentar sacar algo en claro. Mi mente era una maraña de ráfagas de pensamientos que me turbaban y oprimían en mitad del pecho.

Eran vampiros, pero yo debía tranquilizarme. Sufrir un infarto no es que fuese a ayudarme a analizar mi situación.

En todos aquellos días no me habían dado motivo alguno para asustarme, es más, estaba segura de que ambos me apreciaban –incluido mi particular doble vampiro de Bieber–, y sus padres valoraban mi trabajo, no iban a comerme. Al menos no aún.

¿Y qué haría entonces?, ¿quedarme en aquella casa?, ¿huir?, ¿continuar como si no lo supiese?

William había aparecido en mi habitación en mitad de la noche, a escondidas, no parecía haber compartido sus intenciones de visitarme con nadie, en teoría ellos debían desconocer que yo estaba al tanto de su... *secretillo*.

Desde la cama, en la que me había refugiado, oí cómo entraba en su habitación el ama de llaves, el crujido de su puerta al abrirse y cerrarse. ¿Sabría ella que eran vampiros?

Por supuesto que lo sabía, por eso a mi llegada había insistido en que no debía intentar hablar con ellos durante el día, que no debía acercarme a sus habitaciones en la planta superior.

Merlon lo sabía. Y, sin embargo, ella era humana. Estaba pálida como una sandía verde pero de vez en cuando la había visto en el jardín cortando rosas para adornar la casa, bajo los rayos del sol. No, sin duda no era una no-muerta.

¿Y por qué no tenía miedo? ¿Acaso no eran peligrosos?

Sophie llevaba dos años trabajando para ellos, Charlotte otros tantos, también Ian, Mel, y allí seguían, vivos y coleando, ejerciendo sus labores absolutamente ajenos a su particular secreto.

¿Y por qué narices tenía que haberme enterado yo? Con lo feliz que era en mi inopia particular.

William. Hacer las cosas bien.

¿Cómo?

Tomé una determinación, ilógica, imprudente, demente pero una determinación al fin y al cabo; olvidaría el incidente de los *colmillos*, como si no hubiese sucedido, y continuaría con mi trabajo de institutriz hasta terminar el contrato.

No podía marcharme así, huyendo como un perro asustado, dando la razón a todos los que pensaron que no sería capaz –papá, mamá, Jaime, mis tíos... la lista era larga–. Resistiría con una clara y firme restricción, nada de William Smith.

Fingiría desconocer su auténtica condición como el resto de empleados hasta regresar a España y olvidarme por completo del Sir inglés. O dado el caso, ante la menor sospecha de que alguno de los habitantes exánimes de Lastheaven supiese de mi conocimiento acerca de su... *naturaleza*, huiría al más puro estilo Houdini bajo los rayos solares sin dejar el menor rastro.

Capítulo 6

Telarañas

Transcurrió toda una semana desde que Sir William Smith visitase mi dormitorio, desde que me revelase su verdadera naturaleza, una semana larga y tediosa en la que no regresó a Lastheaven ni una sola vez.

Siete días en los que cada uno era igual al anterior e igual al siguiente: monótono e interminable.

Continué mis clases con la mayor naturalidad posible. Inevitablemente, el primer día, con la sospecha de cuál era la auténtica *condición* de mis alumnos pesando sobre mis hombros, me sentí cohibida y me mostré mucho más distante de lo habitual. Sin embargo, contra toda lógica, a medida que se desarrollaba aquella primera lección el sentimiento de confianza que me inspiraban fue superior al miedo, hasta el punto de que al concluirla sentí que nada había cambiado, que éramos los mismos que antes de mi descubrimiento.

Aun así cuestiones tales como de quién se alimentarían invadían mi mente con relativa frecuencia, turbando mi paz. Parecían unos chicos tan sumamente *normales* que no podía imaginarlos desgarrando pescuezos por ahí.

Isaac, el *segurata* de los Robinson era otro cantar. Si antes me producía escalofríos ahora los multiplicaba por diez. Evitaba por todos los medios tropezármelo por la casa, y de noche cerraba con pestillo la puerta de mi habitación, como si una simple puerta de madera fuese capaz de detener a un no-muerto sediento de sangre.

William regresaba a mi cabeza cada noche, irremisiblemente. Cuando terminaba mi labor y retornaba a la cama lo imaginaba sentado en aquel mismo lugar, recordaba el cabello dorado suelto sobre los hombros y la blanca piel tersa como el mármol recién pulido. Revivía sus besos, el contacto de sus fríos labios sobre mi dermis y... poco a poco, noche tras noche, el episodio de los *colmillos* fue restando importancia.

El temor inicial había dejado paso a una terrible sensación de tristeza. Sus palabras: "Tengo miedo a enamorarme de ti", sacudían mi mente una y otra y otra vez. Decía que me amaba, o que comenzaba a hacerlo, ¿no era eso lo más importante? ¿Pasaría toda la vida reprochándome no haber dado una oportunidad a aquel amor?

No tenía dudas acerca de lo que sentía ni de lo que deseaba, deseaba estar junto a él de nuevo, sólo mi mente y mi cobardía me frenaban.

La rosa que me regaló se marchitaba dentro de un vaso de agua sobre la cómoda de mi habitación, la contemplaba apagarse lentamente con pesar. ¿Iba a permitir que lo que sentíamos el uno por el otro se marchitase como aquella flor? ¿Sólo porque él podía ser algún tipo de asesino sobrenatural? Qué tontería, me regañaba a mí misma.

No, definitivamente no podía consentirlo.

Una parte de mí me decía, me gritaba que iba a arrojarme a los brazos de la muerte, y la otra que me moriría si no lograba encontrarlo; me urgía hablar con él. Quería preguntarle todas aquellas dudas que martilleaban mi cabeza, como por qué no me mató, por qué no bebió mi sangre, qué significaba que estaba enamorándose de mí... Demasiadas preguntas para las cuatro paredes de mi dormitorio. Decidí localizarlo.

Tarea difícil, pues no tenía su móvil, ni su dirección, ni nada ¿Cómo podría entonces contactar con él? Di vueltas a la idea en mi cabeza hasta que de pronto vi la luz.

El sábado decidí que era el día perfecto, no tenía que trabajar aquella noche, tampoco la siguiente, así que dispondría del tiempo necesario para verlo, para hablar con él, con calma. Busqué a Mel en el garaje donde habitualmente empleaba su tiempo en acondicionar los vehículos tanto estética como mecánicamente, y lo hallé aspiradora en mano, con medio cuerpo dentro del magnífico Rolls Royce. Al ver que me acercaba apagó el aparato para poder hablar conmigo con una sonrisa inflando los mofletes sonrosados.

–Buenos días, Mel, ¿cómo está? –lo saludé educada, apoyándome sobre la flamante carrocería del vehículo en la que incluso podía verme reflejada.

–Bien señorita, aquí limpiando el auto por si el señor Robinson lo necesita esta noche –declaró enderezándose, estirando la espalda, ataviado con su uniforme negro.

–Verá, quería saber si podría ayudarme. El señor Smith me prestó un CD de música, pero como hace tiempo que no viene a visitar a los señores me gustaría enviárselo por correo. He pensado que quizá alguna vez le haya llevado a casa y podría usted saber su dirección. –Lancé mi anzuelo y esperé.

–Ah, pero es que yo no sé... –dudó rascando la incipiente barba cana de su mentón, y por un segundo temí que el ama de llaves le hubiese advertido de mi particular interés por el Sir inglés y tuviese prohibido darme ese tipo de información–. ¿A la casa de Bedford o a la de Londres?

–A la de Londres, supongo que pasará ahí la mayor parte del tiempo –dije con el corazón en un puño.

–Sí, yo creo que sí. A ver... Vive en el número 4 de la calle Saint Martin, una casa enorme en las afueras. –Había picado y me felicité por haberlo logrado tan fácilmente.

–Muchas gracias, Mel. –Huí con aquella dirección grabada a fuego en mi memoria.

Aquella misma tarde iría a visitarlo, necesitaba aclarar mis sentimientos. Al tenerlo frente a mí esperaba ser capaz de discernir si realmente podría sobrellevar el hecho de que fuese un vampiro –se dice fácil–, o por el contrario no lo soportaría y regresaría con la tranquilidad de haberlo intentado –si regresaba–.

Me arreglé como si tuviésemos una cita, con mi jersey favorito de lana de angora celeste y una minifalda vaquera. Ante el espejo maquillé mis pestañas con rímel y utilicé un carmín rosado para mis labios. Una mezcla de miedo y nervios azotaba mi estómago, mis ojos verdes refulgían por la emoción ante el espejo, deseaba nuestro encuentro tanto como lo temía.

Telefoneé a un taxi del pueblo cercano para que me recogiese a la entrada de la propiedad, avisé a los guardias de la caseta de vigilancia del camino para que le permitiesen el paso y busqué a la señora Merlon para comunicarle mi ausencia. La hallé en su habitación, estancia que nunca antes había visitado aún a pesar de que se encontraba próxima a la mía. Llamé a la puerta y el ama de llaves la abrió segundos después.

Estaba cosiendo ribetes de encaje a una falda de volantes, de la pequeña Louise supuse. Volvió a sentarse en una vieja mecedora bajo la luz de la única ventana del dormitorio. Su habitación era el doble de grande que la mía, estaba pulcramente ordenada y tenía una enorme televisión frente a la cama, una máquina de coser y un pequeño aparador casi vacío.

–Dígame –dijo, aguja en mano, aguardando mis palabras.

–Vengo a informarla de que pasaré la noche fuera de la casa. –Me miró de reojo, por encima de sus anteojos plateados–. Es sólo para que lo sepa, probablemente regresaré mañana.

–Tenga cuidado, es lo único que puedo decirle, tenga cuidado con lo que hace y con quién lo hace. No intento ser posesiva, le hablo como lo haría una madre... –proclamó en un tono rígido nada maternal. Iba a contestarle que a ella qué le importaba, pero aquellas últimas palabras me retuvieron. No es que las creyese sinceras (no lo hacía), pero era una señora mayor al fin y al cabo, y debía sosegar mi carácter.

–Voy a ver a una amiga que estudia en Londres, me quedaré en su casa –argumenté sin tener por qué. Llevaba la frase aprendida por si intentaba sonsacarme algo y simplemente la utilicé.

Al salir de la habitación sentí un poco menos de rencor hacia aquella mujer. No había visto ni una sola fotografía de hijos o nietos en toda la estancia, probablemente no los tenía. Merlon estaba sola y la familia a la que servía era probablemente lo más parecido a una familia propia que tendría.

A través de las ventanas del taxi podía contemplar como el sol se apagaba tras la línea del horizonte y me pregunté si hacía lo correcto presentándome en aquella casa sin avisar. Dado lo educados y formales que eran los caballeros ingleses, los *gentlemen* como William, desconocía si una visita imprevista podría molestarle. Iba a correr el riesgo.

Casi una hora después me encontraba de pie frente a la puerta de la casa, un enorme edificio de tres plantas de arquitectura contemporánea, con fachada de color crema y blancos ventanales acristalados, en una calle concurrida. Me sorprendió esto, no sé, esperaba un lugar apartado como Lastheaven para esconderse, pero no, William parecía vivir en mitad del común de los humanos sin problema alguno.

Con el corazón en la boca llamé a la enorme aldaba de forja mientras aún dudaba si marcharme o no. Pasados unos segundos una luz se prendió en el interior iluminando las ventanas laterales; carraspeé. Debía de estar en casa. La puerta se abrió, chirriando ligeramente, y tras ella apareció una joven de aproximadamente mi edad, con la tez muy pálida y el cabello pelirrojo ondulado sobre los hombros, realmente hermosa. Me miró desconcertada. Entonces temí que Mel hubiese equivocado la dirección o, lo que era peor, que William me hubiese reemplazado rápidamente en su corazón.

–Buenas noches –dijo la pelirroja con una voz profunda y hueca, como surgida desde el fondo de un pozo, observándome fijamente con sus ojos tostados. Su rostro estaba salpicado de diminutas pecas cobrizas. Inspiró profundamente, como si pretendiese retener mi perfume en el interior de su pituitaria para siempre.

–Buenas, creo que me he confundido de dirección. –Buscaba el papel en el que la había anotado en mi bolso–. Busco al señor Smith...

–No se ha equivocado –proclamó una voz masculina tras la muchacha, con acento muy cerrado, del norte probablemente. La muchacha se apartó y pude ver a un hombre de alrededor de treinta años, con barba de varios días y tez impávida, con profundos ojos negros–. Vive aquí, adelante. Mi nombre es Máximo y ella es Julianne.

Pasé al interior de la casa y el caballero, vestido de modo informal, con vaqueros y chupa de cuero, me miró un instante de los pies a la cabeza, y tras realizar la misma maniobra de la joven, cerrar los ojos e inspirar intensamente, sonrió. Empecé a temer que no hubiera sido tan buena idea ir a visitar a William sin advertírselo.

Conducida por ambos llegué hasta el salón, donde me ofrecieron asiento en un amplio sofá de cuero beige. Máximo se sentó frente a mí en otro de los sillones y Julianne a mi lado.

–Perdonen, podrían avisarle... –rogué intimidada por el interés desmedido que parecían prestar ambos a mi persona. No dejaban de observarme como un cocodrilo a un ñu que distraído bebe agua del río.

–Claro, ahora mismo, preciosa –aseguró Julianne con una sonrisa inmensa, inmensa y oscura, cruzando las piernas bajo el amplio vestido de gasa rosa pastel que dejaba al descubierto sus pálidas pantorrillas menudas, pero sin mover un solo dedo para llamarlo.

–¿Qué asuntos tiene que tratar una muchachita como tú con nuestro amigo? –inquirió Máximo taladrándome con la mirada, sentado hacia delante, con los codos apoyados sobre las rodillas.

–No quisiera ser grosera pero creo que eso es sólo de nuestra incumbencia –me atreví a señalar, sospechando que algo no andaba bien, nada bien.

–¡Apártate de ella! –gritó repentinamente William desde el fondo de la habitación. No tuve tiempo de verlo acercarse, en un abrir y cerrar de ojos ya estaba allí, agarrando fuertemente a Julianne por la mandíbula desencajada, impidiendo que me mordiese. La joven vampira tenía los colmillos extendidos completamente, mostrando todo su terrorífico poder, pero él la empujó hacia atrás, apartándola de mi lado con brusquedad, lanzándola al suelo por encima del sofá–. Ella es mía –aseguró con voz gutural, casi un rugido, de un modo terrorífico, con los caninos fuera completamente, amenazantes al igual que un león que defiende su territorio–.

–¡No la has marcado! –proclamó Julianne desafiante, incorporándose con una velocidad sobrenatural y enfrentando los ojos de William. Y aunque parecía increíble, la muchacha no se dejaba intimidar un ápice, a pesar de ser aparentemente tan menuda y frágil.

–Está bien, está bien –mediaba Máximo, agarrando con suavidad el brazo de Julianne–. Lo sentimos –dijo apaciguador. Miró entonces a su compañera de forma cómplice y desaparecieron como dos fogonazos de luz estroboscópica; tan sólo oí el portazo cuando salieron de la casa.

Tragué saliva atemorizada, encogida en mi asiento; acababan de intentar comerme.

El vampiro rubio se detuvo de pie ante mí, no se atrevía a tocarme; me miraba de soslayo, quizá temeroso de mi reacción ante la visión de su auténtica naturaleza. Sus colmillos se retrajeron rápidamente. Tardé unos segundos en reaccionar, en recuperar el aliento. Cuando me repuse, alargué mi mano hasta alcanzar la suya, cuyo helado tacto me resultó familiar y adorable. Tiré de él suavemente hasta obligarle a tomar asiento a mi lado en el sofá.

Deseaba transmitirle cuánto de bueno me ofrecía su compañía. De no ser por él mi día habría concluido como la cena de aquellos dos vampiros; acababa de salvarme la vida. Parecía turbado por mi presencia, por mi reacción. Estaba tan guapo –pero taaan guapo– con aquella camisa de algodón blanco de cuello Mao entreabierta, dejando ligeramente al descubierto la parte superior del pecho, permitiéndome vislumbrar la pelusilla dorada que cubría su torso.

–Oh, Anna, ¿qué haces aquí? ¿No sabes lo peligroso que es? –preguntó con voz serena, evitando mis ojos, desconcertado.

–¿Lo es? –inquirí, acariciando su mano con ambos pulgares, como había hecho él en nuestro último encuentro antes de la *revelación*.

–Sí, tengo huéspedes, alojo a vampiros de fuera –dijo con pesar, alzando sus ojos en busca de los míos un instante.

–¿Son tus amigos?

–No. –Su rostro se crispó, quizá molesto por la perspectiva–. *Nosotros*, por la dificultad de encontrar lugares apropiados para pasar el día, tenemos la obligación de hospedarnos unos a otros cuando andamos itinerantes. Ayer por la noche me pidieron alojamiento y mañana en cuanto oscurezca continuarán su camino –explicó recuperando progresivamente el contacto visual, mientras yo acariciaba suavemente su muñeca con las yemas de mis dedos.

–¿Me habrían matado?

–Probablemente, se lo pusiste demasiado fácil –respondió con una sinceridad que me hizo palidecer.

–¿Qué querían decir con eso de que no me has *marcado*?

–Cuando un humano es tan importante para nosotros como para desear que no sea atacado le marcamos, con nuestro olor –arrugué el ceño, él entendió que pensaba en los perros y en su particular técnica y, alarmado, me corrigió–. Con nuestra sangre, Anna, le damos a beber un poco de nuestra sangre, en ocasiones sin que ellos mismos se den cuenta; en su bebida, en su comida... A veces una sola gota es suficiente para que lleven nuestro olor y que de ese modo ningún otro vampiro se atreva a hacerles daño, si no quiere afrentarnos, claro –relató paciente, sin dejar de preguntarse qué hacía yo allí; podía leerlo en sus ojos–. Pero ahora estás segura, ahora saben que eres mía, es una forma de decir que yo te protejo –aclaró, aunque yo no me había sentido ofendida en absoluto por ser *suya*.

–Lo siento, siento haberme presentado sin avisar, pero necesitaba verte... –balbuceé nerviosa, como nunca antes en toda mi vida.

–Creí que no querrías volver a verme jamás –musitó apretando los labios, que conformaron una línea recta, clavándome sus ojos transparentes.

–Me asusté, aunque ni la mitad que ahora –sonreí, el miedo de unos minutos antes había dado paso a una sensación de inigualable confort, obviamente provocada por su proximidad–. Confieso que pensé que no volver a verte sería lo mejor; me asusté, me asusté mucho aquella noche... Pero pasaron los días, sin saber de ti... y me di cuenta de que sentía más miedo a no volver a verte que a cualquier otra cosa en el mundo –revelé con una sinceridad extrema, mientras él me observaba sin una expresión valorable en el rostro.

–No quiero que sientas miedo de mí, Anna, nunca. Yo jamás te lastimaría, ni permitiría que nadie lo hiciese, jamás –aseguró apretando con su mano helada las mías.

–No lo tengo, no me das miedo, ya no.

Entonces estaba segura de aquello, segura al cien por cien. Había algo en sus ojos, en el interior de sus ojos de cielo que me decía que en ninguna otra parte estaría tan a salvo como en sus brazos. Tomé su rostro entre mis manos y besé sus fríos labios muy despacio, sintiendo cómo respondía a mi beso, con todo su cuerpo, con todo su ser, intensamente.

Como si una llama prendiese en su interior, su boca y su lengua eran más cálidas ahora. La actitud de William era completamente distinta a la vez anterior, buscaba el contacto de mi piel, *ansiaba* el contacto de mi piel.

Recostándose sobre mí en el sofá, mordía suavemente mi mentón, recorriendo mi cuello apasionadamente con sus besos y mi cuerpo, por encima de la ropa, con sus manos. Nada le retenía ahora, ahora que yo sabía su verdad.

Desabotoné completamente su camisa, paseando mis dedos lentamente por su pecho. El vampiro me tomó entre sus brazos como si no pesara más que una pluma y subimos escaleras arriba, hasta el primer piso, donde abrió una de las puertas de las habitaciones y me posó sobre una enorme cama. Cerró la puerta tras de sí y prendió una vela del candelabro plateado sobre el aparador del dormitorio, apagando la luz artificial, observándome en la cama con su indescifrable mirada.

Los colmillos emergieron por el deseo a medida que se acercaba a mí, pero lejos de asustarme me sentí tremendamente excitada. Una efervescencia de nervios agitaba sin remedio las paredes de mi estómago, y no deseaba estar en ninguna otra parte del mundo sino allí.

De rodillas en la cama, a mi lado, me besó de nuevo, dibujando con su lengua invisibles siluetas en mi cuello, en mis clavículas, lentamente; sentía el roce afilado de sus caninos en mi piel, que se erizaba.

Levantó mi jersey hasta sacarlo por completo y besó mis pechos por encima del sostén blanco de encaje, mientras acariciaba mi vientre y deshacía el botón de mi falda vaquera, dejándome en ropa interior. Sus enormes manos mimaban mi pecho, mis piernas, ascendían hasta enredarse en mi cabello y recorrían cada centímetro de mi dermis. Yo comencé a desabotonar su pantalón, sintiendo como *algo* se endurecía dentro.

–¿Tienes preservativos? –pregunté.

–Cariño, no hacen falta –aseguró, mirándome fijamente a los ojos, deleitado por mi ingenuidad–. Estoy muerto, ¿recuerdas?

Un ligero miedo me recorrió cuando lo tuve completamente desnudo sobre mí, pegado a mi piel. Sólo había hecho el amor con una persona antes, mi exnovio, y hacía tanto de la última vez que temí que encontrase telarañas por ahí abajo.

Su cuerpo era hermoso, todo él. William, sin prisas, acariciaba mis senos, mi abdomen, mi cuello y me recorría con besos suaves, esperando que me sintiese preparada. Lo estaba. Cuidadosamente, se abrió paso entre mis miedos y segundos después lo tenía dentro de mí, sentía aquella parte de su ser tan templada como el resto de su cuerpo moviéndose rítmicamente en mi interior. El vampiro lamía, besaba mi cuello bajo la oreja, acariciándolo con sus colmillos; supe que contenía con tremendo esfuerzo sus deseos de morderme.

–Si me muerdes, ¿me convertiré en vampiro? –cuestioné entre suspiros. William negó con la cabeza, meciendo su dorado cabello en una caricia sobre mi piel–. Entonces, hazlo, quiero que lo hagas, muérdeme, confío en ti –susurré a su oído, ofreciéndole mi yugular.

Lo hizo, y fue una experiencia maravillosa. No puedo negar que me dolió al principio, pero segundos después tan sólo sentía placer, una inmensa oleada de placer que recorría desde mi cuello hasta mi vulva y lo inundaba todo alrededor; casi podía ver fuegos artificiales en el aire.

William tembló sobre mí con sus labios aún asidos a mi cuello, se estremeció y reposó levemente sobre mi cuerpo, agitado, extasiado, me besó con dulzura y se tumbó a mi lado, agotado. Yo descansé la cabeza sobre su pecho y lo besé. Había sido la mejor experiencia de mi vida.

–Quédate a dormir, por favor –pidió aún con los colmillos fuera, que lentamente se retraían, a la vez que el resto de su cuerpo.

–No pienso ir a ninguna parte –advertí reflejándome en el mar de sus ojos.

William paseó una mano suavemente por mi cabello avellana. Deseé que el tiempo se detuviese en aquel preciso instante.

–Puedo ayudar a que las heridas de tu cuello sanen rápidamente –me ofreció, y asentí esperando que buscase algún antiséptico o ungüento en algún cajón, pero se mordió la muñeca izquierda y me ofreció el hilo de sangre que fluyó de la herida.

–Yo no, yo no quiero... no quiero convertirme en vampiro –balbucí rechazando su oferta. Mi inesperada negativa debió de parecerle divertida y se echó a reír.

–Vamos, bebe; convertirse en vampiro no es tan sencillo, hay todo un proceso y no es lo que pretendo, confía en mí. Bebe para que cicatrice antes la herida.

Lo hice, y al contrario de lo esperado no me resultó desagradable el sabor herrumbroso de la sangre que lamí de su antebrazo. Era muy distinto, y mucho más intenso, que el sabor de mi propia sangre, que había probado en alguna ocasión, tras algún rasguño.

–Mañana por la mañana tus heridas habrán desaparecido. Ojalá estés aquí cuando despierte, me gustaría tanto... –pidió envolviéndome con su brazo, asiéndome contra sí con mi espalda pegada a su torso desnudo.

Y me dormí, me dormí en aquella inmensa cama de sábanas con olor a jabón, con el cuerpo desnudo de mi amante soldado a mi piel, respirando su delicioso aroma en mí, sintiéndome algo débil pero inmensa, incalculablemente feliz.

Capítulo 7

Cuando el león se enamoró de la gacela

Dormí profundamente hasta que la luz del sol, que se colaba por entre las rendijas de la persiana del amplio balcón del dormitorio, me despertó a la mañana siguiente. Lo busqué a mi lado en la cama, pero obviamente no estaba allí, sólo su hueco en las sábanas.

La luz solar, ¿realmente podría desintegrarle? ¿Y qué de todo lo demás? Los ajos, los crucifijos, el agua bendita, los ataúdes, la tierra santa... ¿qué había de cierto en todo aquello? Hasta tan sólo hacía unos días los vampiros eran un mito para mí y sin embargo ahí estaba, en la cama en la que había disfrutado del hermoso y tibio cuerpo de uno de ellos. ¡Ah, William, tan sólo había comenzado el día y ya ansiaba que anocheciera!

Supuse que me encontraría sola en la enorme casa. Me metí en el baño de la habitación y tras una reparadora ducha de agua caliente observé en el espejo mi cuello, las cicatrices de su *mordisco de amor* apenas eran visibles. Él había tomado mi sangre y yo la suya, ¿qué clase de vínculo creaba eso?

Estaba vistiéndome cuando oí un golpe en la puerta del dormitorio que me hizo sentir miedo, si William no podía estar despierto tampoco lo estarían Julianne, Máximo o cualquier otro vampiro, ¿cierto? William no me hubiese pedido que lo esperase hasta la siguiente noche de no ser aquella casa un lugar seguro. Entonces, ¿quién había golpeado la puerta?

–¿Señorita *Rodrigues*? –se impacientaba una voz masculina desde el exterior de la habitación.

–¿Quién es? –pregunté realmente desconcertada, terminando de arreglarme apresurada.

–Soy Ernest Poifort, el mayordomo del señor Smith.

¿El mayordomo? ¿William tenía mayordomo? No sabía si aquello me daba más o menos miedo que el hecho de que fuese un vampiro.

–¿Y qué quiere?

–¿Puedo pasar, señorita *Rodrigues*? –El pobre hombre se esforzaba en pronunciar mi apellido en vano, pero al menos lo intentaba, y sólo por aquello merecía entrar en la habitación: traté de parecer natural, en absoluto sorprendida. Tomé asiento en la cama y comencé a cepillar mi cabello húmedo.

–Pase –pedí, y la puerta se abrió.

Ernest Poifort era un hombre alto, de cabello cano, con bastantes entradas, más bien estaba *abonado*, y un rostro muy arrugado. Vestía un uniforme blanco y negro, con pajarita, tremendamente formal –antediluviano me atrevería a decir– y me miraba con sus pequeños ojos grises fijamente. Yo permanecía desenredando mi cabello con el espléndido cepillo de cerdas naturales que había descubierto en un cajón del baño.

–Buenos días, señorita –atravesó el umbral con un carrito camarera en el que transportaba una bandeja plateada repleta de comida–. El señor no sabía si usted tomaría desayuno continental o inglés, así que me pidió que preparase ambos.

Huevos revueltos, beicon, zumo de naranja, café, leche, pan, mantequilla, bollos. Demasiada comida incluso para un regimiento. Depositó la bandeja sobre una pequeña mesa de caoba a la derecha de la cama, cerca del balcón.

–Estoy a su entera disposición para lo que desee –me informó cuadrándose ante mí. Me sentía abrumada por tanta atención, pero también estaba hambrienta.

–Muchas gracias, Eduard.

–Ernest, Ernest Poifort –corrigió, con los brazos pegados al cuerpo, impávido.

–Lo siento, Ernest. Muchas gracias pero no creo que necesite nada más, puede retirarse.

¿Puede retirarse? ¿Una noche en la mansión y ya comenzaba a volverme repipi? Bueno, algo tenía que decir para que se fuese, ¿no? No pensaba comerme todo aquello, o al menos una parte, con aquel mayordomo tieso frente a mí, observándome.

Delicioso, sencillamente todo estaba delicioso. Me había propuesto recuperar fuerzas y vaya si lo había logrado. Por otra parte, resultaba reconfortante pensar que William había pensado antes de retirarse en mi bienestar, que hubiese incluso ordenado que me fuese llevado el desayuno a la cama. No cabía en mí de gozo.

Bajé las escaleras cargando la bandeja, que cuando Ernest vio en mis manos acudió presto a retirar, como si me hubiese visto portar una antorcha en llamas. Busqué mi bolso en el salón, y finalmente lo encontré en la mesita, frente al sofá, tal y como lo había dejado la noche anterior. Tomé mi móvil, era la una menos veinte: cuánto había dormido, casi invernado, y subí de nuevo al dormitorio para telefonear a casa como cada domingo.

–Hola, tesoro –me saludó mi madre.

–Hola, mamá; ¿cómo estáis?

–Todos estamos muy bien, cariño, ¿y tú, qué tal? –se preocupaba Adela, mi interlocutora habitual, que se encargaba de mandarme de vuelta todos los besos que me enviaba el resto de la familia.

–Genial, cada vez mejor, lo que no significa que no os eche de menos –casi podía oír su suspiro de alivio–, pero me siento muy a gusto aquí, más segura de haber hecho lo correcto, mami. –No podía confesarle el motivo real de tanta felicidad, no aún.

–Me alegra oírte decir eso cariño... ¿Estás comiendo bien? Hazte algún guiso de vez en cuando, come caliente, descansa... –insistía, como haría cualquier madre.

–Sí, mamá; sí, sí, sí...

Cuando colgué el teléfono pasaban pocos minutos de la una del mediodía. Busqué al mayordomo, ¿cómo podría avisarle?, ¿con una campanita?

Me pareció oírle y acudí a su encuentro en dirección a las habitaciones traseras de la casa. Lo hallé en una pequeña sala puliendo la cubertería de plata. ¡Qué típico! Aunque, ¿qué si no podría estar haciendo un mayordomo? Sonreí para mí.

–Señor Poifort, ¿dónde puedo encontrar una tienda de discos por aquí cerca? –pregunté desde el umbral.

–Si me anota el nombre yo podría...

–No, en realidad me gustaría ir yo misma.

–Está bien, suba por esta calle unos cien metros y gire a la izquierda en la calle Templeton; camine otros ciento cincuenta metros y encontrará una pequeña tienda de barrio –explicó amablemente.

–Gracias.

–¿Le preparo algo de comer para cuando regrese?

–No, gracias, Eduard.

–Ernest –corrigió de nuevo.

Algún día lograría recordar aquel nombre, y aunque lamenté haberme equivocado, el gesto serio del mayordomo me hizo reír por dentro. Pero... tal vez no fuese eso, tal vez es que simplemente no podía parar de sonreír porque me sentía muy feliz, como atontada. Al recordar la noche anterior, las manos de William, sus besos, sus caricias... las comisuras de mis labios se estiraban como si tuviesen vida propia. Sencillamente, por primera vez en muchos meses, me sentía ¡feliz!

El sol brillaba en lo alto de un cielo despejado y la temperatura era cálida para ser finales de marzo. La calle estaba bastante concurrida, una multitud de personas caminaban arriba y abajo y los coches atravesaban acelerados la avenida de cuatro carriles. Los edificios eran antiguos y de arquitectura similar a la casa de William, muchos de ellos protegidos con una verja a media altura sobre un muro ante la fachada. Siguiendo las indicaciones de ¿Ernest? giré la esquina con la calle Templeton y unos metros más allá encontré la tienda.

Era un negocio pequeño, familiar, que sin pretenderlo asocié a la panadería de mi padre, a su delantal blanco, a su gorro calado y a sus napolitanas de chocolate... Uhmm. Lo imaginé durmiendo tras haber trabajado durante la noche. Había crecido acostumbrada a vivir con alguien que duerme la mayor parte del día debido a su profesión, pero qué diferente podía serlo con alguien que lo hace por su... *¿alergia* al sol?

Compré un disco del grupo británico Keane, que había prometido como regalo a mi hermano Jaime; ahora sólo me faltaba conseguir una cita con James Morrison para mi prima Sara y habría completado mis encargos familiares.

Paseé por los alrededores y encontré varios puestos de venta ambulante, una especie de mercadillo en mitad de la amplia mediana de la avenida. Me distraje mirando aquí y allí blusas, zapatos, peces de colores... tan sólo echaba en falta las voces de: "¡A un euro, a un euro, cómprame algo, no seas malaje, chiquilla!", típica de los mercadillos de mi tierra. Pero no, allí todos eran demasiado formales y comedidos, limitándose a responder si les preguntabas por sus artículos.

Comí un perrito caliente –bastante caliente– con el que me quemé el labio inferior, segundos después la quemadura había desaparecido. ¿La sangre de William?, me pregunté. ¿Es que ahora yo no tenía plaquetas? ¿O glóbulos blancos o qué sé yo para cicatrizar y todo iba a deberse a la sangre de vampiro? Paranoica.

Eran más de las siete cuando caminaba de regreso a la propiedad Smith. Y el sol estaba ya a mis espaldas, recostándose al principio de la avenida, cuando alcancé los escalones de la entrada de la casa. Iba a llamar a la puerta pero ésta se desplegó ante mí. William me contempló con una indescifrable expresión que me tuvo en suspense hasta que sus labios se arquearon en una sonrisa; tenía el cabello rubio rebelde sobre los hombros, la luz de las recién encendidas farolas iluminaba su céreo rostro bañándolo de un resplandor dorado.

Mi corazón latía, trotaba, corría, fuera de mi pecho.

–Estás aquí –dijo.

–Tú me lo pediste, y aquí estoy.

Se acercó y agachándose –era al menos dos palmos más alto que yo– me dio un suave beso en los labios que me hizo estremecer. Un beso que exclamaba: me alegro de tenerte de nuevo junto a mí. Dejó paso a un lado de la puerta para que pudiese entrar y lo hice.

–¿Estamos solos? –pregunté, y él hizo un gesto afirmativo–. ¿Y Máximo, Julianne, Ernest?

–Todos están fuera –se hizo el silencio, cerrando tras de mí–. Gracias, Anna.

–¿Por qué?

–Porque tenerte junto a mí de nuevo es el mejor regalo que podría imaginar –aseguró regresando a mis labios–. Gracias por la mejor noche en muchos, muchos, muchos años.

Me puse roja como un tomate. Tampoco hacían falta tantos *muchos* seguidos.

–También yo puedo decir lo mismo –afirmé incapaz de mirarle a los ojos, azorada–. No soy ninguna mojigata pero sentí miedo de no estar a la altura, tú debes de tener tanta experiencia que...

–Anna, ¿pero qué dices? –dudó realmente desconcertado, arrugando el entrecejo–. Eres maravillosa, lo de anoche fue perfecto, ¿no lo fue para ti?

–Sí, sí, por supuesto –en qué lío me estaba metiendo por bocazas, ni yo misma lo sabía–. Quiero decir que yo sólo he estado con un chico antes que contigo, con mi ex, y hace meses y temí..., no sé. Para mí fue tan especial que deseaba que tú sintieses lo mismo. Olvídalo, ¿vale? –dije, completamente ruborizada mientras él sonreía sacudiendo la cabeza, pues mi congoja parecía divertirle.

Acarició mi mejilla suavemente y me atrapó contra su pecho, rodeándome con sus brazos de granito.

–Bueno, ¿qué te apetece que hagamos esta noche? Podemos ir al cine, al teatro...

–En realidad, me gustaría estar contigo a solas. –De repente aquellas palabras repasadas en mi mente parecían toda una declaración de intenciones. Anna, procesa la información, por favor–. Para hablar, quiero decir.

Nuevamente me había sonrojado, ¿es que no abandonaría ese color mientras estuviese junto a él?

–Te había entendido a la primera –aclaró divertido, y se echó a reír nuevamente–. En realidad, esa era la respuesta que deseaba oír. He encendido la chimenea de la sala y pedí a Ernest que preparase algo de cenar para ti.

–Gracias, eres muy amable, quizá más tarde.

Apretó su delicada mano sobre mi hombro, deslizándola por mi brazo hasta alcanzar mi mano, que tomó para tirar de mí en dirección al salón. El tacto helado de sus dedos recorriendo mi hombro, mi antebrazo, mi mano, me erizaba la piel, hacía saltar chispas, como una corriente eléctrica; nunca antes me había sentido así con nadie.

Nos sentamos en la alfombra de mullida lana blanca junto a la chimenea, uno frente al otro, mirándonos a los ojos en silencio. William retiró con delicadeza un rebelde mechón de mi cabello y lo colocó tras la oreja.

–Eres tan hermosa... –susurró embelesado–. Y bien, tendrás algunas preguntas, hazlas sin miedo y responderé hasta donde esté en mi mano.

Era cierto, deseaba preguntarle demasiadas cosas y sentía a la vez miedo a ofenderle o a molestarle de algún modo, y que no quisiese volver a verme nunca más.

–Bueno, hay ciertas cosas...

–Pregunta. –Volvió a acariciar mi mejilla con el dorso de su mano ártica, dándome valor. El fuego de la chimenea refulgía en su rostro, en su cabello de oro, en su pecho al descubierto por encima de la baja abotonadura de la camisa.

–¿Te llamas realmente William Smith? –una sencillita.

–Sí, es mi verdadero nombre, pero es cierto que a veces, a lo largo de mi existencia, he tenido que utilizar otros nombres, otros apellidos, para no levantar sospechas al relacionarme con humanos.

–¿A qué te dedicas? ¿Trabajas? –aquella le sorprendió por lo común. Tenía preguntas más comprometidas pero aguardaba el momento oportuno para realizarlas.

–Actualmente soy editor, de hecho soy dueño de una importante editorial británica. –Encajaba con él, con su talante de intelectual.

–¿Y tus empleados no sospechan nada?

–Soy un jefe excéntrico –respondió ladeando la cabeza y encogiéndose de hombros. Imaginé cuántas de sus empleadas debían estar locas por aquel atractivo y enigmático jefe; muchas, sin duda.

–¿Desde cuándo eres... vampiro?

–Desde no hace mucho, unos doscientos años –afirmó esperando mi expresión de asombro, y vaya si me asombré, ¿doscientos años no era mucho? Era más viejo que el abuelo de mi abuelo, y quién lo diría con aquel cuerpo de bombero de calendario–. Para nosotros los años pasan muy deprisa.

–¿Quién te hizo...? ¿Quién te...?

–¿Convirtió? Una vampira que llevaba demasiado tiempo sola. Una noche, cuando regresaba a casa del trabajo, me atacó en la oscuridad y me *convirtió* para que le hiciese compañía. Fue así durante décadas, hasta que decidí viajar solo –relató sin emoción, observando mi reacción ante sus respuestas.

–¿Qué edad tenías?

–Treinta años aproximadamente.

–¿Lo del agua bendita, las cruces, los ajos...? –una vez lanzada saqué toda la artillería pesada.

–Mitos. Los ajos dan mal sabor a la sangre, nada más –expuso reprimiendo una risita, parecía divertido con mi curiosidad.

–¿Respiras? –sugerí indicando su pecho, que cadenciosamente se expandía y retraía, a un ritmo lento y constante, mucho más lento que el mío, alterado por su proximidad.

Dudó.

–Sí y no –respondió al fin–. Es un reflejo útil para pasar inadvertido entre los humanos, como pestañear, además de la única forma de percibir olores, pero si me preguntas si mis pulmones realizan el intercambio de oxígeno en los alvéolos liberando CO_2, pues no, no respiro así, no lo necesito –respondió medio en broma, recitando como si se supiese de memoria todo el libro de biología–. ¿Siguiente?

–¿Dónde fuiste anoche cuando me quedé sola en la cama? –ésta le pilló por sorpresa.

–Me marché a *alimentarme* y después a resguardarme del sol y dormir hasta ahora.

–¿A "alimentarte"? ¿De personas?

Me sentí tan estúpida por preguntar aquello, ¿qué esperaba que me respondiese? "No, me comí dos huevos fritos con chorizo". Guardó silencio durante unos segundos, meditando probablemente la forma de decirlo.

–A veces de personas, a veces de grandes animales, pero su sangre no es compatible al cien por cien con nosotros, no elimina por completo nuestra *sed*. –Vaya, no esperaba que respondiese tan sinceramente. En mi fuero interno me debatía entre la necesidad de saberlo todo acerca de él y el miedo a que sus respuestas me llevasen a verlo como un monstruo.

–Pero... anoche bebiste mi sangre... –preguntaba con cautela–. Quiero decir, ¿no fue suficiente? –Las comisuras de sus labios se curvaron hacia arriba, formando una mueca que relevaba que obviamente no era así.

–No, Anna, no fue suficiente –respondió al fin–. Me alimento de dos o tres personas para obtener la suficiente cantidad de sangre sin acabar con su vida, algo que procuro evitar –dijo con voz carente de toda emoción, mientras reposaba ambos codos sobre las piernas entrecruzadas, jugando entre los dedos con la tupida lana de la alfombra.

–Entonces, podrían reconocerte, delatarte... –Fui consciente de que egoístamente me preocupaba más de que alguien pudiese acusarlo que de la vida de aquellos desconocidos.

–¿Por qué crees que lo recordarán? Se despertarán a los pocos minutos sin saber qué les ha pasado, con dos pequeñas picaduras en alguna parte de su cuerpo –sugirió cómplice, guiñándome uno de sus hermosos ojos celestes.

–¿Borras su memoria?

–Algo así.

–Pues yo lo recuerdo todo, tooodo, tooodo, lo juro.

–Anna, anoche me alimenté de ti e hicimos el amor, y créeme que no quiero que te olvides de ninguna de las dos cosas, nunca –aseguró dibujando con sus labios una amplia sonrisa que llenó sus tiernas mejillas.

De nuevo, el color del tomate en mi rostro... Y unos segundos de silencio para retomar el aliento.

–¿Por qué no me dolió? Quiero decir que sentí una pequeña molestia en el cuello cuando me mordiste, pero casi no me dolió –pregunté y él alzó una de sus cejas rubias con satisfacción, arrugando la nívea frente, sintiéndose orgulloso de algo que debía de ser mérito propio.

–Mis colmillos liberaron un anestésico sobre tu piel a la vez que te mordía, no quería que te doliese, sólo deseaba que sintieses placer. ¿Lo conseguí? –inquirió conociendo la respuesta, y cuya confirmación por mis labios aumentaría su ego hasta el infinito, por lo que no respondí, y él esbozó una sonrisa pícara–. También liberamos a voluntad endorfinas en la sangre, eso ayuda algo, a lo del placer me refiero –bromeó, y yo reí seducida, vaya si funcionaba, podía dar fe de ello. Benditas endorfinas.

–¿Y no te sientes mal por *alimentarte* de personas? –cuestioné con la mayor prudencia de la que fui capaz. Quizá me estaba pasando con tantas preguntas. ¿O no?

–¿Acaso pide perdón el león por alimentarse de la gacela? Soy un depredador, el más poderoso de todos, está en mi naturaleza –respondió firme, sin alterar el tono de su voz sosegada.

–¿Y por qué conmigo no fue así? ¿Por qué no te alimentaste de mí sin más y me hechizaste para que no pudiese recordar nada?

–Porque tú eres especial –¿Halago o insulto?–. Eres humana, pero eres diferente. Para nosotros los humanos simplemente huelen a comida o son un juguete sexual, o ambas cosas; no os consideramos como iguales porque nos alimentamos de vuestra especie inferior –continuaba con la duda: ¿insulto o halago?–. Pero tú eres distinta, tu sangre es distinta; es la primera vez que siento algo como lo que tú me has hecho sentir desde que fui convertido, desde que morí.

Sonaba tan raro: "desde que morí". Me turbaron sus palabras, y me cargaron de dudas, repusieron los estantes de mi almacén de preguntas.

–Diferente, ¿en qué? Mi cuerpo es como el de cualquier humana, yo soy como cualquier otra persona... –dije mirándome a mí misma, mis dos manos, mis dos piernas, mis dos pies; no había nada de especial en mí.

–No –dijo secamente, y pareció irrebatible.

–¿Por qué?

–Lo supe desde la primera noche, cuando conversamos a solas en la cocina e intenté encantarte, hipnotizarte –confesó con una sonrisa de niño travieso, como si le hubiese descubierto hurgando en el cajón de mi ropa interior, mientras yo me esforzaba por cerrar mi mandíbula desencajada–. Me gustaste tanto que quise probar tu sangre en aquel mismo instante, pero sencillamente no funcionó y es la primera vez que me ocurre en mis doscientos años. Anna, sé que eres diferente porque lo siento, lo siento en tu olor y lo siento en tu sabor, el sabor que anoche me hizo estremecer, que me hizo sentir vivo.

Besé sus labios, no podía resistir más los deseos de hacerlo, no podía y no quería.

William se recostó sobre mí, apoyando su mano junto a mi cabeza, acariciando mi cuello, deslizándola hasta alcanzar mis senos por encima del jersey y mis muslos por debajo de la falda. Sus colmillos se mostraron para mí y yo volví a acariciarlos con mi lengua, algo que le encantaba. Allí, frente a la chimenea, volvimos a hacer el amor, volví a sentirlo dentro de mí, a deleitarme con la firmeza de su abdomen que se plegaba sobre mis caderas una y otra vez. Esta vez mordió uno de mis senos, justo bajo del pezón, y bebió de mí mientras yo temblaba de placer.

Desnudos sobre la alfombra, pegada a su cuerpo, que reposaba agitado tras la descarga de pasión, permanecí acariciando su torso con la yema de los dedos, sus pezones pequeños y rosados, la leve pelusilla dorada sobre el esternón. Alcé la vista para poder mirarle a los ojos y percatarme de la incipiente barba rubia que comenzaba a brotar en su mentón. Él paseaba su mano traviesa sobre mi hombro y mi pecho derecho, mientras me regalaba el brillo de sus ojos, en los que se reflejaba el fuego de la chimenea. De pronto, algún pensamiento cruzó su mente y se incorporó, contemplé sus firmes glúteos mientras desnudo buscaba algo en un cajón del aparador; la vista de su regreso fue igual de interesante.

Traía algo entre sus manos, un pequeño frasco.

–Aceite de granos de café –dijo mostrándomelo–. ¿No te gusta tanto el café? Pues voy a darte un masaje con él.

En realidad no podía estar más relajada de lo que estaba ya, pero ni mucho menos iba a negarme a un masaje, a un masaje de sus fuertes y suaves manos.

Me di la vuelta y él se colocó a horcajadas sobre mis nalgas y comenzó a untarme con un aceite de delicado perfume sobre los muslos. Sus manos apretaban firmemente mi piel, recorrían mis piernas, mis glúteos, mi espalda de arriba hacia abajo, haciendo surcos, hondas, líneas sobre mi dermis, que nunca antes había estado tan hidratada ni tan bien atendida. El aceite permitía que sus dedos se deslizasen, se hundieran suavemente en mi piel, en el lugar oportuno, aunque prestando especial atención a mis glúteos. Sonreí complacida. William subía por mi espalda hasta llegar a mi cuello, a mi nuca, apartando el cabello para poder trabajar en aquella zona... hasta que de repente se detuvo.

–¿Qué pasa? ¿Te has cansado? –requerí divertida.

Él no contestó y se echó a mi lado. Le miré a los ojos preocupada y no me tranquilizó encontrarlos cargados de estupefacción, como si acabase de ver al espíritu de John Lennon entrar en la sala.

–¿Qué pasa, William? No me asustes.

–Tu... tu nuca...

–¿Qué pasa? –dudé sobrecogida.

–Tienes una marca...

–Ah, Dios mío ¿y por eso tanto lío? –suspiré realmente aliviada, paseando una mano por mi nuca–. Claro que tengo una marca, una marca de nacimiento. Sé que parece un tatuaje o una cicatriz extraña, pero es sólo de nacimiento y no me duele ni la noto.

–No lo entiendes, Anna. No puedes entenderlo –repetía confuso, tumbado boca arriba a mi lado, como si mil pensamientos atravesasen su cabeza a la vez y lo situaran lejos, muy lejos de allí.

–¿Qué no entiendo?

–Nada, no te preocupes –afirmó reponiéndose, y yo pensé: joder, sé que es rara la marca, pero tampoco para que un vampiro de más de doscientos años, que se supone que lo ha visto todo, se asuste hasta el punto de que si llega a latirle el corazón le da un infarto–. Me ha sorprendido, simplemente, pero no pasa nada. –Trataba de parecer natural, pero algo dentro de mí me decía que no era sincero. No obstante, lo dejé correr.

Me desperté mientras me trasladaba en brazos hacia la cama, minutos antes del alba. Me depositó sobre las suaves sábanas, arropándome, y besó tiernamente mis labios.

–Adiós, mi amor; tengo que marcharme a dormir, está a punto de amanecer. Ernest te traerá el desayuno, y cuando se lo pidas solicitará un taxi para llevarte hasta Lastheaven, pero sin prisas, estás en tu casa. Adiós, mi amor –repitió, y se alejó de mi lado, desapareciendo como una exhalación.

Estaba adormilada pero entendí todo y retomé el sueño, agotada, exhausta, algo resentida por los bajos, pero feliz, inmensamente feliz.

El sol se adentraba cálido por el balcón, iluminando intensamente la habitación. Me estiré en la confortable cama sin poder borrar la sonrisa de los labios, completamente desnuda, del mismo modo en que había pasado toda la noche. Descubrí mi ropa doblada sobre una silla, junto a la puerta del dormitorio, y pensé que la próxima vez debería llevar al menos una muda. Esta idea puso una nueva sonrisa en mis labios: una próxima vez, y una siguiente...

Me metí en la ducha y abrí el agua caliente; enjaboné mi cuerpo y comprobé que la herida de su *mordisco* en mi pecho izquierdo estaba prácticamente curada, tan sólo quedaban las marcas, dos puntos rojizos, pero no me dolía, ni siquiera me molestaba. Podría acostumbrarme a aquello, a aquel sexo maravilloso y a que se alimentase de mí, literalmente.

Lavé mi cabello envuelta en una nube de vapor y disfruté del agua caliente que relajaba mis músculos. Salí del baño en albornoz. Ernest había dejado el desayuno sobre la mesita, como el día anterior, y me deleité comiendo abundantemente, estaba hambrienta y exhausta. Observé que eran las tres de la tarde pasadas; quizá la señora Merlon me regañaría por llegar con el tiempo tan justo, pero en realidad no me preocupaba demasiado: estaría a tiempo para las clases y había dormido lo suficiente para no acusarlo en mi trabajo.

A mi aviso el mayordomo me pidió el taxi y en pocos minutos estuve lista para marcharme. Le entregué un pequeño papel doblado y subí al coche mirando hacia atrás, a la casa en la que había pasado las dos mejores noches de toda mi vida, y preguntándome en qué recóndito lugar de aquella vivienda dormía en ese momento el vampiro que lo había hecho posible.

De regreso a la mansión de los señores Robinson repasé mentalmente las palabras utilizadas en la nota que había escrito para William y que le había entregado a Ernest. Decía así:

"Querido William:

Espero repetir estas dos noches muy pronto.

Tuya, Anna".

Pues sí, así de directa y concreta fui, quizá tenía más valor por escrito que en persona. ¿Y si se asustaba? Pero ¿una declaración de intenciones iba a asustar a un vampiro de más de doscientos años?

Capítulo 8

La sangre del guerrero

Accedimos por el camino de grava hasta la caseta de vigilancia, y los guardias, aburridos en su interior, me saludaron alzando la mano, abriéndonos el paso. El sol descendía lentamente tras nuestras cabezas a medida que remontábamos la pendiente hacia la propiedad. Llamé al interfono y Mel acudió a abrir la verja de entrada, no había preocupación en su mirada, ni recelo. Me preguntaba si la señora Merlon habría pasado por alto mi tardanza, aunque no lo creía posible. Pagué al taxista para que pudiera marcharse y observé la fachada del majestuoso edificio. Frente a la escalinata Ian terminaba de podar un seto de la rotonda, a punto de concluir su jornada.

–Buenas tardes –lo saludé.

–Buenas, institutriz; qué guapa –me elogió a la vez que arrojaba una de las ramas al montón que había formado.

–A veces hay que echar a un lado el uniforme –sonreí divertida. Comenzaban a dolerme los mofletes de tanto sonreír, pero cómo evitarlo con lo feliz que me sentía; de hecho tenía ganas de gritarle al mundo que estaba perdidamente enamorada de un vampiro de doscientos años.

–Tengo que agradecerte algo, pero como esta semana has estado desaparecida no he podido hablar contigo a solas –aseguró el jardinero, despertando mi curiosidad mientras limpiaba la frente de sudor con el dorso de la mano, un gesto bastante habitual en él.

–He tenido mucho trabajo, pero dime. –En realidad, la semana en la que William no regresó a Lastheaven prácticamente la había pasado encerrada en mi habitación, sin ganas de ver a nadie, cumpliendo únicamente con mi labor de profesora.

–¿Recuerdas que invité a Sophie a una fiesta? –Cómo olvidarlo–. Pues estamos saliendo.

–Vaya, me alegro mucho por los dos. –Era sincera, aquel chico me caía realmente bien y aunque la doncella no fuese del todo santo de mi devoción sabía que ella estaba loca por él, y eso era lo más importante.

–De no ser por ti nunca se me habría ocurrido invitarla. Sin embargo, aquella noche la vi de forma distinta, y... pues eso, gracias –dijo con cierto pudor, tintando la voz, lo cual me enterneció. Debía de gustarle bastante.

–Espero que os vaya genial, en serio. Ahora debo prepararme para las clases. Hasta mañana.

Rodeé la casa para entrar por la puerta de servicio, temía tropezarme con el ama de llaves; no era un miedo como para salir corriendo, pero no me apetecía soportar una de sus regañinas, estaba demasiado feliz y no deseaba cambiar mi estado de ánimo por nada del mundo. Afortunadamente, no se encontraba en la cocina y saludé a Charlotte, que preparaba la cena para ambas.

Ya en mi habitación me cambié de ropa, recuperando mi uniforme de camisa blanca y pantalones negros de lana, lista para una clase magistral (o para trabajar de camarera en cualquier restaurante), y recogí mi cabello en una trenza. Organicé mis apuntes para la lección de aquella noche, después comprobé la hora en el reloj de pulsera y la oscuridad en el exterior a través de la ventana de mi dormitorio. Había anochecido, así que decidí llamar a William –el mayordomo me había proporcionado su teléfono–, que acabaría de despertarse. Quería desearle una buena noche y de paso saber qué opinaba de mi nota.

Marqué el número de su casa y tras varios pitidos alguien cogió el aparato.

–Residencia del señor Smith, dígame –rogaba la inconfundible voz del mayordomo.

–Hola Er... –dudé–, Ernest, soy la señorita Rodríguez, ¿podría hablar con el señor Smith?

–El señor Smith ha tenido que marcharse de viaje –respondió con su habitual parquedad.

–¿De viaje? ¿Adónde?

–No lo sé –noté que mentía–. Y tampoco cuántos días tardará en volver. En cuanto regrese le diré que usted le ha llamado.

–¿Y no hay forma de que pueda localizarlo? Necesito hablar con él, ¿no podría llamarle a su teléfono móvil...?

–No.

No, simplemente no. Se despidió de mí repitiendo que le informaría de mi llamada cuando regresase y colgó. Me dejó profundamente desconcertada.

¿Sería cierto aquel misterioso viaje? William no mencionó nada sobre un viaje la noche anterior, nada. ¿Le habría surgido de repente o es que finalmente mi nota había sido lo suficientemente explícita como para asustar al vampiro bicentenario? Tampoco es que le hubiese pedido matrimonio.

Quizá el hecho de que fuese un ser sobrenatural no le hacía tan diferente al común de los varones, y tras obtener su trofeo... No quería pensar aquello y decidí concederle el beneficio de la duda.

Me dirigí a la vivienda principal por el pasillo que comunicaba con el ala de servicio. Al abrir la puerta encontré a la señora Merlon de frente, caminando hacia mí desde el hall, vestida con su impoluto traje azul marino hasta las pantorrillas. Se acercó presta y casi podía oírla dentro de mi mente regañándome.

–Me alegra que haya regresado a tiempo.

–Soy bastante responsable, aunque en ocasiones pueda parecer lo contrario.

¿Acaso lo dudaba? Estaba furiosa por no haber podido hablar con William, y si el ama de llaves me buscaba, me encontraría. Lanzó hacia mí una mirada de desaprobación que me resbaló como un balde de agua.

–Hay visita en la casa; unos amigos de los señores llegaron anoche y no sé por cuánto tiempo se quedarán. No sé si esto influirá en las clases –advirtió sin más.

–Supongo que el señor Robinson me informará de ello. –Ella volvió a repasar mi cuerpo con su mirada. Después me pidió que la acompañase al salón en busca del señor.

Así lo hice. En cualquier caso, estaba claro que nunca nos haríamos amigas.

El señor Robinson conversaba de espaldas a mí, animadamente, con otros dos caballeros que estaban frente a él.

Uno de ellos era delgado, tenía el cabello de color castaño, muy bien peinado hacia atrás, como engominado, y vestía una americana a cuadros de lana beige, una camisa de hilo de color blanca y unos pantalones similares a la chaqueta. Aparentaba tener unos cuarenta años y era vampiro. Ese color de piel y esa expresión soberbia en el rostro lo delataban. Ahora sí podía distinguirlos.

El otro..., el otro parecía mucho más joven, entre veintimuchos y treintaypocos. Simplemente vestía unos pantalones árabes blancos de algodón, anchos en la entrepierna y ajustados en los tobillos, y unas sandalias de cuero. Era alto y tremendamente fornido, y tenía la cabeza completamente rasurada y un arete plateado en la oreja derecha. Su piel era oscura, del color del bronce, con un brillo intenso. La musculatura de su torso recordaba a un profesional de lucha libre y en su abdomen tableado podrían lavarse a mano varias sábanas. Multitud de tatuajes decoraban su dermis, en los poderosos brazos y en ambos pectorales; eran una especie de signos, o letras desconocidas para mí, dibujos simétricos de tinta negra. También él era un no-muerto.

Ambos permanecían de pie frente a mi jefe y me observaron atentamente cuando entré en la habitación. Pude notar la intensa mirada de don músculos-de-acero sobre mi piel.

–Buenas noches, Anna.

–Buenas noches, señor Robinson; señores...

–Pase al aula de estudio y llévese a mis hijos fuera, al jardín trasero. Iré a avisarles cuando puedan regresar y utilizar la habitación. Mis invitados y yo la necesitamos ahora –pidió el doctor, con su voz serena.

Así lo hice. Louise y Martin esperaban dentro de la sala de estudio, distraídos con sus ordenadores; era sorprendente lo poco que habían tardado en aprender a manejar Internet, lo habían hecho en un tiempo récord, a pesar de ser seres sobrenaturales, algo que sin duda les ayudaría. Ambos se alegraron de verme.

–Vamos, chicos, vamos al jardín; tengo muchas cosas que enseñaros hoy –les pedí y ambos se incorporaron de sus asientos.

–¿En serio, Anna? –preguntó Louise emocionada.

Cogí su mano diminuta, gélida bajo la mía, y los llevé afuera. Hacía algo de frío pero la noche era despejada. Tomamos asiento en los bancos de piedra del jardín, iluminados tenuemente por la luz del porche. Las damas de noche perfumaban el aire y el fluir del agua de la fuente sobresalía en el profundo silencio que nos envolvía.

–¿Dónde has estado estos días, Anna? –preguntó Louise curiosa, con sus enormes ojos azules observándome atentamente. Se había acomodado a mi lado entrelazando sus menudos deditos con los míos.

–Visitando a una amiga en Londres –mentí.

–¿Una amiga de España?

–Mmm... Sí, una amiga española. Cuando vuestro padre termine de hablar con sus amigos os voy a enseñar cómo funciona el metro.

–¿Tienes un novio, Anna? –irrumpió Martin de improviso, sentado frente a ambas, en un banco distinto, mientras parecía intentar captar algo en el aire desde su sitio, algo de mí.

–No –respondí ligeramente sonrojada.

–Hay algo diferente en ti –insistió el muchacho nariz-aguda, muy serio, sin apartar la vista de mis ojos. Yo recordé entonces las palabras de William: "Cuando un humano es lo suficientemente importante... lo marcamos con nuestro olor... A veces, una sola gota es suficiente". ¿Me habría *marcado* William al darme su sangre? Yo no notaba ningún olor distinto en mi piel, en mi ser. Debí usar perfume.

–Dime qué es –lo desafié.

–No lo sé. –Se retrajo, desviando la mirada hacia el suelo. Tendría que confesar qué era para explicar lo que había percibido en mí.

–Bueno, pues como no hay nada diferente ni en vosotros ni en mí –recalqué intencionadamente antes de proseguir–, hablemos entonces de...

–Señorita *Rodrigues* –intervino el señor Robinson a mi derecha. ¿Cómo había llegado ahí tan rápido, en un parpadeo?–. Hemos dejado libre la sala de estudio, está a su completa disposición. Será mejor que pasen dentro, por favor.

–Muy bien –dije incorporándome de mi asiento. Louise corrió a tirar de Martin para levantarlo y él comenzó a jugar a resistirse.

–¿Ha visto a Isaac? Debería de estar aquí fuera con ustedes –me preguntó el doctor mirando en derredor, vagamente.

–No, no le he visto.

–Bueno. ¿Ha disfrutado su estancia en Londres?

¿Es que todo el mundo podía *oler* en qué había consistido mi *estancia* en Londres aquel fin de semana?

–Realmente sí.

–Me alegro, y me alegro de que se haya adaptado tan bien. La verdad es que tanto mi esposa Marie como yo estamos muy contentos con su trabajo. Nos sentimos verdaderamente tranquilos de confiarle, en parte, la educación de nuestros hijos.

Vaya, eso sí que no lo esperaba. Sonreí tremendamente halagada. Apúntate esa, señora Merlon.

–Yo tan sólo... hago mi trabajo.

–Así es, y lo hace muy bien –decía con la mirada fija en mí, con el cabello ondulado peinado hacia la derecha, enmarcándole su rostro de marfil serio e inexpresivo, y con un tono de voz igual de sobrio.

Sin embargo, una serie de acontecimientos empezaron a darse de un modo imprevisto y rápido.

Hubo una especie de lejana vibración en el aire que alertó mis sentidos, erizando la piel de mi nuca, y que mi interlocutor pareció no notar. Alguien, un espectro que había aparecido con una velocidad sobrehumana de entre las sombras, desde el fondo del jardín, a nuestras espaldas, llegó hasta nosotros y atravesó el pecho del señor Robinson con una ruda estaca de madera que, abriéndose paso entre las costillas, asomó por el torso, tras perforar la camisa de seda. Aquel ser todavía asía la estaca en su mano, hundiéndola con fuerza en el inmóvil corazón del doctor, quien, desprevenido, había sido herido fatalmente. Su rostro, sus ojos desencajados, reflejaron sorpresa y, paradójicamente, también resignación.

Di un salto hacia atrás, bloqueada, paralizada. Pude sin embargo gritar, al igual que Martin y Louise, y entonces el asesino me miró a los ojos. Era un vampiro, y su rostro me resultó muy familiar. Comprendió que debía darse prisa en concluir su trabajo y arrancó veloz el puñal de madera de la espalda del señor Robinson, que al perder el único punto de apoyo que lo mantenía en pie cayó desplomado al suelo. Martin permanecía inmóvil a mi izquierda, paralizado también por el miedo, con la pequeña Louise tirando de su ropa, pretendiendo sacarlo de allí. El vampiro esbozó en su rostro, con los labios apretados, una sonrisa llena de maldad y se dispuso a atacar al muchacho. Sin dudarlo me lancé hacia éste, tumbándolo de espaldas, tratando de cubrirlo con mi propio cuerpo. Fue entonces cuando sentí cómo, empujada por una fuerza descomunal, la misma estaca se hundía profundamente en mi carne, desgarrándola a su paso, pasando bajo la clavícula derecha, muy cerca del hombro.

Louise, a nuestro lado, no dejaba de gritar.

El vampiro pareció sorprendido, terriblemente sorprendido por mi gesto, y su mirada de estupefacción permaneció inalterable. De repente, su cabeza comenzaba a desprenderse del cuello para acabar cayendo al suelo, mientras desde su torso decapitado, aún de pie frente a mí, la sangre brotaba y me salpicaba. Finalmente, se hincó de rodillas y el cuerpo mutilado cayó sobre mis piernas, tiñéndolas también de manchas carmesí.

A continuación, atónita, observé cómo don músculos-de-acero aún asía una enorme espada entre sus manos, cuyo filo chorreaba sangre, roja sangre de vampiro.

La señora Robinson cogió a Louise y tiró de ella hacia el interior de la casa, sin reparar en el maltrecho cuerpo de su esposo, que se desintegraba en una maraña sanguinolenta a nuestro lado.

Martin me asía entre sus brazos, intentando sostener mi cuerpo desplomado, preocupado por mi estado. La profunda herida de mi hombro me dolía intensamente. El vampiro del cabello castaño engominado se acercó mientras el otro me miraba desde la corta distancia.

Todos tenían los colmillos fuera, excitados por la violenta escena.

–Vamos, Oswald, ayúdame –rogó Martin al vampiro del traje de lana al comprobar que no se decidía a auxiliarme.

–No, majestad.

–¿No? Me ha salvado, ella ha recibido esa estaca en mi lugar –justificaba mi pupilo con rabia en la voz y los caninos fuera, desafiantes.

–Ha visto demasiado –sentenció músculos-de-acero con voz de ultratumba.

–¿Qué? No vais a dejarla morir.

La sangre corría por mi blusa blanca, tiñéndola de escarlata; la sentía fluir entre mis senos hacia el vientre. Me resigné, no iban a hacer nada por mí.

–Mi padre no lo hubiese permitido –lamentó Martin, sentado en el suelo, agarrándome firmemente, como si al no soltarme pudiese salvarme de algún modo.

Pero de pronto, cuando don traje-de-lana, ya con los caninos retraídos, me giraba levemente y retiraba el cabello ensangrentado de mi espalda, para comprobar si la estaca me había atravesado completamente –y supongo que para calcular cuánto tardaría en morir, dado que no parecía tener ninguna intención de ayudarme–, dio un tremendo respingo y se apartó de mí, como si le hubiese quemado. Yo estaba a punto de desfallecer.

Músculos-de-acero se acercó y tuvo la misma reacción. Entonces, desde mi semiinconsciencia, recordé fastidiada que a los vampiros no les gustan las marcas de nacimiento, al menos no la que tengo en la nuca.

–Es ella –musitó Oswald con ojos desorbitados–. Es ella, Shapur, no hay duda –dijo a su compañero.

–¿Una humana? –preguntó el otro, y sonó a "¿una cucaracha?".

–Es ella, Shapur; es ella –repitió.

Sorprendido ante la reacción de ambos, Martin se apresuró a comprobar mi nuca y sonrió con dolor, mientras músculos-de-acero-Shapur me cogía entre sus enormes brazos, como si fuese una pequeña muñeca de plástico, para llevarme al interior de la casa.

–Tenemos que darle nuestra sangre –sentenció Oswald abriéndonos paso–. De nuestra sangre más antigua.

Shapur pareció entenderlo y conducido por Martin me llevó hasta uno de los dormitorios de la casa principal, dejándome sobre la cama cuidadosamente. Cerró la puerta tras nosotros y todos quedaron fuera. Entendí que para un vampiro ofrecer su sangre, aunque fuese a una humana moribunda, era algo muy íntimo.

El corazón me latía a mil revoluciones, había sangrado mucho. Mi acompañante rasgó mi blusa, que se partió como el papel entre sus fuertes manos, dejándome en sostén, un bonito sostén de encaje blanco efecto *push up* –qué bochorno–, y se subió a la cama, con elegancia gatuna, a horcajadas sobre mí pero sin tocarme. Yo me retorcía de dolor, quería alcanzar la estaca, arrancarla para que éste cesase. Shapur me miró fijamente desde sus intensos ojos color miel, a dos escasos milímetros de mi rostro, su nariz era recta y algo ancha en la punta, sus labios eran gruesos y bien definidos.

Comenzó a lamer la herida de mi hombro y lo hizo de tal forma que podía sentir su lengua ligeramente rasposa deslizándose lentamente sobre mi piel. Sus colmillos emergieron de nuevo y sentí miedo, cerré los ojos, pero él continuó lamiendo mi herida y poco a poco ésta dejó de sangrar. Aún me dolía terriblemente, y más aún cuando en un rápido movimiento extrajo la estaca, lo que me llevó al borde del desmayo. Entonces el guerrero de bronce mordió su antebrazo justo bajo la muñeca izquierda, que comenzó a sangrar, y lo acercó a mis labios.

–No quiero convertirme en vampiro... –sollocé.

–¿Prefieres morir? Porque lo harás –preguntó con su voz grave.

–Sí. –Mi determinación le sorprendió y sonrió mostrando sus dientes nacarados realzados por la piel morena.

–No lo harás, no tengo ninguna intención de convertirte. Ahora bebe, el dolor cesará.

Palabras mágicas. A sus órdenes, mi sargento.

Y bebí, me agarré de su brazo y tragué la espesa sangre que fluía, primero con suavidad y tras mi presión más intensamente. Y succioné, succioné su herida y a medida que lo hacía me sentía mejor y mejor. Su sabor era más intenso que la de William, más densa, más cálida. A medida que tragaba su sangre mis sentidos se abrían como si despertasen de un largo letargo: el oído –podía percibir el fluir de la sangre, los latidos de mi corazón, las voces fuera de la habitación–; el gusto –distinguía infinidad de matices en el sabor de su fluido vital–; el tacto –sentía cada milímetro de mi dermis erizándose al contacto con la piel del guerrero...

Mientras bebía de su herida, una parte muy primitiva del guerrero de bronce despertaba, se enardecía, crecía más y más y se apretujaba entre mis piernas bajo su amplio pantalón. A la vez, un tremendo calor inundaba mi cuerpo y mi libido resurgía desconcertándome: ¿cómo podía excitarme pese al tremendo dolor del pecho y el hombro? Pero así era, notaba cómo mi cuerpo entero se preparaba ansioso para recibirle. Él emitía pequeños gemidos callados, como si practicáramos sexo, y yo me iba sintiendo arrastrada a continuar, así que consciente de aquello di un último sorbo con fuerza y Shapur gimió intensamente de ¿placer?, ¿un orgasmo? Solté su brazo bruscamente y él se desplomó en la cama a mi lado, agitando su pecho como si respirase apremiado, pero él no respiraba, era un vampiro. En realidad, estaba agotado. Quizá bebí demasiado, pensé. Al menos le solté a tiempo.

A tiempo de lanzarme sobre él y arrancarle el pantalón a tiras.

Abrió los ojos de fuego, me miró y sonrió ¿deleitado? Sus caninos se retraían lentamente.

Me sentí extraña, semidesnuda (estaba en sostén), acelerada, junto a aquel gigante moreno de dos metros de altura, casi más desnudo que yo, cuyo pecho se estremecía como si acabase de correr la maratón, y con un –ahora– moderado dolor en el hombro derecho. Mi herida había comenzado a cicatrizar; en realidad se estaba cerrando velozmente. Me senté en la cama acongojada, tratando de divisar lo que quedaba de mi blusa en el suelo.

–Quédate acostada un rato o podrías marearte –me advirtió mi sanador, ya repuesto.

–Gracias –dije quedamente.

–La próxima vez –afirmó incorporándose de la cama con un grácil salto, dándome la espalda, su fornida espalda de nadador olímpico decorada con un tatuaje de simbología árabe que recorría su espina dorsal hasta la mitad de las escápulas–, no habrá una herida que curar, será sólo por placer.

–No habrá una próxima vez –corregí, y él emitió una sonora carcajada que retumbó en su caja torácica.

Me acurruqué bajo las sábanas en la cama, observándolo mientras caminaba hacia la puerta. La abrió y Martin entró veloz, corrió a mi lado y se arrodilló junto a mí, cogiendo mi mano. Yo observaba al guerrero de bronce macharse por el pasillo, mientras Oswald le seguía.

–¿Cómo te sientes? –preguntó Martin preocupado.

–Bien; bueno, mejor.

–La sangre de Shapur tiene muchos siglos y es muy efectiva para curar. Ya sabes que soy... que somos...

–¿Vampiros? Sí, lo sabía antes de esta noche. No me preguntes cómo, pero lo sabía –confesé, y él me miró sorprendido.

–¿Y aun así recibiste esa estaca por mí? –dudó sobrecogido, cercano, atento.

–Me mato por mis alumnos, literalmente –contesté, haciéndole reír. Martin besó mi mano y, demostrándome que su pose rebelde para conmigo había desaparecido definitivamente, acarició con ella su mejilla imberbe.

–Descansa un poco. Ahora vendrá Merlon a traerte ropa y te ayudará a vestirte. Después tenemos que hablar, te esperaremos en el salón –una ligera pausa–. Gracias, Anna; tenías que ser tú –dijo emocionado.

Martin era un vampiro joven y aún no controlaba su cara de no-sabes-lo-que-estoy-pensando.

Quedé a solas en la habitación, en la cama, y comencé a reflexionar acerca de lo que había sucedido ante mis ojos. Aquel rostro, el rostro del asesino, turbaba mi mente ¿Me habría él reconocido? Ya no importaba, pues estaba muerto, definitivamente.

Pero sin duda era él, Máximo, el vampiro que había conocido en casa de William dos noches atrás. ¿Y su compañera? ¿Dónde estaba Julianne? ¿Y por qué Máximo atacó al señor Robinson y a Martin?

¿Conocería William sus intenciones? ¿Me habría dejado en mitad de aquel fuego cruzado de haberlo sabido?

Dudas y más dudas martilleaban mi cabeza. De nuevo, mi marca de nacimiento había provocado una extraña reacción entre los vampiros, y en esta ocasión incluso me había salvado la vida.

Alguien llamó a la puerta. Volví a cubrirme con la sábana mientras la señora Merlon entraba en la habitación, observándome con lo que debía de ser una expresión de lástima en sus ojos celestes.

–¿Cómo se encuentra? –se preocupó sin demasiada emoción.

–He estado mejor.

–Le traigo una blusa y un pantalón que cogí de su armario –formal hasta cuando su interlocutora estaba medio muerta. Dejó la ropa doblada a los pies de la enorme cama.

–Está bien, puede marcharse, no necesitaré ayuda para vestirme.

El ama de llaves regresó sobre sus pasos en dirección a la puerta del dormitorio.

–Gracias –musitó sin girarse–. Gracias por salvar al señorito Martin –dijo terriblemente emocionada, de espaldas, y aunque no pude ver su rostro supe que lloraba.

Capítulo 9

El rey vampiro de Gran Bretaña

No sin esfuerzo me vestí, pues la herida en mi clavícula estaba totalmente cerrada pero ésta me dolía como si llevase siete u ocho días de curación. Salí de la habitación y caminé hasta el salón, donde todos me aguardaban alrededor de la gran mesa de madera noble y patas torneadas.

Martin estaba sentado, en silencio, con los codos apoyados sobre la mesa y la cabeza reposando en sus manos; el cabello negro cubría su rostro. El guerrero de bronce permanecía de pie junto a Oswald, con la enorme espada envainada y atada con una cinta a su espalda y las manos cogidas frente al abdomen, como si estuviese en una posición militar de descanso. La recién estrenada viuda sostenía a la pequeña Louise sobre su falda mientras conversaba con el vampiro repeinado con actitud afligida.

Todos guardaron silencio al descubrirme junto a la puerta. Martin alzó la vista hacia mí, incorporándose para recibirme.

–Ven, Anna, siéntate a mi lado –ofreció, y yo obedecí.

Al pasar junto a él, Shapur me dedicó una sonrisa lasciva.

Tragué saliva.

–¿Qué sabes? –requirió a bocajarro el vampiro de pelo castaño engominado, con cierta celeridad en sus palabras–. Dinos hasta dónde sabes de esta historia.

Miré a Martin y él me hizo un gesto con los ojos para que realmente dijese todo lo que sabía.

–Sé que sois vampiros, eso es todo lo que sé, lo juro –confesé realmente intimidada. Ahora la verdad estaba al descubierto y desconocía qué planeaban hacer conmigo.

–¿Desde cuándo lo sabes? –preguntó la señora Robinson.

–Desde hace ya varios días, al menos una semana. No sé por qué, pero lo supe, lo intuí –afirmé intentando ser todo lo convincente que pude, con todos las miradas puestas en mí. Al parecer ninguno de los presentes parecía haber advertido que otro vampiro, William, me hubiese *marcado* con su olor. Yo desconocía si realmente lo había hecho o no, o si Martin y la señora Robinson fingían no percatarse de ello por algún motivo, como por ejemplo que ni yo misma lo supiese. Pero, desde luego, no iba a ser una servidora quien dijese una sola palabra al respecto.

–Anna, mi padre confiaba en ti y creo que es hora de que también nosotros lo hagamos... –comenzó Martin.

–No –le interrumpió don traje-de-lana–. No se precipite...

–No lo hago Oswald, estoy seguro. –La voz del joven vampiro era templada, calma, parecía haber envejecido cien años aquella noche–. Anna ha recibido una estaca en mi lugar, y lo ha hecho por mí, por quien soy, no por lo que soy; si puedo confiar en alguien en esta habitación que no sea mi madre es ella –dijo con una solemnidad impropia de su edad, y ya no hubo más reticencias por ese lado–. Anna, ese asesino que también acabó con Isaac y otros dos guardias vampiros que se encargaban de vigilar el perímetro de la propiedad, cuyos restos hemos descubierto en el jardín, atacó a mi padre porque era el rey de Gran Bretaña.

¿Queeeé? Me pregunté cuándo habría huido del psiquiátrico. Pobrecillo. ¡Majareta perdido! Y tan joven...

–El rey *vampiro* de Gran Bretaña –puntualizó al ver mi expresión de incredulidad. Miré en derredor, todos estaban muy serios; no era el mejor momento para bromear, desde luego–. Oswald y Shapur fueron enviados por su reina, Aixa, la reina vampiro de Centroamérica, para advertir a mi padre del peligro que corríamos, pues eran grandes amigos –relataba mientras yo continuaba callada. Qué podía decir–. Sospechamos, en realidad estamos prácticamente seguros, de que el artífice del asesinato de mi padre ha sido Patrick White, quien desea este trono desde hace décadas –explicaba pacientemente. Y yo, al escuchar aquello de sus labios, con su inmadura voz de adolescente, parecía estar oyendo el resumen de un episodio de cualquier teleserie fantástica en lugar de la historia del asesinato de su padre, el rey–. Ha estado conjurando alianzas en nuestro reino y abriendo viejas heridas, contrariando la voluntad de su rey y conspirando para gobernar tras su muerte.

–¿Viejas heridas? –cuestioné.

–Charles Robinson era un rey que creía en la convivencia pacífica con los humanos, un rey que se alimentaba y alimentó a su familia de sangre de animales o voluntariamente extraída en el hospital, sangre muerta –aclaró Oswald, con las manos cruzadas sobre la mesa, claramente incómodo por la revelación que estaban ofreciéndome.

–Un rey que no creía en la violencia gratuita –afirmó la señora Robinson, aparentemente orgullosa de la labor de su esposo.

–Lo cual era considerado algo denigrante por White –apostilló don me-ha-peinado-una-vaca-de-un-lametazo, con un atisbo de disconformidad reflejada en el tono de su voz–. Para White, como para muchos otros, los humanos tan sólo son caza, el alimento cuyo número hay que controlar, pero nada más.

–Seres inferiores –susurré, aunque supe que todos pudieron oírme.

–Así es, pero mi padre creía que ambas especies podíamos coexistir en paz, en equilibrio –aseguraba el adolescente, totalmente convencido de la labor de su progenitor, atusándose hacia atrás su lacio cabello negro con sus finos dedos–. Pidió cuentas y castigó a los vampiros bajo su dominio que se pasaron de la raya, asesinando a familias completas incluso.

–Eso también fue considerado una ofensa por White –volvía a puntualizar Oswald.

–Ahora, con mi padre muerto, soy yo el heredero al trono británico, por eso el asesino también trató de eliminarme, pero tú me salvaste –apretó mi mano agradecido, entornando los ojos color café y mostrando una débil sonrisa forzada–. No sabemos cómo de fuerte es el apoyo a Patrick White en nuestro reino, y por eso debo marcharme lejos, debemos huir hasta estar lo suficientemente preparados para regresar y plantar cara al instigador del asesinato de mi padre.

–¿Pero cómo? Te buscarán, no creo que el asesino estuviese solo –sugerí, cuando en realidad estaba convencida de ello.

No podía revelar que le había visto acompañado de otra no-muerta en casa de William Smith, podrían acusarlo de traición, cuando él realmente desconocía las intenciones de sus huéspedes. Según él me había dicho los vampiros tenían la obligación de alojar a otros vampiros cuando éstos viajaban.

–Les haremos creer que el asesino incendió la casa y acabó con todos, aunque él también resultase muerto en el ataque –explicó Oswald, que se erigió como cabeza pensante–. Así, mientras descubren el engaño, tendréis el tiempo suficiente para escapar.

–Y sólo los vampiros cercanos a mi padre conocen mi rostro, por lo que podremos huir antes de que sepan el aspecto de quien buscan –aseguró Martin.

–Esto es una locura –protesté–. Puede ser, puede ser que funcione y logres escapar; ojalá sea así, Martin. –Acaricié su fría mejilla con ternura, me preocupaba demasiado que algo le pasase–. Lo deseo de todo corazón, pero... ¿qué pinto yo en todo esto? ¿Por qué me lo cuentas?

–Porque tú eres Dínorah –soltó el repeinado chaqueta-de-lana.

–¿Quién? No, yo soy Anna, Anna Rodríguez, de Cádiz, de *la tacita de plata*, se confunde de persona...

–No, tú eres Dínorah, La Dama de la Luz, la que llevará al poder a un nuevo rey que gobernará por mil años un trono de plata sobre el mundo –recitó Oswald como una manida cantinela mil veces repetida.

–¿Queeeé? ¿Que yo soy quién?

–Sí, Anna, eres tú –afirmó Martin, acariciando mi nuca con sus dedos gélidos. Ahí sí que vi la luz.

–¿Es por eso? ¿Es por mi marca de nacimiento? –pregunté atónita–. Si es sólo una marca, como un antojo que podría tener cualquiera, solo que el mío tiene una forma un poco rara.

–Es un sol con un ojo dentro. –Gracias por puntualizar, Oswald.

–Que no, que no puede ser, que yo soy muy normal, que no...

–¿¡Acaso te niegas a servir a tu rey!? –alzó la voz don repeinado, terriblemente ofendido y con los ojos crispados por la ira–. ¡Mortales!

–Que no, que yo no me niego, y además, yo... yo ya tengo un rey, Juan Carlos I.

–Anna, escúchame –pidió Martin sujetando mi rostro entre sus manos para obligarme a mirarle a los ojos fijamente–. Yo jamás te forzaría a nada y menos después de que me hayas salvado, créeme, digan las antiguas profecías lo que digan. Pero piensa un momento, si regresas a casa, con tu familia, tarde o temprano te rastrearán e irán hasta allí para sacarte toda la información posible sobre mí. ¿Pondrás en peligro a tu familia? No puedes volver.

–Pero... mis padres... mi hermano... –balbuceaba, incapaz de asimilarlo.

–Ellos también deben creer que moriste en el incendio, porque si no, se descubrirá la mentira. O les haces creer que has muerto o probablemente sean ellos quienes mueran a manos de los secuaces de White.

Eché a llorar amargamente, cubriendo mi rostro con las manos. Cómo podía estar pasándome todo aquello. Me sentía violenta por llorar ante aquellos extraños que me observaban como si no tuviese derecho a hacerlo. Yo debía fingir mi muerte, pero ellos habían perdido realmente a su rey, a su padre, a su esposo. Pensé en mamá, la noticia la destrozaría, y en papá, yo había sido su niña, su ojito derecho desde pequeña. Cómo afrontar algo así, cómo afrontar no volver a verlos, no volver a ver al trasto de mi hermano...

–Piensa en que no tiene por qué ser definitivo. Cuando mi reinado sea instaurado serás libre de regresar a casa. –Trataba de consolarme el futuro rey.

–¿Y eso cuándo será?, ¿dentro de décadas, de siglos...? Para vosotros no corre el reloj como para mí, no me imagino regresando a casa a los cincuenta años –protesté revelándome en mi fuero interno contra lo que acababa de sucederme, furiosa conmigo misma por no ser capaz de encontrar una alternativa–. Entiendo que no tengo otra salida y lo haré, lo haré por ti, Martin, y lo haré por mi familia. Pero de veras que no sé cómo podría defenderte de algo, soy una simple humana, no soy Buffy Cazavampiros.

–¿Quién? –preguntó don repeinado-veo-poca-tele, temiendo haberse saltado una página del libro de profecías.

–Nadie, se refiere a una serie de televisión –explicó el heredero al trono vampiro, esbozando lo que pareció una fugaz sonrisa en los labios, acariciando mi cabello húmedo por las lágrimas que brotaban despacio de mis ojos.

–¿Y cuál es el plan? –pregunté resignada, fingiendo recomponerme cuando en realidad sólo sentía ganas de desahogarme llorando hasta calmarme completamente. Pero ni siquiera había tiempo para eso.

El plan era dividirnos en dos grupos. El primero, compuesto por la señora Robinson, la pequeña Louise y la señora Merlon, viajaría hacia el este, hacia Plymouth, donde pedirían alojamiento a unos amigos de la familia del ama de llaves. Al fin y al cabo, ni Louise ni la señora Robinson representaban peligro para Patrick White, dado que ninguna de ellas podría reinar, la primera por no ser primogénita y la segunda por ser viuda de un rey, circunstancias que según las leyes vampiras las hacían indignas del trono –suerte que tenían.

El segundo grupo lo compondríamos Martin y yo. Con la protección de Shapur, tomaríamos rumbo al norte, hacia Stranraer, desde donde cogeríamos un barco hasta Belfast para pedir asilo en el reino de Irlanda del Norte. Sí, Irlanda del Norte tenía otro rey vampiro, una reina para ser más exactos.

Mi reloj de pulsera indicaba la una y media de la madrugada, el viaje del primer grupo duraría aproximadamente cuatro horas en coche. Oswald los sacaría de la propiedad escondidos en su vehículo y posteriormente Marie Robinson tomaría el relevo en su huida, aunque yo no alcanzaba a imaginarla al volante –tan fina, tan seria, tan de película antigua–, de forma que llegarían a su destino antes del orto. Nuestro viaje, en cambio, tenía un cálculo aproximado de alrededor de diez horas, tendríamos que hacer *día* en el camino.

Menuda expedición huyendo de la muerte: un vampiro adolescente, una humana aterrorizada y un guardaespaldas milenario.

Una vez la reina viuda, Louise y Merlon alcanzasen la carretera comarcal en dirección al este, Oswald regresaría a escondidas, a pie, para encargarse del incendio de la mansión y hacerlo creíble para ojos tanto de vampiros como de humanos.

Tenía cinco minutos para recoger lo imprescindible de mi habitación. Cogí el dinero en efectivo de mi paga de aquella semana, trescientas libras, algo de ropa en un bolso y mi mp3, donde guardaba todas las fotografías de mi familia.

Sólo Oswald, con su secreta carga, podía salir en coche por el camino de acceso a la propiedad, dado que los guardias de la garita de vigilancia –a tales horas, vampiros que precisamente no habían ganado su salario por motivos obvios aquella noche– no debían vernos. La muerte de la familia real al completo debía ser lo suficientemente creíble o el plan de huida correría serio peligro.

Pero los Robinson eran vampiros de recursos. El difunto rey Charles tenía un camino secreto, una vía de escape inusual, a lo largo de la cual, atravesando el bosque por la parte posterior de la finca, encontraríamos un cobertizo de madera en el que escondía un automóvil con el que campo a través conectaríamos con una carretera comarcal. En ese vehículo viajaríamos nosotros.

Martin se despidió de su madre y hermana con un abrazo. Yo esperaba ansiosa al lado de Shapur, tendríamos que caminar al menos seis kilómetros en mitad de un tupido bosque, de noche y con mi secreto temor de que Julianne estuviese ahí fuera, escondida, aguardándonos en cualquier parte.

–Cuídalo, Dínorah –me pidió la señora Robinson–. No permitas que maten a mi hijo.

–Lo defenderé con mi vida –dije, muy en mi papel de mujer-de-profecía que, por otra parte, no tenía asumido en absoluto.

–Estoy segura de ello.

Me despedí de la pequeña Louise con un beso en la mejilla y caminé hacia la salida trasera de la mansión, grabando en mi mente los detalles de aquella majestuosa vivienda que en pocos minutos ardería en llamas.

–Vamos a tener que correr –advirtió Martin–, que correr mucho.

–Por mucha prisa que nos demos vamos a tardar un buen rato. –Estaba en forma, así que no me asustaba correr

–No lo creo –aseguró Shapur a mi espalda. Y me giré para contemplar al enorme mastodonte de piel tostada que se erigía de pie tras de mí, muy cerca, con los firmes pectorales a la altura de mis ojos. Entonces me tomó por la cintura y, como si fuese un saco de patatas, me colocó sobre su hombro derecho y echaron a correr ambos.

No sé a qué velocidad íbamos, pero era muy, muy deprisa; veía pasar los árboles a mi lado como si circulase por la autopista, el aire helado de la noche británica cortaba mi rostro, olía a foresta, a luna, a humus.

El atlético guerrero saltaba –de un brinco, ambos superaron el muro de piedra de tres metros de altura que rodeaba la propiedad–, se agachaba, esquivaba la maraña de ramas y troncos de árbol conmigo sobre su hombro, como si llevase el peso de una pluma. Yo rebotaba contra su cuerpo. Me tenía asida por la cara posterior de las piernas, demasiado cerca de las nalgas; yo trataba de agarrarme a su brazo o a su espalda, para hacer menos violentos los vaivenes, pero era imposible.

Al menos pude deleitarme observando su majestuosa espada atada a la espalda, con una empuñadura de bronce tallado, ligeramente arqueada con cruz de cortos gavilanes y hoja fina curvada desde el primer tercio. Iba enfundada en una vaina de cuero adaptada a su forma, grabada con motivos árabes similares a los tatuajes de su torso, espalda y brazos, que parecían letras, palabras.

Ambos vampiros detuvieron su marcha bruscamente a escasos cien metros del cobertizo, que permanecía solitario entre las sombras, en silencio. No habíamos tardado mucho más de tres minutos en alcanzarlo: estos no-muertos eran realmente rápidos. Shapur me bajó junto al enorme tronco de un árbol, me agaché apoyando la espalda en la corteza, esperando que mi estómago revuelto se calmase. Martin acudió a mi lado y permanecimos escondidos mientras el guerrero aseguraba el perímetro para, segundos después, reaparecer a nuestro lado con la velocidad de un rayo.

Despejado, aseguró, y el heredero de la corona vampira y una servidora nos encaminamos a la caseta de madera.

Rompí el cristal de la puerta con una piedra para poder abrirla, y pasamos al interior de la diminuta cabaña, ocupada en su totalidad por un impresionante todoterreno Chrysler Aspen de color negro, con los vidrios traseros tintados. Shapur abrió el portalón de madera, que crujió por el desuso, para dejar paso al vehículo.

–Vamos, ¿quién conduce? –pregunté, y ambos se miraron como si la respuesta fuese obvia–. ¿Tengo que conducir yo? –pregunté incrédula.

–Yo aún no he aprendido y Shapur... Shapur es un guerrero, no un chófer –advirtió Martin.

–Yo no sé manejar los vehículos humanos –reafirmó el propio Shapur con su voz grave.

–Pues no será porque no has tenido tiempo de aprender –refunfuñé, pero él no dijo nada.

No me gusta conducir, en realidad lo odio, conduzco lo justo y necesario, y un viaje de nueve o diez horas por carretera, de noche, a la mayor velocidad posible, y huyendo de unos asesinos no era la mejor perspectiva para practicar al volante.

Subí al coche, que olía a cerrado: probablemente habían pasado varios días desde que el difunto rey lo arrancase por última vez. Giré la llave y el motor rugió como un león que hubiese permanecido demasiado tiempo encerrado, con ganas de correr. Comprobé el indicador del depósito, estaba lleno; el señor Robinson había pensado en todo. El guerrero de bronce subió al asiento del copiloto y Martin se situó detrás, observando un pequeño mapa impreso en un trozo de papel.

–Atraviesa toda esta explanada en línea recta y llegaremos a la intersección de la carretera comarcal, después conectaremos con la A26 en dirección a Birmingham –indicó dando vueltas a su mapa.

El reloj del coche indicaba las dos de la madrugada y, según ambos, amanecería sobre las seis de la mañana; por lo tanto, teníamos aproximadamente tres horas y media de viaje por delante antes de preocuparnos de buscar un alojamiento adecuado para mis dos acompañantes.

Tal como había indicado Martin, con las luces apagadas por precaución e iluminados por una poderosa luna creciente que brillaba, libre ya del escudo de árboles, como una gigantesca, refulgente perla, circulamos campo a través, con la tracción a las cuatro ruedas accionada, cimbreándonos por los desniveles del terreno hasta alcanzar la solitaria carretera comarcal en la que tomamos dirección este.

Prendí las luces halógenas y tras desactivar la tracción aceleré tanto como consideré, segura por la carretera en buen estado. Todos permanecíamos en silencio. Shapur mantenía la vista al frente en la vía, vigilante; Martin, callado a mi espalda, repasaba su mapa bajo la luz de la luna, y yo me preguntaba una y otra vez cómo podía haberme metido en semejante lío. Era difícil saber cuándo comenzaron las cosas a torcerse, quizá en el momento en el que acepté el empleo; sin embargo, hasta aquella noche la idea me había parecido la más acertada de mi vida.

Apesadumbrada, intentaba no pensar en mi familia, en el sufrimiento que deberían soportar al creerme muerta, y me repetía que todo saldría bien, que lograría regresar con ellos algún día. Circulamos durante kilómetros en silencio, cada uno dentro de su cabeza; el tráfico a aquellas horas era prácticamente inexistente, apenas un par de coches en dirección contraria una vez que alcanzamos la autovía principal hacia el norte.

El todoterreno respondía feroz a cada presión del acelerador. Era un vehículo realmente adecuado para aquella expedición, potente y rápido. Pobre señor Robinson, cómo se había desintegrado ante mis ojos. A pesar de ser un vampiro que había vivido probablemente el doble o el triple de lo que yo viviría, era triste que hubiese acabado así, asesinado ante sus propios hijos.

–Martin, ¿tu padre os convirtió a ti y a tu hermana? –me atreví a preguntar.

–No deberías dirigirte al príncipe de ese modo tan coloquial –espetó el guerrero de bronce con la naturalidad de quien da las buenas noches, incomodándome. Lo miré de reojo, molesta.

–Está bien, Shapur –señaló el imberbe adolescente heredero al trono–. En la intimidad puedes hablarme como de costumbre, Anna, pero ante otros vampiros que conozcan mi posición deberás hablarme de usted y mantener las distancias, o podrían sentirse afrentados por que una humana me trate de un modo tan familiar –explicó desde su posición en el asiento trasero.

–Ah, lo siento, se me olvidaba que los humanos somos sólo comida –bufé ofendida.

–Anna, no te enfades, por favor. –Martin apoyó su mano sobre mi hombro, cuyo frío tacto traspasó la ropa, apretándolo suavemente–. Es sólo una especie de protocolo vampiro, los humanos de servicio, los que conocen nuestra naturaleza, son sirvientes respetuosos, es así. No puedo mostrar mis debilidades o no me respetarán como a un igual –aseguró, y yo no protesté. Podía asumirlo, qué remedio–. En cuanto a si mi padre nos convirtió a Louise y a mí, la respuesta es no. Nosotros nacimos vampiros, algo tremendamente difícil y extraño en nuestra especie; somos vampiros puros, *purasangres*.

–Yo creía que... –busqué sus ojos por el retrovisor, sorprendida.

–¿Que los vampiros no se reproducen? Y es parcialmente cierto, por varios motivos. En primer lugar, porque los vampiros no suelen tener relaciones con otros vampiros, al menos relaciones duraderas; no creen, no creemos, en el matrimonio, en las parejas, etc. Al vivir durante tantos años, por siglos, valoramos nuestra propia autonomía y, en cuanto al sexo, normalmente los vampiros prefieren mantenerlo con humanos, son más sumisos y complacientes. Para un vampiro beber sangre durante el sexo es muy... placentero, pero un vampiro es reticente a ofrecer su sangre a otro porque no sabe si éste será capaz de detenerse en el momento adecuado o si en la pasión del instante acabará con él –exponía, y yo no podía evitar pensar si hablaba de oídas o por propia experiencia–. En segundo lugar, porque para que una vampira quede embarazada ésta deberá alimentarse únicamente de la sangre de mujeres vírgenes durante tres semanas antes de la primera luna llena de primavera, y luego, si quedase embarazada, mantenerse con sangre de mujer embarazada hasta que dé a luz. Aun así, en el noventa y nueve por ciento de los casos no se produce embarazo o éste no llega a término. Mi hermana Louise y yo somos la excepción.

–Entonces, tu madre...

–Bebió de las humanas embarazadas del hospital de mi padre, sí, cada noche de una mujer diferente, pero no acabó con la vida de ninguna, ni de sus bebés, al menos que yo sepa.

Ufff, demasiada información, demasiada y escalofriante, pero aún tenía más dudas.

–¿Y siempre serás así? ¿Siempre tendrás quince años o envejecerás?

–Envejeceré hasta que alcance la edad de declive; mi cuerpo crece casi al mismo ritmo que un cuerpo humano, pero lo hará hasta el momento en el que comience mi declive físico, ahí se detendrá, mis células dejarán de crecer y por lo tanto de envejecer –relataba, transparente como el cristal de Bohemia.

Shapur escuchaba en silencio, con la mirada perdida en el horizonte, más allá de la carretera, de las montañas. Desconocía si nuestra conversación le molestaba o simplemente permanecía en una especie de estado catatónico de letargo, pero en cualquier caso no movía ni un solo músculo, parecía una estatua de metal.

El camino fue largo, muy largo y tedioso. Kilómetros y kilómetros de autovía más tarde observé en el reloj del vehículo que eran más de las cinco y media de la mañana, que habíamos dejado atrás Birmingham, Cannok y Sotke on Trent, y estaba agotada, dolorida, y no sólo por el hombro, sino también por la espalda. Ambos vampiros continuaban en silencio, ahorrando energías.

–Deberíamos ir pensando en dónde alojarnos para pasar el día –advertí, y sentí la atención de ambos.

–En la siguiente salida toma la dirección de Congleton, buscaremos alojamiento en alguna granja, seguro que hay vampiros por aquí –indicó Martin con el manido mapa aún entre las manos.

–¿Y cómo vamos a encontrarlos? –pregunté ingenua.

–Ellos nos encontrarán a nosotros en cuanto invadamos su territorio, nos olerán, nos sentirán, se lo pondremos fácil –advirtió el guerrero con su voz grave, sin girar el rostro para mirarme. Y aunque no entendí a qué se refería, sentí que no tardaría en descubrirlo.

Salí por la vía indicada y circulamos por la carretera solitaria durante diez o doce kilómetros, alejándonos de la autovía. Shapur me pidió que condujese varios metros por un solitario camino de tierra, deteniendo el vehículo junto a un extenso prado en el que, iluminadas por la luna, podíamos distinguir a varias vacas, algunas durmiendo echadas, otras rumiando. Apagué el motor y las luces, como me indicó Shapur, mientras él saltaba con agilidad la empalizada y se adentraba en el campo, con el mango de su espada envainada resplandeciendo bajo la argéntea luz lunar en mitad de su espalda desnuda.

Shapur se inclinó junto a uno de los animales y lo mordió con firmeza a la altura del cuello. Éste mugió con fuerza, y mientras el resto de vacas echaban a correr desorientadas el vampiro se alimentó de la res. Martin y yo permanecimos en el coche, observándolo. Él tenía los colmillos fuera, excitado al contemplar la escena, pero al sentirse descubierto por mí refrenó su emoción y los dientes se retrajeron lentamente.

–Anna, escucha, no diremos quiénes somos. Sólo somos un par de nómadas de viaje con su humana voluntaria. En teoría tú tan sólo te encargas de protegernos durante el día y de proporcionarnos lo que necesitemos, ¿ok? Y no les mires a los ojos, ¿de acuerdo? Ningún humano es digno de mirarnos a la cara. Camina además siempre tras nosotros, ¿entendido? –recitó apresurado oteando nervioso en derredor.

–Vale, pero si aquí no hay nadie...

–Mira.

Indicó en dirección al guerrero que terminaba de alimentarse del animal, inmóvil ya sobre la hierba. De pronto, de la nada surgieron tres sombras que a la velocidad de un rayo rodearon a Shapur, quien los recibió desenvainando la espada.

–Hemos invadido su territorio, por eso están aquí –explicó Martin.

Eran tres vampiros hombres, aunque tan sólo distinguíamos sus siluetas. Uno era delgado, casi esquelético, y alto aunque mucho menos que nuestro guerrero; los otros dos eran más bajos y rechonchos. Shapur conversó con ellos y envainó la espada, señalando en nuestra dirección. Segundos después los cuatro vampiros estaban junto al todoterreno, a mi izquierda, yo agaché la cabeza sobre el volante y un escalofrío recorrió todo mi cuerpo de pies a cabeza; mi piel se erizó como un gato. Estaba aterrorizada.

–Hola –saludó el más alto a Martin, que había bajado la ventanilla. Su voz era aguda, algo hosca y chirriante–. Soy Hunter.

–Hola, soy Martin.

–Dice tu *amigo* que estáis de paso, rumbo a Liverpool –enfatizó la palabra *amigo*; probablemente los no-muertos no acostumbrasen a tener demasiados.

–Sí, necesitamos un lugar para alojarnos durante el día y proseguir mañana el viaje hacia la ciudad –explicó el joven vampiro con calma.

–Ya le he advertido a tu *amigo* que tenga cuidado con lo que come, somos muy pocos aquí y nos ha costado mucho encontrar un lugar donde escondernos; los pueblerinos son muy desconfiados, en cuanto empieza a faltar ganado comienzan a vigilar más de la cuenta –advirtió don enclenque-voz-de-pito.

–Está bien, no hay problema con eso –dijo Shapur inmóvil a su lado–. Estaba hambriento, pero estoy en tu casa y respeto tus normas.

–Estoy de acuerdo –recitó Martin.

–¿Y esa monada? –preguntó Hunter refiriéndose a mí, y yo clavé mi barbilla en el pecho, asida al volante, con el cabello suelto ocultando mi rostro–. ¿Quién es? –repitió ya en mi ventanilla, acercando su sarmentosa mano para apartar mi pelo.

Inspiraba profundamente, tratando de extraer olores de mi cuerpo, una y otra vez. Yo temblaba de miedo.

–Ella es mía –proclamó Shapur, interceptando su mano antes de que me alcanzase, en un gesto brusco aunque no violento.

–Ya te he olido en ella. Debe de estar deliciosa. –Se relamió paseando la lengua por los amenazadores colmillos. Podía verle por el rabillo del ojo aunque intentaba no hacerlo.

–Sí, lo está; y si no nos fuese de tanta utilidad durante el día la probarías antes de marcharnos –afirmó el guerrero, y yo casi *me lo hago encima*.

–Shuman, sube al coche e indica a los señores por dónde llegar hasta nuestro refugio –ordenó Hunter.

Y uno de los vampiros, el más grueso según pude distinguir al pasar frente al coche, tomó asiento a mi lado; yo alcé la vista hacia la carretera, sin mirarlo en absoluto, y mi *amo* subió detrás con Martin. Comenzamos a desplazarnos por aquella pista de tierra en dirección al interior, rumbo a las montañas, al monte espeso. Los otros dos no-muertos se habían esfumado.

Tras quince o veinte minutos, Shuman ordenó que detuviese el vehículo y bajásemos de él. Lo dejamos estacionado frente a una destartalada construcción de madera, de estructura similar a una antigua granja, con un edificio principal de gran tamaño y otro anexado más pequeño.

Había una luz encendida en el interior del primer edificio. "Pasemos adentro", pidió Shuman, y desapareció de nuestro lado, mientras Shapur y Martin acomodaban su paso al mío –a Dios gracias– para no dejarme sola. Estaba atemorizada y además iba a entrar en aquella casa, en su cuartel general o lo que fuese, rodeada de vampiros de los que intuía que al menos uno era un sádico.

–Tranquila –susurró Martin a mi derecha.

El aire helado escarchaba mis pulmones. Trataba de respirar despacio para calmarme y él se había percatado de mi esfuerzo.

–No va a pasarte nada –añadió en un vano intento de sosegarme.

–Ojalá yo estuviese tan segura.

Alcanzamos la entrada y pasamos al interior de la granja. Estaban los tres reunidos en torno a una arruinada mesa de madera, en una estancia que en su origen debió de ser la cocina y ahora tan sólo era un espacio lleno de muebles desvencijados. Yo mantenía la cabeza fija en el suelo de láminas.

–Podéis quedaros en un hueco excavado que hay bajo una trampilla en el suelo del granero, no es muy cómodo pero es seguro; vuestra humana puede alojarse en el granero o en la casa.

–En el granero –afirmó Shapur, y mi mente exclamó ¡gracias!–. Vigilará nuestro sueño como siempre hace.

–Está bien –dijo voz-de-pito con sarna, entendiendo que no pensaban dejarme a solas junto a él ni un solo instante–. Es una lástima, hace décadas que no disfruto de alguien tan apetecible. Estos pueblerinos son demasiado... vulgares.

Todos echaron a reír, todos menos yo, que tiritaba como un gorrión mojado, y no de frío, que también hacía, sino de terror. Aquel vampiro estaba dispuesto a hacerme cosas, cosas terribles, de tener la menor oportunidad; podía leerlo en sus ojos de pez muerto.

–Aquí tenéis algo de comida para vuestra humana. –Lanzó sobre la mesa un trozo de pan que cogí en el aire tras rebotar como una piedra, así de duro estaba–. Para que reponga fuerzas para el camino.

Shuman nos acompañó hasta el granero, un edificio independiente de planta cuadrada y alto techo a dos aguas, situado frente al principal, y mostró a mis compañeros la trampilla escondida bajo unas balas de heno. Era una oquedad de aproximadamente tres metros cuadrados excavada en la tierra, pero lo suficientemente profunda como para asegurar total oscuridad. El sol asomaría por el horizonte en unos pocos minutos, así que no se entretuvo mucho más en marcharse.

Martin estaba realmente agotado y, quizás por su inexperiencia, poco preocupado por nuestros anfitriones. Se recostó en el interior del escondite y se durmió en pocos segundos, la proximidad del amanecer intensificaba su sueño. Shapur, en cambio, permaneció a mi lado con la trampilla abierta, en silencio, esperando que el sol asomara en la línea del horizonte para estar seguro de que ninguno de ellos se acercase a visitarme; quizá su antigüedad le otorgaba esta capacidad de permanecer despierto más tiempo. También yo estaba muerta de sueño.

–Gracias, Shapur –dije semiobnubilada, conteniendo un bostezo–. Gracias por todo lo que has hecho por mí esta noche.

–Sirvo a mi reina, la reina de Centroamérica –aseguró mirándome muy fijamente, con sus ojos color miel en la semioscuridad del candil encendido que nos había dejado Shuman, con la mitad del cuerpo fuera de la trampilla y el torso de color bronce intenso desnudo a la altura de mi rostro, pues me había recostado sobre una de las balas de heno–. Mi reina me encargó proteger a Martin Robinson y eso me lleva a protegerte también a ti porque es mi obligación, no mi voluntad.

Qué capacidad para arruinar cualquier momento.

–Gracias igualmente.

Y me dormí, profundamente. No hubo sueños, sólo oscuridad y una poderosa sensación de angustia en mi *descanso*. Cuando desperté horas después tenía grabadas las siluetas de las briznas de paja en el rostro, y observé cómo los rayos solares se colaban por entre las rendijas de la estructura de madera desvencijada formando una dorada cortina vertical. Me sentía totalmente recuperada, apenas notaba un leve dolor en el hombro y de la herida quedaba una sutil marca. Desde luego, era muy efectiva la sangre de vampiro, pensé al contemplar la pequeña cicatriz sobre mi piel.

Presté atención a la trampilla bajo la que descansaban mis dos compañeros de viaje y temí que la luz solar se filtrara por entre las grietas de la madera, por lo que empujé varias balas de heno sobre ésta. Al anochecer las retiraría. Estaba hambrienta, no había comido nada durante horas, así que devoré el pequeño trozo de pan duro entregado por el vampiro Hunter horas antes.

Sentí escalofríos al recordarlo, había visto su rostro de reojo, extremadamente delgado y arrugado, con un tono amarillento casi ocre y profundas ojeras de color violeta, el rostro de un asesino brutal.

Desde la puerta del pajar observé a mi alrededor, completamente vacío. La explanada entre el edificio principal y el granero estaba desierta, un poco de polvo gris se levantaba con el ligero viento. Nuestro todoterreno permanecía aparcado donde lo dejamos la noche anterior, y por un momento pensé en ir a uno de los pueblos cercanos en busca de algo de comida (aquel trozo de pan había retumbado en mi estómago hueco), pero lo descarté al instante, al observar el sol en pleno descenso hacia las montañas. Calculaba que serían las cinco y pico de la tarde y que pronto anochecería; no quería imaginar que la noche me cayese en el camino.

La puerta de la granja se encontraba cerrada a cal y canto, el edificio parecía igual de tenebroso a la luz del día y, escaso de pintura, dejaba parches decapados a lo largo de su fachada. Algunas de las contraventanas tenían las bisagras vencidas y colgaban a punto de caer. Ciertamente parecía una propiedad abandonada y quizá era esa la intención de sus inquilinos, así había menor probabilidad de ser molestados durante su *sueño* diurno.

Salí fuera del granero, la luz del sol del atardecer bañó mi cuerpo, mi rostro y mi cabello; fue realmente delicioso sentir el calor de los rayos ultravioleta inundando las células de mi piel, cargándolas de vitamina D (¿qué?, soy un hacha en biología). Ni Shapur ni Martin podrían disfrutar de aquella sensación; el primero no debía de hacerlo desde hacía siglos, y el vampiro adolescente realmente nunca había visto el sol.

Necesitaba una ducha con urgencia, o un baño caliente. El astro de fuego comenzaba a rozar en su retirada la cima de las montañas cuando sentí la apremiante necesidad de ir al baño, me hacía pis.

Dudé, ¿podría aguantar hasta que el joven príncipe y el guerrero despertasen? ¿Iba a pedirles que me acompañasen a orinar?

Uf, realmente *necesitaba* ir al baño.

Miré al horizonte, tenía aún varios minutos antes de que el sol se escondiese, el tiempo justo para un pis rápido. Corrí al coche, tomé un paquete de pañuelos de papel de mi bolso y rodeé el granero. El terreno cubierto de tupido matorral bajo se extendía hasta donde se espesaba la arbolada en la lejanía. Había un pequeño terraplén que descendí con cuidado, pero mi pie se enredó entre las taramas de uno de los arbustos y caí de culo, golpeándome en la mejilla con una rama. Era tan solo un rasguño pero sangró un poco y me limpié veloz con un pañuelo.

Me incorporé y comencé a hacer pis apremiada mientras la sombra de la noche descendía veloz sobre mi derredor, terminé y me subí las bragas, deseaba salir corriendo hacia el granero cuanto antes. Entonces oí un ruido a mi espalda y giré la cabeza, un brusco empujón me hizo caer de bruces sobre un montículo de tierra. Aterrorizada comprobé cómo quien me apresaba contra el suelo era Hunter. El vampiro habría olido mi sangre y estaba allí, había saltado sobre mí como un león sobre un ñu.

Era pesado, o quizá era la fuerza con la que me apretaba hacia abajo la que oprimía mis costillas contra el suelo dificultando mi respiración. Mi propio pantalón trababa mis piernas y mis manos estaban atrapadas bajo mi cuerpo.

–Como grites te parto el cuello, ¿entiendes? –me amenazó apretando las rodillas contra mi espalda, y estaba segura de que hablaba en serio.

Giró mi rostro y lamió el corte de mi mejilla, podía sentir su lengua rasposa deslizarse sobre mi piel, sus colmillos completamente fuera rozando mi cara; fue repugnante y terrorífico.

–No creo que a tu amo le importe que tú y yo nos divirtamos un poco –aseguró entusiasmado.

–Sí le importará, si le importará –sollocé amargamente con la cara estrellada en la tierra.

–Que te calles, zorra, o te arranco el corazón aquí mismo.

Tiró de mis brazos y sujetó mis muñecas contra mi espalda, con su mano libre comenzó a desabrochar su pantalón apresurado, mientras yo trataba de zafarme. Pero era inútil, su fuerza era muy superior a la mía; me tenía bien agarrada. Comencé a llorar, en silencio, consciente de que irremediablemente iba a ser violada.

Pensé en Shapur y en Martin, encerrados en la trampilla bajo las balas de heno. Una vez su sexo estuvo fuera tiró de mis bragas para bajarlas y yo pataleé aunque fue inútil, las rasgó violentamente. Le miré de reojo, su rostro era la viva imagen de la maldad, su deleite por lo que iba a hacerme me aterrorizó aún más.

Pero de pronto, un haz de luz plateada, una estaca de acero, atravesó su torso desde la espalda hasta el pecho y ascendió hasta la cabeza, partiéndolo por la mitad en vertical, como si estuviese hecho de papel. Salpicando de sangre mis piernas y nalgas, su cuerpo despedazado cayó hacia atrás hasta dar en el suelo, donde fue decapitado en un rápido movimiento. Yo me arrastré, apartándome de él, subiendo urgida mis pantalones.

Grité, horrorizada. Entonces distinguí a Shapur de pie, con la espada en alto goteando sangre junto al cadáver despedazado, observándome con sus enormes ojos color miel, con una leve mueca de desaprobación en el rostro por lo que había estado a punto de ocurrirme. Antes de que envainase la espada aparecieron de la nada los dos compañeros del vampiro, que se descomponía a nuestros pies. El guerrero de bronce alzó su arma en señal de advertencia, pero el más grueso, Shuman, le hizo un gesto para que la bajase. Ambos me observaron aún en el suelo, llorando amargamente y a Hunter, o lo que quedaba de él, con los pantalones por las rodillas y su miembro al desnudo en una prueba evidente de sus intenciones.

–Nadie se apropia de mis humanos, nadie –proclamó Shapur con su voz de ultratumba.

–Tranquilo, estamos de acuerdo –afirmó Shuman con algo parecido al tedio reflejado en su inexpresivo rostro de luna llena . Hunter se estaba pasando de la raya últimamente y sabíamos que esto ocurriría tarde o temprano. Él atacó a tu humana y tú defendiste tu propiedad, en paz por nuestra parte, pero tendrás que *arreglar* la memoria de la chica.

Shapur asintió y los vampiros desaparecieron igual de rápido que habían llegado.

Yo me sentía tan desdichada, tirada en el suelo, con las manos y el rostro completamente sucios de arena y la ropa interior rota bajo los pantalones, que no podía dejar de llorar.

Lejos de lo que habría cabido esperar del impávido guerrero, Shapur se acuclilló a mi lado, hincando una rodilla en el suelo, y agarró mi minúscula mano entre las suyas. Nuestros ojos se encontraron un instante, comunicándonos sin palabras, yo estaba muerta de miedo y él sentía compasión por mí.

–Cálmate Dínorah, no permitiré que te ocurra nada malo –aseguró con cierta ternura en la voz, una ternura desconocida por mí en el guerrero de bronce.

–Ha estado tan cerca...

Rompí a llorar nuevamente y me abracé a él arrodillada en el suelo, acomodando mi rostro en su robusto cuello. El guerrero permaneció inmóvil, sin tocarme, sin darme un abrazo o una caricia para consolarme, tan sólo quedó quieto prestándome su hombro para llorar. Su piel gélida olía a canela, a alguna exótica especie.

–Tranquila, sabes que te cuidaré –susurró, arrullándome con voz sosegada–. He sentido tu miedo, tengo tu sangre y tú la mía, pude sentir que algo malo te ocurría y encontrarte, a pesar de que trató de ponérmelo difícil con unas balas de heno sobre la trampilla.

–No, esa fui yo –confesé avergonzada, apartando mi rostro de su cuerpo para poder enfrentar sus ojos de ámbar–. Yo coloqué el heno sobre la trampilla por si algún rayo de sol se colaba y podía lastimaros. Soy mi peor enemiga, ¿verdad? –reí entre sollozos y sus labios se curvaron en una cautivadora media sonrisa–. Gracias –repetí emocionada, y por un segundo, teniéndole tan próximo, sentí la tentación de besarle en los labios; tracé una línea en su cuello con mi nariz suavemente, y él cerró los ojos gozando de mi contacto.

–¿Qué ha pasado? –preguntó Martin irrumpiendo a nuestro lado, observando mi aspecto demacrado, mi cabello revuelto, los ojos hinchados y húmedos, y lo más evidente, un ser descomponiéndose a nuestros pies.

–Hunter la atacó –explicó Shapur incorporándose, apartándose de mí tan bruscamente que debí mantener el equilibrio para no caerme al perder el apoyo de su cuerpo, retornando su papel de guerrero impasible–. Os espero en el coche.

Y desapareció.

–¿Estás bien? –se preocupó el joven vampiro, mientras me ayudaba a levantar–. Oh, Anna, qué cantidad de problemas estoy ocasionándote. Ayer te estacaron por mi culpa, hoy intentan...

–Espero que las desgracias acaben aquí, porque voy servida –bromeé sacando fuerzas de donde no las había, recomponiéndome, sacudiendo mi ropa de tierra.

El joven heredero al trono británico tenía el rostro compungido, visiblemente preocupado por mí, inmóvil mientras yo atusaba mi cabello tratando de ordenarlo.

–¿Quieres que te dé mi sangre? –ofreció dispuesto a herirse.

–No, estoy bien, ya he bebido suficiente sangre de vampiro, gracias de todas formas, Martin, pero de esto me curaré del modo tradicional –concluí, dispuesta a proseguir nuestro camino–. No te preocupes, por suerte Shapur llegó a tiempo.

–Shapur –exhaló resignado, apretando los finos labios que conformaron una línea recta.

Caminamos hasta el todoterreno, los tres vampiros nos esperaban allí. Subí al vehículo cabizbaja, fingiendo no recordar nada de lo sucedido, apretando los dientes para contener el llanto. Shapur y Martin se despidieron de los dos anfitriones y yo respiré aliviada cuando descendíamos el camino forestal en dirección a la carretera.

–Martin, debería alimentarse antes de continuar el camino –advirtió el guerrero volteándose en su asiento para mirarle a los ojos.

–No, me siento bien, puedo aguantar sin alimentarme, ve tú si lo necesitas –proclamó el muchacho ofendido por la preocupación cuasi paternal de su guardaespaldas.

–No, también yo puedo aguantar.

Aquello pareció una lucha de gallos, a ver quién era más macho y resistía más tiempo sin *comer*.

–¿Sabéis qué? Que yo sí que no puedo aguantar más sin *alimentarme* y en la primera área de servicio que veamos me paro a echar gasolina y a comprar algo porque estoy hambrienta –aseguré y ambos guardaron silencio.

Teníamos cinco horas más de camino por delante antes de llegar a nuestro destino y mi estómago protestaba una y otra vez advirtiéndome de que no estaba dispuesto a consentir hacerlas en ayunas. Accedimos a la autovía y pasados alrededor de cincuenta kilómetros encontré una señal que indicaba una gasolinera cerca, tomé el desvío y me detuve junto al surtidor.

–¿Cuánto dinero tenemos? –pregunté–. Yo tengo trescientas libras y diez más en monedas.

–Yo tengo dinero suficiente para el viaje –aseguró Martin, abriendo con cuidado, como si fuese a escapar un pájaro de ésta, su pequeña bolsa de deportes, y me entregó dos billetes de cincuenta libras–. Compra lo que necesites.

Pedí al dispensador de la gasolinera que llenase el depósito y entré a la tienda, compré tiritas y alcohol para mis magulladuras, una bolsa de Lays, dos latas de Coca-Cola, una botella de agua y un sándwich precocinado de pavo. Me observé en el reflejo del vidrio de las neveras y traté de domar mi agitado cabello. El dependiente, un caballero bajito de alrededor de cincuenta años, había terminado de servirme el gasoil y me acerqué a pagar lo que llevaba, entonces vi los periódicos sobre el mostrador. En la portada de *The Sentinel*, junto a la foto principal sobre el juicio de un asesino en serie, podía observarse en un lateral la minúscula instantánea de un antiguo palacete inglés devastado por las llamas y los bomberos trabajando en el exterior. Cogí el periódico.

–Son sesenta libras con treinta –dijo el dependiente, y presta le entregué el dinero–. Su amigo el moreno debe tener algo de frío –observó indicando hacia Shapur, sentado en el coche con la ventanilla bajada mientras me daba el cambio.

–¿Perdón? –dudé sorprendida.

–Sí, que su amigo debe de tener frío y ahí tenemos unas sudaderas –indicó particularmente dispuesto a que emplease el resto de mis libras en su establecimiento.

–No, gracias, es ruso y esto para él es como el clima de agosto –me excusé y salí de la tienda apremiada.

Subí al coche y entregué el periódico a Martin. Lee, le dije, y éste no necesitó encender la luz del interior para hacerme caso, mientras yo desenvolvía mi sándwich y arrancaba el vehículo para regresar a la autovía.

Y leyó:

"Incendio en El Último Cielo (Lastheaven).

La noche del pasado lunes se produjo un tremendo incendio, cuyas causas aún están siendo investigadas por la policía, que destruyó por completo, reduciendo a ruinas, el antiguo palacete conocido como Lastheaven, al sudeste de Londres, propiedad del afamado hematólogo Charles Robinson. El fuego sorprendió al matrimonio y a sus dos hijos mientras dormían –leía el joven vampiro–, así como a dos personas del servicio, la sra. A. M., ama de llaves y la señorita española A. R., *au pair* de sus hijos...".

–¡*Au pair*! –protesté–. No soy *au pair*.

"... los cadáveres fueron encontrados en tan avanzado estado de carbonización que será muy difícil proceder a la identificación...".

Recorrió mi pómulo una lágrima furtiva que, aunque limpié apresurada, supe que Shapur había visto de reojo; aun así no dijo nada y permaneció con la vista puesta en la carretera. Yo tomaba hambrienta bocados de pavo, no estaba especialmente bueno y con la amargura que sentía podía haber estado comiendo gloria que me hubiera sabido a cenizas, a cenizas de *au pair*.

El artículo continuaba:

"Los días 27 y 28 de marzo se celebrarán los funerales en su memoria en la iglesia de St. Stephen Walbrook, en Londres. El cuerpo de la joven A. R. será repatriado hoy mismo a España".

–Anna, ¿y si analizan el ADN de tu cuerpo y saben que no eras tú? Ojalá Oswald haya pensado en eso y se haya asegurado de que no quede nada que comparar –afirmó el joven heredero al trono vampiro con cierta preocupación en la voz.

–No hay nada que comparar, Martin. Soy adoptada y mi hermano también, no hay ADN con el que comparar porque el de mis padres y mi hermano son diferentes al mío –revelé sorprendiéndolo y aliviándolo a partes iguales–. Sólo espero que Oswald no haya matado a nadie para simular mi cuerpo.

–Estoy seguro de que no, no es su estilo –el guerrero intervino por primera vez en la conversación y pareció que decía una verdad irrefutable.

Miré a Martin por el retrovisor, quien en un rápido gesto se encogió de hombros.

–Escuchadme los dos atentamente, esta vez vamos a hacer las cosas a mi manera, ¿vale? Nada de buscar vampiros con los que alojarnos, nada de cobertizos, ni de atacar vacas –puntualicé hacia Shapur, que me dedicó una mirada helada e inexpresiva–, pero sobre todo nada que tenga que ver con otros vampiros, ¿ok? Yo me encargaré de buscar un sitio seguro para vosotros y debéis confiar en mí, o ahora mismo paro el coche y busco al primer policía que pase y aparezco de entre los muertos oficiales –advertí con determinación, y ambos comprendieron que era capaz de hacerlo, o al menos de intentarlo.

–Está bien, tú mandas –afirmó el adolescente, mientras que Shapur asintió con desgana, volviendo la vista a la carretera con el codo apoyado en el marco de la puerta del todoterreno.

–Y lo primero que haré por la mañana será buscarte algo de ropa, sí, a ti –indiqué al guerrero de bronce que me observó de nuevo, estupefacto, aunque desconocía si por la forma en la que le había hablado o por lo que estaba diciéndole–. No puedes ir por ahí paseándote con el torso al aire a dos grados bajo cero y pretender pasar por humano. Sencillamente no puedes.

–No pretendo parecer humano –protestó Shapur con un rescoldo de rabia en la voz.

–Sí cuando yo estoy al mando, y... ¿qué acaba de decir el futuro rey? –le hice un gesto arremolinando la mano, indicándole que hablara.

–Que tú estás al mando –repitió Martin con resignación.

A las dos y media de la madrugada divisamos el letrero de bienvenida de la pequeña ciudad escocesa de Stranraer, donde comencé a buscar una pensión o un motel de carretera, que encontré pasados un par de kilómetros. The Galloway Inn, un edificio moderno de apartamentos de planta baja con cierta inspiración en los moteles de carretera americanos, pero con el tejado de pizarra negra y fachada de piedra oscura.

Estacioné junto a la recepción.

Shapur y Martin se miraban incrédulos; por supuesto, la expresión de Martin era mucho más evidente que la del guerrero de bronce, aun así supe que también le había sorprendido.

–Dame dinero –pedí, y el joven me dio otras cien libras–. Esperad aquí.

Bajé y llamé al timbre.

Hubo unos minutos de silencio. Volví a llamar.

Segundos después se encendió una luz en el interior y apareció una señora mayor envuelta en una bata rosa de franela, con el cabello rubio recogido con rulos; sin duda la había levantado de la cama. Me observó a través del cristal un instante y al encontrarme sola decidió abrir la puerta.

–Buenas noches, disculpe la hora.

–Buenas noches, dígame –dijo con un cerrado acento escocés.

–Verá, he estado conduciendo durante muchas horas porque pensaba llegar hasta mi destino sin detenerme pero la verdad es que me estoy quedando dormida al volante y tengo miedo de tener un accidente –le confesé con gesto compungido, aunque motivos para estarlo no me faltaban.

–Oh, no, hija; debe tener cuidado –sus ojos grises se llenaron de preocupación por mí.

–Por eso me preguntaba si podría darme una habitación para pasar la noche. Sé que es una hora muy delicada y lamento muchísimo haberla despertado...

–No se preocupe, hija, ¿viaja sola?

–No, con mi hermano pequeño y mi esposo –casi nada.

–¿Está casada, tan joven?

–Sí, pero él tiene un problema de visión y por eso he conducido yo todo el tiempo desde Birmingham –cada vez mentía mejor, mi rostro era la viva imagen de la aflicción. Cuestión de supervivencia.

–Oh, querida, debe de estar agotada. ¿Entonces quiere dos habitaciones? –preguntaba la mujer, haciéndome saber que tendríamos alojamiento aquella noche.

–En realidad no me gustaría dejar a mi hermano solo, aún es muy joven...

–Le daré uno de los apartamentos de dos dormitorios, ¿le parece? –sugirió con cierta emoción en el fondo de sus iris, atándose correctamente el lazo de su bata y dispuesta a buscar mi llave.

–Eso sería genial. Muchísimas gracias.

Firmé en su libro de registro como Frances Houseman, el primer nombre que se me ocurrió, pagué la habitación en metálico y por adelantado (el mejor modo de evitar preguntas indiscretas) y salí al aparcamiento con la llave electrónica en mi mano como preciado tesoro.

Mis compañeros de viaje bajaron del auto y me siguieron, distinguí cómo la dueña de la pensión nos observaba desde la recepción. Abrí la puerta del apartamento; el primer dormitorio era amplio, de paredes empapeladas con delgadas líneas rojas sobre un fondo color crema, tenía dos camas en el centro con colchas estampadas, una mesa y una televisión. Dos puertas comunicaban con esta estancia, una hacia el baño, pequeño pero limpio, y la otra al dormitorio individual, de paredes decoradas con el mismo papel y con una cama y una mesita de madera sobre la que dejé mi bolso.

–Que ninguno se atreva a entrar en la ducha –advertí mientras cogía una muda de ropa interior.

Entré en el baño y me desnudé. Comprobé las magulladuras de mi cuerpo ante el espejo: tenía morados bajo la mandíbula, en el hombro herido, en el codo y en la cadera derecha. El rasguño en mi mejilla estaba cicatrizando a un ritmo mayor del común en los humanos, y al menos no estaba hinchado.

Regulé la temperatura del agua y me coloqué bajo la alcachofa. El agua caliente recorrió mi piel, encendiéndola, desentumeciendo los doloridos músculos. Comencé a enjabonarme, el cabello, el rostro, los muslos..., tratando de borrar la huella de aquel vampiro que había intentado violarme.

Me sentía sucia. Recordaba su lengua rasposa lamiendo mi mejilla y una terrible repulsión envolvía todo mi cuerpo. Eché a llorar de nuevo, ahora podía permitírmelo, estaba sola. Me hice un ovillo en el suelo de la ducha y descargué con lágrimas la tensión y el miedo acumulados durante las últimas dos noches, hasta desahogarme completamente, hasta echarlo todo fuera.

Arropada por el vapor y el aroma del gel de baño me reconforté. No había logrado violarme, y su recuerdo tampoco conseguiría hundirme.

Aquello era lo que me había tocado vivir, no había alternativa posible y decidí afrontarlo con dignidad. Ayudaría a Martin Robinson –aún no alcanzaba a imaginar cómo– y después regresaría a casa, con los míos y les explicaría mi desaparición.

Con una de las gruesas toallas envuelta alrededor del cuerpo abandoné el baño. Shapur veía la televisión aburrido, recostado en la cama más alejada del aseo, con la sábana de algodón blanco por encima hasta la cintura. La otra cama permanecía vacía. Me contempló enrollada en la toalla que alcanzaba la altura de la mitad de mis muslos y sonrió.

–¿Dónde está Martin? –pregunté preocupada desde la puerta.

–Está fuera, ha ido a dar un paseo, a investigar los alrededores –me informó con desgana.

–¿Y le has dejado salir?

–¿Acaso soy su niñera? –replicó molesto–. Es un vampiro, ¿recuerdas? No somos fáciles de matar. Además, ¿quién va a perseguirlo en mitad de la noche en medio de ninguna parte? Deja que el muchacho explore lo que quiera –afirmó. Tenía razón, pero yo había asumido demasiado tenazmente mi papel protector y perderlo de vista me exasperaba–. ¿Y tú? ¿Cómo estás? –se preocupó, y pareció sincero.

–Bien –aseguré, y él arqueó una ceja arrugando su poderosa frente morena–. Estoy bien, de verdad –traté de ser más convincente, pero probablemente, a pesar del ruido producido por el agua, el vampiro pudo llegar a oír mis llantos.

–Me alegro –dijo, y se levantó de la cama caminando hacia mí.

Estaba completamente desnudo, completamente. Su torso café con leche se agitaba levemente al acercarse. Lo contemplé absorta, vi cómo el tatuaje de negra tinta que partía de su ombligo concluía mucho más abajo, justo en la base de su... digamos generosamente dotado miembro viril. El corte de la musculatura de su abdomen hacía un marcado escalón en la unión con sus ingles. Tenía un cuerpo realmente bello y poderoso, todo, por completo.

Él fingió no percibir mi turbación cuando pasó por mi lado con total naturalidad y entró en el baño. Yo me reprendí por haberlo mirado de aquella forma tan descarada y me marché a mi dormitorio. Estaba acalorada, mi libido, que últimamente andaba algo inquieta por la sangre de vampiro, se había disparado. Me acosté con la imagen del corpulento guerrero completamente desnudo en la mente.

Oí el grifo del agua del baño abrirse y lo imaginé en la ducha, enjabonándose...

No, debía apartarlo de mi cabeza. Pensé en William, le traje a mi mente con fuerza, quería pensar en él como mi pareja, pero las dudas me asaltaban. Ni siquiera podía intentar contactar con él sin saber si pondría en peligro a Martin, pues dudaba de su implicación en el asesinato del rey vampiro. Tampoco estaba segura de si realmente me había amado por propia voluntad o formaba parte un plan; no sabía qué pensar.

William... Sus besos habían sido tan dulces, tan suaves, tan breves. Fue el primero en atravesar la coraza que me había impuesto tras mi desengaño amoroso –sin demasiada dificultad, todo sea dicho–, demostrándome que podía volver a amar, apasionadamente. Recordé su cabello dorado, sus ojos de cielo, su nariz recta y pequeña y sus manos delicadas.

El grifo de agua se cerró.

Transcurrieron unos segundos silenciosos hasta que oí girar el pomo de la puerta de mi dormitorio, apreté los ojos y simulé estar dormida. Una línea de luz entró en la habitación, reflejándose en la pared empapelada, y sentí a alguien que se asomaba, pero al comprobar que dormía la cerró.

Respiré aliviada cuando retrocedió.

Aliviada y algo decepcionada.

Yo lo deseaba, y él a mí, desde nuestro encuentro en el palacio del rey británico, desde nuestro intercambio de sangre; pero primero debía aclarar mis sentimientos, hablar con William.

¿William, dónde estás?

Capítulo 10

El día de mi funeral

El día de mi funeral desperté temprano, a las diez de la mañana. Aquella misma tarde o quizá esa misma mañana mis seres queridos enterrarían el cuerpo de una completa desconocida en una tumba que llevaría mi nombre. Ellos no podían saberlo ya que la pobre infeliz estaría tan achicharrada que poco quedaría por reconocer de ella.

Mamá, cuánto estaría llorando por mí, y mi padre, mi hermano, mis tíos...

Me vestí con mi muda de repuesto: unos vaqueros y un jersey morado, y abrí la puerta del dormitorio principal. Ambos vampiros descansaban inmóviles sobre las camas, habían cerrado la persiana y corrido las gruesas cortinas de la única ventana del apartamento para prevenir que entrase la luz solar por alguna rendija. No reaccionaron lo más mínimo cuando prendí la luz de la habitación. Martin dormía con un chándal y la camiseta de los Rolling que yo le había regalado y Shapur con sus pantalones blancos. Tropecé con sus sandalias de cuero al pasar junto a ellos.

Tumbados boca arriba parecían estar muertos realmente, sus pechos no se agitaban para respirar, permanecían absolutamente estáticos.

Vi una nota escrita a mano en un papel sobre la pequeña mesita junto a la entrada, reconocí la letra de Martin que decía:

"Anna, por la mañana infórmate del horario de los ferrys a Belfast. Gracias".

Cogí el cartel de "No molesten" para colgarlo por fuera de la puerta y salí cerrando rápidamente tras de mí.

Caminé hasta la cafetería y tras saludar a la dueña que hacía las veces de camarera desayuné un delicioso bollo con café. Uhm, un café intenso, negro por supuesto, aromático, y entonces William volvió a mi mente.

–Espero que hayan descansado bien –se preocupó la propietaria.

–Así es, muchas gracias de nuevo –respondí educada.

–¿Su marido y su hermano no desayunan?

–No, yo les llevaré algo a la habitación; están agotados por el viaje. Finalmente saldremos más tarde hoy, así que después me acercaré a pagarle esta noche también.

–No hay problema –sonrió amablemente la mujer.

–¿Dónde puedo comprar ropa aquí cerca?

La señora me explicó cómo llegar a la calle principal, donde se concentraba la mayoría de los comercios de la ciudad, y conduje siguiendo sus indicaciones; fue ciertamente sencillo encontrarla. Había gente caminando arriba y abajo por la avenida, y aunque la circulación también era abundante aparqué con facilidad.

El cielo estaba completamente nublado, pero no amenazaba con llover. Crucé la calle al divisar una tienda de ropa masculina y entré en el pequeño establecimiento que mostraba jerséis, camisas y pantalones en el escaparate. El dependiente era un caballero de unos cuarenta y pocos años con el cabello plateado en las sienes y un poblado bigote que sonrió complacido al verme entrar.

–Buenos días –me saludó desde detrás del mostrador.

–Buenos días, busco pantalones para caballero y un jersey –comenté observando el interior del establecimiento, pequeño pero repleto de género bien colocado en las estanterías.

–¿De qué talla?

–Pues en España sería la cuarenta y dos, más o menos, pero aquí... Un par de tallas más que yo –le informé encogiéndome de hombros, ya que llevaba dos suspiros en el Reino Unido (agitados, pero dos suspiros), y ni siquiera había tenido tiempo para ir de compras.

–Ok. ¿Color del pantalón?

–Caramelo.

Imaginé que aquel color sentaría muy bien a la piel tostada de Shapur. Salí de allí con el pantalón, un jersey blanco de hilo fino y un paquete de tres calzoncillos tipo bóxer en varios colores. Pagué con mi propio dinero y guardé las compras en el coche.

Subí por la calle hasta alcanzar un hipermercado en el que compré ropa interior para mí y un cepillo de dientes, así como un par de sándwiches. Después pregunté a un amable lugareño por el embarcadero de ferrys y en menos de dos minutos estaba frente a la oficina de ventas en el puerto de Stranraer, informándome sobre el horario de los barcos y el precio.

Había varios ferrys a lo largo del día, uno de los cuales partía a las ocho de la tarde, tras el ocaso, y otro, a las once y treinta de la noche; el precio era de treinta y cinco libras por persona y ciento cincuenta por el automóvil. Recé para que la reserva económica de Martin fuese lo suficientemente buena, la mía hacía aguas tras renovar el fondo de armario del guerrero de bronce.

Regresé hacia el motel dando un breve paseo por la tranquila ciudad costera. Las casas eran bajas con hermosas fachadas de piedra cortada, alejadas unas de otras, excepto en la amplia avenida central. De nuevo en la cafetería almorcé salchichas con patatas fritas y un revoltillo que parecía de huevos batidos: qué felicidad me proporcionaba comer regularmente. Incluso abusé de mi escaso presupuesto y tomé tarta de chocolate de postre y un café con el que me senté en el salón social a ver un poco de televisión, hasta que pasadas las seis de la tarde comenzó a anochecer.

Sentí la tentación de llamar a casa, pero ¿qué podría decir? Mamá no vayas al entierro que estoy viva, que esa que está ahí carbonizada no soy yo. Era el día de mi funeral, podrían pensar que se trataba de una broma y herirlos más aún, y en el hipotético caso de que me creyesen se plantarían allí a buscarme en un pestañear, bueno era mi padre.

Una vez el sol se hubo escondido tras el horizonte me dirigí al apartamento y abrí la puerta cuidadosamente. Ya se habían despertado. Martin estaba en el baño y Shapur veía la televisión tumbado en la cama.

–Buenas noches, ¿habéis descansado bien? –les pregunté cerrando tras de mí.

–Demasiado solo –el guerrero me dedicó una sonrisa ladeada y yo sonreí a su vez.

–Pues estabas acompañado.

–No me refería a ese tipo de compañía –replicó, apagando la televisión, concentrando su total atención en mí.

Dejé las bolsas de papel a los pies de la cama y extraje de ellas la ropa que le había comprado.

–No voy a ponerme nada de eso –protestó de inmediato.

–Claro que sí lo harás –advertí seria–. Me ha costado una pasta.

–Yo no te he pedido nada.

–No puedo pasearme por ahí con un hombre semidesnudo que llama demasiado la atención –argumenté mirándole fijamente a los ojos.

–No soy un hombre –resopló. Y no resultaba difícil de creer, su cuerpo era demasiado bello para ser humano.

–Pero debes parecerlo, Shapur, para pasar inadvertido.

–¿Es lo que quieres? ¿Que me ponga esas ropas? –preguntó incorporándose, desnudándose ante mis ojos, provocándome, pero reaccioné con naturalidad y le entregué uno de los bóxers, el naranja, y el pantalón de pana color caramelo–. ¿De veras pretendes verme metido aquí?

Me devolvió el bóxer y se puso el pantalón sin ropa interior, le quedaba perfecto, bien por mí. Entonces le lancé el jersey blanco, que se ajustó como un guante sobre su fornido torso, marcando la magnífica musculatura de debajo. Martin salía del baño y lo observó.

–Eh, estás muy bien –dijo–. Hasta pareces humano.

Aquello último no le hizo demasiada gracia, podría decirse que casi ofendió al guerrero de bronce.

Segundos después recogíamos nuestras pertenencias y pagaba la noche en la recepción, entregando la llave y despidiéndome de la amable propietaria.

Conduje hasta el puerto por las tranquilas calles de Stranraer, y de nuevo me detuve ante la oficina de los ferrys para comprar los billetes del trayecto de las ocho menos diez. A las diez arribaríamos a Belfast. Debimos hacer cola durante unos minutos con el automóvil antes de embarcar. Dejamos el coche estacionado en la bodega, tal y como nos había indicado la amable señorita de la ventanilla de compra, y subimos a cubierta. Shapur había escondido su espada bajo los asientos traseros en una escotilla secreta que descubrió por casualidad. El señor Robinson continuaba sorprendiéndonos varios días después de su muerte.

El joven vampiro tomó asiento a mi lado en un banco apartado en la zona techada de la cubierta de la embarcación. Había una considerable cantidad de pasajeros en el enorme ferry, un centenar, repartidos por ambas cubiertas, caminando arriba y abajo o simplemente contemplando las vistas.

–¿Cómo te sientes, Martin? –pregunté, agarrando su menuda mano, entrecruzando nuestros dedos en un gesto de cariño.

–Bueno, he perdido a mi padre y no sé cuándo podré volver a ver a mi madre o a mi hermana; en realidad ni siquiera sé si están bien –musitó sin camuflar su congoja. Llevaba todo el viaje mostrando una fortaleza que yo sabía irreal.

–Seguro que sí, ya oíste a Oswald, ellas no suponen una amenaza para el asesino de tu padre. Ya verás como todo termina bien –aseguré, tratando de convencerme a mí misma a la vez.

–Estar contigo me da mucha seguridad, y no por todo el rollo ese de la profecía y demás, es por ti, por lo que tú me transmites, no sé...

Parece que a tu lado nada pueda salir mal –afirmó sorprendiéndome,y apretó mi mano. Yo besé suavemente en su fría mejilla y lo abracé–. Bueno, y también está Shapur, *el legendario guerrero persa* –recitó con sobreactuada voz de ultratumba–. La reina Aixa debía de apreciar mucho a mi padre cuando envió a su mejor guerrero para protegernos.

–¿Shapur es famoso entre los vampiros? –dudé sorprendida.

–¿Bromeas? –cuestionó incrédulo–. Shapur es toda una leyenda, las batallas que ha librado son épicas, armado tan sólo con su espada milenaria; yo incluso creí que no existía realmente, que era un mito, pero míralo, ahí está –dijo señalándolo, apoyado en la balaustrada mientras observaba el mar, a escasos quince metros de nosotros–. Bueno, voy a dar un paseo para ver todo el barco –me dijo levantándose del asiento. Suficiente sentimentalismo por hoy, pensé.

–Ten cuidado –pedí mientras se marchaba.

Entonces observé a Shapur. Su mirada permanecía fija en el horizonte, contemplaba el puerto de Stranraer mientras quedaba reducido a una letanía de luces doradas que tintineaban en mitad de la oscuridad. A medida que avanzábamos por el golfo en busca de mar abierto aparecían nuevos haces de luces a ambos lados, eran pequeños pueblos costeros cuya iluminación se reflejaba en el agua helada.

Me acerqué a él, permanecía ensimismado aunque se hubiese percatado de mi presencia. Me miró un instante y continuó con la vista perdida en el horizonte. Estaba realmente atractivo embutido en aquel jersey blanco. El tatuaje de su nuca despuntaba por el cuello de cisne, el cabello había comenzado a crecer en su cabeza, parecía negro, aunque aún era demasiado corto para distinguirlo.

–¿En qué piensas? –le pregunté.

–Hacía siglos que no estaba tan al norte, que no disfrutaba de un paisaje como éste –reveló realmente cautivado por el horizonte.

–Es hermoso.

–Sí que lo es.

–Pero demasiado sombrío. Donde yo vivo hace mucho sol, la mayor parte del año, bueno eso no te gustaría demasiado. –Sonreí, y él me devolvió una sonrisa amable. Su rostro estaba relajado y esto lo mostraba más expresivo, más humano–. Y aunque en invierno hace algo de frío, en estas fechas ya habrá gente bañándose en la playa. –La melancolía regresaba a mí–. Y tú, ¿de dónde eres Shapur?

–De Centroamérica, ya lo sabes –respondió sin emoción.

–No, me refiero a antes, ¿dónde naciste?

El guerrero se detuvo en mis ojos, analizando mi interés, no sabía si iba a responderme o no.

–Hace demasiado tiempo de eso –dijo–. Es una larga historia.

–Tengo tiempo, concretamente dos horas. –Esbocé mi más encantadora sonrisa. Desde las palabras de Martin realmente me apetecía conocer su historia. Él se giró, apoyando la espalda contra la balaustrada.

–Nací en una pequeña ciudad llamada Bactra, a orillas del río Oxo, en una tierra que ahora se llama Afganistán. –Arrugaba el entrecejo concentrándose en recordar–. Eran tiempos difíciles, muy difíciles. Toda mi vida como humano fui guerrero en el ejército persa, bajo el mando del rey Jerjes, a quien serví con honor. Durante una terrible batalla, que posteriormente fue conocida como las Termópilas, fui herido de gravedad y perdí el conocimiento durante horas, o quizá días, rodeado de cuerpos mutilados y un terrible hedor a descomposición –relataba con la mirada perdida en el infinito, muy lejos de aquel barco, de aquel país, de aquel tiempo–. Hasta que una noche, cuando más próximo me sentía al fin, una sombra me encontró, olió la vida en mi sangre en mitad de aquella podredumbre y se alimentó de mí. Ahí morí, una noche estrellada en mitad de aquel desfiladero rodeado de cuerpos inertes. Pero ella deseó mi compañía y me convirtió en lo que ahora soy.

–¿Ella?

–Sí, mi creadora. Fue una mujer vampiro, la más antigua que conocí nunca; entonces éramos pocos.

–Un momento, ¿has dicho las Termópilas? Eso me suena, ¿no es la batalla de *300*? –Mi pregunta le desconcertó.

–¿De *300*? No, éramos miles allí.

–No, me refiero a la película, a la película de cine.

–¿Qué película?

–La del emperador persa que luchaba contra Leónidas, el espartano que estaba como un tren, al menos en la película. –Trataba de explicarle, pero obviamente hacía demasiado tiempo que no iba al cine, si es que lo había hecho alguna vez.

–¿Qué? ¿Te burlas de mí? –preguntó muy serio, y yo fui consciente de que lo estaba incomodando.

–En absoluto, perdóname, no me hagas caso –me excusé. También yo me giré apoyando la espalda en la baranda para mirarlo a los ojos con mayor comodidad, estaba fascinada con su historia–. Es increíble que hayas estado por el mundo todo este tiempo, ¿qué has hecho todos estos años?

–Sobrevivir, luchar. Soy un guerrero y en el mundo ha habido muchas guerras, no me ha faltado trabajo –bromeó y me pareció cercano, divertido, tras su coraza de león–. Desde hace más de un siglo sirvo a la reina de Centroamérica.

–Vaya, es asombroso. Cuántas cosas han debido de ver tus ojos. Tú estabas ahí cuando Jesucristo nació.

–Bueno, no exactamente ahí.

–Cuando surgió el Imperio romano, cuando se produjo la Revolución francesa, cuando estalló la Guerra Civil española... tú andabas ya por el mundo. Es alucinante, Shapur.

Él arqueó una ceja escéptico ante mi emoción, pero yo estaba realmente maravillada. Sonreí ampliamente y obtuve un gesto similar de sus labios. Pero entonces una revelación cayó sobre mí como una pesada losa, fui consciente de que aquello que tanto me seducía de él era lo que nos hacía tan diferentes al uno del otro.

–Y cuando lleguemos al destino, cuando ya no sea necesaria tu protección para el príncipe, ¿desaparecerás? ¿No volveré a verte? –inquirí, sin detenerme a pensar por qué lo hacía.

–¿Eso te molestaría? –preguntó. Yo agaché la cabeza, azorada, no sabía qué responder. El guerrero asió mi mentón con sus rudos dedos de acero y alzó mi rostro para que lo mirase a los ojos, los ojos de fuego prendidos por el reflejo dorado de las luces del barco sobre el mar–. Obedeceré a mi reina, pero cuando todo esto acabe te buscaré, y donde quiera que estés te encontraré, si así lo deseas. ¿Lo deseas?

Sus palabras estremecieron mi interior, sentí mariposas revolotear en el estómago y la sangre bombeada con velocidad recorriendo mi cuerpo. No sabía qué contestar.

–Voy a buscar a Martin –dije, y cobardemente hui de su lado, caminando por la cubierta en dirección a popa.

Ni siquiera sabía qué quería yo, cómo iba a pedirle que me buscase, ¿para qué? ¿Con qué intención? ¿Con qué intención podía buscar un vampiro de más de dos mil años a una humana de veinticuatro?

Descubrí a Martin conversando con una chica pelirroja, delgada y con el rostro casi tan pálido como el suyo plagado de minúsculas pecas, parecía entretenido. Lo observé en la distancia; asemejaban ser simplemente dos adolescentes corrientes que acaban de conocerse y conversan y se sonríen tímidamente.

Sentí la presencia de Shapur tras de mí, su torso rozando mi espalda, erizando mi piel.

–Déjale, mujer, deja que al menos por un rato se olvide de quién es y por qué está aquí.

Tenía razón. Volví a la zona techada de cubierta; ya habíamos salido a mar abierto y el aire era mucho más frío. Me recosté en uno de los asientos y traté de descansar durante el resto del trayecto.

A las nueve y media avistamos el puerto de Belfast en mitad del gran estuario. La potente iluminación nocturna hacía divisar la ciudad desde el mar en la distancia, y descubría una enorme urbe desplegada a lo largo de la costa, con su reflejo sobre el agua como una alfombra multicolor. Martin regresó a mi lado para el atraque.

Cuando la embarcación se detuvo definitivamente, tras un buen rato de espera, pudimos abandonarla y bajar a buscar el todoterreno. Eran las diez y media de la noche pasadas. Dejando atrás el puerto preguntamos a un viandante por la dirección que Martin llevaba escrita en una hoja de papel y aquél nos indicó el camino; estábamos relativamente cerca. Tomamos la calle Dargan y en la primera rotonda giramos hacia la derecha, por la calle Shore, hasta la avenida Donnegal Park, un par de kilómetros en dirección a la salida de la ciudad, y ascendimos por la carretera perfectamente iluminada por altas farolas hacia una colina. Había una cabina de control en mitad de la vía con la barrera bajada que nos hizo detener el vehículo.

–Buenas noches –nos saludó un guarda que parecía humano. Era joven, moreno con uniforme color aceituna.

–Buenas noches, nos gustaría hablar con el señor Lynch; nos envía el señor Robinson –pidió Martin.

El guarda volvió a su caseta e hizo una llamada telefónica, después regresó a la ventanilla de Shapur.

–El señor Lynch les espera –dijo, y accionó la barrera para que pudiésemos pasar.

Continuamos el camino hasta alcanzar la cima de la colina. Entonces descubrimos el majestuoso edificio, un inmenso castillo de ladrillos de piedra ocre que se erigía en su mitad. Flanqueado por cuatro pequeños torreones, con rojizo tejado plano, había decenas de ventanas con el marco color granate y contraventanas de madera a lo largo de toda la fachada. Al fin estábamos en East Meadows.

El enorme portón del acceso principal estaba flanqueado por dos fornidos vigilantes. Éstos sí eran vampiros, aunque fueran uniformados como el guarda de la carretera, y armados con sendas metralletas en sus manos. Shapur sacó la espada de su escondite y deshaciéndose del jersey la ató a su espalda. Hube de concentrarme en reanudar la respiración ante la irremediable contemplación de su formidable torso desnudo. Aparcamos el coche junto a la entrada y nos encaminamos hacia los guardias vampiros. Glup.

–Buenas noches –saludó Martin.

–Buenas. El señor Lynch los espera –afirmó el más alto, moreno, con una espesa y larga barba negra. ¿Habría sido pirata? Observaban atentamente a Shapur, e imaginé que por la enorme espada, cuya empuñadura asomaba por encima de su espalda tatuada, o quizá porque su fama lo precedía y lo habían reconocido.

Barba-negra abrió la puerta y tras ésta nos esperaba un mayordomo ataviado de manera tradicional, con chaqué y pantalón negros, de mediana edad, de unos cincuenta años, humano, con pobladas cejas blancas de búho.

–Buenas noches, señores; soy Albert Mayor, el mayordomo –advirtió serio. ¿Quedaba alguna duda?–. Sus majestades les esperan en el salón principal; si son tan amables de acompañarme.

Seguimos al sirviente por un largo pasillo. Si el palacio británico me había parecido sencillamente asombroso, lleno de lujos, este palacio irlandés aún lo superaba en ostentosidad: suelos de mármol rojo, altos techos abovedados, paredes cubiertas de llamativos murales al óleo, hermosas lámparas de araña, candelabros de bronce con incrustación de gemas preciosas... Y tan sólo habíamos recorrido un pasillo.

Albert Mayor se detuvo ante unas gigantescas puertas de madera blanca, decoradas con molduras doradas, y las abrió para dar paso a un amplísimo salón, de alrededor de doscientos metros cuadrados, completamente despejado. No pude evitar imaginar bailes, cenas, fiestas, en aquel espacio tan amplio. El mayordomo nos ofreció pasar al interior. En el extremo opuesto había dos tronos plateados ocupados. Caminamos hacia ellos. Estaba tan nerviosa que todo mi cuerpo temblaba.

–Tranquila –susurró Shapur a mi espalda.

El rey era un vampiro alto, rubio, de rasgos nórdicos, joven, debía de tener unos veinte años cuando fue convertido. Portaba una pequeña corona de plata salpicada de brillantes piedras preciosas. Era todo un rey de película, sí señor. Me pregunté si normalmente utilizaría la corona o sólo la usaba para impresionar a las visitas. Sus ropas en cambio eran actuales. Llevaba pantalones chinos de un sofisticado azul marino y una formal camisa de seda celeste.

La reina tenía una belleza exótica, debía de proceder de algún lugar del sudeste asiático, como Vietnam o Tailandia. Sus ojos eran rasgados, su boca pequeña y el cabello negro, muy largo, le cubría los pechos hasta la cintura. Vestía un corpiño metálico de bronce, pero lo más sorprendente era que parecía demasiado joven, no representaba más de quince años.

Yo agaché la cabeza tal y como me había advertido Martin. Si un vampiro común se ofendía porque un humano le mirase a los ojos, no quería imaginar la reacción de todo un rey vampiro.

–Señores, su majestad Scott Lynch, rey de Irlanda –proclamó el mayordomo cuando estábamos a un paso frente a los monarcas–. Y su majestad la reina Tammy Shue, reina de Irlanda del Norte. –Entre ambos conformaban un único reino de toda Irlanda; sin duda los intereses de los no-muertos discurrían completamente ajenos a las realidades humanas.

Mis dos acompañantes se doblaron en una reverencia que yo imité.

–Buenas noches –nos saludó el rey con voz suave.

–Buenas noches –respondió Martin por los tres.

–Os esperábamos, desde que tuvimos noticias de la muerte del rey de Gran Bretaña. Lamento su pérdida, Charles Robinson fue un buen amigo –afirmó el monarca irlandés, inmóvil en su brillante trono. Sólo movía los labios para hablar; se mostraba rígido como una vara de acero. Yo lo observaba por debajo de las cejas, con disimulo.

–También fue un buen padre –dijo el joven vampiro apesadumbrado–. Entonces, ¿contamos con vuestro apoyo?

–Hablaremos con calma, Martin Robinson –musitó el no-muerto coronado, sin emoción.

–¿Eres tú, Dínorah? –preguntó de improviso la reina, dirigiéndose a mí.

¿Cómo podía saberlo? Busqué la autorización de Martin con los ojos antes de contestar y él asintió.

–Sí –respondí, con la vista fija en el suelo.

–Mírame –ordenó y la obedecí. Sus exóticos ojos me observaban con curiosidad, como si fuese alguna especie de animal insólito–. Eres hermosa, pero muy común –vaya, gracias, pensé–. ¿Dónde está la marca sagrada? Muéstrala.

Entonces agradecí tener la marca en el cogote en lugar de en otro territorio más íntimo. Miré a Martin y él nuevamente me dio permiso para descubrirla, aparté el cabello, bajé el jersey púrpura por la nuca y me giré para que pudiesen verla. La reina se incorporó y apareció veloz a mi lado, observándola muy de cerca, tanto que su aliento helado erizó la piel de mi nuca.

–Es cierto, es la Hayupta, la marca sagrada, está grabada en su piel. –Rió divertida. Aquella eterna adolescente me ponía los pelos de punta, con su risita eufórica y chirriante–. Cariño –se dirigía a su esposo–, si la profecía es cierta nos conviene estar congraciados con el futuro rey. Albert, pídale al señor Smith que venga –lo ordenó así y el sirviente desapareció por una puerta lateral–. Y tú debes de ser el legendario guerrero persa Shapur Akram, ¿no es así?

–Me halaga que su majestad haya oído hablar de mí –dijo Shapur, reverenciándola de nuevo.

–Oh, cómo no, tus hazañas son famosas por todo el mundo –apuntó el monarca, dejando entrever una mezcla de celos y resquemor por la popularidad del guerrero.

La puerta lateral se abrió de nuevo y por ésta apareció un vampiro alto, rubio, con unos inmensos ojos de mar. Era William. Las piezas encajaron en mi cabeza dolorosamente.

Caminaba deprisa, me vio de refilón y no hubo reacción alguna en su rostro. Saludó a Martin con un comedido "príncipe" y una ligera inclinación, pero para mí, nada de nada, como si no me hubiese visto en la vida.

Se detuvo frente a sus monarcas.

–Sir William, ¿sería tan amable de acompañar a nuestros invitados a sus aposentos mientras conversamos con el príncipe? –solicitó su reina sin emoción.

–Por supuesto.

William se giró de nuevo hacia la puerta por la que había entrado y Shapur y yo lo seguimos. Accedimos a un amplio pasillo que recorrimos hasta el final y después subimos por unas escaleras de mármol a la planta superior.

No se dirigió a mí, no me dedicó una palabra, ni siquiera me miró un instante.

–Ésta es su habitación –dijo a Shapur, indicándole una de las estancias al principio del pasillo. El guerrero abrió la puerta y entró.

Continuó caminando en silencio, y yo a varios pasos de él, con su formidable espalda trajeada como horizonte. Unas cuantas puertas más adelante abrió una para mí y me ofreció pasar, lo hice y me siguió al interior. Al cruzar el umbral de la habitación su actitud cambió radicalmente, me tomó en brazos por sorpresa, me acercó a su rostro y me besó en los labios.

Nos besamos apasionadamente. Añoraba su boca gélida, tierna, deliciosa. Me apretaba contra sí con ímpetu. Besó mis párpados, mis pómulos, mi frente, como si tratase de verificar con sus labios la integridad de todo mi ser. No sin esfuerzo me aparté poco a poco de su abrazo.

–Anna, cuánto me alegro de que estés bien; estaba realmente preocupado –aseguró mirándome con ojos embelesados, aquellos ojos capaces de cortar mi respiración con tan sólo un pestañeo, pero no entonces.

–¿Éste era tu viaje urgente? ¿Venir a contarle a tu reina que tengo una marca en el cuello? ¿Que soy no sé quién de una profecía del mundo vampiro? –Superada la pasión inicial estaba molesta, mosqueada, furiosa con él.

–Era mi deber, entiéndelo –pedía con ternura, sin soltar mis manos.

–¿Y no podías haberme dicho algo? ¿Haberme prevenido de la que iba a liarse?

–Yo había advertido a Charles Robinson de los rumores acerca de un posible golpe de Estado, por eso acudimos a Bedford a entrevistarnos con mi informante, pero él no les daba credibilidad alguna. ¿Cómo podía saber yo que le atacarían de ese modo? –preguntó con gesto contrito, arrugando su frente de mármol.

–A lo mejor porque quien mató al señor Robinson fue Máximo, el vampiro que estaba alojado en tu casa –revelé, aguardando su reacción, liberando mis manos de las suyas con brusquedad.

–¿Queé?

–Sí, él mató al señor Robinson, y yo he guardado ese secreto a todo el mundo para protegerte a ti, porque confiaba en que tú no tendrías nada que ver. Y tú en cambio huiste, sin ser capaz de contarme lo que supuestamente significaba la marca que tengo en el cuello, te largaste –le reproché. La conversación comenzaba a subir de tono, al menos por mi parte, ya que, después de todo por lo que había pasado las últimas dos noches, encontrarlo tan campante al lado de su reina me había enfurecido.

–Anna, yo alojé a los vampiros porque era mi obligación, no sabía a qué venían ni me importaba, y por supuesto no sabía que atacarían a Charles –explicaba intentando mantener su tono de voz dentro de los márgenes normales de una conversación, pero para mí no era tan sencillo.

–Pues lo atacó, lo atacó y lo mató, y mi vida ha estado constantemente en peligro desde entonces. Si no llega a ser por Shapur estaría criando malvas ahora –espeté, profundamente molesta.

–Shapur... ¿Él es ahora tu hombre? Puedo oler su sangre en ti –reveló con rabia, con los ojos de mar helados–. ¿Tres días has tardado en reemplazarme?

–No te hagas el ofendido, tú me abandonaste, tú me dejaste a mi suerte, tú desapareciste para correr como un perrito faldero junto a tu reina –exclamé acusándolo con mi peligroso dedo índice.

–Yo no sabía que iban a atacar al rey, yo no sabía que tu vida estaba en riesgo –repitió exasperado.

–Aun así no confiaste en mí, no me dijiste lo que sabías y estuve a punto de morir –aseguré taladrándole con mis ojos verdes.

–¿Y ahora te entregas a tu salvador como recompensa? –ironizó endureciendo el gesto hasta el desprecio–. Veo que pretendes recuperar el tiempo perdido en la cama.

Aquella frase destruyó todas las barreras que me quedaban para retener la ira que sentía y ésta fluyó desbocada por mi garganta.

–¡No te atrevas, William Smith! –grité alzando la mano, a punto de abofetear su rostro de marfil–. ¡No te atrevas a intentar ofenderme! ¡Porque si estoy segura de algo es de que fuiste tú quien me dejó tirada!

Shapur irrumpió en la habitación como un bisonte, buscándome desesperado, casi arranca la puerta, interponiéndose entre William y yo, observándolo con furia, con los colmillos asomando levemente por su boca entreabierta, amenazadores.

–¿Estás bien? Sentí que... –demandó sin apartar los ojos del vampiro rubio. Yo apoyé la frente en su robusta espalda un instante, dolorida en el alma.

–Sí, sí, estoy bien.

William me dedicó una mirada de repulsión con la que me hubiese fulminado si las miradas matasen.

–Fuiste tú quien eligió, no yo –dijo acusadoramente delante de Shapur, antes de salir de la habitación dando un sonoro portazo.

El guerrero se giró y yo apoyé la cabeza en su pecho, abatida. Acarició mi cabello suavemente con las rudas manos.

–Gracias, otra vez –balbuceé al borde del llanto, tratando de contenerlo por todos los medios.

–Siempre estaré ahí, lo sabes –dijo, y tiró de mi mano hacia la cama–. Deberías acostarte y descansar, lo necesitas.

–¡Anna! –Martin irrumpió en la habitación acelerado, sin percatarse de mi malestar, tumbándose de un salto sobre mi cama.

–Hola Martin, adelante –le calmé, sentándome a su lado y masajeándome las sienes, intentando borrar de mi mente lo que acababa de ocurrir.

–Ya he hablado con los reyes sobre nosotros –informó con cierta ilusión en la voz. Seguramente sentía que había concluido su primera tarea como heredero legítimo de la corona británica.

–¿Y? –inquirió el guerrero.

–Nos darán asilo, limitado y secreto, hasta que esté todo listo para partir a Centroamérica, donde quedaremos bajo la protección de la reina Aixa. Ellos lo prepararán todo, el transporte, la documentación, y en unos días nos marcharemos –añadió, mirándome fijamente, percibiendo entonces mi gesto serio y cansado.

–¿A Centroamérica? –pregunté asombrada. ¿Qué iba a hacer yo en Centroamérica? Iba a viajar más en una semana que en toda mi vida.

–Sí, a la República Dominicana, al palacio de la reina –afirmó Martin con ilusión casi infantil, mirándonos fijamente a uno y a otro, como si asistiera a un partido de tenis, a mí en la cama, a su lado, y Shapur frente a ambos–. Ahora vamos a alimentarnos, Shapur, los reyes tienen un almacén de sangre, podremos beber hasta reventar. ¿Y tú, Anna?, ¿estás bien? –Pese a su excitación se había dado cuenta de que me pasaba algo, probablemente por la presencia del guerrero en mi habitación, y me preguntó preocupado de verdad por mí, arrugando su pálido entrecejo, a lo que yo reaccioné como si me hubiesen activado con un resorte, enderezándome, reponiéndome, o al menos fingiéndolo.

–Sí, sí, sólo estoy cansada.

–Puedes bajar a cenar a la cocina, hay varios humanos viviendo en el castillo –añadió mirándome fijamente, con un atisbo de ternura en sus vivaces ojos negros.

–En realidad he almorzado demasiado y no me apetece comer ahora, pero marchaos vosotros, nos veremos mañana por la noche.

Ambos dejaron la habitación; el guerrero me dedicó antes de salir una fugaz sonrisa desde la puerta. Yo me acosté y me arropé con las suaves coberteras y después de un buen rato tragando amargas lágrimas, una vez más, me dormí. Había acabado el día de mi funeral discutiendo con mi vampiro. William, ¿habíamos terminado?, ¿habíamos empezado siquiera?

Capítulo 11

El castillo de East Meadows

Dormí toda la noche, profundamente, sin sobresaltos, sin interrupciones –todo un lujo–. Desperté renovada por la mañana, estirándome en la cama un buen rato hasta que el hambre me hizo levantar.

Vestida con las mismas prendas de la noche anterior cargué el bolso con el resto de mi ropa, pensando en buscar una lavadora y asear mis escasas pertenencias antes de que las moscas revoloteasen a mi alrededor de forma sospechosa. Caminé por el pasillo y descendí las escaleras recorriendo el camino aprendido la noche anterior. Encontré entonces a un muchacho con el cabello rubio rojizo, ataviado con pantalón y chaqueta azules que reparaba la instalación eléctrica de uno de los candelabros artificiales del corredor.

–Buenos días –lo saludé. El operario me miró.

–Buenos días.

–¿Por dónde se va a la cocina?

–Por esa puerta de ahí –señaló la dirección–. Después debes cruzar la sala y entrar por la segunda puerta de la izquierda... Si me esperas un segundo, te acompaño –se ofreció amablemente, con una sonrisa al entender que me había perdido en mitad de sus indicaciones–. ¿Quién eres? Eres nueva, ¿verdad?

–Sí. Me llamo Anna.

–Yo soy Mathew, el chapuzas de este castillo –contaba mientras enroscaba una bombilla en su soporte metálico–. ¿Y tú? No veo marcas en tu cuello, ¿estás con el rey?

–No –respondí automáticamente, sin dejar de sorprenderme por su pregunta.

–¿Con otro vampiro?

–Eh..., tú sabes que son... –dudé antes de terminar.

–¿Vampiros? Claro, por eso estoy aquí, ¿tú no? –¿Yo? No comprendía nada–. Espero que llegue el día en que decidan convertirme; mientras tanto trabajo para ellos, como la mayoría de los humanos que nos relacionamos con los *chupasangres* –aclaró limpiando sus manos en los pantalones.

–Yo trabajo para uno de ellos, pero no quiero ser vampiro –le dije.

El joven me miró como si hubiese asegurado no querer convertirme en la emperatriz de Austria. No me entendía, pero estábamos a la par: tampoco yo podía entender que alguien quisiese convertirse en uno de ellos.

Mathew me condujo hasta la cocina y una hostil cocinera me sirvió el desayuno. Era una mujer bajita, regordeta y con más bigote que mi padre. Ni siquiera me saludó. Qué toma, preguntó, y me sirvió en una bandeja metálica, sin café, huevos revueltos con beicon y judías. No dijo nada mientras me servía. Sin duda, la amabilidad no era su fuerte. Ay, Charlotte; comenzaba a echarla de menos. Le pregunté por una lavadora y arrancó el bolso de mis manos diciendo que ella se haría cargo. Dadas sus maneras temí por mi ropa.

Tenía todo un día por delante para hacer nada. Salí al patio posterior con intención de encontrar algo con que distraerme. El sol brillaba tímidamente cuando alguna de las numerosas nubes no lo ocultaba bajo su espeso manto. Me senté en el murete de piedra que delimitaba el jardín y contemplé la ciudad desde mi atalaya. Una ligera bruma de contaminación envolvía los altos edificios, que se concentraban casi exclusivamente alrededor del puerto, en la parte vieja de la ciudad; las grandes grúas amarillas del astillero se erigían sobre el canal Victoria, que dividía en dos la urbe.

–Buenos días –me saludó una joven rubia. Tenía el cabello muy corto, de punta, con los ojos de un negro intenso; era delgada, algo más baja que yo, y muy guapa. Vestía una camiseta azul con un gnomo siniestro estampado y unos pantalones vaqueros. Extendió su mano, ofreciéndomela–. Soy Alanis O'Farrel.

–Anna Rodríguez –estreché su mano.

–Veo que te has levantado temprano. Su majestad Tammy Shue me ha encargado que hoy sea tu guía.

–¿Sí?

–Debes de ser alguien importante, porque normalmente no se toma tantas molestias por nosotros, los humanos –aseguró con una sonrisa.

Tenía los dientes perfectamente alineados; sospeché que habría utilizado ortodoncia.

–No lo creas –mentí.

–Bueno, ¿qué te apetece hacer? –preguntó Alanis, ofreciendo nuevamente su mano para ayudar a levantarme–. Tengo el coche ahí aparcado.

–Sorpréndeme.

Caminaba deprisa, parecía una chica nerviosa, vital. Rodeamos el castillo hasta alcanzar el aparcamiento delantero. Qué considerada la reina norirlandesa por encargar a alguien que cuidase de mí durante el día, o quizá pretendía que me vigilase. En cualquier caso, la joven rubia parecía una compañía agradable. Subimos a su coche, un utilitario antiguo, y descendimos la colina. Alanis saludó amigablemente a los guardias de la carretera, que levantaron la barrera ante nosotras sin pedir credencial alguna. Al parecer la muchacha era realmente una persona de confianza para los habitantes de East Meadows.

–Si te parece bien, pasaremos por Falls Road para que veas los murales; estas pinturas son muy famosas y no puedes irte de Belfast sin verlas. Después te llevaré a ver el edificio de la Ópera y almorzaremos por allí, ¿ok? –me ofrecía amablemente, aunque en realidad no me importaba lo más mínimo dónde me llevase, tenía la mente ocupada en mi discusión pasada con William, e iba para rato.

–Tú mandas –le dije.

–¿De dónde eres, Anna?

–Soy española, de Cádiz.

–Pues hablas muy bien inglés, casi no tienes acento. ¿Y a qué te dedicas? –insistió ante mi parquedad en palabras.

–Soy maestra; doy clases particulares. ¿Y tú?

–¿Yo? Soy de Dublín. Terminé Ingeniería Electrónica hace dos años. Es una mierda, acabé la carrera, me puse a trabajar y me di cuenta de que aquello no era lo mío, no trabajar, sino la ingeniería, no me gusta, no lo soportaba –relató mientras hacía rodar a un lado y otro la ruedecilla del volumen en el arcaico estéreo del coche, sin lograr hacer salir ruido alguno del aparato.

–Vaya, es terrible.

–Pues sí, supongo que la terminé por no dar un disgusto a mis padres, pero ya lo tengo superado. Así que ahora trabajo para *ellos* desde hace más o menos seis meses. –Golpeó con el puño la radio y ésta comenzó por fin a sonar. Sonrió satisfecha. Vi entonces que tenía un pirsin en la lengua.

–¿Para los reyes?

–En realidad para Tammy, para la reina; soy su chica de los recados.

El viaje duró aproximadamente quince minutos. Alanis recorrió muy despacio la larga avenida Falls Road, dándome tiempo a contemplar los inmensos murales que decoraban las paredes de las viviendas, muy coloridos. La mayoría hacían referencia al conflicto armado que durante años azotó Irlanda del Norte, de la libertad, de la guerra, de la paz.

La joven disfrutaba con su papel de guía turística, y después de mostrarme el magnífico edificio de la Ópera desde el exterior y pasear por las calles aledañas, aparcamos en el centro comercial Victoria Square, cuya gran cúpula de cristal era realmente llamativa.

–¿Dónde quieres comer? Pago yo; bueno, en realidad paga Tammy. –Rió divertida. Comenzaba a caerme bien–. Así que no te cortes.

–No sé si es buena idea dejar que me invite, no quiero deberle nada.

–No seas tonta, ella no regala nada, sólo trata de congraciarse con tu rey. Además, después de comer tenemos que comprarte un vestido y unos zapatos a juego –apuntó dispuesta a perderse por los concurridos pasillos del centro comercial.

–¿Para qué? –requerí completamente desconcertada.

–Para la fiesta de esta noche. Darán una fiesta privada, muy exclusiva, en honor a tu rey. –En realidad él aún no era rey, y yo no me consideraba su súbdita–. Así que necesitas un vestido.

–No voy a dejar que me regale un vestido.

–No lo hace por ti, lo hace por alardear de ti, desea que estés muy guapa para presumir ante los suyos; créeme, no debes sentirte culpable de quemar su dinero.

A pesar de la gran cantidad y variedad de restaurantes del centro comercial, me apeteció almorzar en un Pizza Hut, aún no me atrevía a aventurarme con la gastronomía norirlandesa. Alanis resultó una compañía verdaderamente grata; conversamos acerca de nosotras e incluso me sorprendí a mí misma relatándole mi desengaño amoroso con Marcos, mi ex. Al hacerlo me di cuenta de lo lejos que aquello quedaba ya y, al mismo tiempo, que no me dolía hablar del tema, lo que representaba un gran avance para mí.

Ella me contó que residía en Dublín pero pasaba largas temporadas en Belfast, reclamada por Tammy, a la que no sólo servía como recadera, pues también eran amantes y le costeaba un pequeño apartamento en las cercanías del castillo para tenerla cerca. Durante horas compartimos nuestras vidas humanas, hablamos de música, de cine, como dos amigas que se citan para disfrutar de una tarde juntas. Fue agradable recuperar la sensación de normalidad, al menos por un rato.

–Disculpa mi atrevimiento, Anna, pero pareces una tía genial, en serio, eres guapa, eres inteligente... no tienes pinta de ser una enganchada a los chupasangres –dijo mientras tomábamos un batido en un Starbucks.

–No lo soy. La vida me ha llevado a trabajar para uno de ellos y nada más, pero algún día se terminará, eso espero, y regresaré a casa –proclamé, quizá pretendiendo convencerme a mí misma de que sería así–. ¿Y tú, Alanis? También tú eres una chica inteligente, ¿por qué estás con ellos?

–Tengo mis propios motivos –respondió, y ante su reserva entendí que no debía insistir.

Entramos en una boutique femenina donde tras probarme varios modelos elegí un vestido color verde manzana, con escote palabra de honor que mi comedida delantera me permitiría utilizar sin sostén, ceñido al cuerpo con una abertura hasta medio muslo en la parte de detrás, largo hasta los pies. Los zapatos eran de color plateado, así como un adorno metálico para el cabello en forma de flor que escogió la propia Alanis. Me sentí incómoda por utilizar aquel dinero, temía que me ocasionase algún tipo de obligación para con la reina vampira y eso no me haría la menor gracia.

De regreso al castillo había anochecido, imaginé a los no-muertos despertando de su sueño diurno. ¿Tendrían ataúdes en sus habitaciones? Martin y Shapur habían dormido en camas, en el suelo, pero no imaginaba si su ideal de descanso sería hacerlo en un ataúd.

–Nos vemos esta noche –dijo como despedida mi nueva amiga (comenzaba a considerarla como tal), desde el coche en la puerta principal. Yo entré en la casa, cargada con mis paquetes.

Saludé cabizbaja a los dos mastodontes vampiros de la entrada, crucé el corredor principal y encontré el camino hacia el pasillo interior desde el cual se accedía a nuestras habitaciones.

Me dirigía a la escalera que conducía al piso superior cuando un sonido, una melodía, me estremeció.

"Ay, duende del suuuur / ay, ay, ay, ay, del sur / (...) caminando por la calle yo te vi, / caminado por la calle yo te vi, / y un día yo me enamoré de tiiiii, / y un día yo me enamoré de ti...".

El corazón me dio un vuelco al escuchar a La Mari de Chambao y de un empujón abrí la puerta tras la que se oía la canción. William leía un libro reclinado sobre el cabecero de la amplia cama victoriana de bronce, me observó al irrumpir en su cuarto y sonrió complacido, como si aguardase precisamente aquella respuesta en mí.

–Pasa –me invitó, marcando con los labios una sonrisa ladeada.

–Lo siento, es que he oído a Chambao y no me he podido resistir –confesé emocionada. Aquella música, aquella canción, me recordaba tanto a mi casa, a mi playita, a mi sol.

–Es el CD que me regalaste. Me encanta, lo he oído una y otra vez –hablaba con calma, nada quedaba de su rabia de la noche anterior, no había rastro de rencor en su voz.

–Necesito decirte algo –dije armándome de valor, y William me ofreció asiento en la silla del tocador, frente a la cama. Lo tenía tan cerca que casi podía oler el perfume de su cabello suelto. Su camisa entreabierta como de costumbre dejaba al descubierto el pecho, el robusto pecho de mármol sobre el que yo había descansado noches atrás, noches que ahora parecían demasiado lejanas–. Es sobre Shapur y yo.

–No necesito escuchar nada –aseguró con el semblante cambiado, rehuyendo mis ojos.

–No, pero yo sí necesito decírtelo. –Agarré su rostro duro como el granito entre mis manos y le obligué a mirarme a los ojos. Mi corazón se aceleró con su contacto–. Por favor, escúchame. En la casa de los Robinson el asesino me estacó –tiré del cuello de mi jersey para mostrarle la cicatriz de mi hombro, él la observó sobrecogido y se aproximó, paseando por ella la yema de sus fríos dedos, suavemente. El sólo roce de sus dedos en mi piel reavivó el revoloteo de mariposas en mi estómago, y detuve su mano, no podía permitir que su caricia me turbase–. Shapur me salvó, él me dio su sangre y salvó mi vida; no hubo nada más, pero por eso oliste su sangre en mí.

–Perdóname, yo pensé... –Sus ojos se entristecieron profundamente. Apesadumbrado alzó su mano nuevamente y acarició mi mejilla, pero yo la aparté con delicadeza.

–Sólo te lo he contado para que sepas que lo que sentí aquel fin de semana fue de verdad, que te amé, William, con todo mi corazón, y que te he respetado, que he respetado lo que tuvimos hasta el día de hoy, pero no puedo superar el hecho de que no confiases en mí, no puedo perdonarte –confesé desnudando mis sentimientos, sin filtros, sin tapujos.

–Anna, yo no podía... –Su voz era casi un susurro.

–William, no sé qué me deparará el futuro y ni siquiera estoy segura de si puedo confiar en ti. –Por mi mejilla resbaló incontrolable una lágrima que él retiró delicadamente con su pulgar, asiendo mi rostro entre sus manos con extrema delicadeza, como si fuese de cristal tallado–. Es demasiado complicado...

–Anna –apoyó su frente contra la mía, cerrando los ojos. Deseaba tanto el roce de su piel. En mi fuero interno contenía las ganas de fundirme en un beso con sus labios, pero era consciente de que eso lo dificultaría todo aún más.

–Tengo que irme –dije levantándome de la cama, apartándome de su lado, huyendo antes de ser incapaz de controlar lo que sentía por él.

Subí veloz las escaleras con el corazón alborotado, deteniéndome un instante contra la pared para recuperar el aliento, distinguiendo entonces la puerta del guerrero entreabierta. Toqué y pasé dentro, el dormitorio estaba vacío, descubrí un pantalón listo sobre la cama y una mancha de sangre en el suelo que me alarmó en extremo.

Oía ruidos en el baño, temí que algo le hubiese pasado y armada con un candelabro de plata abrí la puerta de golpe, chocándome con la poderosa espalda oscura de Shapur que de pie, frente al espejo, se afeitaba la cabeza enjabonada con una navaja.

–¡Eh!, ¿piensas atacarme? –preguntó volviéndose para mirarme. Rió al comprobar mi cara de alivio. Sus ojos de ámbar me observaban con su eterna expresión de estar por encima de todo. Estaba en calzoncillos, con uno de los bóxers de licra que yo le había comprado, pegado a su piel, dejando muy poco espacio a la imaginación.

–Joder, Shapur, encontré la puerta abierta, sangre en el suelo... y me he asustado –respondí y, aturdida, aparté la mirada de la licra.

–Vamos, Anna, has visto más que esto –dijo burlándose de mi pudor, y continuó afeitando su cabeza–. Creo que tendrán que mandar limpiar la moqueta, se me ha derramado una copa –aclaró fingiendo una cínica preocupación por el desperfecto–. ¿Qué te pasa? Percibo que estás un poco... ¿nerviosa?

–¿Cuándo se acabará esto? ¿Cuándo seré libre de sentir lo que sea sin que tú lo sepas? –refunfuñé como una niña pequeña. Me senté en el váter y lo observé en su tarea.

–Nunca –bromeó regalándome una amplia sonrisa de perlas–. Será en un mes, cuando tu sangre se haya renovado por completo y no quede nada de mí en tu cuerpo. He de confesar que echaré de menos tus emociones, eres tan... susceptible.

–Shapur. –Le golpeé en el trasero con la toalla del lavabo–. No te burles de mí, estoy...

–Cansada, agobiada... –proseguía socarrón.

–¡Shapur! ¡Deja de hacer eso! Finge que no sabes lo que siento –protesté.

–No lo sé todo –aseguró girándose. Había terminado su afeitado, su cabeza relucía como el culete de un bebé. Se agachó a mi lado, apoyando sus rudas y gélidas manos en mis rodillas, descendiendo hasta situar su rostro frente al mío–. No sé por qué sientes lo que sientes, lo que te produce inquietud, emoción, pasión, sólo percibo la sensación, pero no puedo leer tu mente, no sé qué te hace sentir así. Y realmente me intriga.

–¿Sí? Pues te quedarás con la duda –dije levantándome, obligándole a apartarse de mí–. Nos vemos en la fiesta.

Salí de su habitación. Reía a solas, era tan particular que alguien más pudiese experimentar lo que se cocía en mi interior, mis nervios, mis agobios; no podía ocultarle nada, y en realidad tampoco lo pretendía, en aquellos momentos el legendario guerrero persa era el único ser a quien confiaría mi vida.

Lo había ganado con hechos.

Capítulo 12

Sólo dormir

La cocinera había dejado mis pantalones y mi blusa doblados sobre una silla en mi habitación. Me alegré de tener una muda limpia. Tras una relajante ducha –¿habría sentido Shapur mi relax?– me arreglé para la fiesta, recogí mi cabello en una coleta baja y lo adorné con el hermoso pasador plateado; usé la barra de labios que tenía en el bolso y pellizqué mis mejillas suavemente a falta de colorete. El vestido me sentaba como un guante, estilizaba mi figura, realzando mi pecho –tenía un poco de relleno en las copas ocultas– y mis caderas.

Ahora me sentía nerviosa, ni siquiera sabía qué pintaba yo en aquella celebración. ¿Iban a pasearme como un monito de feria?

"Aquí está, es Dínorah, mirad, mirad la Hayupta, la legendaria marca de la profecía...".

Temía aquello, no quería ser el centro de atención de una reunión de no-muertos; eran imprevisibles y sobre todo se alimentaban de mi *especie*.

Alguien llamó a mi puerta.

–Pase –pedí, y Martin entró en mi dormitorio.

–Vaya, estás preciosa –me halagó el joven vampiro. Vestía un elegante traje gris y una camisa crema con corbata dorada que resaltaba sus ojos color café. Llevaba el cabello negro engominado como un antiguo actor de Hollywood.

–Tú sí que estás guapo, ¿de dónde has sacado el traje?

–La reina lo mandó comprar para mí, al parecer no era adecuada tu camiseta de los Stones –bromeó, y guardó silencio un segundo. Tenía que decirme algo y lo dudaba, no, definitivamente aún no controlaba su cara de póquer–. Anna, yo nunca he estado en una fiesta de adultos, de vampiros adultos...

–Bueno, yo tampoco, será nuestra primera vez.

–He oído hablar de varios tipos de fiestas y no sé de qué tipo será ésta. –Comenzaba a asustarme. Me llevó hasta el par de sillas junto a la ventana frente a mi cama, se sentó en una y yo a su lado–. De lo que sí estoy seguro es de que habrá sangre, mucha sangre, porque es de lo que nos alimentamos; ahora, lo que no sé es si habrá voluntarios, o se tratará de sangre extraída, preparada con anticoagulante...

–Martin, me estás asustando.

–No, no te asustes, nadie va a hacerte daño, y los reyes irlandeses tienen fama de mantener buenas relaciones con los humanos, o sea, que no tiene por qué haber ninguna muerte esta noche... –decía con delicadeza, gesticulando levemente mientras hablaba, tratando de calmarme, algo que parecía imposible en aquel preciso instante.

–Sigues asustándome.

–Sólo quiero que estés tranquila. No va a pasarte nada, pero no sé lo que verás, lo que veremos esta noche, y quiero que en la medida de lo posible estés preparada.

–¿Y no puedo quedarme en mi habitación? Se supone que tú eres mi rey, si tú me lo mandases... –pedía peras a un olmo que obviamente no estaba dispuesto a dármelas.

–Anna, esta fiesta la han dado para mí, para recabar apoyos para mi causa. Patrick White es mucho más poderoso que yo y los necesitaremos cuando regresemos a tomar el poder, por eso tienes que estar tú, La Dama de la Luz, o no tendré ninguna posibilidad. Soy David contra el gorila.

–Goliat, Martin, David contra Goliat –puntualicé recuperando mi antigua labor de profesora, y él emitió una risita entre dientes–. Y sabes que estoy contigo hasta el final.

–¿Nos vamos? –Me ofreció su menudo brazo.

–Claro que sí.

Bajé asida a su codo al salón principal. Por el camino encontramos a varios de los invitados y el joven heredero los saludó. Yo bajé mi rostro como de costumbre pero Martin me advirtió de que no debía hacerlo, ellos ahora sabían quién era yo –la profética Dínorah– y no tenía por qué mirar al suelo, podía enfrentarlos a los ojos.

El mayordomo abrió las puertas para nosotros y pasamos al amplio salón.

Para ser una celebración exclusiva –y nuestro asilo secreto– estaba bastante concurrida, había varios vampiros de ambos sexos, veinte quizá, repartidos por toda la estancia, con sus caras lánguidas y refinadas. Ellos elegantemente trajeados y ellas ataviadas con hermosos vestidos de fiesta –miré en derredor y respiré aliviada, ninguno era igual al mío: muy profética protectora y demás, pero mujer presumida al fin y al cabo–.

Varios camareros, vampiros, vestidos de etiqueta paseaban entre ellos ofreciendo plateadas bandejas en las que portaban elegantes copas de cóctel rebosantes de sangre escarlata. En mitad del salón parecía establecida la pista de baile, aún vacía; quizá los monarcas tendrían el derecho de inaugurarla, pero no era una experta en protocolo vampiro.

La música era lenta y melódica, procedía de un lateral del salón donde un virtuoso pianista acariciaba con sus dedos largos y finos las teclas de un majestuoso piano negro.

Los reyes permanecían al fondo, sentados en sus ostentosos tronos. William estaba de pie, a la derecha de la reina, vestido con un traje negro, perturbadoramente atractivo como era habitual en él.

Tammy Shue, ataviada con un sostén metálico y una minifalda argentina, parecía más una adolescente a punto de salir de marcha que una monarca vampira. Susurró algo al Sir inglés al oído.

Respiré aliviada, ningún cadáver, ninguna escena sangrienta, al menos por el momento, pues la fiesta acababa de comenzar. William caminó hasta mí y me advirtió de que su reina me requería. Entonces, mientras me dirigía hacia los anfitriones, me percaté de que los ojos de todos, absolutamente de todos los no-muertos de la sala, estaban fijos en mí.

–Buenas noches –proclamó en voz alta el rey cuando llegué su lado, incorporándose en su trono. En ese momento la música se detuvo, y el pianista reposó sus brazos sobre los muslos–. Sed bienvenidos a mi casa, ya sabéis el motivo de esta reunión y aquí está la prueba de por qué debemos apoyar al príncipe Robinson.

Llega el momento mono-de-feria, pensé, pero lo haría, lo haría por Martin, y porque dada la situación no tenía demasiadas opciones.

–Dínorah, muestra tu identidad –dijo el rey Lynch, como si fuese a convertirme en el mismísimo Ave Fénix ante todos ellos.

Desnudé mi nuca y percibí docenas de ojos sobre ella. Hubo algunas exclamaciones, pocas, dado que los no-muertos no son muy propensos a mostrar emociones, sin embargo parecían conmocionados ante el descubrimiento. Tras unos segundos cubrí de nuevo mi cuello, incómoda, violentada, caminando de regreso junto a Martin.

–Ahora, puede comenzar la fiesta –anunció la reina Tammy, feliz, con su vocecita de muñeca de cuento, y la música se reanudó–. Que pasen los voluntarios.

Una de las puertas laterales se abrió y comenzaron a entrar humanos en la habitación, hombres y mujeres, todos jóvenes, también elegantemente vestidos, que caminaban sonrientes. ¿Voluntarios?, ¿voluntarios para ser alimento de vampiro? No podía creerlo.

Conversaban entre ellos, como si esperasen a ser invitados para poder dirigirse a los no-muertos. Distinguí a Alanis, que llevaba puesto un minivestido rosa chicle de lentejuelas, estaba realmente hermosa. Se detuvieron junto a una larga mesa sobre la que había varias bandejas con canapés. Uhm, comida, pensé.

Entonces varios no-muertos se acercaron a la mesa e invitaron a bailar a alguno de los humanos.

–¿Te importa que saque a bailar a alguien? –me preguntó Martin.

–No, no. Claro que no, ve –dije, y me quedé sola, como la una.

El vampiro adolescente ofreció su compañía a una muchacha morena, muy menuda, que vestía un traje por las rodillas de color naranja intenso, y comenzaron a bailar.

Yo estaba demasiado intimidada para relajarme, sentía una gran tensión en todos los músculos de mi cuerpo, y los tendones de mis manos se encogían dolorosamente, por lo que tuve que concentrarme en relajar los puños, que apretaba de modo inconsciente. Pensar qué se esperaba de mí en aquella fiesta, hasta qué punto era importante para *ellos* que continuase con vida, estar rodeada de todos aquellos vampiros con el miedo constante a hacer algo que les molestase y convertirme en un suculento aperitivo, no ayudaba demasiado.

Busqué a Shapur con la mirada, probablemente el guerrero se sentiría tan incómodo como yo entre tanto *glamour.* Lo distinguí en la distancia, acompañado de chupasangres femeninas y también de algunas humanas, nuevamente la fama precedía al atlético legionario persa, que parecía un actor famoso rodeado de fans. Resoplé agobiada, era la única que se sentía fuera de lugar.

–¿Bailamos? –preguntó William a mi espalda, surgido de la nada.

–¿Te lo permite tu ama y señora? –me mofé.

–Vamos, no seas así, baila conmigo –rogaba con su dulce voz. Cómo resistirme.

–No sé bailar esto, creo que no sabrían ni mis abuelos...

–Yo te guiaré –ofreció con su amplia sonrisa de anuncio de dentífrico y un brillo de emoción en los ojos azules. Llevaba el cabello suelto y su traje negro hacía resplandecer su piel de nácar–. Es *Claro de Luna,* de Beethoven –reveló, y el nombre de aquella sonata quedó grabado a fuego en mi mente, para siempre.

Lo seguí hasta la pista. Él rodeó mi cintura delicadamente con su brazo izquierdo, colocó mi mano derecha sobre su hombro y tomó la izquierda con la suya. Comenzamos a bailar lentamente. William hacía que pareciese sencillo. Acomodé mi cabeza sobre su pecho de hielo, respirando el delicioso e incomparable aroma de su cuerpo y que tantos recuerdos traía a mi mente, y me dejé llevar.

Su mejilla acariciaba mi frente suavemente y mi pulso se aceleró al roce de su piel marfileña. Él podía oír cómo se apremiaban los latidos de mi corazón a su contacto y apretó sus labios árticos contra mi frente en un beso fugaz. Cerré los ojos y, envuelta por la maravillosa melodía, me permití soñar con que no estábamos allí, sino muy lejos, a solas, en cualquier otro lugar del mundo en el que la luna brillase bien alta. No importaba que no volviese a ver el sol, no importaba si tenía que renunciar a una vida corriente; solos él y yo, para siempre. Si William era capaz de entregarse a mí por completo, sin mentiras, sin secretos, yo estaba dispuesta a abandonarlo todo por él sin mirar atrás.

Danzamos envueltos en una burbuja carente de tiempo y espacio en la que no había nada más que su cuerpo y el mío mecidos al compás de la música. Pero la pieza terminó, devolviéndome bruscamente a la realidad, y al abrir los ojos descubrí cómo había aumentado la cantidad de parejas en la pista y que nos movíamos entre ellos. Sus manos estaban ahora tibias por la emoción.

El pianista retomó su labor con una nueva melodía pero la magia había terminado para mí.

–Estás tan hermosa. –Oí retumbar la voz en su torso.

–Gracias.

–No puedo creer que te tuviese y te dejase escapar –lamentó apoyando el firme mentón sobre mi cabeza, y besó mi cabello con dulzura–. Anna, te amo. Lo daría todo por que me perdonases y volvieses a ser mi mujer. –Su mujer, aquellas palabras me estremecieron, me aparté de su pecho y lo miré a los ojos–. Por volver a sentir el peso de tu cuerpo –susurró muy cerca, y su aliento helado acarició mi rostro, provocando rubor en mis mejillas.

–¿De veras, William?

–Sí.

–Pues ven conmigo al Caribe, déjalo todo por mí –rogué completamente en serio, decidida a perdonarle, a olvidarlo todo y comenzar de nuevo, a su lado.

Sus ojos se detuvieron en los míos, reflejando un tremendo pesar tras el iris azul.

–No puedo hacer eso –dijo al fin. Sus labios apenas se movieron pero le oí claramente. En ese momento, el sueño se desvaneció definitivamente.

–Entonces no hables de amor, William, no malgastes esa palabra y no vuelvas a decir que me amas porque no es cierto –aseguré dolorida, y lo abandoné en mitad de la pista de baile.

Sentí ganas de llorar, una fuerte opresión azotaba mi garganta tratando por todos los medios de empañar mis ojos. Furiosa, me contuve, no iba a demostrarle lo mucho que me hería su negativa.

Miré a mi alrededor molesta, no imaginaba cómo el resto de humanos podían parecer tan felices de estar rodeados por vampiros que anhelaban beber su sangre. Entregándose como trofeos a ellos, con la única ilusión de disfrutar el sexo con los seres sobrenaturales o que alguno se encariñase lo suficiente como para transformarlo. Pero esto no ocurriría nunca, los humanos tan sólo somos comida, me repetí. Sin embargo, William aseguraba que me amaba –e incluso llegó a parecer sincero–, pero su amor tenía restricciones, me amaba a su conveniencia, dentro de unos patrones que no incluían fugarse conmigo. ¿Qué clase de amor era ese?

Fui en busca de la mesa de los canapés y comencé a comerme uno, también bebí un sorbo de una copa de champán. El vampiro rubio había vuelto a su lugar al lado del trono, ahora vacío porque Tammy, la adolescente locuela, bailaba muy agarrada con mi nueva amiga Alanis, muy, muy agarrada, tanto que debía de estar clavando en su pecho toda la pedrería del sostén. Aun así, a ambas parecía no disgustarlas.

Martin continuaba embelesado con su pareja de danza, se lo estaba pasando bien, me alegré por él, lo merecía. Y Shapur, ataviado únicamente con su pantalón árabe abombado, mostrando sus bíceps, sus tríceps y el resto de músculos –para no decepcionar a los fans–, conversaba, copa de sangre en mano, con alguna de las humanas que lo rodeaban y le pedían que les mostrase sus tatuajes, o al menos eso suponía, pues no alcanzaba a oírlas desde el lado opuesto de la sala.

Me senté junto a la mesa y continué comiendo canapés y bebiendo champán. Los acontecimientos me habían enseñado que nada debía estropear mi apetito, ni siquiera que el vampiro del que estaba enamorada fuera un cobarde y el perrito faldero de una niñata con colmillos más vieja que la rueda. Yo lo observaba y él a mí, en la distancia. Una joven rubia se le acercó y comenzó a conversar con ella. ¡Por qué tenía que ser tan guapo!

Estaba realmente rabiosa.

La noche avanzaba y algunas de las parejas vampiro-voluntario comenzaron a abandonar el salón en dirección al pasillo lateral de habitaciones. Tarde o temprano, Shapur o William, o ambos, marcharían con alguno de los asistentes cuyo corazón aún latía y beberían su sangre, y entonces se despertaría el otro instinto que tan unido iba a la alimentación, el sexual, y yo no quería estar allí para verlo; no quería contemplarlos partir con alguna de aquellas jovencitas. Así que me levanté de mi sitio y caminé de regreso a mi habitación.

Me quité el vestido y me metí en la cama, sin pijama, sin sostén; tan sólo quería echarme a dormir lo antes posible y olvidarme de las palabras de William. Pero no lo conseguía, una y otra vez volvía a mi mente su voz suave, susurrante. ¿Por qué había tenido que decirme que me amaba? Probablemente entonces estaría bebiendo de la sangre de aquella rubia oxigenada de la fiesta mientras le hacía el amor, podría haber sido yo la que estuviese en su cama en lugar de la mía, que estaba helada. ¿Pero era eso lo que yo quería? ¿Quedarme enganchada de él? No, no quería eso, estaba segura.

Pasadas al menos dos horas y unas trescientas vueltas en la cama, me dormí.

Desperté sobresaltada percibiendo una presencia en mi habitación. Había alguien en mitad de las sombras. Inmóvil en el lecho, sentí miedo, mucho miedo.

–Tranquila, soy yo –dijo una voz grave. Su silueta apareció iluminada torpemente por las luces del alumbrado exterior del castillo que se colaban por la ventana. El robusto cuerpo del guerrero era tan sólo una sombra que caminaba hacia mí.

–Shapur, ¿qué haces aquí? ¿Le ha pasado algo a Martin? –dudé sobrecogida.

–No, Martin está bien. –Estaba de pie frente a mí y yo apenas podía distinguir las facciones de su rostro–. Quiero dormir contigo.

–¿Qué?

–Quiero dormir contigo, hasta el amanecer, sólo dormir, lo prometo.

–¿Qué? ¿Pero por qué? –balbuceé con la garganta convertida en un desierto.

–Lo necesito, sólo dormir –una pausa–. A no ser que tú quieras...

–No, no. Sólo dormir está bien. –Aún desconcertada me hice a un lado, y entonces recordé que tan sólo llevaba puestas mis bragas–. Por encima de la sábana.

–Está bien.

El guerrero se acomodó a mi lado en la cama, su cuerpo robusto descansaba junto a mí. Olía a canela y a menta, a raza, a hombre. Apoyó el mentón suavemente en mi hombro y pasó un brazo sobre mi cintura envuelta en las sábanas. Sentí su fornido cuerpo pegado al mío por encima de las coberteras, su piel estaba tibia, acababa de alimentarse. Notar el peso de otro cuerpo junto a mí en la cama me reconfortó. Me sentí segura bajo su brazo y volví a dormirme, plácidamente.

Capítulo 13

Dos puñaladas en un cartón

Alguien llamó a mi puerta. Miré a mi alrededor, había amanecido. El reloj de pulsera sobre la mesita de noche indicaba que eran las tres y media de la tarde; había dormido varias horas seguidas. Noté el hueco vacío de Shapur a mi lado.

–¿Quién es? –requerí en voz alta.

–Soy Alanis, ¿puedo pasar?

–Un segundo. –Busqué mi camiseta sobre la silla y me la puse–. Pasa.

–¿Cómo has dormido? –preguntó mi nueva amiga entrando en el cuarto. Vestía pantalones vaqueros y una blusa rosada–. ¿Acompañada?

–No, pero veo que tú sí. –Indiqué las marcas de mordidas en su cuello mientras cogía mis pantalones.

–Sí, a Tammy le gusta marcar su territorio, es una zorra muy apasionada –dijo restregando la menuda mano sobre las señales, como si pudiese borrarlas con su roce.

–Creí que te gustaba.

–Y me gusta, es genial en el sexo. Tú has tenido sexo con vampiros, ¿no?

–Con vampiro, con uno –admití avergonzada de contar mis intimidades. En cambio ella lo hacía con total naturalidad.

–Entonces sabes de lo que te hablo, son geniales en el sexo, geniales –repitió sonriendo ampliamente.

–¿Y a su marido no le molesta?

–No, ¿por qué? Él también se divirtió anoche –aseguró Alanis con una sonrisa, deleitándose con mi ingenuidad–. Su matrimonio es de conveniencia, como todos los de los chupasangres, ellos no saben lo que es necesitar a alguien a tu lado sino para obtener beneficio de él. Son socialmente independientes, como les gusta calificarse. Pero en realidad sólo son unos malditos solitarios que no se aguantan a sí mismos –dijo sin inmutarse ni modificar su continua sonrisa.

–Vaya, no es algo muy alentador.

–Bueno, simplemente es así... Haz el favor de ponerte un sujetador o me lanzaré sobre ti –bromeó, y yo reí ruborizada. Mis pezones se marcaban impetuosamente en la blusa blanca. Tengo poco pecho y a veces no uso sostén, pero aquella blusa era demasiado fina y estaba muy pegada a la piel–. Vístete y vamos a comer algo.

Bajamos a la cocina y nos dispusimos para un desayuno-almuerzo. Estábamos solas, así que tras registrar en los armarios preparé dos tortillas, zumo y tostadas. Alanis estaba agotada, su noche había sido intensa. Sentí la tentación de contarle que Shapur había dormido conmigo, sólo dormido, que se había comportado como un caballero, pero finalmente decidí no hacerlo, aún no sabía hasta qué punto podía confiar en ella. Tenía el cabello rubio algo revuelto y unas ojeras violáceas comenzaban a despuntar bajo los negros ojos, la pérdida de sangre, supuse.

–¿Sabes que os vais esta noche? –preguntó jactándose de disponer de más información que yo.

–No.

–Pues sí, Tammy tiene preparado tu pasaporte, lo vi sobre su escritorio. Ahora te llamas Sharon Stone –aseguró muy seria.

–No fastidies –repliqué. Ella rió divertida por mi reacción–. Es broma, ¿no?

–Te llamas María Ledesma y eres argentina.

–Ché, me lo habrán notado por mi asento –bromeé, y ella rió de nuevo. De pronto se puso seria. Se disponía a decirme algo, algo importante.

–En realidad no sé lo que te traes con Tammy y el resto de los chupasangres, y no lo quiero saber, pero eres una tía genial y debo advertirte de algo. Quiero que tengas muy claro que para ellos ningún humano es importante, ninguno, y en cuanto no les seas de utilidad te usarán como la escobilla del váter o te tirarán en cualquier cuneta, no te fíes. Diviértete con ellos, haz lo que tengas que hacer para ellos, pero apártate de su lado en cuanto puedas y no esperes su agradecimiento porque no lo habrá –afirmó convencida, apretando mi mano con la suya, pequeña, delicada, caliente–. Y cuídate, ¿vale? –me abrazó de un modo sincero y yo respondí a su abrazo, pero había una pregunta que me quemaba en los labios y que sentía que podía hacerle, precisamente a ella, una humana, una *voluntaria*.

–Alanis, si hay tantos humanos, tantos voluntarios –utilicé aquella palabra que había aprendido para describir a los siervos mortales de los vampiros, mientras ella me miraba atenta, expectante de mis palabras– que saben de su existencia, ¿cómo es que siguen en secreto, cómo es que no los descubren, que no los delatan? –Ella negó con la cabeza y temí que no desease responderme.

–Todos tenemos familia –dijo al fin, lapidaria–. ¿Sabes lo que es que arrasen, que masacren, que torturen del modo más cruel que existe a toda tu familia? Familias enteras borradas del mapa; madres, padres, hijos, sobrinos..., sin dejar el menor rastro. Si osas traicionarlos tu árbol genealógico sencillamente desaparecerá. –Aquella revelación me sobrecogió, la sola perspectiva me producía escalofríos. Ahora sabía qué podría sucederme en caso de traicionar sus expectativas–. Hay dos tipos de humanos trabajando para los vampiros: los voluntarios, como yo, cuyo fin es la conversión, y los siervos, que lo hacen por dinero y que habrán de pasar una *limpieza mental* al concluir su labor con éstos. Si alguno de ellos hablase, lo más mínimo, aunque fuese por imprudencia, pagarían de un modo indescriptible las consecuencias –aseguró encogiéndose de hombros, significando que aquello era algo completamente natural e inevitable, como si se tratara de morir por la fuerza de un huracán o de un terremoto–. Bueno, te voy a dar mi número, y si alguna vez me necesitas llámame, ¿vale? Te ayudaré en lo que sea –aseguró cambiando de tercio, mudando el semblante, recuperando la sonrisa.

–Gracias –dije, cuando en realidad pretendía decir glup.

–Calculo que tenemos más o menos la misma talla, así que te daré la ropa que tengo aquí en el castillo y mi maleta; no puedes viajar al fin del mundo sólo con un par de pantalones.

–No puedo aceptarla, Alanis.

–¿Estás loca? Tammy me comprará ropa nueva, a mí no me produce remordimientos gastar su dinero. La ropa es tuya y punto.

Volví a abrazarla. ¡Era tan agradable apretar el cuerpo de otra persona, de un ser vivo con un corazón latiendo dentro! Era cálido y sedante. Recuperada de las imágenes mentales que me había proporcionado la declaración de Alanis acerca de por qué nadie, absolutamente nadie, traicionaba a los vampiros, subimos a mi habitación y minutos después apareció con una maleta rígida tipo *trolley* de color pistacho.

La abrió ante mí, estaba repleta de prendas: pantalones, blusas, faldas e incluso un estuche de maquillaje. A pesar de que intenté decirle que no, sabía que necesitaba ropa; sólo tenía dos pantalones, un jersey, una blusa y, ah, bueno, un traje de fiesta color verde manzana. Agradecí su gesto y finalmente acepté las prendas, pero no el maquillaje, normalmente no me ponía más que un brillo de labios y algo de rímel, y podía llegar a convertirme en todo un Picasso si me atrevía con todos aquellos pinceles y sombras.

Alanis tenía que marcharse a casa. Nos despedimos en mi habitación con un efusivo abrazo –tres abrazos humanos en un día, todo un récord reciente– y volvió a repetirme que la llamase si necesitaba ayuda, pero yo me marcharía pronto de Belfast y no sabía cuánto tardaría en volver, si volvía.

Anochecía fuera, el sol desaparecía pronto entre las colinas que rodeaban la apacible ciudad. Decidí darme una ducha y me relajé bajo la alcachofa, disfrutando del agua caliente durante un buen rato. Salí envuelta en la toalla del baño y de repente encontré a Martin echado sobre mi cama, con la mente puesta en cualquier otro lugar.

–¿Es que nadie tiene la costumbre de pedir permiso para entrar en mi cuarto? –protesté.

Pero él ni se inmutó. Regresé al baño con mi ropa y me vestí, utilicé mis vaqueros y uno de los suéteres que Alanis me había regalado, de lana fina color cereza. Recordé entonces, sin saber por qué, mi abrigo de pana beige con lana de oveja por el interior, regalo de mi madre en mi último cumpleaños; había ardido en el incendio de la mansión con el resto de mis pertenencias, incluido mi portátil, por lo que ya nunca más podría disfrutar del calor que me proporcionaba al ponérmelo.

–¿Qué tal, Martin? –pregunté al joven vampiro, que continuaba recostado en mi cama, esperándome.

–Anoche perdí la virginidad –soltó así, a bocajarro, sin anestesia ni nada. Yo me senté en la silla junto a la ventana, mejor dicho, caí desplomada en ella.

–¿Ah?

–Tengo que contárselo a alguien –dijo con una sonrisa de bobo en los labios.

–Pues cuéntaselo a Shapur.

–¿Bromeas? No tengo tanta confianza con él y es demasiado severo –protestó, con aire serio ante la perspectiva.

–Pues a William.

–¿A un amigo de mis padres? ¿Estás loca?

–¿Y a mí sí por...?

–Eres lo más parecido a una amiga, de hecho eres mi única amiga –dijo mirándome con ojitos de cordero degollado, sentándose a los pies de la cama frente a mí, con las piernas entrecruzadas por los tobillos.

–Está bien, desembucha. –Me resigné, cogiendo el cepillo para peinarme.

–Se llama Colinne, tiene diecinueve años, es de Edimburgo y su cuerpo es precioso... tiene unos pechos... –me relataba gesticulando con las manos frente a su pecho, como si aún tomase medidas.

–Sin detalles, Martin, sin detalles –le detuve.

–En fin, era preciosa y no paraba de pedirme que bebiese de ella, no era su primera vez, por supuesto, y yo temía hacer algo mal, pero cuando la mordí en el cuello... cuando bebí su sangre, podía sentir los latidos de su corazón palpitando en mi boca, recorriendo mi cuerpo –rememoraba con los ojos cerrados, excitado, hasta que sus colmillos surgieron levemente y entonces, avergonzado, detuvo su relato durante unos segundos–. No tiene nada que ver con la sangre envasada ni con la sangre de animal; no sé por qué mi padre nos hizo alimentarnos de ella durante años. Su sangre era deliciosa.

–Martin Robinson, dime ahora mismo que esa chica sigue viva –exigí amenazándole con mi cepillo, era un cepillo de madera de roble natural, casi podía catalogarse como arma arrojadiza.

–Sí, sí, sigue viva –aclaró molesto por la interrupción, yo respiré aliviada–. Claro que sigue viva. Bebí algo más de la cuenta, aún tengo que tomar la medida, y estaba un poco débil, pero la dejé viva. –Ya se disponía a salir de mi habitación, esbozando una amplia sonrisa–. Oh, Anna, fue maravilloso.

–Me alegro mucho.

–Cuando regresemos la buscaré.

–Muy bien –dije, aunque en realidad pensaba: "Seguro que sí".

–Bueno, te espero en el despacho de la reina, quiere hablar con nosotros. Aquí tienes dinero para el viaje, nos vamos esta noche. –Salió de la habitación dejando varios billetes sobre el tocador y la puerta abierta, y segundos después creí notar que había vuelto.

–¿Qué se te ha olvidado contarme? ¿Que llevaba ingles brasileñas? –requerí exasperada.

–¿Qué? ¿Quién? –preguntó William desde el umbral, con el semblante muy serio, observando, sin entender nada, cómo me ruborizaba–. ¿Puedo pasar?

–Creía que eras Martin. Sí, claro, pasa.

–Necesito que hablemos –dijo, cerrando tras de sí. Se acercó hasta mí y yo me levanté dejando el cepillo en la silla.

–Creo que anoche quedó todo claro. –No iba a ablandarme con una caída de ojos, ni con una ni con cien.

–No, no es de *nosotros* de lo que quiero hablarte. –¿Nosotros? Aquella palabra me sobrecogió.

–Di entonces.

–Anna, la reina me ha pedido que... –dudaba, y comencé a preocuparme. Se peinó hacia atrás su cabello dorado con los dedos y resopló levemente. Sus ojos de mar permanecían fijos en los míos, y reflejaban temor–, me ha pedido que investigue a tu familia.

–¿Queeeé? ¿Pero qué quiere saber esa zorra de mi familia? –exclamé enojada, furiosa, colérica.

–Sólo quiere saber dónde nació Dínorah, de dónde procedes. –Puso las palmas de sus manos frente a mí, pidiéndome que me tranquilizase, pero yo no estaba por la labor, echaba chispas–. Sólo quiere conocer tus orígenes.

–Pues va a ser complicado porque soy adoptada y no sé quiénes son mis padres biológicos, y jamás tuve el menor interés en buscarlos ni en conocerlos, supongo que porque ellos me dejaron en una cesta frente a la puerta de unas monjas cuando sólo tenía unos pocos días de vida y no supe nada de ellos, nunca. Díselo y que deje en paz a mi familia, que bastante están sufriendo ya pensando que estoy muerta –pedí, y William bajó la mirada hasta el suelo; mala señal.

–Eso no la detendrá, sólo hará el trabajo más complicado –lamentó, apretando los finos labios en un mohín de disgusto.

–Escúchame, William, puedes decirle a ese putón que como se atreva a incomodar lo más mínimo, lo más mínimo, ¿me oyes?, a mi familia, volveré y le clavaré un poste de teléfonos en mitad de su maldito pecho –espeté furibunda–. Juro que lo haré.

–Y sé que eres muy capaz –afirmó con una sonrisa de resignación enternecedora–. Pero ella no debe saber que te he contado esto, es una misión secreta, no imaginas el riesgo que corro al decírtelo, si se entera me consideraría un traidor y sería castigado. Además enviaría a otro siervo a en mi lugar. Lo que sí te prometo es que seré todo lo cuidadoso posible, no me haré notar y le conseguiré la información sin que tu familia perciba que los he investigado –decía con calma, con su flema británica habitual.

–Eso espero, por tu propio bien, William; ellos son lo único que tengo en este mundo. –El vampiro rubio se acercó a mí y tomó mi mano, apretándola delicadamente.

–Lo sé. Ojalá también pudieses contar conmigo –musitó, casi en un susurro.

–Ojalá –respondí soltando su mano ártica–. Tengo que marcharme, me espera tu querida entrometida-investiga-familias.

Alcancé el despacho de la reina e hice un terrible esfuerzo por sosegarme ante su puerta. Respiré hondo, aire dentro, aire fuera, una y otra vez.

Entré en la habitación. La reina estaba sentada frente a mí en su escritorio, vestida tan discretamente como de costumbre, con uno de sus corpiños apretados, suerte que no necesitaba respirar. Junto a ella estaba Martin, que me sonrió, y entonces me lancé por encima de la mesa y le tiré del cabello hasta arrancarle mechones con mis propias manos, y le arañé toda la cara.

No. No es cierto, pero pensé hacerlo.

Agradecía el riesgo corrido por William al advertirme de sus planes y pensé en el daño que podría ocasionarle si le descubría. Además, aunque pareciese una quinceañera frágil e inocente, Tammy Shue era una vampira, antiquísima suponía, y podría rebanarme la yugular en cuestión de segundos, y yo no necesitaba eso. Necesitaba mi yugular intacta para afrontar todo lo que se me venía encima.

–Buenas noches, Dínorah –me saludó sonriente. Su rostro perlado era la viva imagen de la inocencia. Sin duda fingía mejor que yo.

–Buenas.

–Siéntate –pidió.

–Estoy mejor de pie.

–Siéntate –exigió. Me senté y pareció complacida. Estrechó su mirada rasgada y sus ojos parecieron dos puñaladas en un cartón. Si al menos tuviese una estaca...–. Toma, tu nuevo pasaporte. Ahora te llamas María Ledesma y eres...

–Argentina –se me escapó, y ella pareció completamente sorprendida, pues aún no había abierto el documento para mostrármelo–. Supongo, Ledesma es un apellido común en argentina –argumenté como si acabase de descubrir América ante sus ojos. Ella dudó. No se quedó muy convencida.

–Eres buena –concluyó, y me mostró el documento–. Hemos utilizado la fotografía de tu currículum de la base de datos de la empresa de trabajo temporal que te contrató para los Robinson. –Ellos sí eran buenos–. Viajarás para repatriar los cadáveres de tu hermano y de tu padre difuntos, muertos en accidente de tráfico. Ellos irán en ataúdes sellados para evitar riesgos. Aquí están sus órdenes de repatriación. –Realmente buenos. Me entregó una pequeña carpeta de plástico con todas las credenciales–. Es todo, salís en diez minutos hacia el aeropuerto por la entrada trasera del castillo.

Abandoné el despacho dejándola con Martin. Y cuando recogía mi maleta Shapur se asomó a la puerta de mi habitación.

–¿Dónde estabas? Ya nos vamos.

–Alimentándome, será un viaje largo –dijo. Sus inexpresivos ojos de fuego me miraban sin un ápice de complicidad, como si no hubiese pasado la noche abrazado a mí en la cama. ¿Lo habría soñado? No, estaba segura de que no había sido un sueño, ¿o sí?–. ¿Y esa ropa?

–Una donación, estoy muy necesitada –bromeé, pero él no hizo gesto alguno y desapareció por el pasillo–. Adiós –dije a su sombra.

Bajé la *trolley* rodando por las escaleras y acudí a reunirme con mis compañeros de viaje en la puerta trasera. Había dos negros ataúdes de madera cerrados sobre el suelo. Nada más (y nada menos).

–Están dentro –advirtió Tammy Shue, que, acompañada de su rey, había aparecido a mi lado, veloz como un pensamiento.

–Ya vienen los coches fúnebres –me informó el monarca, y pensé en lo cómico de la escena. Yo, que estaba oficialmente muerta, iba a viajar con dos ataúdes en los que se suponía había dos cadáveres, muy vivos por otra parte, y nos trasladaríamos en coches fúnebres hasta el aeropuerto. ¿Qué era aquello? ¿*Pesadilla antes de Navidad*?

Los vehículos aparcaron frente a la puerta trasera y los operarios de la funeraria caminaron hacia el interior en busca de los difuntos acompañados por el mayordomo.

–Buenas noches –me saludó un caballero bajito y rechoncho–. Lamento su pérdida.

–Gracias –respondí a su pésame.

Subieron los féretros a los coches. Fingí ser una abatida familiar de difunto, me despedí de los monarcas irlandeses con un leve gesto de mano y me introduje en uno de los vehículos. Había comenzado a llover, las gotas de lluvia caían sin cesar sobre la luna delantera que presurosos las retiraban los limpiaparabrisas.

Busqué a William mientras nos marchábamos, en alguna ventana, en algún rincón escondido para despedirme, pero no lo vi. Y aunque él estaba ahí, observándome entre las cortinas de una de las habitaciones superiores del castillo mientras me marchaba colina abajo en un coche fúnebre, una lágrima resbaló por mi mejilla al no verlo, al saber que me marchaba sin despedida.

–¿Eran familiares cercanos? –preguntó el chófer al verme llorar.

–Mi hermano y mi padre –mentí, y las lágrimas comenzaron a surgir de mis ojos a borbotones. Era incapaz de detenerlas a pesar de que las limpiaba rápidamente con la manga del jersey. La situación dio al menos credibilidad a mi papel.

–Lo lamento mucho –dijo el caballero rechoncho, y no se molestó en darme conversación el resto del trayecto. Lo agradecí.

El viaje fue muy corto, apenas duró diez minutos hasta el aeropuerto. El chófer me pidió la documentación, y al verme tan afectada decidió hacer su buena acción del día y gestionar todos los papeles por mí.

De pronto, un miedo terrible me envolvió. ¿Y si esa mala pécora de la reina irlandesa me la había jugado y los ataúdes estaban vacíos? ¿Y si Martin y Shapur iban dentro estacados? No, ¿por qué querría ella hacer eso?, ¿por qué afrentar a La Dama de la Luz con algo así?

Capítulo 14

Aixa, reina de Centroamérica

El Belfast City Airport era un aeropuerto pequeño, con una única pista de aterrizaje que echaba humo: un vuelo tras otro despegaban y aterrizaban continuamente en ella. Repasé mi plan de viaje. Haríamos una escala de una hora en París –oh, París, cómo me habría gustado visitar aquella ciudad en otras circunstancias– y desde allí, vuelo directo a Santo Domingo. Nueve horas de viaje; tan sólo esperaba que la compañía aérea no extraviase mi peculiar *equipaje*.

Caminé por el control de seguridad y mostré mi tarjeta de embarque al policía y mi pasaporte como María Ledesma. Temblaba de miedo en mi interior, pero aquella que aparecía en la foto era yo y el agente me permitió el paso. El carrito pasó el examen del equipaje de mano y caminé directamente hacia la puerta de embarque.

A través de las amplias cristaleras de la sala de espera observé cómo subían los dos ataúdes en la zona de carga del avión, seguidos de multitud de maletas. Entonces la azafata abrió el mostrador de embarque y todos los pasajeros, medio centenar, nos pusimos en fila. Una vez en la aeronave, donde se disponían dos hileras de tres sillones con un pasillo central, comprobé que mi asiento, 11C según mi billete, era de pasillo, lo que agradecí, pues así no tendría que molestar a nadie si necesitaba ir al baño.

Era la segunda vez que viajaba en avión, la primera fue para trabajar en casa de los Robinson. Pensé en mi familia; mi madre me había despedido emocionada en el aeropuerto de Jerez: "Cuídate mucho", me pidió, mientras que mi padre, fingiendo firmeza como siempre, me había dado un beso en la frente y me había dicho: "Sólo son unos meses, ya mismo estás aquí".

Cuánto los echaba de menos, cuánto desearía poder telefonearles y decirles que estaba bien: no alcanzaba a imaginar su dolor al creer que me habían perdido para siempre. Pero si lo hacía podría ponerles en peligro.

Comencé a llorar.

Estábamos en pleno vuelo. No hubiese querido hacerlo, llorar en público, pero últimamente no podía evitarlo. Lloré y lloré y mis compañeros de asiento, un joven matrimonio que viajaba hacia su luna de miel, llamaron a la azafata.

–Le he preguntado qué le pasa y no me contesta, no sé si es que no me entiende, pero no para de llorar –explicaba la mujer a la auxiliar de vuelo.

–La señorita Ledesma viaja para repatriar los cadáveres de su padre y su hermano –dijo la azafata con un brillo de compasión en los ojos.

–Lo lamento –expresó la recién casada. Ciertamente yo no era la mejor compañía para una pareja en luna de miel.

–Acompáñeme –me pidió la azafata. Me levanté del asiento, caminamos por el pasillo y cruzamos una cortina–. Aquí estará más tranquila –afirmó, ofreciéndome uno de los amplios asientos de primera clase. Me senté y dormí la hora y cuarenta minutos de vuelo.

Una vez en el aeropuerto francés Charles de Gaulle, tras superar un nuevo control policial, disponía de una hora antes de tomar el avión a Santo Domingo. Eran las diez y media.

Martin me había dado doscientas libras para el viaje –me preguntaba cuánto dinero guardaría en su pequeña bolsa–, pero en París, al igual que en el resto de Europa, la moneda circulante era el euro, con lo cual busqué una oficina de cambio y canjeé todo el dinero, el suyo y el que aún me quedaba del mío.

Busqué mi nueva puerta de embarque y pasé ya con mucho menos miedo el control. Durante la espera para embarcar compré un par de bocadillos y me senté a tomar un café. Estaba sola, en mitad de un aeropuerto francés, rumbo a un país desconocido y sin la menor idea de lo que me esperaba allí o lo que me depararía mi propio futuro, y sin embargo no podía dejar de pensar en William. El aroma del café lo traía a mi mente de un modo irremediable.

¿Tendría que dejar de tomar café? ¿O podría hacerlo de nuevo algún día sin pensar en el vampiro de ojos azules?

Demasiado corto el tiempo de la felicidad y tan largo se aventuraba el del olvido.

Cómo podía ser tan cobarde de no abandonarlo todo por mí, de quedarse allí pegado a las faldas de su reina. Por otro lado, corrió el riesgo de advertirme sobre las intenciones de ésta de investigar a mi familia. Desde luego estaba segura de algo: prefería a William cerca de mi familia en lugar de cualquier otro no-muerto.

Saboreé el delicioso café y caminé hasta la puerta de acceso. Comenzaba a haber movimiento.

A las once y media exactamente despegó el avión. Era un aparato mayor y relativamente menos concurrido, había un centenar de personas en un avión con capacidad para trescientas. Esta vez estaba sola en mi fila, así que ocupé el asiento de la ventanilla. Después de degustar el anodino catering reposé mi cabeza sobre el fuselaje y me dormí nuevamente.

Desperté pasadas seis horas de vuelo, descansada pero con el cuello y los riñones doloridos. Entonces decidí prestar atención a la película que comenzaba en las pantallas frente a nuestras cabezas: *Match Point*, de Woody Allen. No la había visto, así que la disfruté bastante.

Por fin aterrizamos, y acababa aquel viaje que parecía interminable.

Al asomar por la puerta de la aeronave el aire dominicano llenó mis pulmones y sentí como si respirase dentro de un invernadero. La humedad era del noventa y tres por ciento, había dicho el sobrecargo durante el aterrizaje; no imaginaba que literalmente podría respirar el agua en el aire.

El aeropuerto de Las Américas estaba construido al estilo indígena. Tres gigantescos chamizos de madera con tejado de brezo conformaban la sala de recogida de equipajes iluminados por potentes focos halógenos. La mayoría de pasajeros fueron hacia éstos, yo continué mi camino hasta la salida, acompañada por un auxiliar de tierra para buscar el vehículo en el que serían trasladados los féretros. Recé para que un coche fúnebre estuviese fuera esperándome, pero al cruzar las puertas no vi ningún vehículo de ese tipo y comencé a preocuparme.

–Se supone que el coche debería estar aquí –dije al asistente, que se impacientaba.

Entonces un joven mulato caminó hacia mí de entre los vehículos del parking.

–¿Señorita Ledesma? –preguntó en español, y me alegró volver a oír mi lengua nativa.

–Sí.

–Soy Joshua, vengo a recogerla, a usted y a los difuntos –matizó con su dulzón acento caribeño. Era un palmo más alto que yo, tenía el pelo corto muy rizado y los ojos verdes extremadamente claros, verdeagua. No era demasiado corpulento–. Tengo el coche ahí aparcado.

Indicó el estacionamiento, donde esperaba una enorme furgoneta frigorífica, de las utilizadas por las funerarias. Joshua marchó con el auxiliar de tierra en busca de los féretros y minutos después me recogía en la salida del aeropuerto.

–¿Cómo ha tenido el vuelo? –Arrancó y comenzó nuestro viaje hacia el palacio de Aixa, la reina vampira de Centroamérica.

–Bien, bueno, estoy agotada –mascullé, recolocándome en el nuevo asiento. Tenía realmente el cuerpo entumecido.

–Es normal, son muchas horas de vuelo. Cuando lleguemos al palacio de Pedernales podrá descansar –dijo amable el joven, concentrado en su conducción.

–¿Qué hora es? Debo ajustar mi reloj.

–Son las dos y media de la madrugada –me dijo indicando el reloj del salpicadero.

–¿Y a qué hora amanece?

–A las seis, aproximadamente. Tardaremos una hora en llegar a palacio –me informó.

–¿Otra hora? –Era sin duda un viaje interminable, in-terminable–. Tengo el culo cuadrado.

–¿Es española?

–No, soy argentina.

–No tiene acento argentino –observó, plegando como un acordeón de arrugas su frente–. Ups –pensé.

–Mi padre era argentino, mi madre española y yo me he criado en España –mentí, y a él le bastó la explicación. Probablemente estaba instruido en no preguntar más de la cuenta.

–Eso explica lo del *culo*.

–¿Lo del culo? ¿Qué le pasa a mi culo? –pregunté, y él rió divertido. Al reírse le aparecían unos hoyuelos en las mejillas; era realmente mono, aunque no era mi tipo.

–Aquí la palabra *culo* es bastante obscena, sin embargo ustedes la usan de lo más normal –explicaba sonriente.

–Pues sí, la verdad es que sí. Gracias por advertírmelo.

–Sus acompañantes deben de estar deseando salir, pero no es seguro hacerlo hasta que lleguemos a palacio –con aquella frase despejó mis dudas. No sabía si conocía la naturaleza de mis compañeros de viaje. Ahora sí.

Joshua conducía veloz y la mayor parte del tiempo por el centro de la carretera, pues no había circulación en sentido contrario, no al menos a aquellas horas. Luego comprobaría que era habitual en el país invadir el sentido opuesto.

Cuando alcanzamos la enorme verja de entrada del palacio –yo pensaba que no podían dolerme más los riñones–, unos fornidos guardias, vampiros, la abrieron para nosotros. Había más rodeando el perímetro en garitas de vigilancia, con sendas ametralladoras en sus manos. La reina se protegía bien.

La carretera privada se alargaba, flanqueada por lo que parecían viviendas independientes, todas idénticas, hasta el palacio de Pernales. Era una edificación señorial de dos pisos, de al menos seiscientos metros cuadrados de planta horizontal, con una fachada de color crema con molduras blancas y balconada superior e inferior con baranda de hierro, sujeta por redondas columnas de mármol, a la que se orientaban puertas y ventanas de madera. Una escalinata, también de mármol, proporcionaba el acceso a la majestuosa puerta de entrada, coronada por un arco de medio punto de colorida vidriera.

La mansión de la reina se encontraba dentro de un recinto cercado, rodeada de dos mil metros cuadrados de jardines, playa privada, campo de béisbol –el deporte nacional, según me explicó Joshua– y alrededor de ésta se dispersaba la multitud de villas que había observado antes y en las que residían los empleados e invitados vampiros de la monarca.

Una vez detenidos frente a la entrada, el joven mulato abrió las puertas traseras de la furgoneta. Lo acompañé; el frío de la caja se había apagado. Otro sirviente acudió a ayudarlo, y entre ambos tiraron de uno de los ataúdes, colocados en posición horizontal, y lo depositaron en el suelo.

Crucé los dedos.

Joshua sacó una navaja de su bolsillo y cortó el adhesivo que sellaba el cofre. Segundos después tiró de la tapa y éste se abrió.

–Buenas noches, Joshua –saludó el guerrero legendario en español (¿Shapur hablaba español?, y ¿por qué no lo había utilizado hasta entonces?), mientras abría los ojos lentamente, normal después de tantas horas de oscuridad. Respiré aliviada, estaba bien.

–Buenas noches, señor Shapur, me alegro de verlo. La reina Aixa los espera.

Posteriormente fue Martin quien apareció al abrirse el segundo féretro. Él también se encontraba bien; puede que al final Tammy no fuese tan mala pécora.

Pero investigaba a mi familia, así que sí lo era, una auténtica pécora.

Ascendimos la escalinata hacia el interior del palacio. Joshua tomó cortés mi *trolley* y precedidos por él entramos. Una muchacha de piel color café con leche, uniformada con cofia y delantal, nos esperaba –cuánto les gustan a estos chupasangres los uniformes clásicos, pensé–. Sonrió ampliamente al descubrir a Shapur sano y salvo, de regreso, pero sin mirarlo a los ojos, por respeto, respeto vampiro.

–Buenas noches, señor Shapur, qué alegría tenerlo de vuelta.

–Gracias, Aurora –respondió el guerrero sin emoción.

–Aurora, encárgate de que la maleta de la señorita María llegue hasta la villa que su majestad le ha otorgado –pidió Joshua, y la joven se marchó con mi equipaje.

La reina Aixa nos esperaba en un pequeño salón, sentada en un vistoso sofá violeta. Debía de tener unos veintipocos cuando murió y aún conservaba su belleza mestiza. Su piel tenía el color del azúcar de caña y sus ojos eran turquesa brillante, en absoluto concebibles para un humano. Tenía una larga cabellera negra ondulada, un cuerpo bien contorneado y unos pechos que se adivinaban voluptuosos bajo una vaporosa blusa de gasa blanca.

A su lado permanecía una adolescente de cabello rizado, con la piel ligeramente más clara y los ojos más grandes que las manos, negros, profundos. También estaba Oswald, el vampiro repeinado que había conocido en Lastheaven.

Caminamos hacia ellos, Shapur, a la cabeza, hizo una reverencia al alcanzar a su reina, que Martin y yo imitamos; luego besó su anillo –una hermosa sortija plateada con una esmeralda inmensa– en señal de sumisión.

–Me alegra tenerte de vuelta, Shapur –dijo la reina, y pareció sincera. Su voz era serena como un susurro.

–A mí me alegra estar de vuelta majestad, princesa Layla, Oswald...

–Buenas noches, Martin Robinson, bienvenido a mi hogar, que ahora será el tuyo –proclamó la reina, observándonos fijamente.

–Gracias, majestad –respondió Martin, embelesado en la contemplación de nuestra interlocutora. Su belleza era realmente cautivadora y el adolescente la contemplaba seducido.

–Y tú debes de ser Dínorah –conjeturó ladeando la cabeza con elegancia sobrenatural, meciendo la larga cabellera azabache.

–Así es... majestad. –Todos acababan su frase con *majestad*, y yo no iba a ser menos educada. Donde fueres haz lo que vieres, me había dicho siempre mi padre.

–Muestra tu marca –pidió imperiosamente Oswald, deseando probar cuanto antes la veracidad de la información que había entregado a su regente.

Nuevamente pedí permiso con la mirada a *mi rey* y él lo otorgó. Retiré el cabello de mi nuca y ofrecí otra sesión de la ya popular película *Aquí está la Hayupta, la marca sagrada.*

–Ah, fabuloso –exclamó Aixa, complacida y curvando sus voluminosos labios en una sonrisa capaz de derretir el corazón más férreo–. Era mi honesta intención ayudar al príncipe Martin Robinson, más allá del previo acuerdo con mi estimado amigo Charles Robinson de que nuestros herederos contraigan matrimonio –¿casarse, Martin?, ¡si tan sólo tenía quince años!, ¡y aquella chiquilla tampoco tendría muchos más¡–, pero ahora que a buena cuenta sé que será el monarca citado en la profecía, mayor aún es mi gozo de prestarle mi total apoyo y servicio –proclamaba con sus vocablos de película antigua–. Shapur, puedes retirarte, tu misión ha concluido, tomarás vacaciones desde hoy. Ahora será Oswald el encargado de velar por Martin Robinson, así como de prepararlo para el ascenso al trono que deberá ocupar.

Miré a Shapur con miedo, no sabía qué significaba aquello. ¿Se marcharía? ¿Lejos?

El guerrero dio media vuelta y caminó sobre sus pasos hasta la puerta. Me dedicó una mirada de soslayo al pasar junto a mí. Lo observé partir disgustada.

–Dínorah, debéis de estar cansada por el largo viaje. Joshua os acompañará a la villa, que he solicitado sea acondicionada para vos.

–¿Y Martin? –pregunté, y el ambiente se tensó un instante. Pareció que lo hubiese insultado al tutearlo, y reaccioné rápidamente–. ¿Dónde se alojará el príncipe Martin?

–Veo que es verdadera su dedicación por mi futuro yerno. –Reconoció la reina con sutil entusiasmo, relajando el clima de la habitación–. El príncipe, que también debe de estar agotado y sediento, se alojará aquí, en palacio; no ha de temer por su seguridad y confort, nos encargaremos de ello. Además, es usted libre de permanecer a su lado todo el tiempo que lo desee, así como lo es él de visitarla en su villa, si así lo cree oportuno.

No había posibilidad de oponerse, por lo que me limité a seguir sus indicaciones.

La villa era una pequeña edificación de ladrillo con tejado de brezo tejido, bien equipada, como un apartamento vacacional. Disponía de un pequeño porche delantero con sillón de listones, un salón pequeño de mobiliario colonial en color wengué, una cocina diminuta con nevera y un dormitorio, cuya cama *queen size*, con estructura de madera y dosel mosquitera, ocupaba prácticamente todo el espacio, y un amplio baño en cuya ducha me sumergí en cuanto Joshua se marchó.

No tenía sueño, pues había dormido bastante durante el viaje interminable, pero sí me dolía todo el cuerpo por la cantidad de horas que había permanecido sentada en la misma posición. Me vestí con una camiseta y me tumbé sobre la amplia cama, conectando el televisor para distraerme.

Alguien llamó a mi puerta, el corazón me dio un vuelco.

–¿Quién es? –pregunté incorporándome.

–Soy Martin –reconocí su vocecilla adolescente. Sí que había tardado poco en echarme de menos. Busqué un pantalón y abrí la puerta–. Debes invitarme a pasar, ésta es ahora tu casa –me advirtió.

–Es bueno saberlo. A ver, deja que lo piense... Anda, entra.

–No te emociones, es sólo una cuestión de cortesía –aclaró divertido, adentrándose en el apartamento y revisándolo habitación por habitación–. Está bien este sitio, es amplio, está limpio... –recorrió el salón, la cocina, el dormitorio.

–Martin, estoy molida, tengo ganas de acostarme.

–Bien, iré al grano –afirmó tumbándose sobre mi cama. Había hecho de aquello un verdadero hobby.

–Habla. –Me recosté a su lado.

–Acabo de alimentarme de una especie de vaca, nada que ver con la sangre de Colinne.

–Martin, al grano.

–Bueno, que mamá y Louise están bien –dijo con los ojos azabache esperando mi reacción. Ésta le agradó y sonrió. Tenía el cabello negro algo revuelto, quizá el animal se resistió.

–Qué alegría –suspiré confortada.

–Pues sí, ha sido todo un alivio, me lo ha dicho Oswald. Están escondidas en el sur de Inglaterra, no sabe el lugar exacto –explicaba, con la cabeza sujeta por su mano derecha y el codo apoyado contra el colchón, verificando la comodidad de mi nuevo lecho–. Me preguntó si yo imaginaba dónde, pero le dije que no, que desconocía el lugar al que las podían haber llevado los familiares de la señora Merlon. También dijo que, según parece, Patrick White no las busca por el momento.

–Son grandes noticias.

–Pues sí. ¿Qué te parece mi prometida? –preguntó de improviso. Yo no sabía que contestar–. De verdad, ¿qué te parece? Tendré que estar casado con ella durante cien años y tu opinión es importante para mí.

–Yo creo que eres muy joven para casarte. Al menos, si fueses humano lo serías.

–Pero es lo que mi padre eligió para mí; tendría sus motivos. –La firme determinación de seguir las indicaciones de su progenitor evidenciaba el gran respeto que sentía hacia él, incapaz de contrariarlo ni tras su muerte.

–Y tú tendrás los tuyos, Martin, para hacerlo o no, pero éste no es el mejor momento para pensar en ello, primero tendrás que recuperar el trono de Gran Bretaña, y ahora necesitamos el apoyo de Aixa. Y si para ello tienes que asegurar que te casarás con su abuela, pues lo haces. Cuando subas al trono habrá tiempo de pensar en tu boda o en tu no-boda –expuse enfrentando su rostro, imitando su postura.

–Tienes razón... –Se quedó pensativo un instante–. ¿Crees que Layla es virgen?

–Martin, por favor, yo qué sé. Supongo que sí, es una chiquilla. Ahora haz el favor de marcharte para que pueda acostarme y descansar. –Tanto relacionarme con no-muertos me estaba ayudando a ser directa.

–Está bien, me marcho. –Fingió estar molesto, pero me dedicó una sonrisa desde la puerta, con los caninos fuera completamente–. ¿Viste cómo se le marcaban los pezones a la reina por la blusa?

–¡Martin! –le grité, y le tiré un cojín de la cama que esquivó con soltura. Se rió a carcajadas mientras se alejaba. Cómo le gustaba sacarme de quicio. Si a un adolescente corriente le juegan malas pasadas las hormonas, éstas, unidas a la ingesta de sangre, eran una bomba de relojería para la libido de un joven vampiro.

De nuevo llamaron a la puerta. Ese Martin me iba a oír, no podía estar molestándome toda la noche. Cuánto deseaba que saliese el sol.

–¡¿Qué?!

Abrí la puerta enojada, pero tras ella encontré al guerrero. Se había cambiado de ropa, vestía uno de sus pantalones árabes, cortos bajo la rodilla, de color arena y tenía el torso tatuado al descubierto. Me contempló con sus ojos de miel. También él había tomado una ducha, podía percibir el perfume a jabón en su piel.

–Hola, Shapur, pasa.

Le ofrecí asiento en el salón. Sin mediar palabra se sentó en el sofá, apoyando los codos sobre las rodillas, me miraba fijamente a los ojos pero no se decidía a hablar.

–No me habías dicho que supieses español –dije en mi lengua nativa. Había que romper el hielo, ¿no?

–No lo preguntaste –señaló, y me resultó extraño oír su voz hablando castellano con un leve acento latino, ¿cubano?, ¿dominicano? Tenía el mismo tono, el mismo timbre, pero sonaba distinto–. Además, nos entendíamos bien en inglés, ¿no?

–La verdad es que tienes un acento muy mono, me gusta oírte hablar español. –Se agotaba el tema del idioma y él no daba muestras de buscar uno nuevo–. Bueno, ahora estás de vacaciones... ¿y qué piensas hacer? ¿Adónde irás?

–No, no me marcharé. Hablaré con su majestad Aixa y le pediré que me permita entrenarte.

–¿Entrenarme? ¿A mí? ¿Para qué?

–Para que aprendas a defenderte. Eres la profética Dínorah, todos confían en tus capacidades, pero yo he visto la humana que hay en ti, tu vulnerabilidad. Debes estar preparada para luchar o al menos para protegerte –decía pausadamente con su voz grave, con el semblante serio e inmóvil, como una estatua de hielo.

–No lo sé, supongo que tienes razón. Si la reina lo permite me encantará aprender de ti, al fin y al cabo no tengo otra cosa que hacer. –Coloqué mi mano sobre la suya, ártica–. Gracias por preocuparte por mí, aunque ya sé que lo haces porque sirves a la reina y bla-bla-bla...

–No, esto lo haré por ti –confesó acariciando mis dedos con su pulgar, lentamente. Me conmovió saber que era cierto, que se preocupaba por mi seguridad–. Hay algo más que quiero contarte.

–Tú dirás.

–Aurora, la doncella de palacio, ha sido mi amante y me he alimentado de ella desde hace dos años.

Al menos podía haber avisado con un ¡bomba va!

Quedé paralizada. No sabía cómo reaccionar o siquiera si él esperaba que lo hiciese de alguna forma.

Un ataque de tos irrumpió en mi pecho; me había atragantado con mi propia saliva. Tosí y tosí y él aguardaba a que me detuviese para proseguir. Definitivamente, las emociones fuertes y mi laringe no se llevaban del todo bien.

–Conmigo no hay secretos, no hay mentiras –añadió evaluando mi respuesta, o mi no respuesta, con sus dorados ojos de ámbar brillantes refulgiendo sobre la piel tostada de su rostro, fijos en mí.

–Ya lo veo.

–Sólo ha sido alimento y desahogo sexual, como ha habido muchas otras, pero fue una relación constante en el tiempo por tenerla tan cerca y ser de mi agrado. Probablemente espera que acuda a su cama esta noche.

–Ah... Muy bien. –¿Qué podía decir? ¿Qué esperaba que dijese?

Tras unos segundos de mutismo el guerrero se incorporó de su asiento y se marchó. En unas horas amanecería y su resguardo diurno lo esperaba.

No dijo nada más, tampoco yo.

Cerré la puerta tras él, volví a la cama y logré dormir un rato, cuando la imagen de Shapur *alimentándose* de la doncella me lo permitió, claro.

Capítulo 15

Shapur, hijo del rey

Amanece muy temprano en el Caribe, al menos en primavera, alrededor de las seis. Estaba despierta desde hacía un rato pero permanecía en la cama descansando el cuerpo, aún entumecido por el largo viaje, cuando oí ruido fuera de la villa y me asomé por la ventana del salón. Una joven dominicana, ataviada con ropa de servicio, depositaba una bandeja de madera cubierta por una tupida mosquitera metálica en el banco del porche. Abrí la puerta sorprendiéndola.

–Buenos días.

–Buenos días, señorita Ledesma. Le traje el desayuno –dijo la muchacha. Tenía los ojos pequeños y oscuros, muy redondos.

–Gracias.

–Como no sé lo que suele desayunar, traje un poco de todo: huevos, beicon, tostadas, tortitas, zumo de naranja y café –relataba destapando la bandeja para que pudiese verlo.

–Normalmente tomo café solo con tostadas y mantequilla o mermelada, pero gracias por la molestia de preparar todo esto. –La muchacha sonrió complacida, me miraba tímidamente a los ojos, acostumbrada a tratar con vampiros, supuse.

–No es molestia ninguna señorita, después le traeré el almuerzo. ¿Qué le apetece?

–No lo sé ¿Dónde coméis vosotros?

–En el comedor de empleados. –Señaló un edificio pequeño de color amarillo brillante a su derecha.

–¿Y habría sitio para mí?

–Sí, claro –admitió incapaz de disimular su asombro por mi intención de acompañarlos.

–Podría pasarme por allí y ver qué tenéis de comer, si no hay ningún problema con eso. –Traté de sonar amable, me apetecía algo de compañía humana para variar, pero la doncella no parecía convencida, aun así supe que no sería capaz de ofrecerme un no por respuesta.

–No, claro que no hay problema.

–¿Y a qué hora almorzáis?

–A la una.

–Bueno, pues nos veremos entonces. ¿Cómo te llamas?

–Lucía.

–Ah, otra cosa Lucía, ¿dónde podría comprar algo de ropa? Vengo de un sitio bastante frío y la que he traído no me sirve en absoluto. –Era cierto, los suéteres, las camisas y los pantalones de invierno que Alanis generosamente me había donado difícilmente me servirían bajo el ardiente sol tropical.

–Hablaré con alguno de los empleados para que la lleve al mercado de Barahona.

–Gracias otra vez.

La joven marchó y metí el desayuno dentro. Estaba hambrienta, lo que sumado a la tentación de tantas cosas deliciosas ante mí me hizo comer demasiado. Busqué en la maleta y tan sólo encontré una blusa de tirantes, que quizá mi amiga utilizaba para dormir, pero que a mí me serviría igualmente. Era de licra roja con filo de raso en las cintas y escote redondo.

Tenía aún ciento sesenta euros de mi dinero. En aquel país debía de ser todo un capital, así que tomé cien y el resto lo escondí en la jabonera de la ducha. Mi chófer llamó a la puerta y al abrirla encontré los hermosos ojos verdeagua de Joshua.

–Buenos días, señorita Ledesma.

–Llámame sólo Anna.

–¿Anna? –Vaya. No recordaba que mi nombre era María, María Ledesma.

–Sí... –Necesitaba un segundo para pensar–. En realidad mi madre quiso llamarme Anna María, pero mi padre sólo anotó María, así que mamá, enojada, comenzó a llamarme Anna. –Menuda trola me acababa de inventar, pero parece que coló. Definitivamente había aprendido a mentir.

–¡Ah, estas mamás españolas!, se ve que tienen carácter.

–La mía al menos sí –aseguré cogiendo mi bolso–. ¿Nos vamos?

–Seguro.

El mercado de Barahona era el mayor de la zona, compuesto por multitud de coloridos puestos de venta ambulante y comercios concentrados en una plazuela y las calles aledañas. Reinaban los tonos alegres, amarillos, azules intensos, rojos... Van Gogh hubiese disfrutado al recorrerlos. Había cuadros hermosos de paisajes paradisíacos, elaborados tapices, artesanía, abalorios realizados con una piedra azul semipreciosa típica del país, larimar.

Los vendedores acudían a mí ofreciéndome sus productos y Joshua los disuadía cuando se pasaban de insistentes. El chófer sugirió una tienda de ropa típica dominicana. Allí compré un vestido corto por encima de las rodillas, con escote en uve, de listas multicolores anchas en horizontal y con cinturón bajo el pecho de color amarillo; necesitaba algo de ropa elegante por si hacían algún tipo de fiesta de bienvenida o simplemente para ir a cenar. También compré varias bermudas estampadas, blusas de tirantes y dos bikinis de sostén triangular, uno rojo y otro negro, un pijama y protector solar. Después de que mi acompañante regatease con el vendedor todo me costó ochenta euros. Una ganga.

La circulación de regreso era intensa, variopinta –la mayoría de personas que circulaban en los deteriorados vehículos lo hacían por fuera de éstos, encaramados a ellos– y peligrosa –parecía que nadie conocía las normas viales, si existían–. Joshua intentaba amablemente amenizar mi viaje con su liviana conversación acerca de las costumbres locales más chocantes –como la de colgar los animales de matanza abiertos en canal en la puerta de la carnicería– y las justificaba a su manera, yo lo oía fingiendo prestar atención.

Una vez que regresamos al palacio de Pedernales el joven mulato me acompañó cargando caballerosamente mis bolsas hasta la villa, y las dejó en el salón sobre los asientos.

–Bueno, vamos a almorzar ¿no? –sugerí, y él se encaminó a la puerta.

–Avisaré a la doncella.

–No, voy a ir con vosotros, no me apetece comer sola –advertí, y a Joshua le pareció divertido que lo acompañase.

Dentro del edificio de paredes amarillas había un amplio comedor, con una larga mesa de austera madera sin barnizar rodeada de sillas, la mayoría de ellas ocupadas por una decena de empleados, y una cocina portátil de gas sobre la que se calentaba una inmensa cazuela de metal esmaltado. Los sirvientes me observaron desconcertados pasar tras Joshua y se incorporaron educadamente.

–Por favor, siéntense. Espero no molestarles, simplemente no me apetecía comer sola –repetí justificándome.

–Siéntese aquí, señorita. –Me ofreció una mujer, de brillante piel color chocolate y un turbante rojo en el cabello, mientras removía el guiso en el fuego. Los demás regresaron lentamente a sus asientos y a su conversación.

–Qué bien huele –exclamé.

–Es monfongo –dijo la cocinera.

–Lleva chicharrones, ajo, plátanos verdes... es un plato típico dominicano –explicaba Joshua tomando asiento a mi lado–. Mamá Dorita es muy buena cocinera, te gustará, Anna.

–Seguro que sí. Además, hoy he aprendido que debo fiarme de ti, después del buen precio que me has conseguido para la ropa. –Halagado, su rostro se iluminó y esbozó una sonrisa, y se rascó el cabello raso de su cabeza.

–Es lo que mejor se me da, regatear.

–Buenas tardes –saludó Aurora al entrar en el comedor, acompañada por Lucía, la doncella que aquella mañana me había traído el desayuno. Ninguna de las dos pareció sorprendida al verme. Ambas llegaron sonriendo, seguramente por la conversación que compartían.

Me fijé detenidamente en Aurora, era muy guapa, tenía la piel clara, casi blanca, y el cabello rizado largo, a mitad de la espalda, recogido en una coleta. Vestía el uniforme blanco y negro con un delantal atado a la cintura. Sus pechos debían de ser enormes, por lo que abultaban bajo el traje, y su trasero, voluptuoso, pues le levantaba el vestido. Sus ojos eran negros y sus labios gruesos y rojos, aún desnudos. En realidad Shapur había tenido muy buen gusto al fijarse en ella, era realmente bonita.

Ambas se sentaron frente a mí.

Descubrí que Joshua se había percatado de mi contemplación de la muchacha y le sonreí. No sé qué debió de imaginar pero me devolvió la sonrisa. El monfongo estaba delicioso, era dulce y salado a la vez, diferente a cualquier cosa que hubiese probado. A pesar de que con Joshua me entendía a base de monosílabos, pude entender, no sin dificultad, parte de la charla entre Aurora y Lucía. Lo suficiente para saber que el guerrero legendario no la había visitado la noche de llegada y eso extrañaba a ambas. A mí, en cambio, me alivió.

Después del almuerzo me despedí de todos, especialmente de Joshua, agradecida por su esfuerzo en hacerme entretenida la mañana, y me marché a la villa con intención de descansar. El sol brillaba sobre mi cabeza, hegemónico, radiante, inmenso, y podía ver la pequeña playa privada –alrededor de un kilómetro entre acantilados– desde el porche. Estaría a unos quinientos metros aproximadamente. Miré el reloj, eran las cuatro de la tarde, aún podría disfrutar de un par de horas de luz antes del anochecer, así que cogí una de las toallas del baño y bajé a estrenar mi nuevo bikini rojo y las bermudas celestes con estampado hawaiano.

Qué maravilla de playa. La arena era tan fina y blanca que me recordó la harina de la panadería de mi padre extendida sobre la mesa de acero, cuando por la tarde preparaba los ingredientes para el trabajo nocturno.

El agua era de color turquesa y, para mi regocijo, acostumbrada al frígido atlántico que baña mi tacita de plata, resultaba cálida y no había respingo helado en la orilla; podía introducirme en ella lentamente sin saltar de frío. Disfruté nadando un buen rato, tenía toda la playa para mí y era realmente delicioso. Después me tumbé sobre la toalla y me dormí bañada por el cálido sol. Fue un sueño realmente reparador, vacío y relajante.

Desperté cuando anochecía. Me vestí y disfruté de la espectacular puesta de sol sobre el mar, sentada en mitad de aquel solitario remanso de paz. Cuando el astro rey hubo desaparecido por completo en el horizonte recogí la toalla e inicié el camino de regreso hacia el apartamento. Entonces percibí en el aire la vibración producida por el paso veloz de un vampiro, como una exhalación, que en segundos estaba a mi lado, asustándome.

Era Shapur.

–Dios mío, ¡qué susto! ¿No puedes andar?, ¿o avisar?, ¿o hacer algo que no me asuste?

–No –respondió secamente, y me lanzó dos artilugios que cogí al vuelo gracias a mis buenos reflejos–. Éstas serán tus armas, dos dagas, una de oro con empuñadura de plata y la otra de madera de jatoba, la madera más resistente que existe; la primera para defenderte y la segunda para matar vampiros.

–Uhmm, de oro, no andamos escasos de presupuesto. Vale... Bueno, voy a la villa a cambiarme y entrenamos –respondí fingiendo no percibir la rigidez de sus músculos, la tensión en su rostro, la hostilidad que desprendía su mirada ambarina.

–No, cuando te ataquen no tendrás tiempo de ir a cambiarte, defiéndete –ordenó embistiéndome con una larga vara de madera que me golpeó en los muslos. Traté de interceptarla pero finalmente me dio. Cómo picaba.

–Eh, ¿estás loco? –dije con rabia. Tiré al suelo la toalla y le ataqué enfurecida; aún me dolía el varazo en la pierna.

Amagué con apuñalarle, pero había desaparecido ante mis ojos y me golpeó por la espalda, tirándome de bruces contra el suelo. Caí sobre la arena, que llenó mi cara, y me revolví frenética.

–Lección primera, no dejes que la furia te ciegue, eres una simple humana –afirmó fríamente, y salí despedida de nuevo contra el suelo. Otra vez me levanté y volví a atacarle con la daga de madera. Si no la atravesaba en su corazón no sería mortal, así que, presa de rabia, intenté clavársela en un muslo, pero ya no estaba allí, su pierna estaba haciéndome una zancadilla y de nuevo me encontré en el suelo.

–Lección segunda, para matar a un vampiro has de destrozarle el corazón con una estaca o cortarle la cabeza.

–¿Qué demonios te pasa? –pregunté enojada e incorporándome. Actuaba con una ira desconocida en él–. ¿Qué te pasa, Shapur? ¿Este es el modelo de entrenamiento? ¿Por qué me tratas así?

–No dijiste nada –reveló irritado mientras de nuevo salía despedida hacia la arena.

–¿Nada de qué? –¿Pero de qué me estaba hablando?

Estaba tirada en el suelo, me alcé, caminando lentamente hacia él. La luna brillaba sobre su cabeza afeitada, sobre todo su cuerpo cetrino, y sus ojos de miel refulgían en la oscuridad de la noche caribeña.

–Anoche te confesé que había tenido una amante aquí en palacio y no dijiste nada. –Su voz estaba turbada por la rabia, su mirada destilaba desprecio.

–Pero... ¿Pero qué esperabas que dijese, Shapur? No soy tu novia ni tengo derecho alguno sobre ti –aseguré lanzándome con furor contra él, asiendo la daga de jatoba con mi mano izquierda, que el guerrero interceptó con la vara.

Mi respuesta pareció ofenderle y me atacó con fuerza empujando el arma de madera contra mí. Aunque intenté detener su envite con la daga dorada, la empuñadura de ésta retrocedió bruscamente, golpeándome en el labio, produciéndome un corte contra mis propios dientes; caí de culo en la orilla, mojándome.

La sangre comenzó a fluir de mi labio inferior y a inundar mi boca con su sabor metálico, y el guerrero legendario se acercó a preocuparse por mi herida, me ofreció su mano para levantarme y yo la tomé; tiró de mí, deteniéndome de pie frente a él. Shapur sostuvo mi mentón, se acercó y lamió delicadamente la sangre que bajaba desde mis labios hasta mi barbilla. Entonces, al sentir su húmeda lengua sobre mis labios, bebiendo de mi herida, como si un resorte contenido durante siglos se accionase por la fuerza de los elementos, una pasión irrefrenable se apoderó de mí y sosteniendo su rostro por ambas mejillas le besé frenéticamente, como si fuese a comérmelo.

Su boca era poderosa, como todo su ser, y sus labios suaves como los pétalos de una flor. Cuando nuestras lenguas se encontraron sentí un poderoso hormigueo y que mi corazón se aproximaba desbocado a la taquicardia; supe que él podría oír los atropellados latidos, lo cual me arrebató aún más. De un salto me subí a él, asiéndome a su fornido cuello, rodeando con mis caderas su cintura.

Shapur respondió con la misma intensidad y comenzó a morder suavemente mi labio superior, a ejercer presión sobre él, a aprisionarlo y liberarlo en un jueguecito que disparó mi deseo sexual, mientras atenazaba fuertemente mis glúteos con sus fuertes manos. Sentía el roce de los colmillos del guerrero, surgidos por el deseo, sobre mis labios. Me arrancó la camiseta y el sostén del traje de baño, tirándolos lejos de la orilla, evitando que el agua los arrastrase; acarició mis pechos apasionadamente y me alzó para alcanzarlos con su boca, lamerlos y besarlos; después volvió a descenderme hasta que estuve frente a sus ojos.

–¿Vamos a hacerlo? Si no es así, detenme ahora –advirtió con voz acalorada, y yo asentí, claro que íbamos a hacerlo.

El agua le alcanzaba a la altura de las rodillas, caminó hasta la orilla y me recostó sobre la arena mojada, tumbándose sobre mí, apoyándose sobre los codos. Podía sentir una parte tremendamente rígida de él presionando sobre mi pubis, aún por encima de la ropa. Me deshice de las bermudas y la parte inferior del bikini y los tiré hacia la arena seca. Él hizo lo propio con sus pantalones.

Volvió a besarme en los labios ardientemente y comenzó a descender con besos por entre mis pechos hasta alcanzar mi sexo, hundiendo su rostro entre mis muslos, regalándome después de unos segundos un intenso orgasmo con su destreza lingual.

El agua del mar acariciaba nuestra piel, bamboleándonos suavemente, la luna llena brillaba para nosotros en mitad de aquella playa desierta. Shapur retornaba el camino de ascenso de regreso a mi boca, yo aún lo deseaba, lo anhelaba, y él esperaba a que me recuperase acariciándome, besándome, lamiéndome, mientras disimulaba su impaciencia por entrar en mí.

Estaba lista. Lo tumbé sobre la arena colocándome a horcajadas sobre él, el guerrero sonrió, le excitaba sobremanera que tomase el control. Con cuidado, su tamaño era como para tenerlo, introduje su miembro dentro de mí, suavemente, despacio, deleitándome con la expresión de su rostro, la pasión en sus ojos de fuego. Rítmicamente cabalgué sobre él, acelerando mis movimientos, acompasándolos a los suyos, hasta que nuestras cadencias se ensamblaron. Entonces me incliné hacia él y le ofrecí mi yugular para que bebiese; me mordió, pero no hubo ningún dolor. Lo oí gemir intensamente, también yo lo hice cuando, entre estertores y pequeñas sacudidas, el mayor orgasmo que he tenido en mi vida recorrió mi cuerpo como una ola desbocada. El guerrero vibró debajo de mí, bebiendo mi sangre, y segundos después alcanzó el clímax, avivado por mi estremecimiento.

Reposé sobre su cuerpo, acelerada, agotada, con el corazón casi fuera del pecho. Me desplomé a su lado y él se giró hacia mí con una plácida sonrisa dibujada en los labios, apoyado sobre su codo derecho en la arena.

–Eres preciosa –dijo exhausto, contemplando mi cuerpo desnudo envuelto en penumbras–. He deseado este momento desde la noche que nos conocimos, cuando te di mi sangre para sanar tu herida. Te hubiese hecho el amor allí mismo, hasta el amanecer –confesó.

–También yo lo deseé, pero no era el momento ni el lugar.

–Desde entonces no ha pasado una noche, una hora, en la que no lo haya anhelado. Nunca antes había deseado así a una mujer –confesó.

–Jamás alguna se te había resistido.

–Oh, sí, lo han hecho –rió divertido–. Tengo más de dos mil cuatrocientos años sobre la tierra, lo he vivido todo, pero no amaba así desde que... desde que era humano. –Yo lo observaba en silencio; la luna se reflejaba en su piel tostada, en la poderosa musculatura de su torso, bañándole con su áurea pátina.

–Vaya, ¿¡gracias!?

–Tú eres distinta, no sé qué eres, pero no eres humana, al menos completamente.

–¿Ah, no? Y qué soy, ¿una sirena? –bromeé, pero él permaneció serio, sin apartar los ojos de mí.

–Tu sangre es distinta, tu sabor es diferente –¿De qué me sonaba aquello?–. Ahora bebe de mí para que la herida de tu cuello cicatrice.

–No quiero que lo haga.

–¿No? –dudó frunciendo el entrecejo.

–No, porque así cada vez que la vea me acordaré de este momento. –Las comisuras de sus labios se estiraron en una sonrisa de complacencia. Caminé a gatas sobre la arena, completamente desnuda, en busca de mi ropa. Divisé cómo arriba, sobre la colina, se distinguían las luces doradas del alumbrado del complejo. Excitado por la imagen de mi *retaguardia*, Shapur me alcanzó y tiró de mis piernas, arrastrándome para regresarme a su lado–. ¿Aún no has tenido suficiente? –requerí, y el brillo de sus ojos respondió por él.

Me tomó en brazos y me llevó hasta el mar, y con el agua por la cintura volvimos a hacer el amor, despacio, acunados por el movimiento de las suaves olas en una desierta playa en mitad del Caribe. El guerrero era un amante excelente y se tomaba su tiempo para el placer de ambos.

De regreso a las villas caminamos por la arena lentamente, con la ropa pegada al cuerpo mojado y las sandalias en la mano. Yo le miraba de soslayo en la relativa oscuridad que nos envolvía, en silencio. Avanzaba a mi lado, cargando con las armas, me apeteció cogerle la mano pero decidí no hacerlo, no sabía qué opinaría, quizá el legendario guerrero persa no era dado a esas muestras de cariño, aún no le conocía lo suficiente.

–¿Prefieres que te siga hablando en español o mejor en inglés? –pregunté para romper el silencio.

–Me es indiferente, mi lengua nativa murió al igual que yo hace muchos siglos.

–Pues yo he sentido una parte muy viva de ti esta noche –bromeé, y él rompió a reír a carcajadas. Estaba feliz, podía sentirlo, negaba con la cabeza divertido por mi ocurrencia.

–Vamos a mi casa, ¿de acuerdo?

La villa de Shapur era al menos el doble de grande que la que yo ocupaba. Tenía un salón amplio, con escaso mobiliario: un mueble bajo para el televisor, sillones de hierro con asientos estampados en distintos matices de rojo y una mesa de mosaico de azulejos color bronce con sillas de forja sobre una alfombra de colorido diseño árabe. En mitad del techo destacaba una lámpara colgante de vidrios tornasolados.

–Ven. –Tomó mi mano y me condujo hasta el baño. En el centro del suelo de la habitación embaldosada de *gresite* azul se encontraba un amplio *jacuzzi* hundido a ras del pavimento, realizado en el mismo alicatado.

El guerrero accionó un mecanismo plateado en el suelo y comenzó a brotar agua de los chorros laterales de la tina. Nos metimos en el agua. Era realmente grato sentir el delicado masaje de las burbujas sobre la piel. Me recosté sobre su pecho de granito y él lavó mi cabello delicadamente; me desconcertó que lo hiciera, pero fue relajante y placentero sentir sus rudas manos masajeando mi cabeza.

–¿Te quedarás a dormir? –preguntó acariciando mi mejilla con su mentón suavemente.

–No creo que sea oportuno, es mejor que nadie sepa que estamos juntos.

–¿Por qué?

–No sé cómo le sentará a tu reina. –Me giré para observarle a los ojos. Permanecía expectante ante mis palabras–. Debemos andar con cuidado.

–Yo no tengo miedo a nada, ni a nadie, no me importa lo que opine mi reina, soy su guerrero, no su esclavo –espetó ofendido, apretando las negras cejas hasta que casi conformaron una sola.

–Pero a mí sí me importa, soy su invitada, sin olvidar todo ese follón de La Dama de la Luz –soné convincente, más de lo usual.

–Está bien, será como tú quieras. –Besó mi hombro y paseó sus labios arriba y abajo acariciando mi cuello–. No voy a discutir contigo –susurró a mi oído y besó mi mejilla–. No esta noche.

–Entonces nos llevaremos bien –bromeé, acomodándome en su torso; no había lugar más cómodo en el mundo que los firmes pectorales de Shapur presionados contra mis escápulas–. ¿El entrenamiento acabará igual cada noche? Porque si es así no pienso perderme uno.

–Espero que sí –contestó regalándome una sonrisa de nácar.

–Shapur, ¿por qué una de mis dagas es de oro? –pregunté curiosa. Habría preguntado cualquier cosa por volver a sentir su maravillosa voz acariciando mis oídos.

–El oro es el sol, Anna, es la pureza, la divinidad, el metal maldito para nosotros. Debilita nuestra fuerza, es el único elemento que mengua nuestra energía –explicaba paseando tiernamente sus dedos por mi hombro, mi brazo, mi hombro de nuevo. ¿Cómo esperaba que me concentrase en su respuesta?–. ¿Por qué crees que los humanos lo veneráis tanto? No es más que un vestigio de la importancia que tuvo en la antigüedad para protegerse de los de mi especie; ya los antiguos incas lo sabían y lo utilizaban en gargantillas y adornos, así como los mayas, los egipcios e incluso, según la Biblia, los Reyes Magos lo regalaron a vuestro dios Jesús como ofrenda. Podría mencionarte mil ejemplos similares. Cuando los vampiros pasamos de ser una amenaza visible a convertirnos en un mito oculto, su valor continuó, olvidando los motivos que lo habían generado. Por eso tu daga es de una aleación de oro, es una daga para aniquilar vampiros.

Quedé estupefacta ante aquella revelación, me sobrecogía imaginar que las antiguas civilizaciones poseían mayor conocimiento de las criaturas que nos acompañaban en este mundo de la que disponíamos nosotros, los avanzados humanos del siglo veintiuno, que los tachábamos de mitos y asustaviejas.

El metal maldito. Era una información de vital importancia para alguien que debía prepararse para enfrentar a los no-muertos pretendiendo salir viva.

Tras el restaurador baño, el guerrero secó lánguidamente mi cuerpo con suaves toallas, como si se tratase de alguna especie de ritual. Yo me dejé hacer, no podría haber imaginado tanta ternura en Shapur. Me sentí, no sé, puede parecer tonto, pero me sentí como una novia en la noche de bodas, agasajada por el recién estrenado compañero.

Desnudos, nos tendimos en la amplia y colorida cama de forja con dosel de seda ámbar, como sus ojos. Shapur se había servido una jarra de brillante sangre que almacenaba en el frigorífico –debía comenzar a ver aquello algo normal–, la calentó en el microondas y la degustó en lentos sorbos. Después se recostó sobre mi pecho para oír los latidos de mi corazón, algo sedante para él según me había confesado. Con una caricia, yo recorría con mis dedos los exóticos dibujos tatuados en su atlético cuerpo, en el hombro, la nuca, la espalda y su brazo hasta el codo...

–¿Qué significan tus tatuajes? ¿Son palabras? –solicité intrigada. Me había preguntado su significado desde la primera vez que lo vi.

–Sí, la mayoría de ellos tienen escrito en persa el nombre de batallas en las que luché.

–Ah, bueno, temía que pusiese: Shapur ama a Juanita, a Lolita, a... –Le notaba reír sobre mi pecho.

–Me haré uno en el que diga: "Shapur ama a Anna", si así lo deseas –afirmó sin mirarme a los ojos, concentrado en los latidos de mi corazón–. ¿Lo deseas?

–¿Y serías capaz de amarme? –Mi pregunta, que pretendía ser retórica, le sobresaltó hasta el punto de que, incorporándose, tomó asiento en la cama frente a mí.

–¿Todavía lo dudas?

–A ver, Shapur, soy humana pero no tonta; sé que lo nuestro es imposible, tú vivirás eternamente y yo, aunque sobreviviese a esta especie de misión suicida que me espera, en unos años seré más vieja que tú –expuse convencida. Era algo demasiado obvio para mí.

–Aquí y ahora, Anna; eso es lo que he aprendido en todos estos años; aquí y ahora te amo y es lo que importa; no hay mañana, no hay unos años, sino aquí y ahora –repitió clavándome sus ojos de fuego adornados por larguísimas pestañas. Se aproximó a mi rostro y apretó sus labios contra los míos en un beso intenso que paralizó mi respiración. Lo abracé; me aferraría a aquellas palabras como a un clavo ardiendo: aquí y ahora todo mi mundo era Shapur.

De regreso en mi villa, una hora antes del amanecer, abrí la puerta y dejé la toalla sucia en el suelo junto a ésta, caminé hasta el dormitorio para acostarme y me sobresalté al encontrar un vampiro en mi cama.

–¡Martin! ¡Qué susto, por Dios!

–¿Dónde has pasado toda la noche? –preguntó arqueando una ceja, observándome con sus curiosos ojos de adolescente. Tenía el negro cabello revuelto de un modo informal.

–¿Cómo has entrado?

–Por la ventana, cerraste sin pestillo. ¿De dónde vienes?

–Vamos, Martin, sabes de dónde vengo, puedes olerlo en mi piel –dije, y él rió, descubierto.

–Cierto. ¿Desde cuándo os acostáis Shapur y tú? –inquirió curioso, cómodamente recostado sobre mi cama. Yo caminé hasta él y me senté a su lado.

–¿Desde cuándo es asunto tuyo?

–Yo te cuento mis cosas...

–Porque quieres hacerlo, muy a mi pesar, pero yo soy demasiado tímida para hablar de mi vida privada.

–También te acostaste con William –disparó como quien habla del tiempo previsto para el siguiente día.

–Vaya, finalmente descubro que sí que te habías dado cuenta de que...

–¿De que William Smith te había *marcado*? Habría que estar sin olfato para no haberlo percibido, pero no podemos ir diciendo a cada humano que nos tropecemos que ha sido marcado por un vampiro. No podía decírtelo, entre otras cosas, porque a lo mejor ni siquiera lo sabías –reveló arrogante–. Aunque ahora estoy seguro de que sí, ¿verdad? De que te lo propuso después de... –sugirió provocador.

–Martin Robinson, estoy muerta de sueño, y si has venido a repasar mi currículum amoroso y mis intimidades, por más futuro rey que seas voy a mandarte bien lejos –advertí furiosa, amenazándolo con mi dedo índice.

–Está bien, no te enfades. –Se sentó apoyando la cabeza contra el cabecero. Su rostro resplandecía con la candidez de la juventud. Qué imposible recuperar aquello con el paso de los años, al menos para nosotros, los humanos–. No me gusta Layla, es una cría estúpida y consentida, he pasado la noche jugando con ella a un juego de mesa y aprendiendo protocolo vampiro con el estirado de Oswald. Esto va a ser peor que el infierno, creo que romperé una silla y me haré el *hankiriki* –refunfuñó como un niño pequeño.

–Harakiri –le corregí.

–No te puedes olvidar ni por un instante de que eres maestra, ¿verdad? –protestó, molesto.

–Cariño. –Me permití utilizar por primera vez aquella expresión, tomé su mano y la presioné tiernamente–. Esto no va a ser fácil para nadie; tú tendrás que hacer lo que debas y yo te ayudaré. Piensa en tu madre y en Louise, ya sabes lo que te dije.

–Sí, primero el trono y después lo demás –recitó sin convicción. Lo traje hacia mí y lo abracé. Sentía lástima por él, vampiro o no era demasiado joven para pasar por todo aquello, demasiado para tanta responsabilidad.

–Toma. –Sacó de su bolsillo un abultado sobre y me lo entregó. Miré en su interior, estaba repleto de billetes de cincuenta libras–. Quiero que mañana abras una cuenta a tu nuevo nombre en algún banco importante en Barahona, ingresas el dinero y solicitas una tarjeta de crédito también a tu nombre. Hay veintinueve mil setecientas libras. Es la mitad del dinero que tenía papá en la caja fuerte, la otra mitad se la entregué a mamá. No era toda su fortuna ni mucho menos, pero el dinero de las cuentas en Suiza ahora mismo no nos sirve de nada, así que tendremos que apañarnos con esto –¿Apañarnos? ¿Con treinta mil libras? No había visto tanto dinero junto en mi vida–. Ingresa veintinueve mil y el resto lo guardas para emergencias.

–Está bien, mañana lo haré en cuanto me levante.

–Gracias, Anna, gracias por estar a mi lado. –Me acerqué y besé su gélida frente maternalmente–. Y date una ducha, que hueles a guerrero persa que tira de espaldas.

Lo eché a almohadazos, no me apetecía volver a enjabonarme, lo haría cuando despertase.

Escondí el dinero bajo el colchón y me acosté. Qué gratificante resulta una cama cómoda cuando tienes sueño. Me revolví entre las sábanas un momento y me acurruqué, y sin que el calor me molestase me dormí enseguida.

Capítulo 16

Demonio de la noche

Cuando desperté era casi la una del mediodía, debía darme prisa para ir al banco a abrir la cuenta. El desayuno me esperaba en el sillón del porche, estaba hambrienta. Cuando salí de la villa eran la una y veinte pasadas; desconocía el horario de los bancos dominicanos y esperaba que abriesen al menos hasta las tres de la tarde.

Entré en el comedor del personal buscando a Joshua para que me llevase a Barahona. Saludé a los empleados que comían en aquel momento, en esta ocasión menos sorprendidos de verme, y lo busqué, pero no estaba allí. Sí divisé a Aurora conversando con otra muchacha y me acerqué a ellas.

–Buenas tardes, Aurora, ¿sabrías decirme dónde está Joshua? –le pregunté interrumpiendo su charla. Estaba apurada, ella observó atentamente la tirita que había pegado en mi cuello para camuflar la mordida de Shapur, no decía nada–. –¡Aurora! –la apremié y pareció desconectar de sus pensamientos.

–Ah, sí, señorita Ledesma, Joshua debe de estar... –continuaba contemplando mi cuello y yo comenzaba a molestarme–, debe de estar en el jardín delantero de palacio, cortando el césped.

–Gracias.

Salí como una exhalación, probablemente se habría percatado de que bajo aquella tirita había marcas de un vampiro, más aún cuando ella las había tenido tiempo atrás, pero no me importaba lo más mínimo. Corrí al jardín delantero de palacio y divisé a Joshua empujando un cortacésped, lo alcancé casi sin aliento y él apagó el motor para poder oírme.

–Buenas tardes, Joshua, necesito que me lleves a Barahona. ¿A qué hora cierran los bancos?

–A las tres y media.

–Bien, entonces llegaremos a buena hora.

El joven mulato abandonó la máquina y me pidió que lo esperase en mi villa, iría a cambiarse la ropa de trabajo manchada y me recogería. En menos de cinco minutos estaba frente a mi puerta y partimos rumbo a la ciudad.

–No es necesario que corras, tenemos algo de tiempo –advertí. Si el día anterior me había asustado su forma de conducir e íbamos sin prisas, verlo conducir apresurado podía ocasionarme si no un accidente sí un ataque cardíaco. Joshua sonrió aludido, saludó a los vigilantes, humanos a aquellas horas, de la entrada del recinto y nos marchamos rumbo a Barahona–. Si me dijeses dónde están las llaves del coche no tendrías que llevarme, sé conducir.

–Créame que no le gustaría conducir por aquí –aseguró, y le creí–. Y menos aún siendo una mujer blanca.

–¿Qué nos pasa a las mujeres blancas?

–Que tienen mucho éxito con los muchachos locales. –Me regaló una sonrisa pícara–. Y más si son bonitas.

–Venga, Joshua, céntrate en la carretera que quiero llegar viva.

Probablemente pensaría que era una antipática, pero no me apetecía que me adulasen y mucho menos que se le pasase por la mente alguna idea de cortejo o algo similar, así que mejor cortarlo de raíz. A él no pareció molestarle y volvió a sonreírme. Tenía unos dientes muy bonitos, por cierto.

Cuando entré en la pequeña sucursal del Banco Popular me senté frente a una de las mesas de oficina y un señor de piel achocolatada de alrededor de sesenta años, con el pelo cano, me atendió amablemente.

–Hola, querría abrir una cuenta.

–Muy bien.

–Pero necesito una tarjeta de crédito de esa cuenta para hoy mismo, para ya –recalqué.

–Eso ya es más complicado –matizó encogiéndose levemente de hombros, sin perder la sonrisa.

–Voy a ingresar en ella treinta mil libras en metálico ahora mismo. –Aquellas palabras fueron como un *abracadabra*; la mirada del banquero se iluminó como un farolillo de feria.

–Enseguida. Acompáñeme al despacho del director –me pidió, y así hice.

El director de la sucursal me atendió personalmente y en menos de diez minutos tenía mi cuenta, mi tarjeta y una báscula de regalo. Nadie preguntó de dónde venía el dinero, a pesar de que me había preparado una historia por si acaso. No parecía importarles su procedencia mientras lo dejase ingresado. Así que ahora María Ledesma tenía una cuenta con veintinueve mil libras y una tarjeta Visa Oro.

Joshua me esperaba en el coche hastiado, ojeando un panfleto que le habían entregado, y suspiró aliviado al verme llegar.

–¿Adónde vamos? –preguntó girando la llave en el contacto.

–¿Dónde podría encontrar pendientes?

–En el Tullío, una tienda cerca de aquí –indicó señalando hacia el centro de la ciudad.

–Pues vamos.

Compré una argolla gruesa con grabado étnico, de plata, que el tendero envolvió para regalo. Joshua, que me había esperado fuera, miraba nuevamente mi paquete. Me había gastado quince euros de mis cada vez más escasas reservas, pero los daba por bien empleados, quizá intentaba imaginar para quién sería el regalo. Pues a pensar. Ahora ya podíamos regresar al palacio de Pedernales.

Una vez en la villa, mi chófer se encargó de que me trajesen el almuerzo y después me acosté a descansar; necesitaba dormir un rato, me esperaba un entrenamiento al anochecer y no sabía a qué hora retornaría a mi cama, probablemente no antes del alba.

Cuando desperté, había anochecido, pero me tomé mi tiempo para ducharme y vestirme. Contemplé complacida las marcas de mi cuello, sonreí, no las taparía, no aquella noche en la que iba a volver a encontrarme con él. Ni siquiera era una cita, no me arreglé –utilicé unas bermudas, una camiseta y mis deportivas–, me recogí el cabello y me miré en el espejo: tenía las mejillas sonrosadas por la emoción y ese era todo mi maquillaje.

Corrí hasta su villa, en plan calentamiento, y cuando alcancé la parte trasera oí ruido dentro, era una conversación. Lentamente rodeé la casa, intentando reconocer las dos voces que conversaban; una era la de Shapur, la voz grave del guerrero era inconfundible, y la otra pertenecía a una mujer, a Aurora. Hablaban junto a la puerta, los espié tras una palmera (y no, no me avergüenza admitirlo).

–Shapur, pero ¿por qué? ¿Hice algo que le molestó? –requería Aurora, con el cabello negro muy rizado, recogido en una cola alta, y el rostro encendido por el cariz de la conversación. Vestía ropas comunes, no el uniforme; seguramente habría terminado ya su jornada.

–No, en absoluto –respondió el guerrero apoyado en el marco de la puerta. Le sacaba al menos cincuenta centímetros a ella, tanto que tenía que mirar hacia abajo para encontrar sus ojos–. Si te necesito te requeriré, eso es todo.

–He estado esperándole todo este tiempo –refunfuñó ella, como una niña pequeña a la que han quitado un caramelo.

–No te lo pedí. –Shapur sabía ser áspero cuando se lo proponía, como un membrillo.

–Pero señor...

Decidí entrar en la situación, podía sentir la incomodidad del guerrero. También yo tenía su sangre.

Buenas noches –saludé a ambos apareciendo ante la luz del porche. La joven mulata me miró de arriba abajo, incluido mi cuello, desnudo y marcado.

–Buenas –dijo tratando de disimular la ira que sentía hacia mí, y se marchó caminando deprisa, sin decir nada más.

–Buenas noches, mujer. Te esperaba. Pasa un momento. –El gesto del guerrero, antes contrito y molesto, cambió radicalmente ante mi presencia. Relajó la frente arrugada y sus labios se curvaron hacia arriba en una sonrisa, mostrándome ternura y felicidad.

Se hizo a un lado en la puerta.

–Espero no haber interrumpido nada importante.

–Nada hay más importante que tu visita –aseguró, y cerrando la puerta tras de mí me aprisionó contra ésta y me besó apasionadamente.

Durante varios minutos nos entregamos el uno al otro en aquel placentero beso, después acarició mi mejilla suavemente con su nariz y apoyó su frente en la mía.

–Qué largas han sido estas horas sin ti –suspiró, separando levemente sus labios de los míos entreabiertos, aún muy cerca. Respiré su delicioso aliento de hielo; lo hubiese respirado a él por completo si hubiese podido.

–También yo te he echado de menos. –Volví a besarle, no deseaba apartarme de aquellos labios, nunca–. ¿Aurora venía a reclamarte algún tipo de *servicio*? –Apartó la mirada incómodo, pero yo no podía obviar aquello.

–Espero que no te haya molestado, aún no entiendo qué vino a hacer aquí. Si me interesase alimentarme de ella habría ido a buscarla, no necesito que venga a ofrecerse –espetó irritado, tensando la mandíbula de acero.

–A mí no me ha molestado en absoluto, pero ella sí parecía bastante molesta.

–¿Y qué más da? No es ese mi asunto, mi asunto eres tú, mi mujer, eres tú y sólo tú. –Su voz recuperaba la alegría.

–Está bien. Tengo algo que darte –dije despertando su curiosidad, y extraje del bolsillo de mis bermudas el pequeño paquete con el que el tendero había envuelto el cofre del pendiente–. Es un regalo.

–Vaya, yo no tengo nada para ti.

–Es sólo una tontería, ábrelo. –Shapur retiró el papel, abrió la caja, y observó el arete detenidamente. Por unos instantes temí que no le hubiese gustado, pero luego sonrió y lo cambió por el que llevaba puesto.

–Toma. –Deslizó el suyo entre mis manos–. Lleva más de dos mil años conmigo. Quiero que lo tengas tú.

–Oh, no, no puedo aceptarlo.

–Mujer –ahora acostumbraba a llamarme así–, tómalo.

Cogí el pendiente y lo observé detenidamente, era un pesado aro de plata, de tamaño ligeramente superior al que yo le había comprado. Su superficie era rugosa, forjada a golpes. Me sentí honrada por que me entregase algo que sentimentalmente debía de ser importante para él, algo que le había acompañado desde antes de que los tatarabuelos de los tatarabuelos de mis tatarabuelos, y más atrás, fuesen novios.

–¿Comenzamos el entrenamiento? –preguntó tomando las armas. Salimos fuera, al patio delantero–. Como te dije ayer debes aprender a defenderte, cualquier vampiro es más rápido que el más rápido de los humanos.

Durante las siguientes dos horas me sentí como un pupilo en su primer día de kárate. Los golpes eran suaves pero no dejaban de ser golpes y me llegaban desde todos los lados. Cuando lograse atrapar la jodida varita haría con ella una hoguera.

Me levanté del suelo como cien veces y hubiese ahorrado tiempo y esfuerzo quedándome tendida. Pero ese no es el estilo de Anna Rodríguez, no, Anna se levanta una y otra vez por más zancadillas que le ponga la vida. ¿Que mi novio me hace crecer veinte centímetros de un día para el otro?, pues Anna se levanta y se larga al quinto pino; ¿que allí se enamora de un vampiro?, pues a seguir adelante: quién dijo miedo; ¿que el vampiro sale por patas en busca de su reina?, pues Anna se levanta de nuevo; ¿que se entera de que es la elegida de una profecía sagrada vampira?, pues, hala, a defender al futuro rey; ¿que hay que morirse?, pues a morirse para el mundo; ¿que hay que ir al Caribe?, pues al Caribe se va.

Le ataqué con mis dagas una y otra vez, pero era inútil, siempre desaparecía antes de que me acercase. Estaba agotada y frustrada, nunca sería lo suficientemente rápida.

–Anna, veo que no lo entiendes.

–Siempre fui un poco *cortita* –repliqué molesta, con el pecho vibrando por la respiración jadeante.

–No, en absoluto, me refiero a que pretendes ser más rápida que yo y no, esa no es la forma.

–Pues tú dirás.

–Tienes que adelantarte, tienes que pensar como un vampiro, saber por dónde te atacará y luego esperar su próximo ataque, entonces tú tendrás ventaja. Concéntrate. –Sí, es tan fácil como calcular la raíz cuadrada del número pi.

Intenté hacerlo, me concentré, cerré los ojos e intenté oírlo. Pensé que lo más fácil para él sería atacarme por detrás, golpearme en las piernas para tirarme nuevamente al suelo. Todo en una décima de segundo. Así que en cuanto noté un leve movimiento en el aire lancé mi brazo armado hacia mis pantorrillas y allí, para sorpresa de ambos, arañé el muslo de su pierna izquierda. Un leve arañazo, sí, pero sangraba.

Me sentí feliz y luego preocupada, pero Shapur sonreía ampliamente y me alzó con sus brazos, felicitándome, y luego me descendió lentamente, pegada a su cuerpo. Estaba orgulloso de mí, y también yo, pues había logrado herir a un vampiro, algo que no era sencillo de hacer. El problema era que en aquel entonces ese vampiro era mi... ¿novio?

–Lo siento –dije, pero él, que ignoraba mi aflicción, continuaba celebrándolo.

–No te preocupes, apenas lo he sentido. La próxima vez intenta clavarlo más arriba o más en mitad de la pierna.

–¿Estás loco? No voy a herirte para entrenarme, olvídalo, ese es todo el daño que te haré.

–Anna, te quiero –dijo, y yo miré a sus ojos de fuego. ¿Había oído aquello realmente?

Lo besé en los labios y el guerrero dio por terminado el entrenamiento, al menos aquel tipo de entrenamiento, pues durante las siguientes dos horas me demostró que aún le quedaba mucha más energía de la que había utilizado.

A Shapur le encantaba recostarse sobre mi pecho después de hacer el amor. Yo acariciaba entonces su cabeza suavemente, masajeaba su nuca, su cuello, sus hombros, y él adoraba dejarse hacer. Así podían transcurrir horas, sin que ninguno de los dos sintiese deseos de apartarse del otro. Esta vez le había pedido que me mordiese en un lugar más discreto, y en la ingle estuvo bien.

–Tienes que tomar comida rica en hierro porque, aunque intento beber muy poco, tu salud puede resentirse.

–No te preocupes, Shapur, nunca me pongo enferma, nunca. Tengo una salud muy fuerte, puedes estar tranquilo, cariño. –Besé con ternura su cabeza afeitada, agradeciendo su preocupación. Es lo que se supone hacen los novios, ¿no? Preocuparse el uno del otro.

–Anna, hay algo que quiero contarte –dijo, y yo me dispuse a escucharlo atenta–. La noche en que dormí a tu lado en el palacio de los Lynch –así que no lo había soñado–, regresé a ti después de alimentarme de una voluntaria de la fiesta.

–Está bien, no estábamos juntos entonces.

–No hice el amor con ella, sólo me alimenté –aclaró, aunque no podía ver su rostro mientras me hablaba, sólo su nuca frente a mí–. Tuve que dejarla inconsciente para que creyese que la había poseído y luego la invité a marcharse.

–Entonces, ¿no te acostaste con ella? –dudé desconcertada.

–No, y no porque no pudiese, mi instinto me lo pedía, pero mi mente... en mi mente estabas tú, tú y sólo tú, tu cuerpo semidesnudo en la cama del palacio inglés, debajo del mío, el delicioso perfume de tu sangre, tus ojos verdes hermosos, aún asustados... Te quería a ti, quería hacer el amor contigo y no iba a conformarme con menos. –Sus palabras sonaron tan sinceras que asustaban.

–Y si yo fuese una humana corriente, si no fuese Dínorah, ¿me amarías? –pregunté con el corazón latiendo a cien bajo su rostro. El guerrero se giró para mirarme a los ojos y apoyó su mejilla en mi pecho.

–¿Podrías tú responder a esa pregunta? ¿Me amarías si yo no fuese quien soy? No lo creo, somos quienes somos y es inútil tratar de imaginar otras circunstancias. Sé que te amo y sé que no eres una humana cualquiera. –Hubo un silencio en el que me permití por un instante fantasear sobre un futuro con Shapur.

–¿Alguna vez amaste a una humana? –pregunté. Deseaba saberlo todo, todo de mi guerrero.

–Cuando estaba vivo, estaba enamorado de una mujer –confesó con cierta melancolía–, pero después de convertirme todo se acabó.

–¿Cómo se llamaba?

–Aixa.

Cuando dijo aquel nombre mi sangre se heló. En mitad del Caribe, a treinta grados de temperatura y en plena noche, mi corazón se congeló como una merluza. Busqué respuesta en sus ojos, que descendieron antes de contestarme.

–Sí, es ella, es la reina Aixa la mujer de la que estaba enamorado cuando morí.

–¿Cómo? –No podía articular palabra; también se había congelado mi garganta. Él esperaba que dijese algo. Me incorporé en la cama, sentándome apoyando las manos en las rodillas, tratando de unir palabras para construir una frase–. ¿Y habéis estado juntos todos estos años? ¿Fuiste tú quien la convirtió?

–No, en absoluto. Yo estaba enamorado de ella como humano –explicó paciente, sentado frente a mí–. Sin embargo, aun a pesar de haber sido convertido, la idea de volver a verla estuvo martirizándome, noche tras noche, durante algún tiempo.

–¿Y lo hiciste? ¿Volviste a verla? –requerí, ansiosa por conocer la respuesta. Los refulgentes ojos de Shapur adelantaron la respuesta antes que sus palabras.

–Sí. Contra todas las recomendaciones de mi creadora decidí visitarla, espiarla sin que se percatase de mi presencia, ansiaba saber qué había sido de ella –relataba, con una calma abrumadora, y yo le escuchaba pasmada, ávida, expectante–. Cuando al fin la tuve ante mis ojos, supe que sería incapaz de controlar mi sed, y fue sólo un instante, me bastó una décima de segundo para ser consciente de que si me aproximaba demasiado, si lo intentaba, acabaría matándola. Era un vampiro neófito poderoso e incontrolable –admitía sin poder controlar el sutil pesar que translucían sus palabras–. Me he pasado la eternidad arrepintiéndome de aquella aciaga noche. Porque aunque me marché, desaparecí de su vida para siempre y regresé junto a mi creadora, a la que me uní por cien años, nos volvimos a encontrar de casualidad en otra ocasión; fue en México, hace unos doscientos cincuenta años –venga a sumar años; resultaba imposible para mi mente humana imaginar que se había tropezado con alguien hacía doscientos cincuenta años, así, sin más–. Ella me confesó que después de aquella fugaz visita había vagado buscándome, buscando lo que quedaba de mí, un *demonio de la noche*, como nos llamaban las antiguas leyendas, durante meses, hasta que encontró a algún vampiro que la convirtió a cambio de sus *favores* –relató con pesar y supe que Shapur aún sentía cierta culpabilidad sobre la trasformación de Aixa, que había estado buscándole cuando fue convertida–. Pero nada quedaba entonces de la mujer de la que me enamoré, se había transformado en un ser ambicioso, despiadado y egoísta, como todos los de nuestra especie, supongo. Tampoco yo tenía nada que ver en absoluto con el general del ejército persa, con el nieto del herrero del pueblo que ella conoció. –Shapur apoyó ambos codos sobre las rodillas, con las piernas entrecruzadas, observándome con cautela, atento a mi reacción–. Cuando el rey centroamericano se disponía a abandonar el trono, Aixa me pidió ayuda para ocuparlo y yo la ayudé, con mi espada y con mi nombre.

–¿A cambio de qué?

–A cambio de dinero, mucho dinero, y tierras. –Y de aliviar un sentimiento de culpa bimilenario del que presumiblemente la propia Aixa, consciente de ello, se había aprovechado, pensé.

–¿Y por qué sigues aún a su lado? Ya consiguió lo que pretendía, ya es reina.

–Porque le juré lealtad por dos siglos. Aún me restan cincuenta años protegiéndola, luchando en su nombre, después seré libre. –En todos los sentidos, me dije–. Nunca volvimos a tener nada, como vampiros me he limitado a luchar para ella, puedes estar segura de eso –advirtió, tranquilizándome, y no es que tuviese que darme explicaciones al respecto, al fin y al cabo si hubiese habido algo entre ellos no era de mi incumbencia, pues no estábamos juntos entonces–. Conmigo no hay mentiras, Anna, te lo dije, y te contaré hasta donde pueda o me callaré, pero no habrá mentiras, nunca.

–¿La niña...?

–No, no, la niña no es mía –aseguró, y sin saber por qué respiré aliviada.

–¿Y por qué abandonaría el trono el anterior rey?

Él sonrió mostrándome las nacaradas perlas de su boca y entendí que no podía contestarme. Acaricié su frente, paseé una mano por su cabeza afeitada y la besé. Apenas comenzaba a reponerme de la información recibida. Había conocido a dos mujeres de la vida de mi guerrero milenario, y de una de ellas confesó haber estado enamorado hacía tropecientos mil años, una mujer que había sido convertida durante su búsqueda, y para la que ahora trabajaba. Aquello era muy fuerte. Demasiada información.

Desconecté la cabeza de todo aquello y me concentré en el *aquí y ahora*, tal y como él me había pedido.

Adoraba estar así, haciéndonos arrumacos como cualquier pareja en la intimidad, dejándome querer, disfrutando de su compañía, un remanso de paz para mi mente y mis sentidos. No podía apartar los ojos de su ser, quería memorizar cada línea, cada surco, cada rasgo de su magnífico cuerpo, adoraba la curvatura de su mandíbula al unirse con el robusto cuello, los surcos de sus clavículas marcados en la piel oscura. Pero, sobre todo, adoraba los tiernos y voluminosos labios del guerrero, capaces tanto de atemorizar, mostrando los colmillos en gesto de amenaza, como de proporcionar los besos más ardientes.

Shapur debía salir a cazar para alimentarse, llevaba días sin tomar sangre viva, como él la llamaba, aparte de los pequeños tragos de la mía, y la necesitaba para controlar su *sed*. Así que me despidió con un tierno beso y regresé a mi villa, caminando por el serpenteante sendero de albero que unía las viviendas entre sí. Disfruté de la calma de la noche dominicana, porque a pesar de que los vampiros de palacio –desconocía cuántos habría en total– estarían despiertos, eran sigilosos, gracias a lo cual habían sobrevivido durante siglos.

Oí la televisión encendida dentro de mi apartamento, y cuando abrí la puerta no me sorprendió verlo sentado frente a ésta, zapeando, con los pies sobre la mesita y una copa de sangre en la mano.

–Buenas noches, Martin. Baja los pies.

–Hola, Anna. ¡Qué aburrimiento de tele! –dijo con un respingo, obedeciéndome en cualquier caso.

–Veo que te has traído un aperitivo. –Indiqué la sangre.

–Para *matar* el tiempo –bromeó levantando una ceja, acomodándose en su nueva postura–. Has vuelto a dejar abierta la ventana.

–Ya lo sé, no quería ponértelo difícil –dije mientras tomaba una manzana del frutero. Le di un bocado y me senté a su lado–. Supuse que vendrías a preguntarme por tu encargo. En aquel cajón del aparador están la libreta y la tarjeta de crédito.

–Guárdalas tú. ¿Qué tal el entrenamiento?

–Bien, aprendiendo mucho. El guerrero ha resultado ser un excelente profesor.

–Me alegro por ti, y por mí. –Sonrió, apagó la televisión y dejó el mando sobre la mesita para centrar toda su atención en nuestra conversación–. Yo también voy progresando a pesar de que Oswald es gilipollas.

–Eh, no digas eso.

–No quiere que venga a verte cada noche.

–No, ¿por qué?

–Creo que no se fía demasiado de ti. ¿No es gilipollas no fiarse de quien, según la profecía, va a salvarme y devolverme el trono de Gran Bretaña?

–¿Y tú crees en mí? Francamente, siento que me queda grande lo de ser La Dama de la Luz –confesé, aguardando su reacción.

–¿Crees que a mí no me queda grande ser el rey de la profecía, el que reinará por mil años con sabiduría y paz entre los vampiros? Por favor, Anna, que tengo quince años, que aún no me ha salido la barba –dijo señalando su mentón lampiño, haciéndome reír como hacía tiempo que no reía.

–Esos somos nosotros, Martin, una profesora de colegio, humana y cagada de miedo, y un vampiro adolescente asustado y sin barba. Pero lo vamos a conseguir –aseguré, ofreciéndole mi mano derecha para que la estrechase–. ¿Sabes lo que solía decir mi abuela? Si tienes miedo, es que eres capaz de hacerlo. Pues eso, iremos y nos los comeremos con papas fritas, van a ver toda la mala leche que se puede acumular en este cuerpo delgaducho.

–Y vengaré a mi padre.

–Por supuesto, lo haremos y lo haremos juntos. –Apretó mi mano con fuerza.

–No sé cómo Oswald puede dudar de ti, si algo tengo claro es que si puedo confiar mi vida a alguien, ese alguien eres tú.

Es lo que tiene recibir una estaca en lugar de otro, que te ganas su confianza para siempre. Pero yo necesitaba a un Martin seguro de sí mismo y de mí, en caso contrario los dos estaríamos perdidos. Por eso le había dicho lo que necesitaba oír. Qué importaba que ni yo misma creyese mis palabras.

–Mañana no vendré a visitarte, un vampiro que ha llegado hoy me ha invitado a una fiesta, un tal Aarón, parece un buen tipo.

–¿Una fiesta? ¿Fuera de palacio?

–No te preocupes, es una fiesta privada en un bar. Aarón es de confianza para la reina y hará de niñera conmigo. Además, necesito salir y dar una vuelta, necesito despejar la cabeza un poco –decía y parecía como si me estuviese pidiendo permiso, cuando no necesitaba hacerlo, él era el futuro rey.

–¿Y no puedo acompañarte?

–No, ¿estás loca? ¿Quieres ir a una fiesta de vampiros sin que ninguno acabe mordiéndote? –protestó, preocupado ante la perspectiva.

–Ten cuidado con lo que haces, Martin.

–Sí, señora. –Se incorporó cuadrándose ante mí, como un soldado ante su capitán, con la mano en la frente. Sonreí y él desapareció como una exhalación por la puerta.

Terminé mi manzana y busqué la cama apremiada, necesitaba descansar.

Capítulo 17

Bruja

Al día siguiente, tras el almuerzo –al que llegué con el tiempo justo, poco después de levantarme y cuando todo el mundo se marchaba, aunque Mamá Dorita había guardado para mí un plato de un delicioso guiso del que di buena cuenta–, decidí dar un paseo, explorar los alrededores.

Caminé en dirección al palacio, no tenía otra cosa que hacer que disfrutar de algunas horas de sol antes de que llegase el anochecer y con él mi entrenamiento. Las villas y el propio edificio señorial estaban disgregados en unos inmensos jardines de abundante vegetación, multitud de plantas, césped y altas palmeras, delicadamente cuidados para que luciesen como lo hacían, en todo su esplendor.

Pasé junto a la residencia real, vigilada por guardias con metralletas –el arma de moda para los no-muertos–, obviamente humanos, que me observaron acercarme pero no dijeron ni mu. Avancé más allá del edificio principal, donde la foresta espesaba, y hallé un sendero de piedras. Me propuse averiguar dónde concluía.

Lo seguí hasta alcanzar un pequeño estanque en mitad de la arboleda, con un agua tan transparente que podía ver las piedras del fondo, cubiertas de algas de brillo aceitunado, así como los pequeños peces que nadaban aquí y allá. De uno de los árboles, cuyas sarmentosas raíces se sumergían dentro del agua, colgaban infinidad de pequeños nidos de pájaros, como cestas diminutas pendiendo del revés, y en torno a los cuales coloridas aves revoloteaban presurosas de regreso a sus refugios ante la proximidad del ocaso.

Eran unos pajarillos de tamaño similar al de las golondrinas, con el lomo verde-amarillento y el pico muy fino. Pensé en mi padre, a quien le habría encantado verlos, fotografiarlos y a los que, como buen ornitólogo aficionado, hubiese dedicado un buen rato de observación.

Mis padres... Anhelaba tanto escuchar su voz, lo necesitaba, resultaría fortalecedor para mí oírlos. ¿Y si algo malo les había sucedido tras la noticia de mi muerte? Yo no podía saberlo. Y necesitaba enterarme de si estaban bien.

Me senté junto al estanque y comencé a tirar piedrecitas al agua, concentrada en mis pensamientos. Shapur me había dicho la noche anterior que cuando se *convirtió* no tuvo otra opción que la de romper con su pasado, desaparecer, pero yo guardaba la esperanza de poder recuperar mi vida cuando todo terminase.

Su caso era muy distinto al mío, él se había transformado en un no-muerto y yo era humana, eso no había cambiado, una humana especial, quizá, pero humana al fin y al cabo. No deseaba dejar detrás mi pasado, al contrario, y me preocupaba conocer cómo se encontraban mis seres queridos. Lo haría, los llamaría, aunque sólo fuese para oír su voz y colgar luego el teléfono. Pero ahora se hacía tarde, casi había comenzado a anochecer. Al día siguiente los llamaría desde un teléfono público de la ciudad.

De repente oí ruidos a mi espalda e inconscientemente mi cuerpo se preparó para un ataque, me puse en guardia. Pero entre la maleza apareció simplemente una muchacha que parecía haberme seguido hasta allí. Vestía un uniforme de doncella blanco y negro y su cofia estaba ladeada, probablemente la había enganchado en alguna rama.

Caminaba hacia mí y, eso sí, no traía cara de muchos amigos.

–¿Aurora? ¿Qué haces aquí? –pregunté dando un par de pasos hacia detrás. Estaba justo al filo del estanque.

–¿Quién eres tú? –preguntó ella con los ojos llenos de ira, con las mejillas encendidas por la rabia.

–¿Yo? Pues soy María, ya me conoces.

–No, ¿quién eres tú? Los vampiros te respetan, te tratan como una igual pero tú no eres vampira. –Alzó la cabeza buscando la luz del sol, que aún brillaba con relativa fuerza. –Está claro que no lo eres. Eres una bruja. –¿Lo preguntaba o lo afirmaba?

Tenía una mano a la espalda y comenzaba a darme miedo, bastante miedo.

Continuaba acercándose, ya estaba a menos de cinco metros de mí.

–¿Una bruja? –Intenté sonreír, pero es difícil cuando sospechas que van a agredirte–. Claro que no.

–¿Qué le has hecho a Shapur, bruja? –Estaba a menos de tres metros, y aunque intentaba ver qué ocultaba detrás de la espalda no lo conseguía.

–¿A Shapur? No le he hecho nada, está perfectamente.

–¡Lo has embrujado! –gritó furiosa, clavándome sus ojos negros.

–¿Porque no quiera acostarse contigo tiene que estar embrujado? Vamos, no seas tan engreída...

–Lo tienes dominado, no sale de caza, no visita a otras mujeres para alimentarse, pasa las noches encerrado en su casa bajo tu influjo. ¡Eres una bruja! ¡Pero yo te voy a destruir!

Y me arrojó lo que escondía.

Traté de apartarme pero no pude evitar que cayese sobre mí, estaba demasiado cerca. Era el líquido de un vaso de cristal, un líquido amarillento y maloliente que me empapó de pies a cabeza. Ella se apartó para contemplar mi reacción. Me miraba expectante. No sé, quizá pensó que saldría ardiendo.

Temí que se tratase de algún tipo de ácido, pero no, no me dolía, no me quemaba. Eso sí, aquello olía como un baño público. Sorprendida de mi no ignición, Aurora se acercó, mientras yo intentaba limpiarme.

–¿Pero se puede saber qué coño me has echado? –dije mientras me secaba el rostro con las manos.

–Orines de macho cabrío.

–¿Queeeé? ¡Serás puerca! –¡Qué asco! ¡Madre mía! Con razón apestaba tanto. Aquella mujerzuela despechada me había rociado con meados de cabra, y comencé a sentir náuseas.

–Deberían haberte quemado la piel, deberías estar deshaciéndote –decía decepcionada.

–No me digas –espeté conteniendo el vómito que finalmente no pude resistir. Las náuseas regresaban una y otra vez cada vez que respiraba aquel olor en mi piel, en mi pelo, en mi ropa, así que no lo dudé y me tiré al estanque.

Aurora esperaba fuera del agua, con la mirada fija en algún punto en el infinito. No podía creerse que continuase viva. En realidad casi me mata, pero de asco.

–No puedo creerlo –susurró cuando estuve de pie a su lado, calada incluso después de haberme enjuagado todo lo posible, intentando eliminar el fortísimo olor.

–¿Qué no puedes creer? ¿El qué? ¿Que no sea una bruja o que Shapur esté conmigo por su propia voluntad?

–Estaba tan segura de que eras... –musitaba para sí, arrodillada en el suelo, inmersa en su mundo.

Me largué de allí, estaba mojada, impregnada aún del olor de aquel áspero perfume, con el estómago descompuesto y una mala leche encima que no podía con ella. Me hubiese gustado tirarle a Aurora de los pelos y restregarle una mierda de perro por toda la cara para que probase su propia medicina, pero bastante tenía con saber que su amado la había abandonado por propio deseo y no por ningún hechizo.

Cuando entré en la vereda principal, a pocos metros de palacio, un vampiro, veloz como una ráfaga de luces de discoteca, se interpuso en mi camino, cortándome el paso. Efectivamente, durante mi rifirrafe con la doncella había anochecido y los no-muertos ya campaban a sus anchas. Era un vampiro de aspecto joven, de no más de veinte años, mulato, alto, delgado, con el cabello rizado muy corto. Vestía vaqueros y camiseta. Era realmente atractivo, ni siquiera una gruesa cicatriz que partía en dos su mejilla izquierda le desmerecía. Sus ojos permanecían clavados en el suelo, y cuando los alzó me recorrieron de pies a cabeza; su mirada estaba repleta de oscuridad.

–No deberías caminar solita por ahí –me advirtió con voz dulzona y melódica, acercándose a mí con pasos lentos.

–No me digas –repliqué, aún conservaba bastante mala leche acumulada de antes. El vampiro sonrió entonces maliciosamente y comenzó a olisquearme como un perro de caza. No necesitaba acercarse tanto, cualquiera hubiese distinguido el olor a orines desde el extremo opuesto a los jardines de palacio.

–Así que eres la nueva fulana de Shapur Akram. –Al parecer había percibido otra *esencia* distinta en mí–. He de admitir que el persa tiene buen gusto, pareces deliciosa. –Sus colmillos estaban fuera, y yo estaba preparada para un posible ataque–. Pero yo soy mucho más *talentoso* que tu guerrero, en *todo*. –Paseó la lengua por los caninos extendidos.

–Permítame que siga viviendo con la duda –dije, y el vampiro dio una sonora carcajada haciéndome temblar.

–Y además soberbia. Uhmm, más deliciosa. Lástima que tengas amo y que necesites una ducha.

Entonces, simplemente, se esfumó en el aire antes de que pudiese reprocharle haberme tratado como a una mascota, aunque me consolaba pensar que quizá el hecho de tener *amo* me hubiese salvado. Y lo de que necesitaba una ducha no podía rebatirlo.

Desde mi posición pude observar a dos guardias –vampiros– de la reina Aixa apostados a ambos lados de la puerta trasera de palacio, inmóviles. Uno de ellos tenía el cabello largo negro, completamente lacio, y rasgos de indígena centroamericano, y el otro era también moreno, pero más bajo y con la cabeza pelada al cero. Ambos me observaban en la distancia.

¿Habrían movido un dedo en caso de que el vampiro de la cara marcada me hubiese atacado? No lo creía. Al pasar por su lado les di las buenas noches en *agradecimiento*, desafiándoles con la mirada alzada, pero no hubo respuesta.

Alcancé mi villa y me duché, agoté el jabón y el champú, tendría que pedir a Lucía que los repusiese al día siguiente.

Oí llamar a la puerta y la abrí envuelta en un albornoz. La sonrisa que Shapur me regaló desde el umbral hizo que desapareciera todo el temor que había sentido minutos antes.

–Buenas noches, mujer.

–Buenas. –Lo abracé en la puerta y apoyé mi cabeza en su pecho, él acarició mi cabello húmedo y lo besó, entró en la casa y le ofrecí asiento en el dormitorio mientras me vestía.

–Estaba preocupado, había sentido algo raro mientras dormía, sentí que pasabas miedo y luego tensión. ¿Qué ha ocurrido?

–¿Hueles algo raro en mí? –pregunté abochornada, tomando unas bermudas del armario, y él hizo un gesto afirmativo sentado en la cama frente a mí–. Aurora me ha tirado pis de cabra por encima, creía que era una bruja y pensó que eso me destruiría.

–¡Pero cómo se ha atrevido! Me encargaré de que... –comenzó a renegar frunciendo el entrecejo.

–No, Shapur, no te preocupes. Tiene suficiente con saber que el motivo de tu alejamiento de ella es que... ¿que me amas realmente? –le inquirí con timidez. El guerrero sonrió ampliamente e hizo un gesto afirmativo con la cabeza.

–No imaginas cuánto me asusta enamorarme de ti –aseguró, tirando de mí hasta él, envolviendo mi cintura con sus poderosos brazos y acomodando el rostro en el blanco albornoz sobre mi pecho.

–¿Te asusta? Shapur, eres un guerrero persa con más de dos mil cuatrocientos años –bromeé, acariciando suavemente su cabeza afeitada con mis dedos. Él se apartó entonces de mi cuerpo para mirarme a los ojos.

–Pero tu amor me hace tan humano, tan vulnerable, que me da miedo –confesó sereno, observándome fijamente con sus ojos de ámbar. Se hizo el silencio, un silencio cargado de emoción por parte de ambos–. Bueno, vístete y salgamos a entrenar –concluyó.

–Hay algo más, me crucé con un vampiro de regreso a la villa que me asustó. Es mulato y tiene una cicatriz en la mejilla –relaté, sentándome a su lado en la cama.

–Aarón.

–¿Él es Aarón?

–¿Lo conoces? –preguntó desconcertado.

–Martin irá a una fiesta con él esta noche.

–Eso no es bueno, nada bueno. –Aquella frase me hizo dejar caer las prendas que tenía en las manos sin poder evitarlo–. Tranquila, Aarón no es bueno para él como influencia, es un vampiro brutal, despiadado y sanguinario, pero Martin no corre peligro –aseguró, recogiendo las prendas del suelo y devolviéndomelas.

–Vaya, ya me siento mejor –resoplé irónica, descansando la cabeza sobre su hombro un instante.

–¿Te hizo algo? ¿Te molestó? –solicitó el persa alerta.

–No, sólo te olió en mí y me dejó en paz. ¿Y cómo es que la reina Aixa le permite comportarse de esa manera en sus dominios?

–Aixa no es ninguna santa –advirtió Shapur, arqueando ambas cejas y arrugando la frente–. Y Aarón es uno de sus discípulos. Ella lo convirtió y le tiene un especial aprecio. También son amantes, lo cual le sitúa en una posición privilegiada.

–Una cosa más. ¿Cómo es que tiene una cicatriz en la cara? Vuestras heridas sanan tan rápido...

–Fue esclavo de los colonos españoles, y esa marca y otras que tiene en la espalda son de latigazos de entonces. Las cicatrices que tuviésemos previas a nuestra transformación no sanan, perduran por siempre, recordándonos cada noche, cada siglo, el sufrimiento que las provocó –relató, y me estremeció imaginar qué clase de golpes habrían provocado semejantes heridas.

–Debió de ser terrible.

–Peor fue su venganza –replicó, y no deseé saber más.

Shapur estaba radiante. Cuán bien le había hecho alimentarse de sangre *viva* la noche anterior. Su piel resplandecía ahora como el metal recién pulido, y sus ojos brillaban llenos de vida. No quería saber de qué o quién se habría alimentando, pero confiaba plenamente en él y en su juicio.

–Vamos, vístete, tengo preparada una sorpresa.

–¿Qué? –pregunté impaciente.

–Primero el entrenamiento. Date prisa.

Y entrenamos, durante horas. Aquella noche fui consciente de mis propios progresos, detuve el ataque de su vara con mis dagas en una ocasión y conseguí rozarle en varias ocasiones con ellas. Esto no quiere decir que no me golpease como unas cincuenta veces y me tirase al suelo otras veinte, pero siempre volvía a levantarme con ganas. Esto enorgullecía a mi instructor. Y rió divertido cuando intercepté su endemoniada arma de madera antes de darme, eso sí, en la frente.

–¿Ves como no eres humana? Ningún humano hubiese parado eso, ni siquiera uno de mis mejores soldados habría sido capaz de adelantarse a un vampiro. Aprendes en pocos días lo que un humano corriente tardaría meses.

Guardé silencio halagada, aunque tenía razón, había realizado veloces movimientos de manera instintiva, apartándome de la trayectoria del arma y situándome para detenerla. Había copiado pasos del propio Shapur como en una coreografía. Cada día me encontraba más segura y me hacía al manejo de las dagas, unas armas excelentes, dinámicas, muy poco pesadas y muy fuertes, perfectas para mí.

Cuando dimos por concluido el entrenamiento estaba completamente agotada, pero feliz y orgullosa de mí misma. Por primera vez me permití el lujo de considerar la posibilidad de ser la mujer de la profecía, de que yo, una maestra gaditana de veinticuatro años, fuese La Dama de la Luz.

El guerrero me pidió que lo esperase en el porche y marchó en busca de su sorpresa. Cuando regresó lo hizo paseando a lomos de un hermosísimo caballo castaño con largas crines negras, era un animal enorme y majestuoso.

–Ven. –Extendió su mano hacia mí, me atrajo, me levantó y me sentó en el caballo–. No puedo llevarte a tomar el sol, no puedo llevarte de compras, ni a almorzar, pero podemos hacer muchas otras cosas juntos –dijo, y a mí me parecieron unas hermosas palabras. Aunque yo no necesitaba nada de eso, me bastaba con tenerle a mi lado noche tras noche.

El también montó. Entonces reposé sobre su pecho, él apoyó su mejilla en mi hombro y azuzó al caballo para que tomase el camino hacia la playa. Era una noche hermosa, la luna había comenzado a menguar pero aún podía verse con total claridad. Descendimos la pendiente hacia la orilla. El aire olía a mar, a sal y a yodo, y la mejilla suave de Shapur acariciaba mi rostro mientras con sus manos alrededor de mi cintura dirigía al animal.

Las olas se estrellaban contra la arena una y otra vez, meciendo el caminar del equino. Nunca antes había montado a caballo, fue una sensación maravillosa. Estábamos completamente solos en mitad de aquella idílica playa bañados por la luz de la luna. El guerrero asía mi cintura con firmeza y besaba mi mejilla o mordía suavemente el lóbulo de mi oreja. Su mano acariciaba mi vientre, haciéndome temblar de deseo, ascendiendo hasta mis pechos por encima de la ropa. Shapur era un amante excelente e inagotable, la sola idea de hacer el amor con él me estremecía.

–Bajemos del caballo –pedí.

El guerrero bajó de un salto y me ayudó a descender, después golpeó las nalgas del animal, que trotó de regreso a las cuadras. Estábamos en el extremo de la playa opuesto al camino de acceso a las villas, resguardados por las enormes rocas que delimitaban la orilla en el norte.

Shapur me miraba fijamente a los ojos con sus sensuales labios entreabiertos y los colmillos resurgían ansiosos de mi ser. Lo besé apasionadamente. Su boca era suave, húmeda, y su lengua, templada por el deseo, se deslizaba por mis labios, acariciándolos, encontrándose furtivamente con la mía. Lo atraje hasta mí.

El guerrero intentaba deshacerme de la ropa, pero yo se lo impedí, contenía sus intentos de desvestirme una y otra vez, disfrutaba en demasía al sentirle tan excitado y cada vez que lo detenía su ansia aumentaba. Tan sólo le permitía acariciarme por encima de la blusa y él sonreía divertido y volvía a intentarlo. Consentí que me quitase la camiseta, pero no el sostén, y Shapur besó mis pechos a través de la prenda. Me tumbé en la arena y se recostó sobre mí. Finalmente rompió el sostén por la mitad con sus propias manos. Durante la siguiente hora me demostró intensamente hasta qué punto le había excitado mi resistencia.

–Me debes un sostén –le advertí entre risas, sentada en la arena mientras buscaba mi blusa.

–Estás mejor sin él –aseguró muy serio, observándome mientras me vestía–. Te compraré uno, palabra de Shapur Akram.

–¿Qué significa tu nombre? Es tu nombre original, ¿no? –dudé, pues sabía que a menudo los vampiros cambiaban de nombre para camuflar su larguísima existencia sobre la tierra.

–Sí, es mi nombre de nacimiento, y significa 'hijo del rey'.

–¿Ah, sí? –lo miraba curiosa mientras apretaba los cordones de mis zapatillas–. Pero tú naciste en un pueblecito pequeño, en Bactra, ¿no es así?

–En efecto. Mi madre, Amina, era una mujer muy valiente. Fue concubina del rey Jerjes cuando tan sólo era una niña. Quedó embarazada de mí, un hijo ilegítimo del rey, de ahí mi nombre. –Colocó ambas manos bajo su cabeza, recostado sobre la arena con los codos hacia arriba, como si tomase el sol, con la vista fija en la estrellada bóveda celeste–. Esto era algo bastante común para los reyes, tener hijos ilegítimos, pero Jerjes mostraba un interés desmedido por ella y por eso la reina Amestris decidió que era mejor deshacerse de aquella concubina predilecta.

Envió a alguien a asesinarla, pero mi madre escapó y huyó a Bactra, donde nací y crecí yo. –Era tan difícil de considerar para una mente humana que lo que me relataba era su vida y no una novela épica. Lo escuchaba alucinada.

–Pero tú serviste al rey Jerjes. –Recordaba nuestra conversación en el ferry hacia Belfast.

–Sí, años después, le serví como soldado. Fui muy estimado por mi valor y destreza con la espada y ascendido hasta capitán de su ejército en Frigia. Cuando supo quién era yo en realidad, me destinó junto con mis tropas a primera línea de fuego. Así llegué a las Termópilas, donde, como ya sabes, fui convertido. –Pobre Shapur, había sido enviado a la muerte por su propio padre. Debía de haber sufrido tanto, y sin embargo, ni una mueca de dolor ni de emoción se reflejó en su rostro. Cara de póquer vampira–. Y ya sabes de mí más de lo que nunca he contado a nadie.

–Te quiero, Shapur Akram, hijo de Amina; aquí y ahora, te quiero.

El guerrero sonrió complacido por mis palabras y aproximándose a mis labios me besó con ternura infinita. Recuperó el pantalón y las sandalias de cuero y, tras vestirse con equilibrio y elegancia de acróbata, me ofreció su mano para levantarme.

–¿Confías en mí? –preguntó, y yo asentí con la cabeza–. Pues cierra los ojos.

Le obedecí.

Entonces me abrazó fuertemente, rodeándome con sus fornidos brazos, y sentí un cosquilleo eléctrico en los pies que me invadía de modo ascendente hasta alcanzar mi cabello. Una energía increíblemente poderosa recorría mi ser como una autopista y percibía la sensación de estar flotando. Shapur me pidió que abriese los ojos y me encontré suspendida en mitad de la nada, abrazada al robusto cuerpo del guerrero milenario.

Estábamos a unos cien metros de altura sobre el mar, flotando en mitad del cielo estrellado. Y por extraño que parezca, no sentí miedo alguno, me sabía segura en los brazos de mi amante. La luna, más cercana de lo que nunca la había visto, se reflejaba en el agua del océano y devolvía su reflejo multiplicado. A lo lejos podía ver las villas iluminadas por los focos de los jardines, la alambrada circundante del palacio con la silueta de los guardias armados junto a las garitas de vigilancia y el palacio totalmente encendido en el exterior y con ciertas luces prendidas en el interior. La cercana isla Beata era una sombra en el horizonte y consideré que las lejanas luces que veía sería Barahona. Era maravilloso, no sentía la fuerza de la gravedad tirando de mí hacia abajo, sólo el tierno abrazo de Shapur que me asía contra su pecho, con sus ojos de ámbar que resplandecían como topacios mirándome fijamente.

–Te lo daré todo, todo lo que tengo, todo lo que tendré, todo lo que soy será tuyo, yo seré tuyo. Te amo, Anna, como jamás, vivo o muerto, he amado a nadie –decía con su voz grave, sosegada, y sus palabras emanaban verdad–. Si tú quieres.

–Claro que sí –respondí, y él apartó su brazo derecho de mí y lo mordió. Me asustó la idea de convertirme en vampiro, yo no quería eso, yo le quería a él, pero no quería ser un no-muerto, eso no, e iba a decírselo.

–No te asustes, no voy a convertirte, quiero que bebas de mi sangre mientras invoco a Lilith, la vampira primigenia, la madre de todos los no-muertos, eso creará entre nosotros un vínculo eterno, podré sentirte y tú podrás sentirme a mí, para siempre.

Entonces bebí de su brazo. Suspendida en el aire tragué su sangre milenaria antes de que la herida cicatrizase. Sorbo a sorbo su sabor resultaba más agradable a mi paladar. Shapur comenzó a recitar solemnemente unas palabras en un idioma arcaico, muy rudo, que jamás había oído antes. Y sentí cómo una ola de aire helado paralizaba mi cuerpo por completo; mis piernas, mis brazos, mi respiración, no podía mover un solo músculo, y segundos después los sentía vigorizados, con una vitalidad desconocida que hizo vibrar cada palmo de mi ser.

La energía fue desapareciendo gradualmente, dejándome sumida en un estado de completa calma y relajación. Entonces descendimos, despacio, al mismo punto del que habíamos partido.

–¿Cómo te sientes? –preguntó.

–¿Cómo se supone que debo sentirme?

–No lo sé, es la primera vez que hago esto –confesó observándome con curiosidad.

–Estoy bien. A decir verdad me siento genial, es como si hubiese cargado las pilas de golpe. ¿Y cómo te sientes tú? No sé cuánta sangre he bebido.

–No demasiada, no te preocupes. Me alegra tanto que hayas aceptado ser mi mitad humana.

–Shapur, no ha habido dudas en mi mente, te amo. Ha sido mágico, no podía imaginar que fueras capaz de volar, y aún no puedo creer lo que acabo de vivir.

–Me agrada que lo hayas disfrutado tanto como yo, mujer –aseguraba ciertamente feliz, asiendo mis manos entre las suyas–. En realidad, tan sólo puedo elevarme unos metros por minutos, no es como el vuelo de un pájaro.

–Aun así es espectacular...

–¿Regresamos? –me interrumpió. El guerrero no se sentía cómodo entre halagos. Yo sonreí, lo conocía ya lo suficiente como para saber eso. –Necesito alimentarme.

–También yo, estoy hambrienta.

Una vez en su villa calenté en el microondas la comida que Shapur había hecho traer para mí, un guiso de carne con salsa dulzona –como lo son todas las salsas en el Caribe–. Además, nunca fui demasiado delicada con la comida, tan sólo odio el ajo, desde que era pequeña, eso me supera, pero el resto de cosas me gustan.

El guerrero marchó en busca de su alimento y yo me acosté en la amplia cama de forja tras la cena, repasando mentalmente la insólita experiencia que acababa de vivir. Había aceptado ser parte de su vida inmortal y que él lo fuese de la mía, para siempre. Era consciente de que muchas cosas nos separaban, sin embargo, ahora también había algo que nos unía por encima de todas ellas.

Shapur regresó un par de horas antes de amanecer y permaneció a mi lado en la cama, con su cuerpo cálido por la sangre ingerida, hasta el momento de regresar a su escondite para resguardarse del nuevo día.

Ignorando mi propia norma de marcharme antes del alba permanecí durmiendo en su lecho, estaba demasiado relajada y a gusto como para levantarme y regresar a hurtadillas a mi villa.

Capítulo 18

Dínorah Dhampira

Unos golpes en la puerta interrumpieron mi placentero sueño, pero no iba a levantarme, ya se marcharía quien quisiera que fuese. Sin embargo volvieron a llamar, una y otra vez, hasta que me rendí a aquella insistencia. Me puse un albornoz de Shapur, que casi me daba dos vueltas completas, y abrí la puerta.

Joshua me miraba con sus ojos verdeagua impacientes, pareció sorprendido de verme allí, es más, parecía como si esperase encontrar a otra persona en mi lugar.

–Buenos días, señorita –me saludó, observándome de arriba abajo.

–Buenos días, Joshua.

–¿Ha visto a Aurora? –requirió ligeramente acelerado, nervioso.

–¿Yo? No.

–No se ha presentado esta mañana en su servicio en la lavandería y no ha pasado la noche en su habitación, su compañera Lucía pensó que la habría pasado con algún vampiro –sabía que en realidad pensaba que la había pasado con Shapur–, y al ver la hora que es, casi la una, y que no da señales de vida, hemos comenzado a preocuparnos.

–Pues yo no la he visto desde ayer por la tarde en el comedor –mentí. Si algo le había pasado a la doncella, lo que menos necesitaba era ser la última persona en verla, ésa es siempre el primer sospechoso, según mi máster en series policíacas; además de que nuestro último encuentro no había sido para nada amistoso.

–Gracias. Continuaré buscándola.

Los ojos del joven mulato reflejaban una gran preocupación. ¿Dónde estaría Aurora? La última vez que la vi estaba algo trastornada pero viva. Decidí ir hasta el estanque, a lo mejor aún estaba allí arrodillada, aturdida por algún tipo de shock sentimental, o a lo peor se había tirado al agua. No, no era lo suficientemente hondo como para que alguien se ahogase.

Esperaba que no hubiese hecho ninguna tontería. Pasé por mi villa y me cambié de ropa, fingí salir a correr escuchando música con mi mp3, mientras la actividad entre los empleados, a excepción de Joshua, continuaba como si nada pasase: algunos limpiaban el camino, otros cortaban el césped y otros regaban las plantas.

Sentía una poderosa energía desde que la antiquísima sangre del guerrero circulaba nuevamente por mis venas, y eché a correr hasta que alcancé el sendero hacia el estanque. Caminé sorteando la maleza, apresurada. Deseaba encontrarla en perfecto estado, o al menos no encontrar nada que indicase que algo malo le hubiese sucedido. Pero encontré algo y no era bueno.

Había un pequeño charco de sangre, no demasiado grande. Cualquiera hubiese pensado que se trataba de sangre de animal, cualquiera que no la hubiese visto arrodillada en aquel mismo lugar horas antes de que desapareciese. Además, también estaba el vaso que había contenido el *aromático* fluido vacío en el suelo.

Sabía que algo malo le había sucedido, y con tan poca sangre en el suelo debía de haber un vampiro metido en el ajo. Entonces una idea cruzó mi mente y sentí el pecho como si me clavasen un puñal. Varios metros más adelante del sendero, hacia el estanque, me había tropezado con un sediento no-muerto, Aarón.

Resoplé, sobrecogida ante mi propia convicción de haber descubierto al culpable de su desaparición. El cuerpo de Aurora nunca aparecería, es una de las normas de supervivencia de los chupasangres, deshacerse de los cadáveres, y son realmente buenos en eso.

Regresé por el camino, nadie me vio salir de la vereda del estanque, y llegué al comedor de la finca. Los empleados comenzaban a preocuparse seriamente por Aurora, conversaban entre ellos y especulaban acerca de su suerte. Mamá Dorita me llamó a su lado al verme entrar.

–Mire, señorita, que platillo tan delicioso estoy preparando. Se llama higopinto, ya verá como le gusta –decía la cocinera, mientras seguía recordando la imagen de la supuesta sangre de la doncella–. Están todos preocupados por la muchachita Aurora –explicó al percatarse de mi interés por lo que sucedía.

Yo dudaba si debía decir que había encontrado aquella sangre. ¿Qué ganaría con decirlo? Ni siquiera estaba segura de que fuese de la joven. ¿Cómo explicar que había ido directamente allí minutos después de que Joshua me advirtiese de su desaparición? Definitivamente, si Aarón la tenía aquello no ayudaría a Aurora, menos aún si ya la había asesinado. En cambio, sí podía hacerme parecer culpable, o cómplice de su muerte.

Decidí esperar a la noche y hablarlo con Shapur. Tan sólo restaban cuatro o cinco horas para el anochecer. Me senté a la mesa para comer, y en el extremo opuesto de ésta observé a Lucía, que conversaba con otra muchacha con el rostro profundamente compungido. Me pregunté si ella conocería los planes de su amiga de rociarme con pis de cabra y su hostilidad hacia mí. Desde luego, ya había alguien más que conocía mi relación con el guerrero persa: Joshua.

Podía oír lejanamente la conversación de las jóvenes dominicanas. Resultaba increíble, pues aunque estaban a varios metros de mí y susurraban podía escucharlas perfectamente, gracias sin duda a la sangre de Shapur.

–Yo no lo sé... estaba como loca –contaba Lucía–. Decía que iba a desenmascarar a alguien, pero no sé a quién, solo sé que estaba furiosa porque el señor Shapur la había rechazado. Yo ya le había advertido que tarde o temprano pasaría, que los vampiros son así, te utilizan hasta que se cansan de ti y después te dejan, pero ella pensaría que... No sé.

–¿Y si ha sido él? ¿Y si ha sido Shapur? ¿Y si fue a reclamarle algo y la mató? –sugería la otra muchacha.

–No, no creo que fuese tan estúpida de ir a reclamarle nada. –Sí, lo era, yo era testigo de ello–. Además, Shapur nunca desobedecería a la reina y estamos bajo su protección –explicaba Lucía, y yo agradecía su confianza en el guerrero.

–Entonces, ¿crees que no ha sido un vampiro? –preguntaba la otra doncella, con un atisbo de esperanza en sus ojos oscuros.

–No uno de la casa, no uno bajo el poder de Aixa. Ni siquiera sabemos que le haya pasado algo... –sollozaba Lucía. En su interior estaba segura de que algo malo le había sucedido a su amiga.

Joshua entró en el salón acompañado de otro muchacho.

–Ni rastro de ella –dijo al pasar al lado de ambas–. He recorrido todo el palacio, los jardines, la zona de las villas y no hay rastro de Aurora. Como alguno de esos chupasangres le haya hecho daño voy a eliminarlos a todos –comentó por lo bajo, consciente de mi presencia en el lado opuesto del amplio comedor.

–No digas tonterías –le reprochó Lucía–. Ella sabía perfectamente dónde se metía cuando aceptó trabajar aquí, al igual que lo sabes tú.

–¿Es que debemos permitir que nos coman? –resopló airado Joshua.

–No. Claro que no, pero aún no sabemos lo que le ha pasado y debes calmarte.

Pero el muchacho no estaba por la labor. Se sentó a la mesa y Mamá Dorita le sirvió el almuerzo, que apenas comió; se limitó a dar vueltas a la cuchara en el plato, sumido en sus pensamientos.

Detrás de sus cabezas distinguí un aparato al que hasta aquel momento no había prestado la menor atención, era un teléfono público. Probablemente la reina Aixa no permitía a sus empleados tener móviles o quizá eran demasiado caros y utilizarían aquel teléfono para comunicarse con sus familiares. Me preguntaba cómo podía haberlo pasado por alto.

Marché a mi villa en busca de los dólares dominicanos que me habían devuelto como cambio en mis compras en la ciudad y regresé al comedor. Éste se hallaba entonces completamente vacío y cerrado, aunque sin llave. Sentí una punzada de nervios en mi interior cuando cogí el auricular con mis manos.

No estaba segura de si debía hacerlo o no, pero tal y como estaban las cosas no podía pedirle a Joshua que me llevase a Barahona; era o desde allí o desde ningún sitio. El corazón me latía como una locomotora.

Marqué el prefijo español y los dígitos del teléfono. Eran las dos en Pedernales, por lo tanto en Cádiz deberían de ser las ocho de la tarde, justo la hora en la que papá estaría preparándose para bajar a la panadería a trabajar.

Sonó un largo y lejano piiiiii, después otro, otro más... No podía ser que no hubiese nadie en casa. Entonces alguien descolgó.

–¿Sí? –Era la voz de mamá. El corazón me dio un vuelco–. ¿Diga? ¿Hola?

–¿Quién es? –se oyó preguntar a papá a lo lejos.

–No lo sé, no contestan. ¿Diga?

–Pues cuelga, mamá. –Ahora era la voz de mi hermano. Y mamá colgó.

Dios mío, nunca imaginé que tendría la fortuna de poder escucharlos a los tres. Eché a llorar emocionada: cuánto los necesitaba. Sus voces, sobre todo la de mamá, sonaban tristes, pero al parecer estaban bien, que era mi mayor preocupación. Un gran descanso me invadió al saber de ellos, como si acabase de liberarme de una pesada carga que me acompañaba ya demasiados días.

Regresé a mi villa y me tumbé en la cama a intentar descansar, pero no podía dejar de pensar en Aurora. Probablemente estaría muerta; tenía casi la total certeza de ello.

Salté de la cama. Necesitaba liberar energía, hacer algo que me impidiese continuar dándole vueltas a la cabeza. Cogí mis armas y bajé a la playa a entrenar, a repasar los pasos aprendidos, a solas en mitad de la paradisíaca orilla. Y allí, arrullada por el susurro del mar, repetí los ejercicios una y otra vez, hasta la extenuación.

Notaba que iba mejorando mi habilidad, mi velocidad, y me sentía segura a cada paso, con cada movimiento, con cada quiebro. Ensayaba la defensa y también el ataque, en especial el contraataque, porque me obsesionaba lograr contraatacar con un golpe sobrehumano. La noche cayó sobre mí y subí veloz el camino hasta la villa. Estaba sudada, despeinada, agotada. Cuando abrí la puerta encontré a Martin en mi salón, esperándome. Esta vez sí que se había apresurado a visitarme.

–Hola, Martin, ¿qué tal estás? –le pregunté mientras depositaba mis dagas en la mesa del comedor.

–Hola, Anna. Tengo que contarte algo. –Su expresión, seria, me preocupó.

–¿Puedes esperar a que me duche?

–Sí, claro.

Si alguien hubiese cronometrado mi ducha habría dado fe de ser la más rápida de la historia. Quería conocer ya lo que mi invitado tenía que decirme. Me puse unos vaqueros y una camiseta y salí a su encuentro.

–Cuéntame –pedí sin rodeos, sentada frente a él. Martin dudaba y eso me asustaba. Cogí su mano helada, él elevó los ojos negros y los detuvo en los míos.

–Anoche pasó algo... algo malo.

–Habla.

–Es que no sé si debería...

–Martin Robinson, o lo sueltas ya o te daré una patada en tu real culo –espeté, no estaba como para aguantar rodeos.

–Pues... sabes que anoche salí con Aarón, y lo pasamos realmente bien, estuvimos en Barahona en la fiesta y bailamos, en fin, nos divertimos; es un tipo con mucho éxito con las chicas y yo tampoco me puedo quejar. –Ahora venía la parte mala; el muchacho debía continuar practicando su expresión facial–. Bueno, pues nos fuimos con unas chicas al coche y nos liamos. En fin, Aarón mordió a su chica y yo a la mía, que no se resistió porque liberé las endorfinas en su sangre. –Eso me lo había explicado William, sus colmillos liberan voluntariamente una sustancia al morder, anestésico y endorfinas, y la víctima ni siquiera es consciente de lo que le sucede–. Lo mismo hizo Aarón y nos alimentamos de ellas. Entonces Aarón la tendió en el asiento trasero y comenzaron a *hacerlo*. Yo estaba sentado delante y los oía perfectamente, y no podía concentrarme en lo mío. Soy casi virgen, no podía *hacerlo* allí, delante de él –explicaba frotando sus manos rítmicamente, nervioso–. Cuando terminó, yo ya había dejado de beber de mi pareja, lamí su herida y comencé a mirarla fijamente para penetrar en su mente, para borrar sus recuerdos. Aarón dijo que no hacía falta, bébetela entera, me dijo. –Qué simpático el predilecto de Aixa, como quien habla de una Fanta de limón–. Según él, las últimas gotas de sangre de un cuerpo son las más deliciosas...

–Martin...

–No pude, Anna, cuando vi el cuerpo muerto de su chica, muerto para siempre, con los ojos de par en par mirándome, no pude hacerlo –confesaba con una tristeza reflejada en su rostro de porcelana.

–Pero eso está bien. –Suspiré realmente aliviada.

–¿Bien? ¿Qué clase de vampiro soy? ¿Un vampiro que no es capaz de cazar?

–Un vampiro que no es capaz de matar, no hace falta matar para alimentarte. Puedes beber de varias personas sin causarles la muerte, es lo que hace William, es lo que hace Shapur...

–Ya, pero ellos lo han elegido, yo es que no puedo –insistía, profundamente preocupado.

–¿Y qué fue de la chica?

–Aarón le partió el cuello.

–¡¿Qué?!

–Saltó sobre mi asiento, la arañó con las uñas y bebió de sus heridas –lo describía acongojado, entrecerrando sus ojos negros–. Finalmente le partió el cuello para que dejase de moverse, clavó ambas manos en su pecho y separando las costillas le extrajo el corazón que aún latía y lo lamió. Y yo no hice nada, estaba paralizado de miedo.

–¡Madre mía! –exclamé atónita–. Pobrecillas. –Aarón había arrasado en su primera noche en palacio, yo había visto en sus ojos que era capaz de todo eso y de mucho más, pero acababa de confirmar mis sospechas, del todo–. ¿Y qué podías hacer tú?

–No lo sé. Estoy hecho un lío. Pude intentar impedírselo pero ni siquiera sé si era lo correcto. Tú no lo entiendes porque no eres uno de los nuestros, tu instinto no te pide seguir adelante, no te pide matar y no sé si lo correcto es hacerlo o no hacerlo, si fue Aarón el que se equivocó o fui yo –aseguraba, realmente desconcertado. Con la cabeza agachada, el cabello cubría sus manos, con las que a su vez ocultaba su rostro.

–Mira, Martin, tienes razón. Yo no puedo entenderlo, pero la respuesta a tu pregunta la tienes tú: ¿qué sentiste cuando las mató de esa forma tan cruel? –El joven príncipe dudó, buscando mis ojos, sorprendido por la pregunta–. ¿Cómo te sentiste tú?

–Mal. Se habían entregado a nosotros sin resistencia, hubiésemos podido borrar sus recuerdos fácilmente, no había necesidad de matarlas.

–Pues ahí lo tienes. Sé que eres un depredador y que cabe la posibilidad de que alguna vez, alimentándote, mates a alguien, pero ello debe ser por necesidad, no por diversión. Lo contrario no es de cazador, es de psicópata.

–Tienes razón, Anna. Creo que mi padre opinaría como tú. –Me acerqué y besé su fría mejilla cariñosamente, y él me abrazó.

Alguien llamó a la puerta, dejé al adolescente en el sofá y al abrirla encontré los hermosos ojos de ámbar de mi guerrero, que brillaban más dorados aún si era posible. Vestía uno de sus pantalones árabes negros, con el atlético torso al descubierto como de costumbre, y una sonrisa de bienvenida. Estaba realmente atractivo aquella noche. Cargaba un pequeño paquete entre las manos, le pedí que pasase al interior y vio a mi invitado sentado en el sillón.

–Buenas noches, príncipe Martin.

–Buenas, Shapur. Os dejo a solas –dijo incorporándose, tirando de los bajos de su bonita camisa de algodón para adecentarla.

–La reina quiere que nos reunamos en el palacio dentro de dos horas, todos los vampiros de palacio y tú también, Anna, en el salón de recepción –comentó el guerrero.

–Nos vemos entonces ahora –dijo el joven heredero, dedicándome una mirada de agradecimiento antes de irse.

–¿Para qué es esa reunión?, ¿lo sabes? –le pregunté a Shapur.

–No. Toma –dijo mientras me entregaba el paquete que había traido consigo. Lo desenvolví y encontré un bonito sostén blanco de encaje. Sonreí complacida–. Siempre cumplo mis promesas.

–Pero, ¿cómo has sabido mi talla? –pregunté, y él se rió, mostrándome su mano derecha entreabierta.

–Te tomé medidas –afirmó haciéndome reír.

Lo besé. El guerrero sabía cambiar mi estado de ánimo como nadie, y era tal la seguridad que me transmitía que si me pidiese que saltara de un avión en pleno vuelo lo haría. Shapur se acurrucó conmigo en el sofá y me besó de nuevo.

–Tenemos un par de horas –susurró a mi oído con su aliento de hielo. Pero a mí me urgía contarle algo que probablemente estaría relacionado con la reunión de la reina Aixa aquella noche.

–Shapur, ¿sabes que Aurora ha desaparecido?

–Sí, me lo ha dicho Samuel, uno de los sirvientes –admitió sin emoción.

–No pareces preocupado.

–¿Debo estarlo? –Su frialdad me enfureció.

–No sé, una chica con la que has estado acostándote durante dos años ha desaparecido y probablemente le haya pasado algo malo, ¿y no lo sientes ni un poco?

–¿Sentirías tú que desapareciese tu filete? Ella no era nada mío, Anna. –Me pareció una comparación tan cínica que me incendió por dentro.

–Ah, ¿sí? ¿Y qué soy yo para ti? ¿Una ensaladilla rusa? ¿Unas patatas alioli? –Mis palabras lo ofendieron y enojaron profundamente. Me cogió por los hombros y me zarandeó, aunque levemente. Me acercó a escasos milímetros de sus ojos de fuego.

–No te compares a nadie, Anna, nunca –dijo tan solemne como un juez que dicta sentencia, y yo tragué saliva, sobrecogida–. Tú lo eres todo, creo que anoche lo dejé bien claro, lo eres todo para mí. Pero no soy humano, no intentes decirme qué debo hacer o qué debo sentir, porque no soy un mortal. A veces pareces olvidarlo.

–Lo lamento si te he ofendido, discúlpame. –Acaricié su suave mejilla y el guerrero atrapó mi mano entre su mentón y su hombro–. Pero es que creo que sé qué le pasó. –Él no pareció sorprendido por mi revelación, aguardaba indiferente mis palabras–. Creo que Aarón la mató. Anoche, cuando me tropecé con él en el camino ella estaba aún en el estanque y esta mañana he visto sangre allí.

–Anna, olvídalo –pidió sin más.

–¿Que lo olvide? Shapur, Martin acaba de contarme que anoche mató a dos chicas más. Es un asesino.

–Todos lo somos ¿no? Todos los vampiros somos asesinos, está en nuestra naturaleza –defendió sin demasiada convicción.

–Shapur, cariño. –Sujeté su rostro de acero entre mis manos con suavidad–. Yo sé que no es así, yo he visto al vampiro que hay en ti, yo amo al vampiro que hay en ti, y sé que no es un monstruo que disfruta despellejando y torturando para alimentarse.

–No sabes las cosas que he hecho en el pasado –respondió apesadumbrado.

–Pero sé quién eres ahora, Shapur Akram, mi guerrero persa, mi amante y el único en el mundo al que confiaría mi vida. No puedes pedirme que me calle, si la reina me pregunta si sospecho quién mató a Aurora diré lo que sé –advertí. Shapur apoyó resignado el rostro en mi cuello–. Está en mi naturaleza. –Imité su frase y sentí cómo sus labios se estiraban en una sonrisa sobre mi piel.

–No servirá de nada, es su favorito. –Besó mi cuello.

–Aun así lo diré.

–Es uno de sus gobernadores, el gobernador de Haití, el mandatario más sanguinario del Caribe. –Besó la línea de mi mentón.

–Lo diré.

–Es el padre de Layla, la hija de la reina Aixa. –Besó mi barbilla.

–Hablaré.

–Estaré preparado para un ataque entonces –dijo retirándose de mi piel, analizándome con sus sobrenaturales ojos dorados.

Golpearon nuevamente la puerta, acudí a abrirla, dejándole en el sofá, inmerso en sus reflexiones.

Quedé petrificada ante la imagen de quien ante mí se encontraba.

Era un vampiro alto, rubio, con el rostro pálido como la más pura nieve y unos ojos de mar que me atravesaron con un solo pestañeo.

William.

Permaneció de pie, mirándome fijamente, sin decir nada, esbozó una fugaz sonrisa mientras yo aún no terminaba de creerme que estuviese frente a mí. Tenía el cabello rubio peinado hacia detrás, algo revuelto. Se había dejado crecer una pequeña barba, sólo perilla, que le hacía más guapo e incrementaba su aire de respetable Sir inglés.

–¿No vas a invitarme a pasar? –solicitó ante mi mutismo, con su suave acento londinense.

–Sí, claro, pasa. –Me hice a un lado y atravesó el umbral con su andar sosegado, mientras mi corazón trataba de calmarse.

Ambos vampiros se miraron e hicieron un leve gesto a modo saludo. Shapur, tan sorprendido como yo de la visita de William, lo observaba con recelo, repartía sus miradas entre él y mi reacción, pero el caballero inglés continuó con paso seguro hasta situarse de pie a su lado.

–William, ¿cómo estás?, ¿y qué haces aquí? –acerté a preguntar.

–Bien, gracias. –William tan sólo me miraba a mí, fijamente, me desafiaba con sus ojos transparentes, y Shapur aguardaba alerta para saber qué había venido a hacer allí. La tensión podía cortarse con un cuchillo–. Traigo noticias de la reina viuda y la princesa Louise. Tras aterrizar tuve que presentar mis respetos a la reina Aixa, y ahora he venido a hablar con el príncipe Martin y contigo. –William no tenía prisa, hablaba con su flemático tono habitual, ignorando al guerrero, que comenzaba a estar de los nervios, lo sentí, su rostro no reflejaba nada.

–Martin acaba de marcharse, pero dime, ¿cómo están?

–Están bien, escondidas, sobreviviendo a duras penas, pero a salvo por el momento.

–¿Por el momento? –preguntó Shapur a su espalda.

–Sí –respondió William sin girarse a mirarlo, tan sólo me miraba a mí, fija e interminablemente–. Digo por el momento porque el círculo se está cerrando en torno a ellas. White tiene merodeadores recorriendo el país de arriba abajo. Es todo lo que sé.

–¿Y para contarles esto has cruzado el atlántico? –inquirió Shapur, molesto.

–No. –Continuaba con la vista fija en mí, poniéndome ya nerviosa; era como si pudiese desnudarme con los ojos–. Obviamente no. Necesito hablar con Anna a solas. –El guerrero me miró buscando una respuesta.

–Lo que tengas que decirme puedes hacerlo delante de Shapur –comenté.

–Es sobre tu familia –me advirtió.

–Di. –Sentí la desaprobación reflejada en los ojos de William.

–Lo primero es que todos están bien. –Eso ya lo sabía, gracias a Graham Bell y su teléfono–. Y lo segundo es que he descubierto quiénes fueron tus padres biológicos.

Aquella noticia me dejó sin aliento, cómo podía haberlo conseguido en tan pocos días. Sin embargo, no sabía si quería saberlo. Mi corazón latía apresurado. Shapur me miró, lo había sentido, había sentido mis palpitaciones como yo sentí su deseo de tenerme a su lado. Tomé asiento junto a él, y William tuvo que girarse hacia nosotros para seguir mirándome.

–¿Es que estás investigándola? –preguntó el guerrero irritado.

–Son órdenes de Tammy Shue –expliqué impaciente, porque sí, quería saberlo, en mi interior lo deseaba–. Dime, William, ¿qué has descubierto? –Él miró a Shapur como si temiese revelar lo que sabía delante del guerrero.

–Tu padre se llamaba Mateo De Serra y era banquero, un ejecutivo inteligente y adinerado, pero un humano corriente al fin y al cabo. –Hizo aquí una pausa–. Y tu madre, Anna, se llamaba Sarah Murphy, una aristocrática dama inglesa que además era... era una vampira.

–¿Queeeé?

–Estás diciendo que Anna es... que es... una... híbrida –balbuceó Shapur, con una mezcla de miedo y fascinación en su voz de ultratumba.

–Sí –respondió William, apesadumbrado–. Probablemente, cuando Anna nació, al comprobar que la niña era aparentemente humana y descubrir la marca sagrada, su madre decidió dejarla en el convento para que las monjas la cuidasen. Quizá trataba de apartarla de su mundo y protegerla así de sus semejantes.

–¿Qué...? ¿Que soy una híbrida? –Shapur tapó mi boca. Al parecer no debía repetir aquella palabra, no al menos en voz alta.

–No grites, alguien podría oírte –señaló el guerrero liberándome la boca–. Oh, ahora entiendo tantas cosas. Por eso el sabor de tu sangre es tan...

–Diferente –concluyó William, y el guerrero lo miró molesto. Ambos habían bebido mi sangre. Me sonrojé, como un pavo.

–William, ¿estás completamente seguro de lo que cuentas? –insistió Shapur, a lo que el caballero inglés asintió con la cabeza.

–He entrevistado a cientos de personas; he revisado una tonelada de información, incluida la partida de adopción; he visitado a vampiros de la zona que recuerdan a Sarah, aunque por supuesto desconocen que estuviese embarazada, de manera que estoy completamente seguro de lo que digo –afirmó de modo incontestable.

–Tiene sentido, tiene sentido que Dínorah sea una híbrida.

–¿Va alguien a explicarme qué pasa? Es imposible que sea hija de una vampira, los vampiros no tienen hijos, no con humanos; incluso entre vampiros es algo excepcional. Yo no soy una vampira –balbucía desconcertada.

–No lo eres. –Trataba de tranquilizarme Shapur, que puso su fornida mano sobre mi hombro–. Al menos una mitad de ti no lo es. Eres un error de la naturaleza.

–Vaya, gracias. Con piropos de ese estilo se conquistan los corazones.

–Eres una dhampira, mitad vampira, mitad humana. Tu fuerza, tu agilidad, tu sangre no son humanas y sin embargo puedes convivir con ellos a la luz del sol, alimentarte con su comida... –describía William, pero yo no podía creerlo. Cómo iba a ser mi madre biológica una nomuerta.

–¿Una qué? Que no, que hay algún error, tiene que haberlo... Y si así fuera, ¿por qué es algo tan terrible?

–Sólo conozco dos casos de híbridas, ambas mujeres. El primero se dio hace unos diez siglos, y fue entregada como ofrenda a un rey vampiro y *drenada* siendo una niña. El segundo eres tú –relataba Shapur, con el miedo reflejado en los ojos, lo cual me asustaba aún más–. Según la leyenda, el vampiro que bebe hasta la última gota de sangre de un híbrido podrá enfrentarse a la luz del sol, disfrutar de uno o quizá varios días caminando entre los humanos sin morir abrasado. –Ahora entendía el temor de Shapur. William asentía con la cabeza a sus palabras.

–¿Y entonces? ¿Pensáis que si alguien lo supiese intentaría matarme? –Dudé algo que era terriblemente obvio.

–Imagina estar durante años, durante siglos, sin ver la luz del sol, sin sentir el calor de los rayos solares en la piel. Cualquiera mataría por volver a disfrutar del día, aunque fuese una sola vez. –El guerrero apretaba su mano helada sobre mi hombro y William nos observaba incómodo–. Nadie debe saber esto, ni siquiera Martin Robinson. Nadie, Anna.

–¿Y qué pasa conmigo? ¿Qué soy? Voy a terminar convirtiéndome en vampiro, o me moriré como humana, o no me moriré o... ¡Dios mío, me va a estallar la cabeza!

–No lo sé –confesó Shapur–. En casa tengo varios libros, y hay uno escrito en persa antiguo que creo que hace alguna referencia a *los-que-caminan-bajo-el-sol*, que es como llamaban en la antigüedad a los seres como tú. Voy a buscarlo.

Shapur marchó en pos de su libro. Yo ni siquiera sabía cómo me sentía, aquella revelación era sencillamente inconcebible para mí. Cuando recién comenzaba a hacerme a la idea de ser la dichosa Dama de la Luz, me enteraba de que ni siquiera era completamente humana, que era una especie de ser intermedio. William caminó hasta mí y tomó asiento a mi lado, cogió mi mano entre sus manos, delicadas, tersas, árticas.

–Por eso vine personalmente a informarte, no podía arriesgarme a que mi teléfono o algún otro estuviesen pinchados. Tammy Shue no debe saberlo; ella es demasiado ambiciosa –dijo elevando mi rostro, obligándome a mirarlo a los ojos–. Tendré que inventar otra historia, que falsificar documentos, pero ella no puede conocer la verdad.

–Gracias, William.

–Sabes que haría cualquier cosa por ti. –Sus ojos de mar me traspasaban, haciéndome perder en su inmensidad. Me abrazó en un gesto terriblemente humano de consuelo y yo reposé mi rostro sobre su pecho.

–Tengo tanto miedo, ni siquiera sé qué o quién soy, mi mundo se está desmoronando y cuando comienzo a intentar recomponerlo vuelve a caerse a mis pies como un castillo de naipes –murmuraba sobrecogida, pero terriblemente cómoda entre sus brazos.

–No debes tener miedo, Anna. –William comenzó a acariciar mi cabello castaño con sus dedos, y yo respiraba el tierno perfume de su cuello. Tantos recuerdos regresaban a mi mente–. Tú sabes quién eres, has vivido veinticuatro años sin saber lo que acabo de contarte, y continuarás haciéndolo a pesar de saberlo. Tu vida será diferente, tú misma eres diferente a la muchacha que me encandiló con sus hermosos ojos verdes en casa de los Robinson, pero en esencia eres la misma. Humana, vampira o híbrida, eres auténtica.

William sujetó mi mentón y elevó mi rostro, entonces se inclinó y me besó. Fue un beso dulce, tierno, intenso, que removió las ascuas de nuestro amor, diciéndome que aquello no había terminado. Pero no podía ser. Lo aparté de mí y me levanté, alejándome de él.

–No, William, no.

–Anna, te amo, no sé cómo quieres que te lo diga. Te amo como hace demasiado que no amaba a nadie, te necesito y sé que también tú me amas a mí –dijo como si fuesen las palabras mágicas para abrir la cueva de Alí Babá.

–Estoy con Shapur, aunque tú ya lo sabes. –William desvió la mirada al suelo, quebrantado–. No niego que siento algo por ti, pero ahora estoy con él y me hace muy feliz, le quiero.

–No lo creo –respondió secamente–. Te esperaré, esperaré a que te des cuenta de que te equivocas.

Shapur abrió la puerta de la villa, traía el libro en sus manos. También había tomado la espada, que portaba enfundada a su espalda. Nos observó a ambos sumidos en un mutismo extraño, ¿habría sentido el beso?

Podría haber sentido mi corazón acelerarse, pero no saber que William me había besado. Me mostró su libro, en el que podía ya haber una receta de pollo al chilindrón o cualquier otra cosa que no lo iba a poder leer, pues estaba escrito en persa antiguo, y me era totalmente indescifrable. Ni siquiera podía distinguir dónde terminaba una palabra y empezaba la siguiente. Menos mal que Shapur sí lo entendía.

–Dice que un dhampiro es un ser intermedio, con más proximidad a vampiros o humanos, según el individuo –explicaba–. Se desconoce su capacidad de longevidad y son mortales a las lesiones, como los humanos. Generalmente son inmunes a las materias naturales a las que somos sensibles los vampiros, como el ajo o el oro. Sus capacidades se irán desarrollando progresivamente y son desconocidas. Supongo que nunca ha vivido ninguno lo suficiente para comprobarlo. El libro hace muchas conjeturas y habla de rituales mágicos que realizar con su sangre, su piel, su cabello... Lo siento, es todo lo que tengo –lamentó Shapur, cerrando el grueso ejemplar manuscrito.

–Gracias, Shapur.

–Tenemos que reunirnos con la reina Aixa –recordó el guerrero.

–Es cierto. William, tenemos una reunión con la reina –expliqué. Cogí la cinta con mis dagas, desconocía si las necesitaría.

–Os acompañaré.

Caminamos hasta el palacio; los guardias de la entrada, armados hasta los dientes, nos dejaron pasar, y mis dos acompañantes me cedieron el paso en la puerta. Cuánta caballerosidad.

Capítulo 19

Al alba

El edificio estaba en calma, se oían murmullos en el salón donde al parecer sólo faltábamos nosotros. En el interior de la concurrida sala había un importante número de no-muertos, la mayoría desconocidos para mí.

La reina Aixa permanecía sentada en su sofá violeta, ataviada con un vaporoso vestido de algodón excesivamente pegado a la piel. El contorno de sus pezones hubiese cortado la respiración a cualquier homo sapiens macho. Su larga cabellera negra le caía sobre las rodillas como cascadas de ónix. Tenía los labios maquillados con carmín rojo, el cuello ostentosamente decorado por un hermosísimo collar de plata con incrustaciones de enormes piedras preciosas y en su rostro la eterna expresión de mujer fatal terriblemente atractiva. No, definitivamente no cabía duda del buen gusto de Shapur.

A su lado en el sillón se encontraba la joven Layla, en la que sin duda comenzaba a despuntar la belleza heredada de su progenitora, pero con un incomparable brillo de candidez reflejado todavía en su rostro.

Martin, que conversaba junto a una de las ventanas con Oswald, formalmente peinado hacia un lado –nada quedaba ya de su despreocupado flequillo-tapa-ojos–, acudió a saludar a William, emocionado ante la posibilidad de recibir noticias de su madre y hermana.

Aarón permanecía de pie, a espaldas de Aixa y su hija. Me dedicó una mirada perversa al reconocerme en la puerta. Había varios vampiros más, una decena, todos hombres jóvenes, de pie, alrededor de la monarca. Reconocí a dos de ellos, los había visto haciendo guardia en la puerta de palacio la noche antes y los había saludado.

–Bueno, ya estamos todos –advirtió Aixa ante nuestra llegada. Sin duda éramos los últimos en acudir a su llamada–. Si lo desea, señor Smith, puede quedarse con nosotros, no tengo inconveniente en que permanezca en esta reunión.

–Será un placer –dijo con su suave voz el Sir inglés, masajeándose la perilla rubia con sus dedos mientras tomaba asiento en un lateral de la sala, como quien se dispone a ver una película en el cine.

La reina se incorporó, Layla también, observaba atentamente cada movimiento de su madre, dispuesta a aprender todo lo necesario para ser una buena regente, supuse.

–Ya sabéis por qué os he reunido –decía con aire aburrido. Los vampiros no se andan con rodeos–. Hoy, uno de mis empleados, en representación de todos ellos, ha venido a rogarme ayuda porque una de mis doncellas ha desaparecido. Todos conocéis las normas de palacio, las normas impuestas acerca de los empleados humanos. Son de mi propiedad, son intocables, pues así debe ser para mantener la estabilidad y su servicio voluntario. –Su voz se endurecía, le enojaba imaginar que alguien pudiese desobedecer sus órdenes–. Era una doncella de confianza de esta casa, y no es que me importe lo más mínimo lo que le haya sucedido, pero necesito saber si alguno de vosotros ha desobedecido mis órdenes. Si alguno lo ha hecho que tenga el honor de confesarlo aquí y ahora.

Se hizo el silencio. Un silencio espeso como la niebla de Londres. Yo miraba a Aarón y él me observaba desafiante, expresando que no me atrevería a hablar. Además, qué iba a saber yo.

El silencio sepulcral continuaba. Casi podía oír a Shapur rogando dentro de su cabeza que yo no abriese la boca.

–Bien, entonces tendrán los humanos que buscar culpables entre ellos –sentenció la reina. Yo permanecía callada. Pero ¿iba a callarme lo que sabía? La verdad me quemaba en la lengua. Pensé en los ojos negros de Aurora, que probablemente nunca más volvería a abrir.

–Majestad –exclamé. Sentí el sobrecogimiento de Shapur a mi espalda y comprobé un brillo de temor en la mirada celeste de William. La reina hizo un gesto pidiéndome que me acercase–. Creo que sé algo.

–Habla pues, con total libertad.

Tragué saliva y fue como intentar tragar un estropajo.

–Ayer, al anochecer, estaba en el estanque trasero de palacio con Aurora, estábamos hablando. La dejé para regresar a palacio y me tropecé con Aarón, que estaba sediento, podía sentirlo. Y es probable que no me atacara al haber olido a otro vampiro en mí –confesé, pero esta vez sin pudor, no tenía de qué avergonzarme, tanto yo como mi amante éramos libres y adultos, bueno, el guerrero bastante más adulto que yo, unos miles de años más–. Estoy segura de que ellos dos también pudieron verlo. –Señalé a los dos vampiros que custodiaban la puerta la noche anterior, y ambos asintieron ante la atenta mirada de la monarca, aunque en absoluto les agradó que los involucrase en mi relato–. Aarón desapareció en dirección al estanque donde seguramente aún permanecía Aurora. Esta mañana, al enterarme de la noticia, volví allí y encontré una pequeña mancha de sangre.

Aarón se movió con la velocidad de un relámpago y antes de pestañear lo tenía frente a mí, muy cerca. William se removió en su asiento, Shapur dio un paso hacia él, preparados para repeler un posible ataque.

–¿Acaso vas a consentir que una humana me acuse? –preguntó ofendido a su reina y amante, muy muy cerca de mi rostro. Podía sentir su aliento de escarcha sobre mi piel.

–No es cualquier humana, es la profética Dínorah, y le debes el mismo respeto que a cualquiera de los nuestros –advirtió, y el vampiro mulato pareció sorprendido por la aseveración de la reina. La maldad que destilaban sus ojos casi podía atravesarme–. También tú –la reina Aixa me señalaba con su índice, con tono amenazador– has de saber que ser La Dama de la Luz no te salvará si mientes. El castigo a la injuria es la muerte. –Volví a tragar saliva–. ¿Es cierto lo que dice, Aarón? ¿Mataste tú a la doncella? Yo fui quien te creó; si me mientes, lo sabré.

Aarón desapareció de mi lado con la misma velocidad que antes y se situó junto a su amante, hincó una rodilla en el suelo y tomó sus manos en un sobreactuado papel de arrepentimiento.

–Lo lamento, majestad. Sí, la maté yo. Era deliciosa y peleona; no pude resistirme –confesó con sarna, esperando una palmadita en el trasero y, hala, a otra cosa, mariposa. Podía haberlo negado, habérmelo puesto difícil, al fin y al cabo, qué pruebas podría presentar yo para acusarle, pero se sentía intocable y prefería alardear de ello–. No volverá a suceder. –Besó las manos de su reina, pretendiendo su perdón.

–Por supuesto que no –declaró Aixa sin modificar la severa expresión de su rostro–. Detenedlo –ordenó, y los guardias apresaron al vampiro, que no terminaba de creer lo que estaba sucediendo–. Cóatl, ponle las esposas –ordenó la reina al vampiro indígena de larga melena azabache.

–Aixa, ¿qué haces? No puedes hacer esto, no puedes castigarme por matar a una humana... –dudaba el condenado, incrédulo ante lo que estaba sucediendo.

–Sí puedo. Has matado a uno de *mis* humanos, te has apropiado de la vida de uno de *mis* humanos, has desobedecido mis órdenes deliberadamente y sabes cuál es el castigo por ello. Y te has saltado las reglas demasiadas veces, Aarón. Por la estabilidad de mi reino no puedo permitirlo.

El vampiro mulato comenzó a resistirse, era bastante poderoso pero no lo suficiente como para escapar de cuatro no-muertos con similar fuerza y agilidad. El tal Cóatl se enfundó unos guantes de malla plateada –similares a los utilizados por los carniceros– y con éstos abrió un cofre de madera tallada sobre el aparador, del que sacó unas brillantes esposas de oro. Con sumo cuidado las colocó en las muñecas del detenido, que intentaba liberarse inútilmente. Su piel comenzó a quemarse como si le hubiesen rociado ácido por encima. Olía a carne chamuscada, un hedor realmente repugnante.

–Aarón ha desobedecido las órdenes de su reina y se encontrará con el sol al alba, sufrirá la peor de las agonías. Es el castigo a quien pretende vulnerar el orden y la estabilidad de este reino –advirtió la reina de un modo solemne, recorriendo a todos los presentes con sus ojos turquesas. Su decisión era irrevocable. Aarón dejó de forcejear, sabiéndose definitivamente muerto–. Dínorah y un representante humano asistirán al cumplimiento de mi sentencia.

La reina mandó abrir una puerta en el lateral de la sala y un compungido Joshua entró en la habitación, con la vista fija en el pavimento como respeto. Tenía las mejillas enrojecidas, el rostro desencajado, había estado llorando durante horas. Yo no podía imaginar que Aurora y él tuviesen una relación tan estrecha.

–Joshua, gracias al testimonio de nuestra invitada y a la confesión del propio Aarón conocemos que Aurora está muerta –dijo Aixa sin un ápice de sentimiento. Joshua rompió a llorar ante todos los presentes, que lo contemplaban con cierta repulsión, "Débiles mortales", parecía escrito en los rostros de cada uno de ellos. Sentí la tentación de acudir a abrazarlo, a consolarlo, pero me contuve, tampoco yo debía mostrar mis flaquezas–. Aarón será castigado por su acción y pagará con su vida eterna, se encontrará con el alba ante tus ojos y los de la señorita Ledesma.

–Gracias –gimoteó el muchacho.

Salimos al patio trasero, donde los guardias ataron al detenido por las extremidades mediante cadenas no demasiado gruesas, también de oro, a un enorme bloque de piedra con grilletes. Observé que lo importante era el material en sí, no el grosor de éste, probablemente mi cadenita infantil con la medalla de la Virgen Niña hubiese tenido el mismo efecto sobre la piel del vampiro.

Aarón estaba cada vez más débil, colgaba de sus brazos sin fuerzas, pero no se lamentaba, a pesar de que la piel de sus muñecas y tobillos se chamuscaba como el papel con una cerilla.

Yo no había reparado antes en aquellas piedras situadas en mitad del jardín posterior estratégicamente colocadas, pero observando sus dimensiones y formas desde mi nueva perspectiva no dudaría en pesar que habían sido utilizadas en más de una ocasión para castigar a insurrectos, humanos o vampiros.

William observaba desde una distancia prudencial, al fin y al cabo era sólo un invitado. Oswald tenía un leve y disimulado gesto de reprobación en su faz que me hizo pensar que temía algo, sin poder explicar por qué.

–Faltan cinco horas hasta el amanecer. Cóatl, permanecerás vigilando al traidor; Joshua y Dínorah, deberéis estar aquí para entonces –ordenó Aixa, y se giró, dando la espalda al detenido para siempre. Procedía a retirarse a palacio, seguida de la joven Layla. ¿Sabría ésta que aquel que iba a salir ardiendo como un cohete de feria era su padre? ¿Le importaría, en caso de saberlo? A su madre parecía no preocuparle lo más mínimo.

Y a mí me había sido otorgado el dudoso honor de asistir a tan gratificante espectáculo. Todos nos retirábamos hacia el interior, cuando percibí algo en el aire. Una vibración. Un siseo que me heló la sangre, nadie más pareció notarlo.

Me di la vuelta y me lancé sobre Martin, que caminaba unos pasos por detrás de mí, tirándolo al suelo, salvándole la vida. Con los gavilanes de mi daga dorada detuve la estaca, firmemente asida por la mano de una mujer vampiro pelirroja que, como un rayo, había surgido de la nada.

Julianne.

Clavó sus ojos ensangrentados de ira en los míos, apretando la estaca en su mano, tratando de atravesarnos a ambos. Yo la contenía con todas mis fuerzas.

–¡Dínorah! –exclamó, antes de que sus ojos se tornaran blancos y de que mi daga de madera de jatoba partiera en dos su inmóvil corazón. La apuñalé enérgicamente.

Su grito fue agudo y profundo, y se descompuso sobre mí en una explosión que me bañó de sangre y pegajosas vísceras de pies a cabeza.

Todo ocurrió en décimas de segundo, sin que ninguno de los presentes tuviese tiempo de reaccionar. Shapur, el no-muerto más cercano a mí, sólo fue capaz de correr hasta nosotros y ayudarme a levantar del suelo.

Los demás permanecían en silencio observándome, supongo que sorprendidos, mientras trataba de limpiarme el sanguinolento emplasto de todo mi cuerpo, del cabello, del rostro, de la boca, del pecho, estaba toda empapada de restos de vampiro. Aún boquiabierto, Martin comprobaba que todas sus extremidades estaban intactas. Se encontraba bien, ya podía dar fe de ello.

–Enhorabuena, Shapur, tu entrenamiento está dando resultados –felicitó la reina al guerrero con su inexpresivo rostro, regresando a nuestro lado con todo su cortejo–. Te felicito también a ti, Martin Robinson, tienes suerte de estar bajo su protección. ¿Alguien sabe quién era?

–Una enviada de White, sin duda –exclamó William a su espalda. Hubo una fugaz mirada cómplice entre él y yo–. Han encontrado a Martin.

–Puede que te hayan seguido –sugirió Shapur con intención de molestar al Sir inglés.

–No es posible, sé cubrir mis pasos –espetó William.

–Bueno, de cualquier forma, éste ya no es un lugar seguro, debemos trasladaros, príncipe Martin, quizá a Acapulco o a Puerto Rico, mañana mismo –proclamó la soberana centroamericana.

–Si su majestad me lo permite, creo que es el momento de partir hacia Londres –afirmé segura de mis palabras. Aquella había sido mi prueba de fuego, estaba lista, me sentía lista, nunca lo estaría como entonces. Mi respuesta acarreó estupor entre mis incondicionales.

–¿Ya? –dudó Martin, sobrecogido.

–Sí, majestad –debía hablarle con respeto, era mi rey y había una decena de vampiros a nuestro alrededor–. Creo que es el momento.

–De acuerdo. Si el príncipe está conforme, mañana mismo partiréis hacia Londres. Dínorah, cámbiate y ven a verme –ordenó la reina centroamericana.

–Sí, majestad.

Cuando la reina y su comitiva estuvieron lo suficientemente lejos como para no oírnos, William, Shapur y el príncipe heredero me rodearon con la misma expresión de desconcierto en sus rostros. Intentaba adivinar cuál de ellos me preguntaría primero si estaba loca.

–¿Estás loca? –Fue Martin–. Has vuelto a salvarme la vida y te estoy muy agradecido pero...

–No. Es lo que siento, siento que es el momento.

–Anna, no estás preparada aún, te queda mucho que aprender. –William trataba de convencerme, visiblemente preocupado.

–Ha llegado el momento, no tengo nada que esperar. Es ahora, lo sé.

–Anna... –trató de protestar el caballero inglés.

–Tengo que cambiarme –dije, y salí corriendo hacia mi villa.

El guerrero persa me alcanzó junto a la puerta. Me pidió que lo acompañara a su casa. Llenó la tina por completo, deseaba apartar toda aquella porquería de mi piel. Tuve que vaciarla y volverla a llenar nuevamente, y me sumí en un relajante baño de agua caliente, muy caliente. Shapur me limpió con mimo, pacientemente, en silencio; nadie sabe permanecer en silencio como los no-muertos, ellos no necesitan justificar cada segundo con palabras. Lavó mi cabello, mis hombros, mi espalda, con suavidad.

–¿Tú también piensas que estoy loca? –pregunté mientras el guerrero me secaba con una esponjosa toalla blanca.

–Yo no dudo de tus capacidades, sé que eres poderosa, pero hablaré con Aixa para que me permita acompañaros.

–Esta noche he sentido algo, Shapur, algo que no puedo explicar. Al matarla, me he sentido... bien. No he dudado en arrebatar su vida, no tengo remordimientos, y eso me asusta.

–Es tu parte vampira, Anna, que despierta poco a poco. Siempre ha estado dentro de ti, pero tus sentimientos humanos la tenían adormecida. Ha comenzado a despertar.

–Me da miedo.

–No lo tengas –aseguraba, con su voz grave y solemne, con los ojos de ámbar brillantes–. Dentro de ti siempre sabrás discernir lo correcto de lo que no lo es, estoy seguro, confío en ello, pero no intentes aplicar la lógica humana a tus actos, pues no eres humana. –¿Y eso cómo se hace?, me pregunté.

–Creo que la reina no te permitirá acompañarnos, eres demasiado valioso para ponerte en riesgo –confesé apesadumbrada.

–Lo intentaré. Sabes que puedo ser muy persuasivo –aseguró, haciéndome un guiño cómplice. Luego me besó en el cuello, justo bajo el mentón; sus suaves labios se curvaron sobre mi piel. Fue un beso tibio cargado de erotismo. Además yo estaba completamente desnuda, a su merced, y el solo perfume de la piel del guerrero me hacía estremecer. Se trataba de un sentimiento notablemente intensificado desde el ritual de la noche anterior, pero Shapur continuó con su tarea, terminó de secarme sin más.

Envuelta en un albornoz regresé a mi villa, mientras el guerrero marchaba a hablar con su señora.

Mientras me vestía reflexionaba acerca de lo que acababa de suceder. Julianne había venido a terminar el trabajo que su compañero Máximo comenzó en Lastheaven. Patrick White sabía ya que habíamos escapado y dónde nos escondíamos, pero lo más sorprendente fue que la asesina me llamase por mi nombre sagrado: Dínorah.

Dínorah.

Un motivo más para que White pretendiese eliminarnos lo antes posible. Ahora Martin Robinson no era un vampiro adolescente desvalido, ahora tenía, según la profecía –que aún estaba por comprobarse–, una poderosa aliada, La Dama de la Luz. ¿Cómo podía saber aquello?

La noche era cerrada, refrescaba, todo lo que puede refrescar en un clima tropical donde el invierno sencillamente no existe. Varias de las villas tenían encendidas las luces del interior, también el edificio de los empleados, probablemente Joshua les había informado de lo sucedido y aguardarían con ansia el amanecer.

Caminaba sumergida en mis pensamientos, envuelta en la silenciosa noche, en dirección al edificio señorial. Sintiéndome quien era, dispuesta a vivir lo que me había tocado y a hacerlo lo mejor posible.

Varios metros antes de alcanzar la puerta de palacio oí un murmullo, alguien mantenía una conversación telefónica escondido entre las palmeras que daban al acantilado sobre la playa. Me detuve en seco y escuché.

–Stansted, sí, diez y media, XGF 453. –Era la voz de Oswald. Podía oírlo gracias a Shapur y a su poderosa sangre, que disparaba mis sentidos.

El vampiro repeinado colgó. Temí que me descubriese escondida tras uno de los arbustos, pero el viento soplaba en dirección contraria y no pudo olerme. Poco después desapareció.

¿Qué había sido aquello? ¿Con quién hablaría? ¿Qué significaban aquellas palabras?

La reina me esperaba de nuevo en el salón, acomodada en su habitual sillón, acompañada por Oswald de pie junto a una ventana y Martin sentado frente a ella, con el semblante serio. Shapur se habría marchado ya, supuse.

–Siéntate –pidió la soberana, y yo me aproximé a Martin, tomando asiento a su lado–. Aquí tienes. –Me entregó una de esas fundas transparentes con documentación en su interior–. Oswald os ha reservado por Internet los billetes. Partís la noche próxima, a las cinco, hacia París.

Observé la información impresa en folios corrientes. Sí que estaban al día en tecnología aquellos vampiros.

Partíamos a las cinco de la mañana desde Las Américas, y a las ocho y media de la tarde estaba prevista nuestra llegada al aeropuerto parisino. Cuarenta y cinco minutos más tarde volaríamos hasta el aeropuerto londinense de Stansted, al que arribaríamos a las diez y media, hora local, en el vuelo XGF 453.

Era el código que le oí comunicar a Oswald por teléfono. Estrené mi nueva cara de póquer para disimular mi descubrimiento. Al parecer algo había aprendido rodeada de no-muertos, o quizá es que esta capacidad estaba en mis genes.

–Muy bien, muchas gracias, majestad, por su diligencia.

–Sólo hay un billete de avión, en primera clase, Martin y Cóatl viajarán en sus ataúdes –me informó la monarca.

–¿Cóatl?

–Sí. Cóatl es un excelente soldado azteca, él es mi enviado. –No había recurso posible a sus palabras; yo no tenía derecho a exigirle la compañía de Shapur, ni el más mínimo.

–Majestad, me gustaría hablar con usted acerca de mi papel como representante vampira de la ejecución del castigo de Aarón, en privado –le pedí. Con un leve gesto de sus delicadas manos, Aixa despidió a nuestros dos acompañantes.

Conversamos a solas, durante un buen rato, de un tema completamente diferente al recientemente tratado, y nuestra pequeña reunión resultó tranquilizadora, al menos para mí.

Martin Robinson me esperaba junto a la entrada, apoyado sobre la pared. Al verme dio un respingo y comenzó a caminar junto a mí en dirección a la villa. Cuando estuvimos lo suficientemente lejos de los guardias de palacio se decidió a hablar.

–Shapur ha estado aquí –me informó trasluciendo cierto apremio en la voz.

–Ya lo sé.

–¿Y sabes que ha discutido con Aixa? –comentó ligeramente irritado.

–No.

–Quiere venir con nosotros.

–¿Y eso es malo? Shapur es el vampiro más poderoso que jamás he visto –dudé desconcertada por su actitud.

–Anna, ¿es que no lo entiendes? –preguntó como si fuese retrasada–. Han discutido, su reina se lo ha prohibido expresamente, y aun así él asegura que se marchará con nosotros. ¿Sabes lo que eso significa? Traición. ¿Y sabes cuál es el castigo para la traición? La muerte definitiva, la misma que vas a presenciar al amanecer. –Aquellas palabras me paralizaron, ¿sería Aixa capaz de matar a Shapur por intentar ayudarnos? Fuese o no capaz, no podía permitirlo–. Aixa le ha comentado que su enviado será Cóatl, el caballero jaguar; le ha dicho que él ha terminado su misión con nosotros y que debe obedecerla o atenerse a las consecuencias. Si no lo hace, Aixa enviará un mercenario tras otro hasta que logren matar a Shapur. ¿Qué vas a hacer, Anna? Shapur no parecía dispuesto a acatar las órdenes de la reina.

¿Qué iba a hacer yo? Estaba segura de que el legendario guerrero no cedería a mis ruegos si admitía conocer la amenaza de la reina centroamericana, lo conocía lo suficiente como para saber que ninguna amenaza de muerte detendría su inquebrantable voluntad. Shapur prefería luchar y morir a mi lado en combate a esperar sentado noticias de nuestra incursión contra Patrick White, aunque ello le acarrease la condena de su regente.

La solución llegó a mi mente como una daga envenenada, que me alivió y torturó al mismo tiempo. Sabía cómo detenerlo o al menos cómo intentarlo.

–Martin, ¿dónde está William? –requerí urgida.

–Supongo que en su villa, es la tercera a la derecha de palacio.

Cuando estuve frente a la puerta del Sir inglés sentí apresurarse mi corazón, sudar mis manos y agitarse mi respiración. Dudé en entrar o no, tuve la tentación de marcharme, de salir corriendo, pero él, que parecía haber oído los latidos de mi agitado corazón desde dentro, abrió la puerta.

Me contempló en silencio, escudriñando mi rostro en busca de una respuesta con el mar en calma de sus ojos y el cabello rubio suelto sobre los hombros. Su villa olía a café, a café recién hecho, casi podía percibir la aromática esencia en sus manos, en su piel helada.

Lo besé. Y William, sorprendido, respondió a mi beso enardecido. Sus labios anhelantes parecieron fundirse con los míos, su boca suave, fría, exasperada, aún recordaba mis besos, y la mía aún recordaba los suyos.

Me llevó dentro, aprisionándome con su cuerpo contra la puerta, besándome ardientemente, recorriendo mis labios, mi cuello, mis clavículas, en un arrebato de pasión irrefrenable, con los colmillos plenamente extendidos por el deseo. Me sentí mal, terriblemente mal por disfrutar aquel beso, por desear ir más allá.

Intentó deshacerse de mi ropa, perdiendo sus manos bajo mi blusa, pero lo aparté de mí despacio, venciendo su resistencia a separarse de mi piel, así como la mía propia. No, William, no, suspiré, terriblemente excitada, y huí presa del miedo que sentía de mí misma, de lo que sería capaz de hacer. Abrí la puerta y me marché.

Antes de que el olor del deseo, del furor del vampiro rubio abandonase mi piel, me detuve ante la puerta de Shapur. Estaba abierta, así que pasé dentro. Lo encontré de espaldas, su fornida espalda tatuada, doblando uno de sus pantalones e introduciéndolos en una pequeña mochila. Había varias cosas sobre la mesa del salón, preparadas para el viaje supuse, su espada, algo de ropa, unas sandalias... Me miró de soslayo y mi corazón se paralizó cuando inspiró recibiendo mi esencia.

–Shapur, tenemos que hablar.

–Habla –respondió sin girar su morena cabeza afeitada, sin mirarme a los ojos.

–Es sobre la misión, el viaje a Londres... –Él continuaba en su quehacer, ignorando mi presencia–. Shapur, no puedes venir conmigo... No quiero que vengas conmigo –dije con la voz más firme que fui capaz de emitir, aproximándome a él, quería que no tuviese ninguna duda. El guerrero podría oler a William en mí, debía haber sentido acelerarse mi corazón durante nuestro beso, el deseo que había despertado en mí; él podía percibir mis emociones, aunque desconociera el motivo de éstas, qué las había producido. Pero continuaba guardando silencio y comencé a sentir su ira dentro de mí–. Me he dado cuenta de que sigo enamorada de William y no creo conveniente que me acompañes en este viaje, lo preferiría...

–¿Es lo que quieres? –preguntó de pronto con su voz grave, girándose, clavando en mí sus ojos de fuego. Rabia. Rabia. Rabia. Podía sentirla–. Anoche no tenías dudas, anoche aceptaste ser mi *mitad*, ¿y hoy simplemente has cambiado de opinión?

–Lo lamento, no me había dado cuenta de cuánto lo amaba hasta que lo tuve de nuevo frente a mí, pero ahora sé que quiero estar con él, ya no tengo dudas. –Mentí y sentí su dolor, el dolor de la traición, un dolor inmenso. La expresión de su rostro de bronce, en cambio, tan sólo emitía ira, una ira contenida hacia mí.

–¿Sabes cuál es el castigo para el vampiro que se apropia de la humana de otro? –sugirió dolido.

–No soy tu humana, Shapur, no soy de tu propiedad, ni siquiera soy completamente humana –aclaré, procurando no modificar mi expresión de convencimiento–. No quiero hacerte daño, lo siento, pero pienso que lo mejor es que nos alejemos el uno del otro. –Sucia, sucia y ruin mentirosa, así me sentía, pero creía hacer lo correcto.

–Así será. Ahora sal de mi casa.

Y me marché, conteniendo las lágrimas, tragando el terrible dolor que sentía en mi corazón, mi dolor y también el suyo. Dolor y desprecio. El guerrero era demasiado orgulloso para reprocharme algo más y demasiado caballero para ofenderme, pero su desprecio se clavó en mi pecho como una afilada estaca. No podría perdonarme, aunque le confesase el motivo de mi actitud. No me perdonaría que lo hubiese engañado. Nunca.

Martin me esperaba en mi villa. Rompí a llorar ante sus ojos confundidos de adolescente. No quería mostrarme débil ante él pero tampoco podía contener más las lágrimas. El heredero del trono británico me abrazó en silencio, sin preguntas, sabía que había logrado mi objetivo. Shapur no traicionaría a su reina por acompañarnos, no importaba cómo. Había logrado salvarle y esto era lo más importante. Entonces ¿por qué me sentía como una rata miserable? Lloré hasta que no quedaron más lágrimas en mis ojos y rendida me dormí sobre el regazo del muchacho.

Justo antes de marchar a resguardarse del naciente día Martin me despertó, había dormido por una hora o poco más en el sofá, con el futuro rey guardando mi sueño. Retorné mi camino hasta palacio, los guardias vampiros habían sido ya reemplazados por vigilantes humanos. El atisbo del brillo del halo solar comenzaba a despuntar en la lejanía sobre las montañas cuando alcancé el patio trasero. Mi tarea me aguardaba.

Cóatl, el caballero jaguar, esperaba pacientemente mi llegada, y al verme acercarme inclinó la cabeza en un gesto de respeto, ondeando la larga cabellera de ónix, como un soldado que da el relevo a otro, y desapareció.

Joshua se encontraba a mi derecha, en silencio, justo frente al condenado. Aarón era un espectro de lo que un día fue, estaba derrotado, su cuerpo fláccido colgaba de sus brazos encadenados a la enorme piedra, con los ojos cerrados y su cabeza gacha, pegada al esternón. Me acerqué a Joshua. Ya no lloraba, pero su aspecto demacrado indicaba que lo había hecho durante toda la noche.

–Gracias –masculló–. Gracias a ti pagará por asesinar a mi hermana.

–¿Aurora era tu hermana? No lo sabía, lo lamento muchísimo.

–Ninguno de ellos lo habría delatado, aunque lo hubiesen visto matarla; ninguno lo habría confesado –aseguraba consternado, con la voz congestionada. En eso tenía razón–. Aurora no ha sido la primera, pero será la última mujer a la que hace daño este demonio. Deberíamos eliminarlos a todos.

–No, Joshua. –Tomé su mano, pero él la retiró–. No todos los humanos somos culpables de los crímenes de nuestros semejantes, tampoco ellos.

–Mi hermana confiaba en ellos, estaba enamorada de Shapur, la muy ilusa; por eso acudí a buscarla a su casa en primer lugar.

–Y me encontraste a mí. –El hundió el rostro en sus manos y echó a llorar–. Yo conocí poco a tu hermana, parecía una mujer valiente e inteligente, pero no podemos mandar en nuestro corazón, no puedes culparla por eso.

Mis palabras no iban a aplacar su odio, o su dolor, ambos eran demasiado intensos. El sol comenzaba a despuntar y sus rayos avanzaban hacia donde estábamos, lentamente.

–Lo peor es no tener siquiera su cuerpo para poder enterrarla, para mostrarle nuestro respeto...

–Ni lo tendrás nunca –lanzó un no-tan-moribundo Aarón, alzando la cabeza desafiante. La esclerótica de sus ojos estaba completamente tintada de sangre–. La descuarticé con mis propias manos y la arrojé al mar, cómo gritaba la muy puta...

–¡Maldito engendro, voy a matarte! –gritó Joshua dolorido, buscando algún tipo de objeto punzante en el suelo, algo con lo que poder atravesarlo, presa de la rabia. Incluso intentó arrancar una de las finas ramas del árbol más próximo mientras el sol continuaba ascendiendo.

–No, Joshua, no, eso es lo que quiere, quiere que le estaques para morir rápidamente –señalé, y el joven mulato se detuvo al instante–. Encontrarse con el sol es la peor muerte posible para un vampiro, la más dolorosa.

–¡Cállate, zorra! –exclamó el condenado, descubierto.

–Vas a arder, malnacido, vas a arder hasta el infierno –espetó Joshua.

El sol se alzó al fin en el horizonte alcanzando el cuerpo del vampiro, que comenzó a chamuscarse bajo el baño de luz. Su piel ardía como si hubiese sido rociado de gasolina, sus ropas, su cabello, todo prendía como en una pira de San Juan.

Gritó. Gritaba con los ojos muy abiertos, fijos en el astro rey, también éstos envueltos en llamas. A medida que la estrella se alzaba en el horizonte la intensidad de sus rayos aumentaba, así como las llamaradas en el cuerpo del vampiro, que se retorcía de dolor, tratando inútilmente de liberarse de su atadura.

Una flama de humeante vapor inundó nuestro derredor y el olor a carne quemada invadió el ambiente. El vampiro se consumía lentamente ante nuestros ojos, hasta que quedó reducido a un puñado de negras cenizas en el suelo. Una mancha con silueta humana quedó marcada sobre la roca. El horrible proceso se había prolongado al menos una hora, fueron sesenta minutos de terrible agonía. Y no, bajo ningún concepto quería ese fin para Shapur. Ahora sabía que había hecho lo correcto.

Joshua se marchó. Había observado deshacerse con rabia a su enemigo, pero la imagen de aquel ser sufriendo, convulsionando hacia la muerte definitiva frente a él, no le devolvería a su hermana, sólo le grabaría una horripilante imagen en su retina, como lo había hecho en la mía, para siempre.

Regresé a mi villa y me acosté. Añoré el olor del guerrero en mis sábanas y en mi piel. Me pregunté si lo añoraría por siempre, si nunca más volvería él a mirarme amorosamente con sus ojos de ámbar, a acariciar mi cuerpo con sus robustas manos, a amarme haciéndome diminuta entre sus brazos.

Dormí durante horas. El mío fue un sueño vacío y oscuro, como mi alma aquella noche.

Capítulo 20

El regreso

A la mañana siguiente –mi mañana comenzó a las tres de la tarde– preparé mi equipaje, recogí mis pertenencias de la villa y ocupé mi mente limpiando la casa como una buena huésped.

Telefoneé por línea interna a Mamá Dorita al comedor y le pedí que me trajese el almuerzo a la villa, no deseaba encontrarme con el resto de empleados; no sabía cuál sería su reacción para conmigo, y no me apetecía hablar con nadie. La cocinera dejó la bandeja en el banco del porche y la recogí cuando se hubo marchado. Sentí mis ojos enrojecidos aún por las lágrimas del día anterior y no podía borrar de mi cabeza la imagen del rostro de Shapur. Su mirada de desprecio me atormentaba, pero debía aprender a vivir con ello.

Demasiadas cosas para una sola noche. Había descubierto no ser humana, al menos totalmente; había delatado a un vampiro asesino, que finalmente fue condenado a la peor muerte posible; había evitado un nuevo intento de asesinato de mi protegido, besado a un ex y dejado a mi guerrero, por su bien, y tuve que asistir en primera fila al horrendo final del vampiro condenado. Una noche completita.

Pero el día que había acabado con la vida de Aarón concluía y una nueva noche caería pronto, la noche en la que Martin Robinson, heredero al trono vampiro británico y Dínorah, su dhampira protectora, partirían en busca de su destino.

La oscuridad me sorprendió tumbada sobre la cama. Había estado intentando dormirme de nuevo tras una reparadora ducha y cuando parecía conseguirlo alguien llamó a la ventana de mi dormitorio con los nudillos. Era William. Abrí y él pasó al interior. Masajeaba el rubio bello de su barba pensativo, de pie frente a mi lecho.

–¿Qué fue lo de anoche, Anna? –preguntó finalmente–. ¿Me utilizaste para dar celos a tu novio?

–Sí, lo hice –confesé avergonzada–. Necesitaba hacerlo y lo hice. Shapur estaba dispuesto a traicionar a su reina para marcharse conmigo y tenía que convencerlo de que estábamos juntos, que no tenía sentido arriesgar su vida eterna por mí.

–Lo que yo no fui capaz de hacer, ¿no? Dejarlo todo por ti –advirtió dolido, ladeando la mirada, rehuyendo mis ojos.

–Jamás te lo hubiese pedido de saber las consecuencias, jamás. Sólo tenías que habérmelo dicho, pero no fuiste capaz de confiar en mí lo suficiente, no fuiste capaz de abrirte a mí, sin miedos, sin pudores, una vez más. Si me lo hubieses dicho no te habría odiado todo este tiempo.

–¿Aún me odias? –preguntó enfrentando mi rostro en busca de la respuesta.

–No, claro que no. Confío en ti, William, plenamente, y espero tenerte siempre, pero no puedo darte nada más allá de una amistad –confesé, no era lo que hubiese deseado oír pero era lo máximo que podía ofrecerle.

–Puedes intentar engañarte, puedes intentar convencerte de que no me amas, pero yo sé que no es así, lo sentí anoche, lo siento ahora. Tendrás que darte cuenta por ti misma, y cuando suceda estaré ahí, esperando. –Sonrió e hizo un esfuerzo por regalarme aquella sonrisa inmaculada suya, que recibí como un sincero presente. Ni yo misma sabía si tenía razón o no–. Debo marcharme, también yo parto esta noche hacia Belfast. Mi vuelo, vía Madrid, sale en un par de horas. Cuídate, Dínorah, y cuida de la pequeña Anna, la hermosa maestra de Lastheaven.

Nos fundimos en un abrazo. El vampiro besó mi frente con sus labios de escarcha y desapareció por la ventana, dejándome envuelta en melancolía. Lastheaven, mi trabajo como profesora de *actualidad*, la arisca faz de la señora Merlon, los sonrosados mofletes de Charlotte, Mel y su Rolls Royce, siempre acicalado, Ian, el simpático jardinero al que había emparejado con Sophie la doncella... ¿Qué habría sido de ellos? Me sentí a años luz de allí.

Lo tenía todo listo para el vuelo, la *trolley* pistacho junto a la puerta, con mi bolso reposando encima, aunque dejaba ropa atrás porque no me serviría en el nuevo clima y no debía cargar demasiado la maleta.

Cogí la correa con mis dagas y me dirigí a palacio, donde Martin me esperaba junto al soldado azteca a quien la reina daba sus últimas instrucciones en el amplio salón, y allí las entregué a nuestro nuevo protector, quien las escondió en el doble fondo de su féretro. Miré los ataúdes colocados en sus apoyos metálicos junto a la entrada y pensé que no me agradaba separarme ni un ápice de mis armas, pero no lograría pasar el control del aeropuerto con ellas encima, de ninguna manera.

Martin me pidió que lo acompañase a su habitación con la excusa de recoger algo;.pretendía hablar conmigo a solas. Por primera vez desde nuestra llegada a Pedernales visitaba su estancia, era un dormitorio amplio y lujosamente decorado. El príncipe estaba ansioso por contarme algo.

–He visto a Shapur –me informó.

–¿Y cómo está?, ¿está bien?

–Bueno, sabes que jamás daría muestras de estar pasándolo mal ante nosotros. Lo encontré solo un poco más serio que de costumbre. Vino a hablar con la reina Aixa, conversaron a solas, con calma, aunque no pude enterarme de qué, supongo que le comunicó que acataba sus órdenes. –Suspiré aliviada–. Y después se marchó, supe que recogió sus pertenencias en la villa y se marchó.

–¿Se ha ido?, ¿adónde?

–Se ha marchado, después de hablar con la reina se fue. No sé adónde. Antes de salir de palacio se acercó a mí y me dijo que podía confiar plenamente en Cóatl; es su mano derecha.

–¿Adónde puede haber ido? Espero que esté bien.

–Lo estará, créeme.

–Si algo le pasara sé que podría sentirlo, como siento su dolor. No sé si ser su *mitad* es una bendición o una maldición.

–¿Shapur te ha hecho su *mitad*? –preguntó completamente sorprendido, incrédulo, con los ojos abiertos como platos–. ¿Ha hecho el ritual, invocando a Lilith?

–Sí.

–Guau, me encantaría haberlo visto –afirmó maravillado, como si se tratase de asistir al preestreno de *Avatar*–. Es un ritual milenario que sólo los vampiros más poderosos pueden realizar, es eterno e irreversible, siempre sentirás sus sentimientos y él los tuyos.

–Llevo todo un día sintiendo rabia y tristeza, me he hecho una idea.

–Vaya, es extraño que Shapur, siendo el legendario guerrero que es, y perdóname la franqueza, se haya encariñado, o enamorado o como quieras llamarlo, de una humana, de una mortal.

–Pues lo ha hecho.

–Anna, hacerte su *mitad* es... Es lo más grande, lo más importante que puede entregar un vampiro a un humano. Te ha ofrecido su esencia inmortal y ahora eres un poco menos mortal por ello, te ha entregado su protección eterna y en cierta forma su vida eterna –relataba, y yo iba sintiéndome cada vez peor.

–Y yo le dije que estoy enamorada de otro...

–Salvaste su vida, es lo único que importa –aseguró.

–Bueno, Martin, dejemos de hablar de mí y centrémonos en nuestra misión. Escúchame atentamente...

Oswald conducía el automóvil que nos trasladó al aeropuerto, la furgoneta con caja en la que llevábamos los dos ataúdes con mis acompañantes dentro. El vampiro repeinado no quería perderse nuestra partida, más bien pretendía asegurarse de ella. Se encargó del embarque de los dos féretros y sólo cuando yo crucé el arco de seguridad cargada con mi carrito aceptó marcharse.

Lo observé alejarse en su caminar acelerado y subí al avión. En el panel comprobé que el vuelo de William había partido hacia Madrid dos horas antes. El viaje fue largo pero las comodidades de primera clase lo hicieron más ameno que la ida; dormí a pierna suelta en mi amplio asiento de cuero reclinable. Las azafatas me sirvieron una especie de desayuno continental, tomé café y comí tortitas con sirope de chocolate, y vuelta a dormir.

Cuando llegamos al aeropuerto de París, puntualmente, eran las ocho y media de la noche, hora local. Fui de las últimas en salir del avión. Cargada con mi maleta bajé las escaleras y subí al minibús que nos llevaría a la terminal. Pero cuando nos dejó en la entrada de ésta, en lugar de dirigirme a la sala de espera para el vuelo a Londres, tal y como estaba previsto, observé el panel de salida de vuelos, busqué una cabina telefónica y realicé una llamada de vital importancia. Después rastreé el Starbucks café del aeropuerto que había avistado a la ida y me senté a tomar un delicioso frappuccino doble.

Transcurrieron varios minutos antes de que descubriese a mis dos acompañantes vampiros caminando por entre los viajeros que hacían cola para tomar sus vuelos, pasando completamente inadvertidos entre ellos. Lo cual significaba que habían seguido correctamente mis instrucciones.

–Habéis tardado.

–Es que en el catering del avión no nos dieron de cenar y hemos tenido que buscarnos la vida –bromeó sarcástico Cóatl, cuya voz oía por primera vez. Llevaba el largo cabello recogido en una trenza que alcanzaba la mitad de su espalda, parecía incluso divertido sin el uniforme gris de la guardia vampira. Ambos notaron que aguardaba una explicación.

–Hay dos azafatas que tendrán que preguntarse cómo llegaron hasta el almacén de limpieza, nada más –aclaró Martin–. ¿Cómo supiste que Oswald es un traidor? –me preguntó incrédulo.

–Aún no estoy segura de que lo sea, pero oí una conversación que me hizo desconfiar de él. Le daba detalles a alguien por teléfono acerca de cuál era nuestro número de vuelo desde París a Londres –relaté ante la sorpresa de ambos–. Aixa está al corriente de todo, y si es así, si verdaderamente es un traidor, su castigo estará esperándolo más cerca de lo que imagina. Bueno, ¿tenéis los pasaportes?

–Sí –respondieron al unísono, y me entregaron los documentos, los comprobé. En el suyo, Martin aparecía como John Watts, y Cóatl como Joao Hernández, nombres falsos para pasar inadvertidos ante cualquier registro. Estos no-muertos se las sabían todas.

–¿Y habéis metido maletas...?

–Sí, Anna, hemos metido equipajes en los ataúdes para que pesen y nadie se dé cuenta de que nos hemos marchado. Y hemos sacado las armas –señaló un bolso mediano de loneta marrón que el caballero jaguar cargaba a su espalda–, no creas que ha sido fácil salir de allí sin que nos viesen y sin hacer daño a nadie, suerte que Cóatl es excelente encantando a humanos.

–¿Encantado a humanos?

–Sí, controlando su mente –aclaró el soldado ante mi ignorancia–. Hipnoticé a los empleados de tierra que nos tropezamos al salir, al igual que haré con los guardias del arco de seguridad, ¿cómo si no pensabas pasar las dagas?

No tenía ni idea de cómo iba a hacerlo, ahora al menos lo sabía, aunque en realidad no imaginaba cómo funcionaban los encantamientos vampiros.

Caminamos hasta los mostradores de facturación, nuestro vuelo hacia Londres había despegado hacía más de treinta minutos, en una hora y media partía un vuelo hacia Dublín, compré los billetes y llegó el momento de cruzar las armas por delante de los seis guardias que vigilaban el arco metálico.

Pasé en primer lugar: María Ledesma mostró su pasaporte y su tarjeta de embarque al primer guardia, y mi *trolley* pasó el control de rayos X sin problemas. El siguiente fue Martin, que portaba su bolso de viaje con algo de ropa. Por último, el soldado azteca dejó la mochila repleta de armas en la cinta transportadora y cruzó el detector, el guardia que contemplaba la pantalla hizo una mueca sorprendido al ver el contenido del equipaje –comencé a temblar–. Pero entonces lo miró a los ojos y Cóatl sonrió, arqueó sus finos labios y recibió un gesto similar por parte del guardia, que aceleró el paso de la siguiente maleta, borrando la imagen detenida en la pantalla. El caballero jaguar cogió su mochila y caminó hasta nosotros sin borrar la sonrisa del rostro, esta vez de satisfacción; era realmente bueno, sorprendentemente bueno encantando a humanos.

Subimos a la aeronave, era la primera vez que Martin viajaba en avión como pasajero en lugar de como difunto y estaba excitado. En esta ocasión tuve que comprar billetes de turista porque las seiscientas libras en efectivo que guardaba del dinero que el príncipe inglés me entregó no habían dado para más.

También tenía la tarjeta de crédito, pero así quedaría un registro de las operaciones y yo no deseaba eso, no sabía qué grado de información podía haber transmitido Oswald al enemigo.

El vuelo duró una hora y media, que el joven heredero al trono disfrutó como si se tratase de la visita a un parque de atracciones. Nos pidió el asiento de la ventanilla para deleitarse con el despegue y el vuelo sobre el mar, donde podía distinguirse el bello reflejo del halo lunar.

La noche en Dublín era oscura y cerrada, como lo son las noches en Irlanda. El aparato aterrizó sobre las diez y media de la noche, hora local, según nos informó el piloto. Llevábamos más de doce horas de viaje cuando atravesamos las puertas mecánicas de salida del aeropuerto.

Enseguida distinguí la figura de quien nos esperaba tras las puertas porque destacaba entre la multitud. Era una joven delgada, no demasiado alta, con el cabello rubio muy corto y un hermoso rostro, digno de una virgen de Murillo y en el que resaltaban unos intensos ojos negros: era Alanis. Sin embargo, noté que algo importante, algo que había sido incapaz de detectar por teléfono, había cambiado en ella, irreversiblemente. Mi amiga era ahora una no-muerta.

Me recibió con una amplia sonrisa que yo devolví tratando de disimular mi asombro ante su nuevo estado ¿biológico? La abracé cuando llegamos hasta ella, lo había dudado pero respondió a mi abrazo y me besó en la mejilla con sus ahora gélidos labios. Amablemente tomó mi *trolley*, su antigua maleta.

–Cuánto me alegro de verte –dijo mirándome fijamente.

–Gracias, Alanis, por tu amabilidad.

–Cuando te pedí que me llamases lo dije en serio y aquí estoy.

–A Martin ya lo conoces, y él es Cóatl. –Ambos hicieron un leve gesto a modo de saludo, los vampiros no se besan al saludarse.

–Vamos a mi casa –indicó sin que la sonrisa desapareciese un instante de sus finos labios, y nos dirigimos al parking.

Alanis había cambiado su utilitario por un monovolumen rojo de lunas tintadas en el que metió nuestros escasos equipajes. Condujo en dirección al sur de la ciudad, en silencio, algo que hubiese resultado completamente impensable en la antigua Alanis. La Alanis humana hablaba por los codos. Comenzaba a preguntarme qué quedaba de la chica que conocí en el palacio norirlandés en aquella nueva vampira.

Finalmente mi amiga había logrado su objetivo y Tammy Shue, o quizá otro no-muerto, la había convertido en uno de ellos, pero yo aún no alcanzaba a entender por qué lo había deseado.

Pasaban las doce de la noche cuando atravesábamos la entrada del aparcamiento de un alto bloque de apartamentos de fachada gris. El vigilante levantó la barrera tras reconocerla y ella detuvo el vehículo en su plaza.

Tomamos el ascensor hasta el cuarto piso, todo en silencio: no, definitivamente ésta no era la misma Alanis. En el rellano había seis puertas, y la vivienda de mi irreconocible amiga era el 4.º A. Abrió la cerradura electrónica con su tarjeta de plástico y pasamos al interior.

–Anna, tú te instalarás conmigo en mi habitación. En el otro dormitorio hay dos camas, podéis dejar allí vuestras cosas –apuntó dirigiéndose a Cóatl y Martin–. ¿Os habéis alimentado ya? –les preguntó a continuación.

–Sí –respondieron ambos vampiros.

–¿Y tú, has comido algo? –me preguntó hospitalaria.

–Sí, he comido en el avión, tan sólo deseo darme una ducha.

–Hay un baño principal –abrió una de las puertas que comunicaban con el pequeño salón– y nosotras tenemos un baño en nuestra habitación.

El apartamento de Alanis no era demasiado grande, tenía dos dormitorios, cocina, salón y dos baños. Las habitaciones eran pequeñas, decoradas al estilo de ella, muy moderno, casi punk, con colores vivos; probablemente ya estaba así antes de su transformación. Sin embargo, había varias modificaciones que debía de haber realizado recientemente, justo antes o poco después de su paso al lado de los no-vivos: las contraventanas exteriores y los tapaluces interiores para evitar que ni un solo rayo de sol entrase durante el día, así como la triple cerradura en la puerta reforzada. Las huellas en las paredes de pintura nueva así lo sugerían.

Pasé al dormitorio y dejé mi bolso sobre una silla junto a la puerta. Alanis tenía una amplia cama de matrimonio, y allí dormiríamos ambas. No estaba yo como para objetar nada, así que saqué mi pijama de la maleta y me metí en la ducha. Salí como nueva. Cogí una de las toallas y me envolví en ella. Mientras me secaba el cabello mi anfitriona llamó a la puerta del baño.

–¿Estás bien? –Lo cierto es que estaba tardando demasiado.

–Sí, no te preocupes. –Me vestí y salí al dormitorio.

Alanis esperaba mirando la televisión desganada; me contempló de arriba abajo vestida con el escueto pijama, camiseta de tirantes y shorts cortísimos, apto para el Caribe pero no para la fría Irlanda.

–Anda, toma –dijo, y abriendo uno de los cajones de su cómoda me entregó uno de sus pijamas–. Puedes quedártelo.

–Definitivamente eres mi hada madrina –aseguré, y me deshice de la camiseta y los pantaloncitos para utilizar su pijama, mientras ella me observaba atentamente desnudarme (me quedé en ropa interior) y vestirme. Su nueva condición también había disparado su descaro; lamenté no haberme cambiado en el baño.

–Veo que has estado entretenida en Centroamérica –apuntó indicando las marcas de mordidas en mi cuerpo: justo sobre ambos pechos, en mis ingles, en la parte baja de mi vientre... Las heridas ya cicatrizadas eran prácticamente imperceptibles para ojos humanos pero no para ojos de vampiro.

–Pues sí, pero tampoco tú has perdido el tiempo –sugerí, y ella me entendió al instante–. No me dijiste nada por teléfono.

–Es cierto, pero ¿habrías confiado en mí de saber que me había convertido? –me preguntó mirándome fijamente a los ojos.

–No lo sé.

–Pues por eso no te dije nada. Aún puedes confiar en mí, aunque haya cambiado un poco.

–¿Un poco? ¿Por qué lo has hecho Alanis? ¿Por qué querías ser una de ellos? –pregunté, e inmediatamente me arrepentí. Aquello era algo demasiado personal; sus motivos, su transformación, eran tema tabú ya antes de convertirse.

–Me moría, Anna. –Se giró y apartó con delicadeza su cabello corto, para que pudiese ver una enorme cicatriz que partía desde detrás de su oreja derecha hasta alcanzar casi la mitad de su cabeza–. Tenía un tumor cerebral, los médicos me habían dado seis meses de vida y no quería morir, no estaba preparada para morir. Tammy era mi tabla de salvación.

–Lo siento, no tenía ni idea. –Pero ni idea, y ahora podía entender sus motivos; no sabía qué hubiese hecho yo en su lugar, y por lo tanto no podía juzgar entonces su decisión.

–¿Y quién ha sido el de los mordisquitos discretos? ¿El guerrero persa, William, o el melenudo? –Se refería a Cóatl, y su pregunta iba encaminada a cambiar de tema. Yo ya estaba vestida de pie frente a ella.

–El guerrero persa, pero se ha acabado.

–Ay, Anna, si tú quisieras, yo sí iba a morderte en un sitio muy discreto –bromeó, o eso pensé hasta que sus colmillos asomaron por su boca, asustándome. Ella se dio cuenta y se corrigió, abochornada–. Discúlpame, aún no lo controlo demasiado bien.

–No te preocupes –que ya lo hago yo por ambas–. ¿Ese ordenador tiene Internet? –pregunté indicando un portátil cerrado sobre la cómoda.

–Sí, podéis cogerlo siempre que lo necesitéis.

Salí al salón cargando con el ordenador. Martin ojeaba una revista recostado en el sofá y el soldado azteca, concentrado, montaba su arma despiezada en la mochila. Era una ballesta con cuerpo de madera tallada y arco metálico con gatillo de forja. Colocaba las partes automáticamente una tras otra en un proceso que habría repetido mil veces. Era un arma excelente que cargaba con las puntiagudas flechas guardadas en una vaina de cuero. Alanis también salió de la habitación, necesitaba alimentarse según me advirtió antes de marcharse, dejándonos a solas en el apartamento.

–Martin, ven aquí –pedí, y el muchacho tomó asiento a mi lado en el sofá–. ¿Sabrías decirme en un mapa dónde vive Patrick White?

–Sí, claro, supongo que continuará en su mansión en Blacklake. Desde ahí dirigía sus actividades cuando era gobernador. Está muy cerca de Liverpool, a una hora más o menos.

–¿White era uno de los gobernadores de tu padre? –requerí sobrecogida, dándome cuenta entonces de lo poco, de lo poquísimo que sabía acerca de nuestro enemigo.

–Sí, el muy traidor era el gobernador de Gales, pero le sabía a poco –relató el joven príncipe apesadumbrado.

–Muéstrame dónde está.

Gracias a Google Earth obtuve una clara imagen vía satélite de su propiedad. Era una finca inmensa, de varias hectáreas, en la parte norte. Sobre una colina se situaba un edificio de dimensiones considerables, con un jardín anterior y otro posterior, rodeado por una muralla.

Era lógico pensar que después de que su último ataque fuese repelido y de que Oswald le informase de que se enfrentaba a la legendaria Dínorah la seguridad debía ser una prioridad para Patrick White, que estaría terriblemente armado, y aquellos muros –desconocía su altura–, sumados a una más que probable vigilancia sobrehumana, no nos ayudarían demasiado a llegar hasta él.

Cóatl abandonó su ballesta, acercándose a nosotros para comprobar qué mirábamos con tanta atención.

–¡Hey! Déjame ver –pidió.

–¿Tienes alguna idea? –pregunté entregándole el portátil.

–No, quiero ver si alguien ha pujado por mis pulseras de plata en eBay –aseguró, dejándome boquiabierta. Por lo visto el caballero jaguar precolombino tenía cuenta en eBay y la estaba comprobando–. Mierda, ¿sólo trescientos dólares? Vamos, esas pulseras tienen seiscientos años... –refunfuñaba para sí mientras contemplaba la pantalla. Martin y yo nos miramos atónitos.

–Trae aquí. –Se lo quité para su disgusto–. Hay mucho que investigar todavía.

Buceando entre multitud de archivos y datos, buscando por el nombre de la propiedad, encontré un registro del ayuntamiento local en el que aparecían un par de fotografías recientes de la fachada y de uno de los laterales. Poco más, White se habría encargado de que no hubiese demasiada información en la web de su centro de operaciones.

Cuando Alanis regresó ya hacía rato que me había acostado. Me hice la dormida, la sentí cerrar firmemente las contraventanas y echarse a mi lado silenciosa. Se movió un poco en la cama y segundos después se paralizó, como hacen los vampiros al alba, quedando completamente inmóviles, muertos.

Dormí durante horas y cuando desperté observé el cuerpo inerte de mi anfitriona. Encendí la luz para salir de la habitación, el salón estaba vacío, y Martin y el-vampiro-de-eBay habían cerrado con llave su dormitorio. Me cambié de ropa y miré en la nevera, que estaba casi vacía, apenas había una bolsa de supermercado con algunos víveres, pan de molde, zumo, mantequilla, un bote de leche... Probablemente los había comprado para mí cuando telefoneé, al advertirle de mi llegada: puede que aún quedase bastante de la antigua Alanis dentro de aquella vampira.

Comí y busqué mis dagas en la mochila que Cóatl había dejado en el salón, me coloqué la correa con sus fundas y comencé a practicar, a repasar los movimientos, los pasos que Shapur me había enseñado.

Entonces pensé en él. Había dejado de sentir su rabia, al menos tan intensamente, quizá la distancia disminuía la fuerza del vínculo que nos unía. Deseaba con toda mi alma que se encontrase bien.

Envuelta por la energía del entrenamiento practiqué durante horas, ataques por arriba, por la espalda, contraataques; movía las dagas con velocidad, pero no era suficiente, tenía que ser más rápida, más ágil, más precisa. Cuando terminé miré el reloj de la cocina, eran las tres de la tarde. Decidí bajar a comprar algo para cenar aquella noche.

La avenida en la que se encontraba el edificio de Alanis era amplia y concurrida, con multitud de negocios: restaurantes, peluquerías, panaderías y... ¡un Zara! Dios mío, qué subidón cuando vi una de las tiendas de Amancio Ortega. Entré enseguida, y a pesar de que todo estaba en inglés y las dependientas no eran españolas, ni por asomo, me sentí un poco más cerca de casa. No compré nada, estaba más tiesa que el palo de una fregona –por cierto, otro invento español, recordé–.

Encontré un cajero y decidí sacar algo de efectivo de la cuenta del banco a nombre de María Ledesma, lo necesitábamos, no íbamos a organizar una reconquista pidiendo prestado en las calles de Dublín; y si no lo lográbamos, aquel dinero no serviría para nada. Saqué trescientos euros. En uno de los supermercados compré una lasaña ultracongelada y una botella de Pepsi *light*, también dos manzanas *golden*. Durante el camino de regreso al apartamento anocheció. En Irlanda las horas de sol se limitaban a ocho o diez en esa época del año, un lugar ideal para los no-muertos. Así que intenté apresurarme, pero había un chico tocando el violonchelo en la acerca, en mitad de la avenida, y aquello me entretuvo. Lo escuché durante unos minutos y le arrojé los dos euros que me habían sobrado de la compra. Al fin llegué al portal del edificio de Alanis. Y cuando subí al piso de mi amiga, ésta abrió la puerta antes de que llamase. Pareció aliviada al verme.

–¿Dónde estabas? –solicitó con impaciencia.

–Salí a dar una vuelta.

–No vuelvas a asustarme así –exclamó, y me abrazó. Vaya, no imaginaba tanto drama por ausentarme unas horas en las que ellos dormían. Martin me esperaba en el salón con gesto serio, Cóatl engrasaba su ballesta concentrado y a su lado... ¡oh!, a su lado estaba William de pie, vestido con unos vaqueros azul marino y un jersey gris de coloridos rombos que resaltaban sus ojos celestes. Estaba esperándome.

–Buenas noches –los saludé.

–¿Cómo lo supiste? –requirió el Sir inglés como bienvenida.

–¿Cómo supe qué? –Todos aguardaban mi respuesta y yo aún desconocía la pregunta.

–Que Oswald era un traidor –dijo entregándome un ejemplar del *London Post* en cuya portada, en un lateral, podía leerse que la noche anterior se había producido un incendio en aeropuerto de Stansted, el compartimento de carga del vuelo XGF 453 procedente de París había prendido en llamas, justo tras el aterrizaje, por causas que aún se desconocían. No había víctimas mortales, pero sí materiales... Yo sí conocía las causas: Patrick White.

–Oí una conversación y mi instinto me dijo que ocultaba algo. Además, tampoco era lógico que, según Martin me había comentado, durante las lecciones le sugiriese al príncipe que mi compañía no era buena para él –expliqué, abandonando la bolsa con mis provisiones sobre la mesa del salón–. Yo, que le había salvado. Nada más y nada menos que la profética Dínorah... –repetía la cantinela sin emoción.

–Probablemente Aixa ya lo haya ejecutado, o quizá le espere el alba –dijo el soldado azteca, mientras terminaba de limpiar su arma.

–Probablemente –admití–. Yo le advertí de mis sospechas. ¿Y tú cómo sabias que estábamos aquí? –pregunté a William directamente.

–Yo se lo dije –confesó Alanis, encogiéndose de hombros, haciéndome entender que no había tenido otra opción–. Le llamé anoche.

–Traigo noticias y no son demasiado alentadoras –interrumpió el caballero inglés, acicalando la escasa barba de su mentón–. Anoche supe que Patrick White será coronado en dos noches, en una ceremonia con el antiguo ritual de Sannuk. –Estos vampiros, siempre con sus nombres raros; me preguntaba por qué sus rituales sagrados no podían llamarse simplemente, no sé, el *Gran vampirano*, o *Mira quién se corona*, por poner un par de ejemplos.

Las caras de los no-muertos se tensaron al oír aquella palabra.

–¡Pero eso es imposible! –exclamó Martin, incorporándose con gesto irritado.

–En cristiano, por favor –pedí. Estaba segura de que Alanis, recién estrenada como chupasangre, tampoco tenía idea de qué significaba aquello.

–El ritual de Sannuk es muy antiguo, con él se coronaban los reyes vampiros en el pasado. Al final de la ceremonia el nuevo rey bebe la sangre del rey anterior delante de todos los súbditos o de sus gobernadores, en este caso –explicaba William, con su habitual voz sosegada, y sin apartar la vista del legítimo heredero al trono británico.

–Pero eso es imposible. Charles Robinson está muerto –apunté, pero los transparentes ojos del Sir inglés indicaban otra cosa.

–No todo él está muerto, una parte de su sangre sigue viva –indicó con pesar.

–No, no –lamentaba Martin dolorido.

–Tiene a Louise y a Marie, las tiene prisioneras en su mansión. Durante el ritual se alimentará de la pequeña Louise, esto le mostrará poderoso y temible ante todos los gobernadores, les enseñará de lo que es capaz en caso de que se enfrenten a él –reveló finalmente William. Mi corazón se encogió ante tan terrible perspectiva.

–Oh, Dios mío –exclamé horrorizada. Cogí la mano de Martin, de pie a mi lado, y la apreté suavemente–. Tenemos que detenerle, como sea. Pero he estado viendo la fortaleza en la que vive White a través de Internet y no será nada fácil acceder a ella. Necesitamos pues un buen plan, y lo necesitamos ya.

Alanis y Cóatl nos observaban, manteniéndose al margen de la conversación. En realidad, el caballero jaguar permanecía más atento a Alanis que a nuestras palabras; pobre iluso, la vampira rubia no estaba a su alcance, o al menos no lo estaba antes de convertirse...

–Creo que sé cómo puedo introducirte en la mansión de White –dijo William, con la voz turbada por la duda, pero logrando nuestra plena atención–. Es peligroso, muy peligroso. Tú, Anna, tendrías que entrar y facilitar el paso a los demás.

–¿Cómo? –requerí impaciente.

–Tengo un amigo, un tipo peculiar, que está invitado a la ceremonia.

–¿Vampiro?

–Más o menos. –¿Qué quería decir más o menos?–. Pero es de total confianza. Además, me debe un favor hace ya demasiado tiempo y es el momento de cobrarlo. Irías como su acompañante humana, como su tentempié para la fiesta.

–Ya lo había entendido a la primera –protesté.

–Así estarás dentro, y después tendrás que apañártelas. No puedo exigirle que luche a tu lado, sólo que te meta dentro –señaló arrugando la frente de marfil, preocupado.

–Es suficiente.

–Hablaré con él entonces.

Se creó un silencio. No era la única que percibía lo arriesgado del plan, lo cerca que estábamos del desenlace, fuese cual fuese el final.

–Gracias, William, por todo lo que estás haciendo –dijo Martin–. Mi padre se honraba de llamarse tu amigo.

–También fue para mí un honor contar con su amistad. Haré todo lo que esté en mi mano para vengar su muerte y para que recuperes tu lugar, que es el del rey de Gran Bretaña –concluyó William, sinceramente.

–Bueno, yo me marcho. Debo *alimentarme* –dijo Alanis dirigiéndose a la puerta.

–También yo –confesó Martin, siguiendo los pasos de la vampira rubia.

–Ten cuidado –pedí.

–No te preocupes, yo cuidaré del príncipe –aseguró Cóatl, acompañándolo.

Y me dejaron a solas con William, de pie uno junto al otro, en mitad del salón desierto, con el único murmullo de la televisión encendida. El silencio hizo eternos aquellos segundos.

–Voy a acompañaros, Anna. Hablaré con Tammy para que me lo permita –dijo finalmente William.

–No tienes por qué.

–Pero deseo hacerlo. Deseo combatir por el trono de Martin Robinson y luchar a tu lado, eres tan valiente... Cuando te vi acabar con Julianne me dejaste completamente asombrado. Has cambiado mucho en muy poco tiempo, parece que nada te asuste –declaró fascinado, observándome fíjamente con sus hermosos ojos.

–¿Que nada me asusta? Me asusta todo, William –confesé abatida–. Me asusta que me maten en el intento de conseguir la corona para Martin, me asusta no cumplir las expectativas de ser La Dama de la Luz, me asusta que algo malo le suceda a Martin, o a su hermana, me asusta no volver a ver a mis padres y a mi hermano... ¿Quieres que siga?

El vampiro se aproximó a mí, uniendo su frente a la mía, y apartó de mi rostro un mechón de cabello. Suavemente deslizó la mano por mi mejilla hasta acariciar mi cuello, yo permanecía inmóvil, con la vista perdida en el suelo, no quería mirarle porque sabía que sería incapaz de resistirme a su influjo sobre mí. Finalmente besó mi frente. Sentí el cosquilleo de su barba sobre mi piel y las antiguas mariposas en el estómago. Me abrazó con fuerza y reposé la cabeza sobre su hombro.

–Mi niña, no tengas miedo, todo saldrá bien, ya lo verás. –Agradecí sus palabras, me reconfortaron y me hicieron bien, deseaba creerle con todas mis fuerzas–. Te he traído un regalo.

–¿A mí?

–Sí. –Caminó hasta el mueble de la televisión y cogió una bolsa de papel del suelo, a su lado. Sacó de su interior un envase metálico–. Hace tiempo que lo compré para ti, sólo esperaba el momento de que pudiésemos disfrutarlo juntos. Es kopi luwak.

Reí sorprendida. William había comprado para mí el café más caro del mundo, el café fermentado por el estómago de unos pequeños mamíferos indonesios. Al menos, aunque muriese en el asalto a la mansión de White, no lo haría sin conocer el sabor del mejor café del mundo, según los expertos en el tema. Sin duda, el que no se consuela es porque no quiere.

Tomé el paquete con sumo cuidado y busqué una cafetera en la cocina de Alanis. Tras limpiar el polvo que acumulaba por la falta de uso preparé café para ambos.

Su sabor era distinto. No sé si mi paladar era lo suficientemente experto como para considerarlo merecedor de los mil dólares el kilo, pero ciertamente estaba delicioso, algo menos amargo y ácido, intenso, con suaves notas a chocolate y caramelo. Era exquisito. William se limitaba a oler su taza, a inspirar el cálido aroma.

–Lástima que no puedas probarlo –lamenté sentada junto a él en el salón, calentando mis manos con la ardiente bebida a través de la cerámica.

–Puedo, pero no distinguiría su sabor del de un vaso de agua.

–¿Y no echas de menos el sabor de... no sé, la tarta de chocolate, el helado de vainilla? Yo me moriría si no pudiese volver a saborear las torrijas de Semana Santa de mi madre –declaré, mucho más relajada que segundos antes.

–No, no lo echo de menos, la sangre es deliciosa y no me apetece ningún otro alimento, ni añoro ningún sabor. –Una pausa–. Tu madre parece una buena mujer –dijo de pronto, aguardando mi reacción, y yo me estremecí–. La observé comprando rosas blancas en una plaza donde había muchas floristerías.

–La plaza de las flores. –Ay, Cádiz de mi corazón, cuánto tardaría en volver a verte.

–Eran flores para ti, estaba vestida de negro...

–Para, por favor –pedí antes de echarme a llorar.

–Lo siento, Anna. Piensa que pronto podrás volver a su lado.

–¿Crees que no sé que es imposible? –rebatí–. Yo misma me repito que cuando todo acabe regresaré, pero sé que si Martin logra subir al trono me necesitará más aún, y además no puedo regresar a España y decir: "Hola, ¿recuerdan que salí ardiendo y me convertí en un chicharrón? Pues no era yo". Lo que sí tengo claro es que iré a ver a mis padres. Si todo sale bien, iré, no sé cuándo ni qué les diré, pero iré a verlos y a abrazarlos. Los necesito. Necesito a mi familia.

–No sabes cuánto te entiendo. También yo tuve una familia, hace ya demasiado tiempo –afirmó apesadumbrado. Por un momento incluso creí ver que sus ojos se empañaban, pero fue un simple espejismo, los vampiros no lloran.

–¿Qué fue de ellos?

–Mi esposa, Margueritte, falleció poco después de que yo fuese convertido, en el año 1803.

–¿Es ella la mujer de la que me hablaste cuando nos conocimos?, ¿la mujer a la que hiciste daño? –William parecía dispuesto a contestar a mis preguntas, y yo sabía que si no las hacía en aquel preciso momento, nunca más volvería a tener la opción.

–Margueritte murió por mi culpa –reveló, atravesándome con su poderosa mirada–. No tuve el valor necesario para convertirla, o para pedir que algún vampiro experimentado lo hiciese por mí. No sabía qué de bueno o malo había en esto nuevo que me había pasado; había ocasiones en las que yo mismo me sentía un monstruo, y no podía hacerla pasar por aquello... La dejé morir de tuberculosis –confesó afligido.

–Tú no podías saberlo. Y no podías arriesgarte a hacerle más daño del que ya sufría.

–Era la única mujer a la que había amado, hasta que... apareciste tú. –Ufff, William arrojaba toda su artillería pesada y yo no me encontraba con la energía psíquica suficiente para resistirla.

–Yo no... yo...

–No sabes cuánto te amo, Anna. No puedes siquiera imaginarlo.

Dijo muy serio, dijo muy cerca.

La puerta se abrió. Mis *compañeros de piso* regresaban. Martin y Cóatl interrumpieron el invisible hilo de atracción que hacía flaquear mi voluntad. Los no-muertos pasaron y se repartieron por el apartamento. El soldado azteca se recluyó en su dormitorio y Martin, con la mirada perdida, aún atormentado por la idea de que su hermana fuese asesinada en un oscuro ritual, tomó asiento en el salón.

–Debo marcharme –advirtió William–. Esta noche hablaré con la reina; mañana volveré.

–Está bien –le dije.

–Hasta mañana entonces, mi niña –susurró a mi oído. Había muchas cosas que hubiese querido decirme, podía leerlo en sus ojos, cada vez menos mudos para mí, pero el alto vampiro rubio se dio la vuelta y desapareció tras la puerta.

Cogí mis dagas y retomé mi entrenamiento, que es lo que hacía para no pensar, cansarme físicamente, y que a medias funcionaba, puesto que la esencia de Shapur ocupaba de nuevo un importante espacio en mitad de mi pecho. El guerrero era tan poderoso que podía sentirlo a un millón de kilómetros. Cuando inspiraba notaba su ser clavado en mi interior, o quizá era la culpa por haberle mentido, quién sabe, en cualquier caso no podía apartarlo de mi mente.

Alanis regresó poco antes del amanecer. No encendió la luz y se acostó a mi lado en silencio; me creyó dormida y aproximándose a mí me olió intensamente. Intuí el deslizar de sus colmillos al extenderse, y por un momento temí que me atacase. Permanecí inmóvil, pero se apartó y regresó a su lugar en la cama, donde continuó hasta el alba.

No tenía motivos para desconfiar de ella. Sabía que se sentía atraída por mí desde que nos conocimos, y que mi vida estaba en sus manos cuando compartíamos la cama, con la tentación que ello debía suponer para una vampira joven y sexualmente hiperactiva –como lo son todos los no-muertos, por otra parte–, pero la suya lo estaba en las mías cuando ella yacía inerte, a mi merced, durante el día. Yo confiaría en ella, al igual que ella debía hacerlo en mí. O eso me repetía una y otra vez, hasta creerlo.

Había dormido al menos ocho horas seguidas cuando desperté. Me sentía descansada. Aunque desde que me relacionaba con vampiros mi horario se había asimilado mucho al suyo, a excepción de los baños solares que me había regalado en el Caribe, e incluso cada vez disfrutaba menos de la luz diurna. Si a esto añadimos que me encontraba en Irlanda, donde las horas de luz son escasas, es más fácil explicar el hecho de que mi piel estuviese cada vez más y más pálida.

Almorcé lasaña ultracongelada, para llenar el estómago de algo, e investigué en Internet durante horas acerca de White o su propiedad, pero resultó en vano. No era posible encontrar información.

Los vampiros comenzaban a despertar de su letargo, oí a Alanis en la ducha de la habitación. Aquella era la última noche antes de la coronación de White, que nosotros debíamos impedir. El príncipe heredero entró al salón y encendió la televisión, y el soldado centroamericano cogió el ordenador para navegar por Internet –comprobando el estado de su venta en eBay, supuse.

Estaba algo nerviosa, tal vez influía que aún no contásemos con un plan completamente definido. Al menos confiaba en mis aptitudes. Físicamente estaba preparada y psicológicamente tan sólo necesitaba detallar nuestro modus operandi para sentirme segura.

Alguien llamó a la puerta. Había transcurrido al menos una hora desde el anochecer. Podía ser William con mi pase a la coronación. Cóatl acudió con precaución. Observó por la mirilla antes de abrirla de golpe.

–Maestro –dijo. Yo no podía ver la entrada desde mi sitio, estaba en la cocina fregando mis cubiertos, como hace una buena invitada, pero me asomé enseguida para ver quién había llegado, quién merecía el honor de una reverencia del caballero jaguar.

Era Shapur.

Shapur. No podía creerlo. Estaba allí frente a mí y seguía sin creerlo. Iba ataviado con un pantalón de gabardina color chocolate y una camisa marrón claro, remangada hasta el codo. Había elegido una vestimenta para no llamar la atención, pero aquello era difícil, su altura, su corpulencia y la nobleza felina de sus movimientos le impedían que pasara inadvertido. Cargaba la funda de una guitarra a la espalda, en la que debía de ocultar su magnífica espada.

Me miró con sus inmensos ojos de ámbar, atravesándome, viendo a través de mí. Aún había rabia en él, la sentía en el pecho, aunque cón mucha menor intensidad que en nuestra despedida.

¿Qué hacía allí? ¿Es que no había servido para nada mentirle, hacerle creer que lo había engañado, que ya no le amaba? ¿Se iba a dejar castigar aun así?

–Shapur, estás aquí... –logré balbucir.

–Vine a concluir el trabajo que empecé –dijo simplemente. Sin mostrar afecto por mí en su voz, aunque tampoco desprecio. Martin se había aproximado para saludarlo, casi tan sorprendido como yo–. Lucharé para devolver la corona al legítimo heredero, soy un guerrero, es lo que hago.

–¿Cómo nos has encontrado? –pregunté.

–¿Acaso creías que no podría rastrearte? –espetó mirándome de soslayo, junto a la puerta de la cocina.

–Pero, Shapur, no puedo permitir que seas acusado de traición por ayudarme –expuso el príncipe vampiro, tan preocupado como yo.

–No lo harán. He llegado a un acuerdo con Aixa. Soy libre, acudo a esta misión a título personal –reveló, y su revelación no me tranquilizó lo más mínimo. ¿Un acuerdo con Aixa?, ¿sería cierto? Aixa nunca perdía, nunca. ¿Y qué tipo de acuerdo podría ser aquél? Nada bueno, absolutamente nada bueno para el guerrero. Seguro.

–Bienvenido entonces. –La mirada de Martin se iluminó. Contar con Shapur era como tener al Séptimo de caballería de su parte en la contienda–. Has llegado justo a tiempo.

El guerrero persa pasó al salón, donde destapó su espada para comprobar su integridad. No me miró, ni una sola vez. No buscaba mis ojos, ni mi sonrisa, ni el roce de mi piel.

Martin había quedado conforme con su explicación. Yo, en cambio, no podía dejar de pensar en sus palabras: "Un acuerdo". Un acuerdo con Aixa...

Pero estaba allí, tan cerca y a la vez tan lejos.

Me inundó un doloroso sentimiento de culpa, de estupidez, le había engañado y aun así no había servido para nada. Debía de haber imaginado que nada ni nadie podría menguar la determinación de Shapur, debía de haber hablado con él, haber afrontado el tema directamente, haber discutido opciones... en lugar de mentirle.

Alanis saludó casi con indiferencia al guerrero al salir de su dormitorio y acudió a mi lado en la cocina. Me sentía tan tonta, ni siquiera era capaz de abandonar aquella habitación, de pasar por delante de él o de sentarme a su lado en el salón. Mi anfitriona me observó unos segundos en silencio.

–Parece que lo tuyo con *mordisquitos-discretos* no está tan acabado –dijo al fin.

–Lo está, créeme.

–Entonces por qué no sales ahí y lo enfrentas.

–Porque estoy... estoy preparando café –aseguré, y me puse a hacerlo. Quizá una taza caliente de kopi luwak me daría el valor necesario.

–Seguro –respondió Alanis, y sonrió maliciosamente.

Minutos después llamaron a la puerta de nuevo. La vampira rubia parecía no tener intenciones de abrirla, así que acudí en su lugar. Distinguí a William por la mirilla y abrí.

–Uhmm, huele a café, delicioso –advirtió el Sir inglés, atravesando el umbral.

–Sí, ahora te sirvo una taza –sugerí, y sentí una punzada en el pecho. Shapur, a mi espalda, debía de arder de rabia al haber visto aparecer a William. Éste se apartó y pudimos comprobar que alguien lo acompañaba.

–Dínorah, éste es Cyrus Van der Waals.

Era un hombre alto, casi tanto como Shapur, calculé, de apariencia prácticamente humana, pero su piel tenía un tono ligeramente azulado nada corriente. Sus orejas terminaban en punta, como las de los elfos –¿existirían los elfos también?– y su cabeza estaba pelada completamente. Sus iris eran de color verde brillante, como una gema, y el resto de sus rasgos eran los propios de un chico joven, sobre los veintitantos. Vestía desenfadado, unos vaqueros gastados y una chaqueta de cuero negro.

Ofreció su mano en un gesto absolutamente humano, la estreché con fuerza y sonrió, y al hacerlo, su peculiar color de piel y sus ojos rebajaron su importancia. Sin embargo, aún no podía explicarme cómo podía haber llegado hasta el apartamento por el ascensor, con total naturalidad, sin que nadie los encontrase y saliese huyendo despavorido ante su aspecto sobrenatural.

–Encantado –saludó Cyrus, mirando a mis ojos fijamente.

–Igualmente.

William lo condujo hasta el salón para que pudiésemos conversar. Yo llevé dos tazas de café, una para mí y otra para William. Shapur me miraba de reojo, molesto; no podía verlo pero lo sentía. Cualquier gesto de amabilidad que tuviese con el vampiro rubio produciría esta respuesta en el guerrero, al fin y al cabo pensaba que lo había dejado por él y era lógico que se sintiese así.

–¿No habría café para mí? –preguntó nuestro nuevo invitado, sorprendiéndome, poniendo en evidencia mis buenos modales. Pero quién iba a imaginar que un vampiro quisiese café, sin contar a William y su capricho de olerlo.

–Sí, claro –aseguré, y serví otra taza. Pero Cyrus no se limitó a respirar su aroma, sino que comenzó a darle sorbos, ¡se lo estaba bebiendo!

–Uhmm, kopi luwak, realmente delicioso –exclamó paladeándolo.

–Me alegra ver que contamos con el apoyo del gran guerrero Shapur –afirmó William. Pero Shapur permanecía atento a mis movimientos. Busqué la cercanía de Martin, tomé asiento a su lado en el sofá, frente a nuestro nuevo invitado, sosteniendo mi café entre ambas manos–. Él es Cyrus Van der Waals –reveló nuestro Sir.

–¿El nigromante? –preguntó Martin curioso.

–El mismo –respondió el propio Cyrus.

–Es un placer conocerle –afirmó el príncipe, inclinando la cabeza a modo de saludo.

–Gracias, lo mismo digo, majestad. –Lo saludó con el mismo gesto.

–Bueno, Cyrus se ha ofrecido a trasladarnos en su helicóptero hasta su propiedad en Flint, en la costa cercana a Liverpool, a unos doce kilómetros de Blacklake. Desde allí, él y Dínorah partirán en coche hasta la mansión White; son apenas diez minutos, ocho corriendo a toda velocidad para cualquiera de nosotros. Una vez superado el acceso, Dínorah abrirá un hueco en el perímetro de vigilancia por el que acceder al interior –relataba el caballero inglés, y todos escuchábamos atentamente.

–Es demasiado arriesgado que entre sola en la mansión –interrumpió Shapur–. Si la matan no habrá otra oportunidad de acceder. –Vaya, gracias por la preocupación por mi integridad, don acuerdos-secretos-con-mi-ex.

–Es cierto –afirmó Martin, con una solemnidad desconocida en un adolescente de quince años (vampiro sí, pero adolescente al fin y al cabo)–. Sin embargo, es el único modo. Es un plan arriesgado, pero también nuestra única opción. Un ataque frontal a su guardia significaría alertarlos, y en menos de dos segundos estaríamos rodeados y muertos, definitivamente.

–Voy a hacerlo, lo tengo muy claro, entraré de la mano de Cyrus, y una vez dentro actuaré con normalidad hasta averiguar dónde están retenidas Louise y Marie, y me las apañaré para abrir un hueco en la guardia. –Me incorporé y dibujé sobre un papel la silueta de la propiedad de Patrick White, que ya conocía de memoria (gracias a Google Earth)–. Deberíais poder entrar por aquí, por el lateral oeste, junto a este árbol; creo que es el mejor lugar. Después, liberaremos a las prisioneras, las pondremos a salvo y destruiremos a White. Es fácil –bromeé, pero ninguno de ellos rió. Hasta ese punto escasea el humor vampiro.

–No podrás entrar armas –advirtió William, apretando sus finos labios–. Probablemente habrá un arco de seguridad en la puerta.

–No importa, llevaré mi daga de jatoba escondida, la daga de oro la guardará Shapur y me la entregará cuando superéis la entrada.

–Hay algo importante que aún debo resolver –intervino Cyrus, creando una atmósfera de expectación a su alrededor–. Necesito hablar con ella, a solas.

–¿Para qué? –preguntó Shapur, mostrando levemente sus colmillos, violentado.

–Tranquilo, no voy a comerme a La Dama de la Luz, jamás ofendería a mi amigo William Smith de esa forma. Si le place, conversaremos en privado –me preguntó el ser azul, y yo acepté entre asustada y curiosa.

Lo llevé al dormitorio de Alanis y cerré la puerta tras nosotros. Podía sentir la agitación del guerrero fuera, que temía por mi seguridad, y eso era positivo, ¿no?, llegué a preguntarme antes de atender a Cyrus.

Cyrus tomó asiento en la silla metálica junto a la puerta y me pidió que lo acompañase sentándome en la cama frente a él. No tenía ni idea de cuáles eran sus intenciones, pero extrañamente no sentí miedo, ni inquietud. Al contrario, su presencia me transmitía serenidad. Miraba mis ojos fijamente en silencio y al final sonrió. Tenía una bonita sonrisa.

–¿Estás aquí por propia voluntad o te tienen retenida? –preguntó sin rodeos, escrutando mi reacción con sus sobrenaturales ojos esmeralda.

–¿Qué? ¡No!

–Si es así te sacaré de aquí, te llevaré lejos y serás libre –aseguró, sorprendiéndome.

–No. He aceptado mi destino y deseo luchar por el príncipe Martin junto a ellos. –Era sincera, era la verdad.

–Aún no puedo creerlo. –Sonreía de oreja a oreja, y yo estaba completamente desconcertada. No le entendía lo más mínimo–. William me dijo que eras una humana corriente, ¿acaso pensaba que no lo notaría? Ahora lo veo, Dínorah se ha reencarnado en una *dhampira*: ¡tiene tanto sentido! –decía como para sí, mientras yo me esforzaba por cerrar mi mandíbula, desencajada.

–¿Cómo sabes que soy...?

–Tu iris, el peculiar dibujo de tu iris me lo ha dicho nada más verte. He tenido que disimular porque no sé cuántos de esos chupasangres lo saben. Yo soy como tú, soy un híbrido, podría haberte reconocido entre un millón de humanos.

Era un *híbrido*. Qué fuerte.

–Sólo lo saben William y Shapur.

–Uhmm, el famoso guerrero persa... ¿Eres su voluntaria? No tienes por qué serlo.

–Ya lo sé, no lo soy, soy libre.

–Qué alegría y qué sorpresa –exclamó deshaciéndose de la chaqueta de cuero, que pulcramente dobló y dejó sobre la cama, a mi lado–. Debes tener mucho cuidado de que nadie más sepa tu secreto, la sangre de dhampiro es un bien demasiado anhelado por *ellos* –advirtió protector.

–¿Y tú? ¿Es que no lo saben?

–Lo mío es difícil de ocultar, ¿no crees? –bromeó, indicando su rostro cerúleo con ambas manos. Me hizo sonreír–. Soy un swap, un híbrido de vampiro y vépar, un demonio femenino del agua –aclaró ante mi escandalosa ignorancia–. Soy único, no oí nunca de la existencia de otro ser como yo –decía, y yo lo escuchaba fascinada. Cuánto me quedaba aún por conocer del mundo en el que ahora vivía, cuántas cosas me eran aún desconocidas–. Aunque tampoco antes había conocido a un dhampiro.

–Y si los vampiros saben que eres un híbrido, ¿cómo es que sigues vivo? –Mi pregunta pareció divertirle. Se reclinó hacia atrás, acomodándose en su silla y cruzó ambos brazos ante el pecho.

–Porque la sangre de demonio es repugnante para el paladar vampiro, incluso la no pura como la mía. Preferirían beber jugo de ajo antes que mi sangre, incluso su olor les repele –aseguró, encogiéndose de hombros, pero sin borrar su expresión de felicidad ni un instante.

–Vaya, tienes suerte.

–Bueno, no creo que pueda llamarse suerte exactamente –puntualizó, sin borrar la sonrisa–. Más bien es bioquímica. ¿Cómo te llamas, Dínorah?

–Anna.

–Te ayudaré, Anna. Los híbridos debemos apoyarnos, no somos como ellos y tampoco como los humanos. Por cierto, ¿dónde te criaste?

–Con una familia humana.

–Vaya, ¿no notaron nada raro en ti?

–Tampoco yo lo hice, de hecho me siento muy... humana –confesé, y él rió asintiendo automáticamente con su pelada cabeza azul.

–Aún eres muy joven. –El swap parecía realmente feliz de haberme hallado, como si le hiciese sentir menos solo, pero yo había aprendido a desconfiar de todo el mundo y aún no lo conocía lo suficiente como para saber si podía fiarme de aquel ser de piel azulada. Por otro lado, también percibía una especie de paralelismo entre ambos, aunque observando su aspecto era algo difícil de creer. Una extraña igualdad nos unía–. Bueno, volviendo a la ceremonia de mañana; necesitarás un vestido elegante, muy elegante y sensual, es importante. Seré tu pase de entrada a Blacklake. Lanzaré un hechizo de nigromancia que impida a los no-muertos de la fiesta reconocerte, por si alguno de los no-muertos te conociese.

–Es una buena idea.

–Entonces tenemos una cita. –Sus labios ligeramente violetas se arquearon hacia arriba, sonriendo–. Mañana pasaré a recogerte. Lástima que ya sé que no acabaremos en la cama –bromeó, haciéndome reír.

–Señor Van der Waals...

–Llámame Cyrus, por favor.

–Está bien, Cyrus, ¿qué significa ser un nigromante?

–Tan sólo que soy mago, de un tipo de magia *especial*, nada más. ¿Cómo si no crees que he llegado hasta aquí sin llamar la atención? Cuando los humanos me miran ven a un joven mortal, corriente, no distinguen el color de mi piel, ni de mis ojos, ni cualquier otro rasgo que me haga distinto; es un hechizo –expuso detalladamente.

–Y entonces ¿por qué yo te veo tal como eres?

–Sencillamente porque tú no eres humana, Anna –aclaró, haciéndome sentir tonta. Pero es que me costaba asimilar que no lo era, al menos completamente. Habría podido continuar hablando con él durante horas: Cyrus me iluminaba con sus explicaciones, no ponía reparos a mis preguntas y era como hablar con un buen amigo, realmente enriquecedor–. Bueno, regresemos o empezarán a impacientarse. Me ha encantado conocerte. –Estrechó nuevamente mi mano–. Y espero poder conversar contigo con más calma cuando todo acabe.

–A mí también me gustaría. Encantada, Cyrus.

Alanis había marchado en busca de su cena cuando regresamos al salón. Yo aún estaba fascinada por mi conversación con el swap; saber que había alguien al menos tan extraño y peculiar como yo me reconfortaba de alguna forma irracional e inexplicable. Por su parte, Shapur y William permanecían en silencio, cada uno en su posición; imaginé que no habrían cruzado ni una palabra en nuestra ausencia. Y Martin observaba en el ordenador algo que Cóatl le mostraba, ¿habría logrado vender sus pulseras el soldado azteca?

–Bueno, podemos marcharnos –advirtió Cyrus al vampiro rubio, cuyos ojos de mar permanecían atentos a mí, intentando averiguar en mi expresión algún indicio del rumbo de nuestra conversación privada.

–Está bien –dijo William al fin–. Mañana, justo al anochecer, os esperaremos en el helipuerto. Alanis se ha ofrecido a llevaros hasta allí y le he explicado el lugar exacto en el que estaremos.

–¿Cuánto tardaremos en llegar a Flint, Cyrus? –pregunté.

–Una hora o poco más, soy un excelente piloto –aseguró el híbrido con una mirada cómplice.

–Hasta mañana entonces –les despidió Martin.

El swap y William se marcharon. La próxima vez que nos viésemos partiríamos rumbo a nuestro destino.

–¿De qué has hablado con el nigromante? –preguntó Martin mientras el guerrero trataba de disimular su interés por mi respuesta (lo que me cabreó, no me gustó que continuase acicalando y limpiando su arma como si yo no le importase lo más mínimo).

–Cyrus es un tipo peculiar, pero creo que hemos conectado –afirmé con una amplia sonrisa, tratando de alterar la presunta indiferencia de Shapur.

–¿Cyrus? ¿En serio? –dudaba Martin, con los ojos negros muy abiertos.

–Sí, quería saber si actuaba con libertad o me estabais obligando de alguna forma. Y le dije que sí, que era libre. Después me ha dicho cosas de mí, cosas que supo con tan sólo mirarme a los ojos, y aseguró que tenemos en común más de lo que pienso, y que cuando todo termine le gustaría conocerme mejor. –Shapur me seguía de reojo, rabioso, podía sentirlo aunque no lo mirase. Mientras, el príncipe vampiro alucinaba con lo que estaba contando.

–Vaya, es un honor. Cyrus el nigromante es el hechicero más poderoso de todos, su fama traspasa las fronteras del reino. Cualquier rey vampiro mataría por tenerlo de su parte, y por eso Patrick White lo quiere a su lado –explicaba Martin, aún alucinado, como quien acaba de conocer a su estrella de rock favorita–. Es un ser mágico y único, mitad demonio y mitad vampiro.

–Es sólo un mago, he atravesado muchos con mi espada –intervino Shapur, molesto quizá por la notoriedad de mi nuevo amigo.

–No como éste, Shapur –matizó Martin–. Cyrus Van del Waals es único, ¿no te has fijado? También es imparcial e independiente de nuestros asuntos, siempre que no le afecten. Y aunque se rige por nuestra ley, se siente por encima de ella. Además, es incalculablemente rico y poderoso –relataba el adolescente con emoción.

–A mí me ha causado buena impresión, de hecho, que se preocupase por mi libertad le ha valido mi confianza –dije, lo que era completamente cierto, aparte de mi intención de mortificar así al guerrero persa, quien seguía dando muestras de que no lo hubiese logrado.

–Debo alimentarme, mañana nos espera una noche larga –apuntó Martin, peinando con los dedos su rebelde cabello negro.

–No puedes ir solo –advertí.

–Yo lo acompañaré –intervino Cóatl por primera vez en toda la noche, abandonando el ordenador.

–¿Y tú, Shapur? –preguntó el joven heredero.

–No. Me alimenté de camino hacia aquí.

Y así fue como me quedé a solas en un apartamento con mi antes amante y novio, o algo parecido –no tuvimos tiempo suficiente de definir nuestra relación–. Me retiré al dormitorio, había pasado unos segundos de pie a su lado en el salón y ni tan siquiera me había mirado.

Era extraño tenerlo cerca y no poder abrazarle, tirarme a sus brazos y besarle, algo que tanto necesitaba en aquel momento. Días antes hubiésemos aprovechado aquellas horas de intimidad de un modo muy distinto, ahora, en cambio, yo estaba en el dormitorio, echada en la cama, mientras oía el televisor encendido en la sala donde Shapur permanecía silencioso en su quehacer.

Pensé en entrar y contarle la verdad, disculparme por haberle mentido, pero ¿de qué serviría? El guerrero no iba a perdonarme. Me revolví en el lecho y escondí la cabeza bajo la almohada. La sola idea de enfrentar el tema había acelerado mi corazón. No era capaz, ni aunque aquella fuese probablemente mi última oportunidad antes de la batalla.

Capítulo 21

La coronación

Me dormí y cuando desperté, a las doce del mediodía según mi reloj, Alanis permanecía inmóvil a mi lado. Comí algo y me preparé para salir en busca del vestido perfecto para atacar a un ilegítimo rey vampiro por sorpresa. Al pasar junto a la puerta del otro dormitorio pensé en Shapur y agradecí tenerlo a mi lado, porque aunque me odiase profundamente continuaba siendo el número uno en mi círculo de confianza.

Abajo pregunté al portero del edificio dónde podía comprar un traje de fiesta y éste, un señor mayor y regordete con mejillas sonrosadas y rubia barba algo encanecida, me recomendó ir a Grafton Street, así que tomé un taxi que me dejó junto a la vía, en la zona peatonal.

Era una calle larga, completamente plagada de comercios de todo tipo. Centenares de ocupados viandantes caminaban arriba y abajo, un joven tocaba el saxofón en mitad de la acera y otro el arpa –un arpa antigua, realmente prodigiosa–, unos metros más adelante. Me detenía en los escaparates, preguntándome si sería capaz de encontrar lo que buscaba, hasta que lo vi en una exclusiva boutique cercana a la estatua de bronce de la tristemente famosa Molly Malone[4]. Era el vestido perfecto.

Abandoné la tienda en busca de un salón de belleza que me había recomendado la amable dependienta, unos metros más adelante. Cuando las maravillosas manos de Talita, que así se llamaba la esteticista venezolana dueña del establecimiento, desplegaron su magia sobre mí, casi no me reconocí ante el espejo. Nunca antes me había arreglado tanto, ni para una boda. Llevaba el cabello semirrecogido, y la marca sagrada quedaba oculta bajo mi melena. Tenía los ojos maquillados en un tono concordante con el del vestido, las pestañas definidas con rímel y los labios pintados de carmín rosa, muy claro. No, definitivamente no era yo, pero me veía guapa. Antes de marcharme agradecí a Talita su trabajo y le aseguré que si alguna vez regresaba a Dublín volvería a visitarla en busca de un subidón de autoestima.

Después pasé por una tienda de bisutería donde compré unos pendientes a juego con el vestido. No es que pretendiese quemar la tarjeta que Martin me había proporcionado, pero si fingía asistir a una gran celebración debía estar a la altura de las expectativas, más aún cuando acompañaba a alguien como Cyrus el nigromante.

Cargué con todas las bolsas y paquetes en un taxi y regresé al apartamento. Cuando logré abrir la puerta faltaban cinco minutos para las seis y media de la tarde. Mis *compañeros de piso* estaban a punto de levantarse de su semimuerte diurna y no quería molestarlos, así que decidí arreglarme en la cocina. Desenvolví las prendas. El vestido era turquesa de satén, con corpiño de pedrería y cristales Swaroski, anudado con cintas a la espalda, y una amplia falda cuya cintura quedaba oculta bajo el bustier, como si fuese un traje completo, larga hasta el tobillo.

El corte medieval del escote comprimía y elevaba mi pecho –pequeño pero matón, me dije– y la falda se abombaba justo por encima de las caderas: podría esconder la daga sin problemas, atada a mi pierna. También había comprado unos zapatos, unas sandalias violetas atadas hasta la rodilla de tacón mínimo –debían ser cómodas y resistentes– y un chal púrpura a juego con los zapatos. Comprobé el cierre de la falda, que quizá debería quitarme cuando la contienda comenzase, dudaba si podría luchar con aquellos metros de tela por encima; por eso decidí ponerme unas mallas negras hasta la rodilla debajo.

Cogí la correa de mis dagas y la até a mi pierna derecha, envainé la daga de madera y entonces comprobé si debajo de la falda se percibía algo. Me embutí en el bustier y cuando comenzaba a anudarlo el primero de los no-muertos abrió la puerta de su dormitorio y acudió en mi busca a la cocina.

–Vaya, Anna, estás... estás realmente preciosa –exclamó Alanis, contemplándome de arriba abajo.

–Vestida para matar –bromeé–. ¿Podrías terminar de atarme las cintas? –pregunté ofreciéndole mi espalda desnuda a la vampira rubia, que comenzó a anudarlas lentamente. Giré el rostro para mirarla, tenía los colmillos ligeramente extendidos, pero no como un gesto de amenaza, sino más bien como una muestra de innegable deseo. Me sonrió al ser descubierta y apresuró el enlazado cierre de la prenda.

–Lamentaría mucho que algo malo te pasase, Anna –confesó cogiendo mi mano con las suyas, ahora heladas–. Cuídate, aún tenemos muchos asuntos pendientes tú y yo –insinuó guiñándome un ojo.

–Lo haré, lo prometo.

Envolví la daga dorada en su funda protectora. Su composición metálica no me permitiría atravesar el arco de seguridad, por lo que debía ser Shapur quien la llevase hasta que pudiese devolvérmela. Llamé a la puerta de su habitación y abrió Martin.

–Vaya, estás muy guapa –observó gentilmente el joven heredero al trono vampiro, y se dirigió al salón, seguido por el fiel Cóatl, con el cabello recogido en una larga trenza.

Entré en la habitación de Shapur cuando éste ataba sobre su pecho la correa de su espada envainada, de espaldas a mí, junto a una de las camas. Vestía uno de sus pantalones árabes abombados, largo hasta la el tobillo, de color blanco, quizá el mismo pantalón que llevaba el día que lo conocí. Inicio y fin, pensé mientras caminaba hasta él.

–Shapur, toma mi daga, guárdala –dije ofreciéndola. Entonces el fornido guerrero se giró, sin dar muestras de que mi nueva imagen le complaciese o importase lo más mínimo, y tomó el arma de mi mano. No dijo nada, pero aun así pude sentir la tremenda tensión que oprimía todos y cada uno de sus músculos–. Ojalá que cuando todo esto acabe podamos al menos tener una conversación –declaré, y abandoné la estancia con gran pesar.

Todo estaba preparado, las armas limpias y afiladas y las cartas sobre la mesa. Era todo o nada, y era entonces.

La noche era calma y menos fría de lo acostumbrado en Irlanda. Había poco tráfico, por lo que Alanis no tuvo ningún problema en llevarnos puntualmente a nuestra cita. En apenas veinte minutos llegamos al helipuerto.

El aparato nos esperaba con las luces encendidas y las hélices girando lentamente, levantando viento a nuestro alrededor. Temí por mi peinado, pero Talita había usado tonelada y media de laca y mis bucles eran a prueba de huracanes. Alanis me despidió con un fuerte abrazo, no sabía si volvería a verla y le agradecí enormemente la ayuda prestada.

Subí al helicóptero la última y tuve que agarrar mi vestido para no hacer una escena a lo Marilyn Monroe debido al viento que despedían las hélices, aunque con las mallas ciclista que llevaba debajo no hubiese surtido el mismo efecto.

William, Cóatl, Shapur y Martin se encontraban sentados en la parte posterior del aparato, y Cyrus, que me recibió con una amplia sonrisa de sus labios violetas, me ofreció el asiento de copiloto.

–Es la primera vez que subo a un helicóptero –le grité, pero no podía oírme a causa del ruido cada vez mayor de los motores. Entonces me señaló unos cascos para que me los pusiese. Le repetí la frase.

–No te preocupes, para todo hay una primera vez –dijo el piloto–. Por cierto, estás preciosa, no podría tener mejor compañía para la fiesta –aseguró. Miré a mi espalda y comprobé que el resto de mis acompañantes también llevaban cascos, por lo que habían oído nuestra conversación. Los rostros de Shapur y William mostraban fingida indiferencia ante el flirteo del swap, Martin tenía la expresión contrita por la tensión y Cóatl, con los ojos cerrados, parecía concentrado en algún tipo de éxtasis mental.

–Gracias, pero creo que la fiesta va a ser un poco menos divertida de lo esperado, al menos para Patrick White.

El helicóptero comenzó a elevarse lentamente, sin brusquedad, sin zarandeos, y la hache que conformaba la pista de aterrizaje iluminada por pequeños focos comenzó a hacerse más y más pequeña bajo nuestros pies. Alanis nos observaba ascender con el cabello corto agitado por el viento. Finalmente el helipuerto quedó reducido a un punto brillante en el suelo. Y a la altura a la que nos encontrábamos, la panorámica de la ciudad de Dublín era espectacular.

–Mira, aquello es el Custom House –me indicó Cyrus, como improvisado guía turístico–, y aquel obelisco brillante es el Spire. ¿Has visto algo de la ciudad?

–Nada.

–Bueno, pues será un placer enseñártela cuando todo esto acabe –declaró guiñándome un ojo.

–Creo que deberíamos repasar el plan –intervino William.

El plan era bastante simple y sencillo, en teoría, y además lo sabíamos de memoria, pero lo que el vampiro rubio pretendía era hacer notar que Cyrus y yo no estábamos a solas en el aparato y que aquello no era una cita real. A mí no me cabía ninguna duda, pero desconocía las intenciones del swap.

La conversación durante el resto del trayecto, una hora y media hasta que aterrizamos en la mansión Van der Waals en Flint, consistió en repasar los pasos que debíamos seguir, una y otra vez.

El helipuerto de Cyrus el nigromante estaba situado frente a dos canchas de tenis (una de hierba y otra de tierra batida) y junto a una enorme piscina cubierta por una estructura de aluminio plateado. A través de las cristaleras podía distinguirse el vapor desprendido por el agua climatizada en su interior.

–Bienvenida a mi hogar, Anna –dijo Cyrus bajando del aparato. Abrió mi puerta y me ayudó a descender. Era todo un caballero el híbrido de vampiro y demonio marino, un caballero inglés.

–Gracias.

Su *hogar* era más grande que el pueblo natal de mis abuelos.

Se trataba de un edificio de ladrillo, consistente en una estructura central con varias construcciones anexadas, de tres plantas con tejado rojizo y grandes balcones que sobresalían en la fachada. El swap debía de ser realmente rico y poderoso, y ahora entendía el interés de White por ganar su lealtad. Pero algo me decía que no las tenía todas consigo.

Frente al helipuerto nos esperaba un vehículo todoterreno de color azul oscuro, cuyo chófer, gorra en mano, nos saludó cuando nos acercábamos.

–Bueno, aquí nos separamos –dije a mis compañeros, me acerqué a Martin y lo abracé. En aquel momento no me importaba que pudiese parecer una muestra de debilidad o que en su protocolo vampiro estuviese mal visto tal expresión de afecto público, lo hice y él no opuso resistencia–. Deja que Shapur te cuide, controla tus emociones y no te pongas en peligro o todos correremos riesgos. Recuerda que eres el futuro rey y que si alguno de nosotros debe sobrevivir a esta noche eres tú, ¿de acuerdo? –Martin asintió y me apretó fuerte contra sí.

–Gracias, Anna, gracias por todo lo que has hecho por mí –dijo emocionado.

–Es mi deber, ¿recuerdas? Shapur, cuida de Martin, y si la cosa se pone demasiado fea, sácalo de allí como sea –pedí, y el guerrero persa asintió deteniendo sus espectaculares ojos de ámbar en los míos. No dijo nada, pero sentí que temía por mí–. Yo estaré bien, sé cuidarme, tuve el mejor maestro. Te llamaré al otro lado del muro, cuando podáis acceder sin riesgo. William, muchas gracias a ti también por estar aquí.

–No. Gracias a ti por lo mucho que me has dado, por tu valor y lealtad. Gracias, Anna *Rodrigues* –concluyó, con la faz seria e inexpresiva mientras acariciaba con la palma de su mano la empuñadura plateada de una espada recta que llevaba anudada a su cinto. Lo abracé también a él, y sentí la rabia de Shapur en mitad del pecho.

–Nos vemos en Blacklake –exclamé.

Subí al coche. El chófer arrancó y los no-muertos desaparecieron como veloces balas ante mis ojos, probablemente llegarían mucho antes que nosotros y habrían de esperarnos escondidos. Comenzamos a atravesar el camino forestal que conducía a la carretera que nos llevaría hasta la propiedad del antiguo gobernador de Gales.

–¿Estás preparada? –preguntó Cyrus a mi lado.

–Nunca lo he estado tanto –confesé. Mis piernas temblaban nerviosamente y el swap no lo notó.

–¿Sabes que tienes que oler a mí? Supuestamente eres mi humana y me alimento de ti.

–Ya lo había pensado –respondí retirando el cabello de mi cuello, ofreciéndoselo–, pero he de advertirte que no habrá nada de sexo.

–Lástima –dijo, y sonrió, inclinándose hacia mí hasta que sus labios tocaron mi piel. No estaban tan fríos como los de William o Shapur, eran ligeramente más cálidos. Su lengua, suave como el satén, comenzó a recorrer mi cuello lentamente hasta alcanzar la parte trasera de mi oreja–. No voy a morderte, no es necesario para que lleves mi olor, aunque me encantaría hacerlo –susurró, y continuó lamiendo mi cuello, el lóbulo de mi oreja, mi mentón. Sentí cómo mi corazón se aceleraba a la vez que se secaba mi garganta. Cyrus se detuvo, y retomó su posición erguida en el asiento, yo permanecí inmóvil, muda, a su lado–. Es suficiente.

Cuando el todoterreno ascendía la empinada colina en la que se situaba la mansión de los White, siguiendo el camino semiasfaltado en mitad de una frondosa arboleda, el nigromante colocó un anillo de blanco marfil tallado en mi dedo –que se ajustó mágicamente– y comenzó a recitar versos en latín rodeando mi rostro con sus manos. Había lanzado su hechizo para que los vampiros fuesen incapaces de reconocerme.

–Para que se muestre tu identidad real tan sólo tienes que desprenderte de este anillo, y si vuelves a colocártelo recuperarás también esta máscara mágica. Mucha suerte, Dínorah Dhampira –dijo cuando ya estábamos en Blacklake.

Bajamos del coche. Dos fornidos guardias, vampiros, uno a cada lado de una gran puerta metálica, custodiaban la entrada a la propiedad. Vestían traje negro de pies a cabeza y percibí el bulto de una pistola bajo la axila izquierda de ambos. Uno era más alto que el otro y más grueso, pero ambos provocaban respeto. Primera prueba, atravesar la entrada. Cuando estuvimos a la altura de los vigilantes éstos saludaron con un leve gesto de cortesía a Cyrus Van der Waals y nos permitieron el paso. No me habían conocido, al parecer la compañía del poderoso swap sería como tener un pase vip a la *fiesta*. Respiré aliviada con la vista perdida en el suelo, como acostumbraban los *voluntarios* de los no-muertos.

La siguiente prueba era algo más complicada. Otro guardia vampiro, alto y pelirrojo, vigilaba el arco de seguridad por el que debían pasar todos los invitados, que formábamos una pequeña cola en espera de nuestro turno. Todos eran vampiros, varones y hembras, y la mayoría iban acompañados por algún servicial humano dispuesto a derramar su sangre para deleite de su amo.

Cyrus atravesó el arco metálico sin que se produjese sonido alguno. Ahora era mi turno. Lo atravesé con los dedos cruzados en la mente y... ¡piiiiiii! Casi me da un infarto, el ajustado corpiño turquesa estuvo a punto de estallar ante la aceleración de mi pecho. "Los pendientes", espetó el pelirrojo. Los deposité en la bandeja y volví a cruzar, y esta vez no hubo ruido, así que recogí los brillantes zarcillos y volví a colocarlos en mis orejas.

"Tranquila", susurró con voz pausada Cyrus, guiñándome un ojo con disimulo. El swap parecía divertido con todo aquello. Segunda prueba superada.

Caminamos por un sendero de piedra entre el verde césped, flanqueado por arbolillos de copas redondas en flor, hacia la mansión. Todo el jardín frontal estaba iluminado por multitud de focos y farolillos de colores hasta la escalinata, por la que se accedía a la vivienda.

La villa White era una enorme casa victoriana de ladrillo de fachada gris oscuro con enormes ventanales. Tenía dos plantas y una enorme buhardilla a lo largo de toda la vivienda bajo el tejado rojizo.

Un muchacho ataviado con un traje de terciopelo color azul pavo real, no-muerto –ningún joven humano hubiese sido capaz de ponerse aquel traje–, escoltado por otros dos robustos guardianes sobrenaturales, recibía a los invitados al pie de la escalera junto a la puerta de entrada principal. Era moreno, barbilampiño y delgaducho, tendría unos dieciocho años cuando fue convertido. Su rostro era pálido como la cera y los ojos de un azul muy claro, casi blancos.

El nigromante se acercó e inclinó levemente la cabeza como saludo, y el vampiro hizo lo propio. Yo continuaba con la mirada fija en el suelo, aunque de reojo trataba de observarlo todo.

–Buenas noches, Cyrus Van der Waals, me alegra que haya aceptado mi invitación –dijo con un semblante grave, tremendamente grave, que en nada concordaba con su juvenil aspecto. A ver si dentro de un rato te alegras tanto, pensé.

–No me lo perdería por nada del mundo, señor White –respondió Cyrus.

¿Aquel chico era Patrick White? ¿Y aquel era el terrible y malvado vampiro al que debíamos temer? ¡Si simplemente daban ganas de abofetearlo y mandarlo a la cama castigado sin cenar!

Pero sin duda no debía confiarme. Mi lógica humana me traicionaba de nuevo. Es cierto que White apenas rozaría la veintena cuando murió, pero desconocía cuánto tiempo hacía de aquello, cuántos años o siglos habría tenido para acumular odio y maldad en su escuchimizado cuerpo.

–Veo que traes una deliciosa compañía –notó refiriéndose a mí.

–Sí, realmente deliciosa.

–Espero que te diviertas –comentó, ofreciéndonos continuar nuestro camino hacia el interior de la propiedad.

Tercera prueba superada. El mismísimo Patrick White me había permitido el paso.

Nos adentramos en la vivienda. Un camarero humano ofreció a mi *amo* una copa de cóctel rebosante de brillante sangre que cargaba en su bandeja plateada. Cyrus la tomó y bebió de un sorbo. "Uhm, es fresca, extremadamente fresca, aún está caliente", dijo agradado.

Caminamos, al igual que el resto de invitados, hacia el salón principal. El nerviosismo inicial había dado paso a una sensación de tensión que recorría todo mi cuerpo. Cuando nos adentramos en la amplia sala un olor peculiar inundó mis sentidos, el olor de la sangre, había decenas, cientos de copas y botellas repletas del fluido vital sobre varias mesas redondas pegadas a uno de los laterales de la habitación. Alrededor de éstas decenas de vampiros conversaban entre sí, con su humano *voluntario* a su lado, como un perrito faldero. Distinguí un par de rostros anémicos que había visto tiempo atrás en el castillo de East Meadows, pero ninguno pareció reconocerme a mí, sin duda el nigromante era un excelente mago.

En la pared frontal de la sala estaba preparado un pequeño escenario con suelo tapizado de terciopelo rojo, alzado apenas medio metro sobre el pavimento, y en la parte trasera había un bulto tapado con el mismo tejido, ¿qué sería aquello?, ¿el trono?

La sala tenía únicamente dos accesos, la puerta principal por la que habíamos entrado y otra trasera junto al escenario por la que entraban y salían los camareros humanos con sus bandejas.

Patrick White se adentró en el salón y la puerta principal se cerró tras él, protegido por sus dos guardaespaldas sobrenaturales. Uno se llamaba Piro y parecía poco mayor que él; era rubio, con el pelo muy corto, y alto: tenía aspecto de atleta ruso. El otro era Alekséi, y debía de tener unos treinta años. Era un poco más bajo y regordete, tenía barba oscura y una coleta y al parecer era su lugarteniente, según me informó Cyrus, al igual que de sus nombres. White subió al escenario, situándose en el centro con parsimonia, dispuesto a dirigir unas palabras a la concurrencia.

–Buenas noches. Gobernadores, invitados y aliados, esta noche seré coronado como rey de Gran Bretaña ante todos vosotros mediante el milenario ritual de Sannuk, un ritual que mi predecesor había abolido, como tantas otras ceremonias y derechos de nuestra especie superior y que me encargaré de recuperar y defender –decía con rabia en la voz, con los ojos crispados por la ira y los colmillos fuera, desafiantes. Miré a mi alrededor. Algunos vampiros parecían agitados y felices por su discurso, y el resto, la mayoría, lo escuchaba atentamente, pero sin una expresión definida en el rostro–. Cuando esta noche beba la sangre de mi predecesor seré el legítimo rey de Gran Bretaña, vuestro rey, y os prometo que correrá la sangre como lo hacía en las gloriosas épocas del pasado. Pero antes... ¡divirtámonos un poco!

White ordenó abrir la puerta principal y tras ésta entraron en la habitación un grupo de humanos, diez o doce, tal vez, chicos y chicas jóvenes que caminaban con paso lento, con la mirada perdida, como zombis, guiados por un vampiro delgaducho y escuchimizado como si fuese un perro pastor y ellos las ovejas.

No iban vestidos para la fiesta de coronación –como el resto de voluntarios y yo–, pero estaban encantados por la magia vampira. Probablemente habían sido secuestrados para ser el plato principal de aquella celebración.

–Yo os ofrezco esto, sangre fresca, sangre viva, nada de repugnante y fría sangre anticoagulada, tomad y bebed de ellos –exclamó el anfitrión. Automáticamente, uno de los vampiros que habían jaleado sus palabras anteriores se lanzó sobre una de las chicas, una joven adolescente rubia, muy joven, y la mordió. La chica comenzó a gritar, pero su alarido de dolor duró unos segundos, justo cuando el no-muerto retiró su rostro satisfecho del cuello de ella, con la sangre fluyendo a borbotones de su boca, que relamía.

El resto de humanos parecían completamente ajenos a lo que le sucedía a su compañera, que se desangraba exánime, desplomada en brazos de su asesino. Sentí la tentación de acudir en ayuda de la muchacha pero, adelantándose a mis intenciones, Cyrus apretó mi mano con fuerza.

–¿Estás loca? Sería un suicidio, piensa que si White es coronado esto sucederá cada noche y no podrás salvar a nadie más –sentenció a mi oído. Tenía razón, toda la razón, pero me dolía demasiado presenciar aquello sin hacer nada para evitarlo.

Pronto otro vampiro se unió al festín, y el resto lo contemplaba, siendo difícil distinguir si distraídos, violentados o felices. Pero lo importante era que todos prestaban atención al macabro espectáculo.

Pensé que aquel era el momento ideal para perderme entre la multitud. Ahora o nunca, me dije, y dediqué una mirada cómplice a mi *amo*.

–Suerte, lamento no poder ayudarte más allá, pero si algo sale mal no puedo poner en riesgo mi estatus –susurró el swap nuevamente, entornando los ojos brillantes como gemas.

–Lo entiendo, gracias.

–Mi olor en tu piel debería ser suficiente para que ningún chupasangre trate de alimentarse de ti. Y si logras mostrar tu marca sagrada ninguno de los vampiros presentes se atreverá a atacarte, o al menos podrás luchar limpiamente contra él.

–Muchas gracias de nuevo, Cyrus, ha sido un honor conocerte.

Y me aparté lentamente de su lado en dirección a la puerta de servicio. Caminé entre los no-muertos sin que me prestasen la menor atención. Incluso el propio White, que había descendido del escenario, se complacía en participar en el cruento asesinato de aquellos pobres infelices. Alcancé la salida y la abrí. Entonces tropecé con uno de los camareros, su bandeja osciló en el aire y su remesa de copas carmesí estuvo a punto de caer al suelo.

–¡Eh! ¿Qué haces? –espetó molesto.

–Lo lamento, voy buscando un baño, lo necesito con urgencia –mentí, con el rostro compungido.

–Hay uno fuera, en...

–No creo que llegue, por favor –lo interrumpí.

–Está bien, hay uno del servicio atravesando ese pasillo, pero debes girar a la derecha, recuerda, a la derecha –indicó una puerta frontalmente opuesta a la que debía de ser la cocina de la que partían los sirvientes, y continuó su camino.

La atravesé veloz, sin que nadie más pudiese verme, y me encontré en un pasillo largo y oscuro, lleno de puertas, pero en vez de dirigirme a la derecha como tan insistentemente había indicado el camarero lo recorrí en sentido contrario. Agudicé el oído tratando de percibir algo tras ellas, pero no, sólo había silencio.

Las abrí con cuidado, una a una, y me encontré con un baño, habitaciones vacías, pequeñas salas, una oficina, la biblioteca... Hasta que al final del pasillo, en un recodo, encontré una puerta de cristal que conducía al jardín posterior de la mansión, y justo frente a ella, una escalera de madera que debía de llevar al sótano.

Decidí bajar. Con el corazón galopando en mi pecho me remangué el vestido y comencé a descender despacio los escalones, con cuidado de no hacer ruido. Uno a uno. Cuando había alcanzado la mitad de la escalera oí un ruido y pegué mi cuerpo a la pared. Alguien caminaba por el pasillo que yo había recorrido. Contuve la respiración, pero quien fuera cruzó sin más y continué hacia abajo. Llegué hasta una puerta metálica cerrada con un enorme cerrojo tras la que podía oír ruidos, unos sollozos ahogados.

Decidí abrirla.

Lo hice con cuidado, las bisagras rechinaron un poco pero cedieron a mi presión; finalmente logré desplegarla.

Encontré dentro a Marie Robinson, atada con cadenas de oro a la pared de aquella oscura habitación. Estaba visiblemente demacrada, con el cabello rubio revuelto sobre la cara, un cara llena de señales de tortura. Las muñecas estaban despellejadas por el roce de la piel con el metal maldito. Y su ropa eran harapos. Apenas podía reconocer a la noble y distinguida dama que había conocido a mi llegada a Lastheaven. Me acerqué a ella.

–Señora Robinson...

–¿Quién eres? ¿Qué quieres? –preguntó con la voz desgarrada. Recordé el hechizo de Cyrus y retiré el anillo mágico de mi dedo por un instante. Su expresión entonces se turbó, se quedó estupefacta al encontrarme allí–. Dínorah, has venido.

–Voy a liberarla.

–No, no lo hagas, debes marcharte, están a punto de volver.

–¿Quiénes? ¿Dónde está Louise?

–Está arriba, la han subido para prepararla para la ceremonia, debes marcharte antes de que te descubran o no podrás liberarla –decía con los ojos desorbitados y con apenas un hilo de voz–. Vamos, corre, sube a salvar a mi hija.

Así hice. Cerré la puerta tras de mí y subí las escaleras veloz como un rayo. Atravesé la salida hacia el jardín sin tropezar con nadie, vivo o muerto. El jardín trasero no formaba parte del emplazamiento de la fiesta, por lo que no estaba iluminado ni decorado como el anterior. Caminé sigilosamente entre penumbras rodeando la mansión. A lo lejos, muy lejos, vislumbré el brillo del arma de uno de los guardianes de White haciendo su ronda de vigilancia en torno al muro, hubo suerte, marchaba en dirección contraria. Alcancé el lateral izquierdo de la residencia por la parte más próxima a la tapia de piedra y vislumbré la copa del árbol que habíamos utilizado como referencia para citarme con el resto de la resistencia al otro lado. Esperaba que estuviesen allí, que no los hubiesen detectado y acabado con ellos.

–Shapur –susurré.

No hubo respuesta.

–Shapur.

De pronto oí un pequeño ruido y los cuatro vampiros cayeron a mis pies. Habían superado el muro de un solo salto, el guerrero persa se acercó a mí y me entregó mi daga de oro, que escondí rápidamente bajo el vestido, junto a su gemela.

–Hay una puerta ahí detrás por la que se accede a un corredor y una escalera. Ésta va a dar al sótano, donde está secuestrada Marie Robinson. Que Cóatl aguarde escondido junto a la escalera y trate de liberarla cuando todo se desencadene para evitar que la maten. Nosotros recorreremos el pasillo hasta un recodo en el que se ve la cocina de servicio; al final de ese corredor hay una puerta que conduce directamente al escenario en el que se hará el sacrificio. –De repente oí un sonido, una vibración en el aire aunque lejana–. Escondeos, ¡ahora! –me dio tiempo a decir, y desaparecieron de mi vista. Un segundo después tenía al alto vampiro pelirrojo que había estado custodiando el arco metálico frente a mí. Agaché la cabeza en señal de respeto.

–¿Qué haces aquí, humana? –preguntó, con un *humana* que sonó a *fulana*.

–Me he perdido, no encuentro a mi amo –balbucí falsamente, con la cabeza gacha.

–¿Ah, sí? Quizás esté ocupado –sugirió acercándose demasiado a mí, alargando uno de sus brazos y acariciando mi cuello con la mano helada, que paseó por mi oprimido escote mientras yo permanecía con la vista fija en el suelo, percatándome de que aquel vampiro podía haber olido ya a Cyrus en mí, pero que no parecía importarle demasiado. Pensaba en el modo de levantar mi falda para alcanzar la daga atada a mi muslo y atravesarle en dos, si al final no me quedaba otra opción. Se acercó a mí, sus colmillos se extendieron, y yo comencé a remangar con disimulo el vestido.

–Luzmila, ¿estás ahí? –oí la voz de Cyrus a su espalda. El vampiro pelirrojo se apartó de mí inmediatamente–. Ah, estás ahí –dijo el nigromante caminando hacia nosotros. Venía del jardín anterior.

–Buenas noches, señor Van der Waals, parece que su humana se ha perdido, iba a llevarla de vuelta –se justificó el guardia, de vuelta al otro barrio el malnacido.

–Sí, es un poco *cortita* –afirmó el swap, agarrándome del brazo con cierta brusquedad. Me sacó de allí en dirección a la entrada principal–. Anda, vámonos, que vas a hacer que me pierda la coronación.

Cuando estuvimos lo suficientemente lejos del pelirrojo me permití el lujo de respirar aliviada.

–¿Luzmila? ¿De dónde has sacado ese nombre?

–No sé, la verdad –rió divertido el nigromante–, de una película de terror por lo menos.

–¿Cómo sabías que estaba en peligro? –pregunté sorprendida aún ante su oportuna intervención.

–Tú siempre estás en peligro, desde que naciste –concluyó lapidario, con la vista fija en la entrada principal de la mansión, hacia la que caminábamos.

–Gracias, Cyrus, no sé cómo agradecértelo.

–Se me ocurren un par de entretenidas formas, pero lo dejaremos para cuando todo esto pase –bromeó, mostrando una vez más su bonita sonrisa azulada.

Regresamos al salón principal, nada quedaba ya de los humanos sacrificados, salvo el lejano rastro de una mancha de sangre recién limpiada en el suelo. Toda la concurrencia permanecía atenta al escenario, en cuyo centro Patrick White permanecía de pie, inmóvil, con su particular traje azul impoluto. –Nada hacía sospechar que acababa de devorar salvajemente a varias personas.

A su lado había una especie de sacerdote, ataviado con una capa morada larga hasta los pies, con una marca, un sol con un ojo dentro, bordado en negro brillante en el pecho, la Hayupta, la insignia sagrada, idéntica a la de mi nuca. Fue inesperado verla frente a mi, pero energético y motivador.

Tras el oficiante se hallaba un rudimentario trono de madera –antes oculto bajo el terciopelo rojo–, en cuyo asiento se encontraba una corona de plata con coloridas gemas incrustadas. A su derecha, la pequeña Louise había sido atada a la pared con grilletes de oro que dañaban su delicada piel. Vestida con un sencillo traje blanco que alcanzaba la altura de sus menudas rodillas, el cabello dorado enmarañado sobre el rostro de porcelana, los ojos azules cerrados sobre profundas ojeras negras, el frágil cuerpecito derrotado, colgando de sus manos, vencido como días antes había visto el de Aarón. Cómo se podía ser tan hijo de puta, hacerle aquello a una niña pequeña, vampira o no. Patrick White merecía morir y yo iba a hacer todo lo posible por acabar con él para siempre.

El sacerdote asía un opulento puñal de plata labrada entre las palmas de sus manos que alzó sobre su cabeza y comenzó a recitar frases en latín. Yo vigilaba la puerta de servicio, intentando atravesarla con la mirada, adivinar si Shapur y el resto de combatientes se encontraban allí, aguardando mis movimientos. Esperaba que así fuese o todo estaría perdido. Patrick tomó el arma blanca de las manos del oficiante y caminó lentamente hacia Louise.

En ese momento eché a correr hacia el escenario y de un salto me paré frente al vampiro moreno, que no daba crédito a la osadía de aquella mujer que se interponía en su camino.

–¡No voy a consentir que mates a la niña! –grité para que mis compañeros emboscados pudiesen oírme. Los ojos de White prendieron en ira.

–¡Cyrus, controla a tu humana o la elimino ahora mismo! –profirió amenazante mientras buscaba a mi acompañante entre la multitud.

–Yo creo que antes deberías oírla –exclamó despreocupado el nigromante desde su posición, y White me miró fijamente con sus ojos celestes inyectados en sangre. Me saqué entonces el anillo del dedo y dejé ver mi verdadero rostro, que no pareció reconocer.

A continuación, en un movimiento de velocidad sobrehumana, saqué las dagas de debajo de mi vestido, y de repente Martin, William y Shapur entraron en escena, apuntando con sus armas blancas a los guardias de White al pie del escenario.

–Dínorah –exclamó Louise, que había abierto los ojos ante el alboroto.

–La misma –proclamé, y recogiendo mi cabello en una coleta lo corté con la afilada daga dorada, justo bajo la nuca, para que la Hayupta, la marca sagrada, quedase al descubierto ante los ojos de todos los nomuertos reunidos en la sala. De haber sido algo más expresivos hubiesen emitido a coro un "¡ooooooohhhhh!", pero guardaron silencio, de algún modo asombrados–. Patrick White, si aprecias tu vida eterna, arrodíllate ante el legítimo rey Martin Robinson, ninguno de los presentes te ayudará, ninguno se atreverá a contradecir la voluntad de una enviada de la diosa Lilith. –Aquello me lo había sacado de la manga, pero pareció bastante creíble y funcionó, al menos con el público, pues ninguno movió un solo dedo.

Lo amenazaba con la daga dorada y el vampiro me miraba fijamente, con una rabia que podía sentir perforándome, pero yo mantenía la mirada, serena, propia de los enviados de los dioses –o eso creía yo.

–Jamás –exclamó. Su voz era hosca, casi un rugido. A continuación miró a la concurrencia, que permanecía inmóvil.

De entre la mitad del público sentí la misma vibración que había percibido minutos antes, sabía lo que era, un vampiro se había lanzado con su hipervelocidad hacia nosotros y como Martin estaba cubierto por Shapur sólo podía venir a por mí. Giré la daga de jatoba en un rápido movimiento y apuñalé el aire con fuerza. Alekséi, el lugarteniente de White, se dobló por la mitad sobre mi arma, que destrozó en dos su abdomen, y cuando trató de agarrarme con sus manos yo había vuelto a atravesarlo, en esta ocasión justo en mitad del corazón.

Uno de los guardias, al pie del escenario, trató de lanzarse hacia mí, pero su cabeza rodó por el suelo: el guerrero persa lo decapitó con su magnífica espada antes de que lograse desplazar un solo centímetro su cuerpo. Los otros dos guardaespaldas de White se revolvieron contra Shapur en una mala opción, pues el guerrero los desmembró con una rapidez pasmosa. Tan sólo podía distinguir el haz de luz plateada de la hoja trazando siluetas en el aire al moverse arriba y abajo, deshaciendo aquellos cuerpos antes sobrenaturales. Era realmente rápido, y efectivo.

Patrick White me atacó cuando aún empujaba el arma dentro del pecho de su siervo, Alekséi, pero logré detener su puñal con mi daga dorada y lo empujé hacia atrás, de nuevo con una fuerza inusitada, tirándolo de espaldas.

Sentí como si algo dentro de mí despertase a marchas forzadas, una tremenda energía manaba de mi interior, una energía y un poder colosales. White cayó bruscamente sobre el trono, rompiéndolo en pedazos y haciendo rodar la corona por el suelo. De pronto, de un salto, se incorporó y arremetió nuevamente contra mí. La lucha continuaba. Al igual que la de Shapur, quien sin perderme de vista trataba de zafarse de los dos no-muertos partidarios del infame traidor (los mismos que se habían alimentado en primer lugar de los humanos al principio de la noche); arremetían contra él veloces como relámpagos, atacándole con cualquier cosa que encontraban a su paso.

William protegía espada en alto la integridad del futuro rey, a escasos pasos detrás del guerrero. Esa era su labor.

White continuaba intentando agredirme, con sus terroríficos caninos desplegados por la ira y sus ojos desorbitados, bañados en sangre. Su tez blanquecina transparentaba su furor interno y el brillo dorado de mi daga se reflejaba en su rostro marmóreo. White apretaba contra mí su puñal que yo detenía con los gavilanes de mi arma. Sin duda, su fuerza era muy superior a la del anterior vampiro al que me había enfrentado, Julianne.

Sentí cómo mis tendones, mis músculos, mi mandíbula tensa por la presión respondían, resistían cada uno de sus envites con aquella insólita energía que recorría mi cuerpo, una fuerza que emanaba de mí como una explosión, una sensación de potencia antes inimaginable que me permitió lanzar al vampiro otra vez contra el suelo. Continué deteniendo sus ataques como en una coreografía, arriba, abajo, por la espalda; contenía su arma instintivamente, sin cesar. Él no conseguía herirme, pero empezaba a ver que yo aún carecía de la velocidad necesaria para alcanzarlo. De momento sólo lograba defenderme.

Su rostro se crispó todavía más, su mandíbula se contrajo, era consciente de que no conseguía dañarme con su arma de plata. Entonces se detuvo y curvó sus labios en una malévola sonrisa, mostrando los colmillos. Leí sus intenciones en sus ojos, que ocultaban su rabia tras un nuevo plan.

Sin embargo, adiviné qué iba a hacer.

Se lanzó hacia Louise para apuñalarla indefensa, atada a la pared, pero intercepté por el camino la hoja de su puñal con mi daga de oro, y el vampiro cayó al suelo ante el brutal impacto. No obstante, logró agarrar mi muñeca, la retorció con violencia sobre mi espalda, y pegándola a su pecho se agachó para morderme en el cuello. Una mordedura que sentí como llamas del infierno.

Sentí sus dientes clavándose en mi piel, desgarrándola y absorbiendo con fuerza mi sangre, a la vez que una especie de ácido se extendía hacia mi interior, quemándome las venas.

Shapur trataba desesperadamente de llegar hasta mí pero aún no se había deshecho de los dos no-muertos que lo atacaban enardecidos por la sangre recién consumida. Iba a morir, irremediablemente. Busqué fuerzas en mi interior mientras mi energía escapaba por la brecha abierta en mi yugular. Me acordé de mi madre, de mi hermano, de mi padre, de los besos de Shapur, de las caricias de William y entonces una poderosa fuerza brotó de mí como un río desbordado.

Me zafé de su dentellada dislocando el hombro, que dolió terriblemente, y me giré, apuñalándolo profundamente con mi daga de jatoba en mitad del esternón, con todas mis fuerzas, con toda mi rabia, hasta que sus ojos se abrieron desorbitados. De repente se oyó un disparo y sentí una llamarada de calor atravesando mi vientre desde la espalda. Me di la vuelta como pude y comprobé el origen de aquel disparo. En la puerta de entrada del salón aún me apuntaba, con el arma humeante, Piro, uno de los guardias del ilegítimo rey vampiro. El cañón giró, apuntando ahora a Martin. Con las exiguas fuerzas que aún me quedaban me lancé hacia él, recibiendo un nuevo impacto en el pecho.

Mientras perdía el conocimiento vi cómo el tirador estallaba en llamas. Aún sentía el veneno vertido por White recorriendo mi sangre; no podía respirar, el aire pitaba escandalosamente al entrar en mis pulmones, que ya no tenían fuerza para aspirarlo.

Me desmayé.

Abrí los ojos con un sabor metálico en los labios mojados, la sangre de Shapur goteaba en mi boca desde un corte en su muñeca, y bebí: no quería morir. Agarré su brazo y bebí de él. Aún me sentía extremadamente débil, no percibía nada a mi alrededor, no sabía si seguíamos en mitad de la sala o si por el contrario estábamos en otro lugar. El guerrero absorbía sangre de mi cuello y la escupía como si se tratase del veneno de una picadura de serpiente.

Volví a desmayarme.

Capítulo 22

El nuevo rey vampiro de Gran Bretaña

Cuando volví a despertar sí fui capaz de notar al menos que estaba acostada en una cama, en una cama amplia y con limpias sábanas de seda dorada, en mitad de una habitación grande, con un poderoso ventanal frente a mí por el que se colaban los rayos del sol en su ocaso. Intenté incorporarme.

–Sssht. Quieta, aún estás muy débil –me advirtió la peculiar voz de Cyrus el nigromante, sentado en un sillón a unos metros del lecho.

–¿Qué? ¿Dónde estoy, Cyrus?

–Bueno, al menos no has perdido la memoria –bromeó el swap caminando hasta mi lado. Tomó mi mano con las suyas, ligeramente azuladas–. Estás en mi casa.

–¿Y Martin?

–Martin Robinson está bien. –Aquellas palabras me aliviaron sobremanera.

–¿Y Shapur? Soñé que él...

–No fue un sueño, el persa ha aspirado de tu sangre el veneno que inoculó White, alimentándote con su sangre milenaria durante dos noches, lo que ha salvado tu vida. Ha sido una labor complicada y dura. Debes estarle agradecida –concluyó. Y claro que lo estaba, por supuesto, por infinidad de cosas además de aquella.

–¿Está bien?

–Sí, tranquila, está bien, débil por la cesión de sangre, pero bien. Todos están bien –repetía para calmarme.

–¿Qué ocurrió? White me mordió y luego me dispararon y... –Tenía mil dudas, necesitaba saber qué había pasado.

–Patrick White te mordió inoculando sus fluidos en ti.

–¿Eso quiere decir que voy a convertirme en vampiro?

–No lo creo, tú ya eres vampiro, la mitad de ti lo es. Aun así Shapur decidió eliminar la mayor cantidad de veneno de tu sangre. Luego, envenenada y malherida, te interpusiste entre un segundo disparo y Martin; era una bala de oro que podría haberle causado graves daños e incluso la muerte –explicó con serenidad, marcando las palabras desde sus finos labios violetas–. Cuando el lacayo de White te disparó rompió la primera regla de honor de los vampiros, las armas de fuego son de cobardes, de traidores que matan desde lejos. En un disparo no hay honor y aquella era una lucha lícita por el trono –relataba el nigromante, acariciando mi muñeca con sus finos dedos índigos, cálidos, de tacto casi humano–. Perdió el respeto de todos sus semejantes. No pude mantenerme imparcial al ver cómo te atacaban de un modo tan cobarde y usé mi magia contra él. A continuación Shapur cortó la cabeza de Patrick White, que rodó por el suelo como una pelota. El gobernador de Escocia, John Gordon, subió al escenario y proclamó nuevo rey al príncipe Martin, comprometiéndolo a beber la sangre de White directamente de su cuello decapitado. Así lo hizo, y ahora es el nuevo rey vampiro de Gran Bretaña, y yo soy, oficialmente, un adepto a su régimen. Por lo tanto, lo conseguiste –concluyó, mientras yo permanecía inmóvil, estupefacta ante semejante información.

–Lamento que hayas perdido tu imparcialidad –acerté a decir.

–¿Bromeas? He presenciado la mayor muestra de valor de toda mi vida, has hecho que desee implicarme. Al rey Martin aún le queda mucho por aprender y me he ofrecido a ser su consejero puntual –comentó pellizcando mi mejilla con suavidad. Sus manos eran suaves como el vidrio pulido–. Bueno, debo marcharme, el sol está a punto de caer y Shapur querrá ocupar éste que ha sido su lugar las dos últimas noches.

Cyrus salió de la habitación dejando la puerta entreabierta. Apenas podía moverme, sentía una gran tirantez en la herida de la mordida en el cuello, así como el dolor en el lugar de los disparos, justo sobre el pecho derecho y en mitad del vientre, por donde había salido la primera bala.

Había estado muy cerca de la muerte en aquella ocasión, demasiado cerca, pero al menos, según las palabras del nigromante, todo había salido según lo esperado. Martin Robinson era el flamante nuevo rey de Gran Bretaña, con ceremonia de Sannuk incluida.

Estaba vestida con una especie de camisón corto de tirantes de algodón blanco. ¿Quién me habría vestido?

El sol se escondía tras las montañas; apenas vislumbraba el brillo de su dorado halo a través de la amplia cristalera frente a la cama. En cuanto su luz desapareció, sentí la vibración de un desplazamiento sobrenatural que se dirigía hacia mí.

Shapur atravesó el umbral con la velocidad de un pensamiento. Sus ojos se iluminaron al encontrarme sentada en la cama, despierta, con el cuerpo descansado sobre las almohadas. Se lanzó a mis brazos y me besó apasionadamente. Cuánto había añorado aquellos labios, aquellos besos, podía sentir su felicidad infinita dentro de mí. Acaricié su cabeza afeitada suavemente y le besé de nuevo. "Con cuidado", pedí, y me abrazó con delicadeza, arrodillado junto a mi cama.

–Shapur, gracias, gracias por salvarme.

–Moriría en el intento antes que permitir tu muerte. Pero has estado muy cerca, Anna –dijo, sensiblemente emocionado, apresando mi mano entre las suyas.

–Lo sé, Cyrus me lo ha contado todo.

–Te amo, Anna, creí que te perdía y es el sentimiento más doloroso que he tenido en mi vida, como humano y como vampiro –confesó con los ojos de miel brillantes, muy fijos en los míos–. No quiero perderte, puedo soportar que vivas alejada de mí, que no seas mi mujer, pero no podría sobreponerme a tu muerte. No.

–Sé cuánto me amas, Shapur, puedo sentirlo. –Paseé mi mano furtivamente por su bronceado torso desnudo hasta alcanzar la altura de su inmóvil corazón–. Mentí cuando te dije que amaba a William como nunca te amaría a ti. No era cierto, no habíamos estado juntos, sólo fui en busca de su olor para apartarte de mí, no podía permitir que te acusasen de traidor por mi culpa –confesé terriblemente avergonzada, aguardando su respuesta.

–Lo sé, me lo dijo William la primera noche tras el combate. Se había ofrecido a beber tu veneno pero no lo consentí, le dije que aunque ahora fueses suya yo seguía siendo tu *mitad* y era mi deber y mi honor salvarte. Él no lo sabía, no sabía que eras mi *mitad,* y entonces me confesó que tú no eras su mujer –relató con calma, con su profunda voz de ultratumba.

–Suya, mía, tuya, los vampiros tenéis un problema con los pronombres posesivos –apunté fastidiada. Él me miró con ese aire de suficiencia que tanto me seducía, rozando la petulancia.

–Lo siento, es solo una forma de hablar –dijo conteniendo una sonrisa, apretando los gruesos labios.

–Ahora lo sabes. No te traicioné, y aun creyéndolo acudiste en mi ayuda. No me equivoqué al aceptar ser tu *mitad*. Shapur, eres el ser más íntegro que jamás he conocido. Y por mi culpa ahora debes algo a Aixa, estoy segura de que te ha obligado a hacer algo en contra de tu voluntad.... –dije sin molestarme en camuflar el gran pesar que me producía que fuese así.

–Llegamos a un acuerdo, nada más. Yo tenía en mi poder algo que ella deseaba desde hacía demasiado tiempo y se lo entregué a cambio de que me permitiese acompañaros –concluyó. Estaba claro de que no me revelaría de qué se trataba, al menos no en aquel preciso momento. Me acerqué y apreté suavemente mis labios contra los suyos.

Entonces oí pasos en el corredor. El rey Martin, Louise y Marie entraron en la habitación, seguidos de Cóatl a corta distancia. El guerrero persa se incorporó e inclinó la cabeza en un gesto de respeto ante el monarca que yo repetí como pude. La pequeña corrió a mis brazos y me abrazó, sentándose a mi lado en la cama.

–Louise, ten cuidado, Dínorah aún está muy débil –pidió su madre, completamente recuperada de sus lesiones. Es lo que tiene ser una nomuerta.

–¿Cómo te sientes? –preguntó el rey Martin con voz serena, vestido con elegantes ropas acordes a su cargo. Cuánto había madurado aquel adolescente rebelde de Lastheaven.

–Me encuentro bien, majestad –recalqué–. He sabido que fue coronado esa misma noche y nada me hace más feliz –dije manteniendo la protocolaria compostura ante los presentes.

–Aunque viviésemos diez mil años no tendría forma de pagarte lo que has hecho por mí.

–Bueno, quizá su majestad los viva. Yo, no creo –bromeé, y el rey me dedicó una ligera sonrisa.

–Muchas gracias, Dínorah. Por lo que has hecho por mis hijos y por mí. Gracias por salvarnos –expresó Marie con humildad, algo desconocido hasta ahora por mí en la reina madre.

–Era mi deber –respondí sinceramente.

–Aun así, gracias –repitió, y tiró de la mano de Louise, bajándola de la cama–. Nos retiramos, tendréis mucho de qué hablar.

–Espere, señora Robinson –la llamé.

–Llámame Marie.

–Está bien, Marie, ¿qué fue de la señora Merlon? –En aquel momento había acudido a mi mente, y me interesaba de verdad conocer la suerte que habría corrido el ama de llaves.

–Louise y yo nos encontrábamos solas en la granja de los familiares de la señora Merlon cuando fuimos secuestradas. Ella debe de estar bien. En cuanto sea posible iremos a buscarla. Es una mujer leal que ha cuidado de nosotras todo este tiempo, tenemos mucho que agradecerle –me informó, con una comedida dulzura en su tono de voz.

Salieron de la habitación seguidas por Cóatl, también Shapur Akram se marchó dedicándome una última sonrisa desde el umbral de la puerta. Entonces Martin se echó a mis brazos, como un amigo preocupado que acudía a visitarme al hospital.

–Anna, qué miedo he pasado; creí que te morías. Cuando White te mordió... y con el otro disparo, con el que de nuevo me salvaste la vida.

–He oído que realizaste el ritual de Sannuk –dije para cambiar de tema y ayudarlo en ese emotivo momento.

–Sí, bebí la sangre de Patrick White antes de ser coronado. John Gordon, antiguo consejero de mi padre y ahora consejero mío, así lo creyó oportuno para mostrar mi autoridad –confesó con cierto temor a mi reprobación en la voz, pero yo no tenía nada que reprocharle–. Hay tanto por hacer ahora, restablecer el Gobierno, recuperar todo el patrimonio... Pero tú eres libre, a pesar de lo mucho que te necesito. Prometí que serías libre y lo eres.

–Tengo que pensar acerca de ello, Martin, entiéndeme.

–Decidas lo que decidas, será lo correcto –apuntó el joven monarca con cierto pesar, y se retiró.

Martin Robinson abandonó la habitación, pero ser herida de muerte propicia recibir visitas de amigos. –Sonreí para mí.

Ahora era el turno de William Smith.

El Sir inglés caminó hacia mí despacio, con el semblante muy serio y el cabello rubio recogido en una pequeña coleta. Se había afeitado la perilla y su nívea piel relucía en contraste con el azul profundo de sus ojos inmensos.

Se arrodilló junto a mí como lo había hecho Shapur minutos antes y tomó mi mano izquierda entre las suyas, la elevó hasta alcanzar su rostro, acariciando con ella su mejilla de mármol y llevándola luego hasta sus labios, que la besaron dulcemente. También besó mi muñeca, erizando mi piel, y finalmente reposó su frente sobre ella durante unos segundos.

Lo amaba y ese amor iba a volverme loca. Amaba a Shapur y amaba a William, a los dos a la vez y con la misma intensidad, algo que nunca creí que llegase a sucederme. William me aportaba la calma, la serenidad, la armonía que tanto necesitaba, y Shapur era un torbellino de pasión, de energía, de vitalidad que me envolvía haciéndome sentir viva.

No podía elegir entre ambos.

–Estás hermosa –dijo de vuelta del interior de su mente.

–¿Lo crees realmente? –dije indicando mi sobrio camisón de algodón.

–Me siento orgulloso de llamarme tu amigo.

–Gracias, William; gracias por todo. –Envolví su mejilla en mi mano, que su helado rostro acunó con ternura.

–Gracias a ti por seguir viva, por ser como eres, por devolverme la ilusión cuando estaba hastiado de este mundo –confesó alzando los ojos para atravesarme con el océano de su mirada. Los latidos de mi corazón atronaban ensordecedores en mis oídos–. Sé que aceptaste ser la *mitad* de Shapur y que te perdí para siempre, pero no puedo callar que te amaré toda la eternidad. He vivido doscientos años como vampiro y no sé cuantos más me aguardan, pero no habrá uno solo en el que no piense en ti, Anna *Rodrigues*. Al escuchar tu canción favorita de los Beatles o al oír la música de Chambao, al recordar la primera vez que te vi en Lastheaven, tan hermosa que en aquel mismo instante me enamoré de ti, cuando piense en tu sonrisa inocente, en la primera vez que hicimos el amor, en que has sido mi primer y único amor como vampiro. Nunca podré olvidar nada de esto, ni un solo día, como no lo he hecho hasta ahora. Te amo y este amor me acompañará eternamente.

Lo abracé con fuerza, deseaba retenerlo junto a mí, decirle que también yo lo amaba, que también recordaba todos y cada uno de aquellos mágicos momentos, que temblaba con el roce de su piel de marfil y que me estremecía al oír su voz, pero si lo hacía sólo podía crearle confusión, como la había dentro de mí.

Besé su mejilla e inhalé el suave perfume de su cuerpo, permaneciendo unida a su fría piel durante unos segundos en los que deseé que el tiempo se detuviese.

Capítulo 23

No es un adiós

Habían transcurrido dos semanas desde la coronación de Martin Robinson, dos semanas en las que instaló su residencia y centro del Gobierno del submundo británico en la vivienda de verano de la familia real en Newcastle. Cyrus me trasladó amablemente en su helicóptero hasta la lujosa villa que había permanecido cerrada todo este tiempo. Era una inmensa casa de campo construida sobre las ruinas de un castillo del que conservaba aún partes de la estructura original, rodeada de fastuosos jardines, en mitad de una grandiosa finca en el noreste de Inglaterra. Se llamaba King's Rest[5] –un nombre sin duda apropiado.

La señora Merlon fue localizada y regresó junto a la familia Robinson, y me alegré de volver a verla. Cóatl había sido contratado por el rey Martin como guardia personal; al parecer realizó una excelente labor con su ballesta en el exterior de la mansión White protegiendo a la reina viuda. Con el beneplácito de Aixa, ahora vivía en King's Rest a cargo de la seguridad de la familia real, junto a una ingente cantidad de no-muertos. Por él supe que el desventurado Oswald fue condenado por la soberana centroamericana a encontrarse con el sol la mañana siguiente al incendio del que debía ser nuestro vuelo en Stansted, tras confesar que White lo localizó y reclutó con promesas de riqueza dos noches después del ataque en Lastheaven.

William debió regresar junto a su reina la noche siguiente a mi retorno al mundo de los vivos, a informarla de lo sucedido de primera mano. Se despidió de mí con un tierno beso en la mejilla, sus palabras resonaban en mi mente, día tras día, noche tras noche: "Te amaré hasta la eternidad".

Aún no había logrado caminar más de unos pocos pasos de la cama hasta el baño de la habitación en la que me había instalado. Me sentía tremendamente débil, aunque mejoraba paulatinamente. Habían sido lesiones muy graves y a pesar de que Shapur insistía en que volviese a beber su sangre para acelerar la recuperación, yo sentía que había recibido suficiente sangre de vampiro, y quería dar la oportunidad a mi cuerpo de reponerse por sí mismo.

Las diferentes heridas producidas durante el combate me provocaron continuos y terribles dolores y una extraña pérdida del sentido del gusto. Seguí sintiendo hambre y aunque ésta desaparecía al ingerir alimentos, fuese lo que fuese, la comida me sabía a nada. Esperaba que con el tiempo esta anomalía desapareciese. Shapur lo achacaba al veneno de White.

El guerrero se había comportado de forma honorable cuidando de mí todas aquellas noches. Durante el día me atendía una joven doncella que puso a mi disposición el rey. Shapur estaba tan atento a mis necesidades que sólo se apartaba de mi lado para alimentarse, y lo hacía veloz como un rayo. Yo sabía que lo hacía porque me amaba, al igual que yo hubiese cuidado de él sin dudarlo, pero aquella entrega desmedida me conmovía profundamente.

El recién estrenado monarca Martin pasaba a visitarme cada noche, a velar por mi recuperación, y la pequeña Louise me hacía compañía con sus juegos cuando Shapur marchaba en busca de sustento.

Aquella noche me sentía con fuerzas suficientes para levantarme por fin de la cama, así que cuando Shapur llegó con el ocaso me encontró en la ducha. El guerrero abrió la puerta del baño buscándome alarmado, descubriéndome bajo la cortina de agua. Pero no me cubrí, él conocía cada centímetro de mi piel, la había recorrido con sus labios en infinidad de ocasiones. Continué enjabonándome sin ningún pudor y su presencia de pie frente a mí, completamente desnuda, no me incomodó lo más mínimo. El guerrero me observó en silencio, con el fuego del deseo resplandeciendo en sus ojos dorados, podía sentirlo, yo era su *mitad*. Pero había algo en él extraño.

–He venido a decirte que mañana he de partir de regreso al Caribe. Aixa me reclama.

–Pero eso será mañana, ¿verdad? –pregunté mientras enjuagaba el champú de mi cabello.

–Sí.

–Aún queda esta noche, ¿cierto?

–Sí.

–Diez horas hasta el amanecer –dije, saliendo de la ducha. Tomé una de las toallas y él me la quitó suavemente. Entonces comenzó a secarme con ella, con sumo cuidado, como acostumbraba a hacer cuando nos bañábamos juntos–. Esta noche eres mío y yo seré tuya, esta noche –dije al fin.

Shapur me besó, apretándome contra sus pectorales, contra su piel del color del bronce. Sentí el roce de sus caninos extendidos sobre mis labios –cuánto me deleitaba aquello– e hicimos el amor, en la ducha, en la cama, en la alfombra, toda aquella noche nos pertenecimos el uno al otro, por completo.

Aquella noche descubrí otra de las maravillas de ser su *mitad*, podía sentir su placer a la vez que el mío propio, era como disfrutar doblemente de un momento tan mágico, y sin dudar de si mi pareja gozaba de la entrega tanto como yo.

El hermoso cuerpo de mi guerrero descansaba sobre las sábanas completamente desnudo, bocabajo, regalándome una excelente panorámica de sus atléticos glúteos y su poderosa espalda. Reposé la cabeza sobre su hombro, mirándolo a los ojos de miel. Shapur sonrió complacido, faltaban unos minutos para el alba.

–¿Vendrás conmigo? –preguntó inocentemente, aunque conocía la respuesta.

–Sabes que no puedo hacerlo.

–Me quedan sólo cincuenta años de servicio con Aixa, después seré libre. –Cincuenta años solamente, ¿qué es eso, un paseo?

–Sabes que no puedo esperarte cincuenta años, ¿verdad? No creo que continuases enamorado de una anciana de setenta y cuatro años a tu vuelta. Tú cumplirás con tu deber y marcharás junto a Aixa, y yo... yo debo regresar a mi hogar, tratar de recomponer mi mundo –afirmé con una determinación que me sorprendió a mí misma, y ante la que el legendario guerrero persa asintió resignado.

–Volveremos a vernos, de eso estoy seguro –afirmó ladeándose en la cama, besando mi mentón–. Volveré a deleitarme con el aroma de tu piel, con el sabor de tu boca, con el calor de tu cuerpo...

–Eso me hará muy feliz, Shapur Akram, mi *mitad* –dije, y sus labios se estiraron en una sonrisa cautivadora, refulgiendo sobre la piel morena.

–Sé que ansías conocer cuál fue la naturaleza de mi trato con Aixa, que ello te preocupa –declaró de improviso, percatándose de mi mueca de sorpresa, a la vez que me acunaba entre sus fuertes brazos, protector. No había sido capaz de volver a preguntárselo, quizá porque en el fondo estaba segura de que el guerrero me lo contaría, si lo creía oportuno, como al parecer iba a ser. Me limité pues a asentir con la cabeza–.

Le entregué una joya, una maravillosa turquesa engastada en un collar de plata que perteneció a mi madre y que ésta me dio como amuleto cuando me convertí en general del Ejército persa –reveló desconcertándome. Pero aquello no debía de ser todo; probablemente Aixa tendría miles de joyas, turquesas incluidas, ¿por qué aquélla, entonces, había valido la libertad de mi guerrero?–. Es una piedra que le prometí cuando era humano –prosiguió–, que prometí entregarle el día de nuestro matrimonio, un matrimonio que, como sabes, nunca se produjo –aquella revelación me dejó estupefacta, habían estado prometidos, habían hablado de matrimonio al menos, y de ello hacía más de dos mil quinientos años–. Se trata de una pieza única, perteneciente a la colección personal del mismísimo rey Jerjes y que éste regaló a mi madre mucho antes de que tuviese que huir por mi causa. Aixa la deseaba, yo lo sabía, y a cambio de la turquesa me permitió unos días de libertad absoluta y, por lo tanto, acompañaros.

–¡Oh, Shapur!, lo siento tanto, siento que hayas tenido que desprenderte... –lamenté, profundamente compungida. Llevaba casi una eternidad con aquella que sería probablemente la única reliquia que conservaba de su madre, desaparecida allende los tiempos, regalo de su propio padre además, y la había entregado por mí a cambio de ayudarme, perdiéndola para siempre.

–Nada es más importante que tú, Anna. Ninguna joya, ni gemas, ni diamantes... Nada hay más valioso que disfrutar de una sola noche a tu lado, de una sola noche entre tus brazos, deleitándome con el sedante ritmo de los latidos de tu corazón. Nada –afirmó sereno, categórico, irrebatible, avivando el intensísimo amor que sentía por él, un amor que perduraría incluso en la distancia y el tiempo, de eso estaba segura.

Shapur marchó la noche siguiente, partió en su ataúd sellado en un vuelo directo hasta la República Dominicana, acompañado por uno de los sirvientes del rey Martin, que cuidaría su traslado. Nos despedimos con un beso en los labios, y grabé a fuego en mi retina el brillo de sus ojos de ámbar, el sabor de sus besos de hielo, el tacto sedoso de su cabeza afeitada. Desconocía cuánto tardaría en volver a verlo, si lo hacía, pero me había hecho tan feliz hasta entonces que en ese momento no me importaba saberlo. Shapur era parte de mí y yo parte de él, para siempre.

Ahora era a mí a quien le tocaba afrontar la realidad. Busqué al monarca en su despacho, estaba acompañado por John Gordon, con quien pasaba mucho tiempo últimamente reorganizando el Estado vampiro, y a su espalda, como era ya habitual, se encontraba siempre alerta el férreo soldado azteca. Martin les pidió que nos dejasen a solas para conversar. Caminó hasta colocarse a mi lado, apoyando sus caderas en la mesa de su escritorio.

–Martin, yo... necesito tiempo –le confesé. Los ojos del monarca adolescente aguardaban ansiosos que continuara–. Necesito regresar a casa, a mi hogar, necesito ver a mi familia, saber que están bien; sólo entonces podría plantearme regresar.

–Lo suponía, aunque esperaba que te recuperases completamente para ello –dijo apretando sus finos labios, en un gesto que revelaba un cúmulo de emociones contenidas, acicalando al mismo tiempo el cabello moreno, peinándolo con sus dedos menudos.

–Ya lo estoy.

–No lo creo, pero tú decides –concluyó, rehuyendo mis ojos, mientras yo podía leer claramente en los suyos su temor a que cuando me fuese de su lado lo hiciese para siempre. Pero Martin respetaba la promesa que me había hecho y asumiría mi elección cualquiera que fuese, lo cual lo honraba–. Pronto tendré que afrontar el tema de la boda con Layla, y sabes cuánto me gustaría tenerte a mi lado... –se atrevió a decir. Cuán difícil debía de ser para él, todo un rey vampiro, adolescente sí, pero rey vampiro al fin y al cabo, admitir que me necesitaba, a mí, a quien él consideraba hacía tiempo una simple humana de corazón palpitante.

–Martin, por favor... No me presiones. Te repito que aún no lo sé –afirmé con un hilo de voz.

–Es que todavía no puedo creer que te marchas –suspiró afectado, desviando la mirada al suelo, forzando una sonrisa que translucía su hondo pesar.

–No voy a desaparecer –proclamé. Y aunque pareciese ilógico por su posición y por la fría sangre vampira que recorría sus venas, mi antiguo alumno me apreciaba tanto como yo a él–. Independientemente de si decidiese regresar o no, mi marcha ahora no significa que no volverás a saber nada de mí. Somos amigos, lo que hemos vivido juntos nada ni nadie podrá borrarlo, nunca –afirmé convencida–. Existen los teléfonos, y puedes llamarme cuando quieras. No voy a desaparecer –repetí, y me permití la licencia de abrazarlo, un contacto al que el joven monarca respondió con energía. Entonces me percaté de lo mucho que había crecido durante nuestra aventura: me sobrepasaba ya un par de palmos.

–Está bien. Concédeme sólo unos días para conseguir tu nueva documentación y organizar tu viaje –pidió mucho más animado.

–De acuerdo –asentí, dispuesta a regresar a mi habitación y dejarlo con su regio quehacer.

–Adiós –dijo cuando me alejaba hacia la puerta.

–No es un adiós, es un hasta luego –puntualicé, y el joven rey vampiro sonrió complacido.

–Hasta luego, entonces.

Dos días después me entregó una pequeña carpeta azul que contenía mi nueva identidad, un nuevo nombre, un nuevo pasaporte, una tarjeta de la seguridad social, una partida de nacimiento, todo lo necesario para ser otra persona. Definitivamente, Anna Rodríguez había muerto para el mundo, y no había posibilidad de revivirla, al menos legalmente, sin levantar sospechas.

En realidad, poco o nada quedaba en mí de la joven que arribó a Londres sólo unos meses atrás. Lo descubierto, lo vivido en aquel tiempo me hacían saberme diferente y, lo que era más importante, sentirme completamente distinta a aquella muchacha ajena al mundo sobrenatural al que ella misma pertenecía sin tener la menor idea.

Cargada con mi pequeña maleta subí al taxi que me conduciría hasta el aeropuerto, en pos del vuelo que me reuniría con mi familia. Aún no sabía cómo iba a decirles que seguía viva. Ni siquiera podía revelarles qué me había sucedido durante los últimos dos meses, o quién era yo realmente, Dínorah, un extraño ser híbrido, una *dhampira,* pero en aquellos momentos tan sólo necesitaba reunirme con ellos.

Suspiré y mi aliento empañó la ventanilla del automóvil, contemplé entonces la residencia real, el antiquísimo castillo, que permanecía en absoluta calma, bañado por la brillante luz dorada del sol del mediodía. Lo observé en silencio, desconociendo si sería la última vez que mis verdes iris verían aquellos muros, acordándome irremediablemente de sus moradores sobrenaturales.

Martin, Louise, Marie Robinson, William, Shapur... Pensé en cada uno de ellos mientras me alejaba lentamente en el vehículo por el camino. Al fin todo había acabado, al fin había concluido mi aventura entre vampiros... ¿o no?

Notas

[1] *Mister Robinson, I suppose*: 'Señor Robinson, supongo'.

[2] *The car is red*: 'El coche es rojo'. Un ejemplo de frase simple utilizada para la enseñanza en el primer contacto con el idioma.

[3] Skype: Programa informático que permite comunicaciones de texto, voz y vídeo entre diversos ordenadores a través Internet.

[4] Molly Malone: Según la leyenda dublinesa, Molly Malone fue una conocida vendedora ambulante de pescado y marisco muy apreciada por sus vecinos, que murió de unas fiebres en plena calle. La canción que relata su historia es considerada como el himno no oficial de Irlanda.

[5] *King's Rest*: 'Descanso del rey'.